The Seduction
by Nicole Jordan

誘惑のエチュード

ニコール・ジョーダン
水野 凜[訳]

ライムブックス

THE SEDUCTION
by Nicole Jordan

誘惑のエチュード

主要登場人物

ヴァネッサ・ウィンダム……………………準男爵未亡人
ダミアン・シンクレア（シン）……………男爵。放蕩者
オリヴィア・シンクレア……………………ダミアンの妹
ラザフォード子爵オーブリー・トレント……ヴァネッサの弟
ジョージ・ハスケル…………………………ダミアンの秘書
エリス・スワン………………………………女優
クルーン伯爵ジェレミー・ノース…………ダミアンの友人
ロジャー・ウィンダム………………………ヴァネッサの夫（故人）
シャーロット・トレント……………………ヴァネッサの妹
ファニー・トレント…………………………ヴァネッサの妹

プロローグ

ロンドン、一八一〇年三月

シルクの縛《いまし》めがほどよい強さで手首に食いこみ、気分が高揚する。合意のうえでとらわれの身となったダミアン・シンクレアは、裸のまま両腕を緋色《ひいろ》のスカーフでベッドの支柱に縛りつけられ、無防備な姿をさらしていた。

　天井にある金縁の鏡にその姿が映っている。真っ白なシーツに横たわる筋肉質の裸体。屹立《きつりつ》した下腹部。

　美貌《びぼう》の女性エリス・スワンがダミアンを見おろしていた。身につけているものといえば透けるほどに薄いモスリンのネグリジェと、男女の駆け引きを始めたころにダミアンが贈ったエメラルドのブレスレットだけだ。揺らめく蠟燭《ろうそく》の炎のような輝きを放つ緑色の宝石、豊かな胸、繊細な布地を押しあげている紅を塗った乳首。浮き名を流してきた放蕩《ほうとう》者でさえ欲望をかきたてられるような妖艶《ようえん》さがある。

　銀髪ゆえに〝シルバー・スワン〟の愛称で呼ばれているロンドンきっての女優は、巧みな演出を披露していた。これが愛人になるための一種のオーディションだということは、お互い承知している。スワンはなんとしてもダミアンの囲われ者になりたいらしく、自分の魅力を最大限に発揮していた。

「こんなふうに縛るからには、さぞすばらしいお楽しみが待っているんだろうな?」ダミアンはからかうような口調で訊《き》いた。

「もちろん。かわいがってさしあげますわ」スワンが低い声で答えた。この歌うような節まわしに聴衆は魅了されるのだ。

「楽しみだ」

スワンがベッド脇《わき》のテーブルに置かれた乗馬用の鞭《むち》を手にし、先端をダミアンの胸に軽く滑らせた。ダミアンは片方の眉をつりあげた。情事に通じた男をその気にさせるには、奇をてらった趣向を凝らすしかないと誤解したのだろうか?

たしかにダミアンは若いころ、放埓《ほうらつ》の限りを尽くした。スキャンダラスな噂《うわさ》には事欠かなかったし、今も新しい刺激を求めている。だが、まだ体の欲求を満たすために倒錯した行為を求めるまでには至っていない。彼の男性的な欲望は強かった。とりわけ美しい女性を目の前にしたときは。

ましてや〝シルバー・スワン〟はとびきりの美女だ。そのうえ、こちらの不審そうな顔を見て手をとめたところを見ると勘もいいらしい。

「どうやら……」スワンが考えをめぐらすようにダミアンをしげしげと眺めた。「こんなものを使って刺激する必要もなさそうですわね。すっかりその気になっていらっしゃるようですもの。目をみはるほどに」

男と女の遊びには、きわどいやりとりも乙なものだ。ダミアンは表情を緩め、にやりとした。「ぼくのものに怖じ気《おけ》づいたのかい？」

スワンが赤い唇の端を持ちあげ、声をあげて笑った。「とんでもない」

ダミアンは鞭を顎で指し示した。「昔から痛くされて悦《よろこ》ぶたちではないんだ。きみならなにかもっと斬新《ざんしん》なことを思いつけるだろう？」

「ええ」鞭を絨毯《じゅうたん》に落としたスワンは、色っぽい下唇に指をあて、声に出しながら考えた。「そうね、あちらのほうは恐ろしくお上手だともっぱら評判の方ですもの。女性を泣いて悦ばせるほどのつわものだとか。それほどの方に楽しんでいただくには……」

彼女は手首につけたブレスレットの留め具をはずした。ちゃめっけたっぷりの笑みを浮かべると、ダミアンの屹立したものに巻きつけ、そっと留め具をかける。こわばりがさらに張りつめた。

かたい宝石が、熱を帯びた肌にひんやりと冷たく感じられる。その感触にぞくりとするものを覚えながら、ダミアンはスワンの思いつきにほほえんだ。

「お気に召したかしら？」

彼は満足げな低い声でくっくっと笑った。「悪くないね」

「愛人にするなら大胆な女性がお好みのようですわね」

「では、わたしがどれほど大胆になれるか、とくとご覧くださいな」

スワンがダミアンの高ぶっている欲望の証《あかし》に指をあて、ゆっくりと上下させた。

「あなたほど……」かすれた声で言い、前かがみになる。「精力に満ちあふれている方には、そうそうお目にかかれませんわ」

ダミアンは悦びのため息をもらしながら目を閉じ、スワンの巧みな技術に身を任せた。スワンは唇と舌と歯を駆使して、ダミアンをじらしつつ刺激を与えてくる。やがて彼は耐えられなくなってきた。

「どこまで我慢できるか……試しているのか？」ダミアンはかすれた声で訊いた。

「さあ、どうでしょうか」スワンが小悪魔のような笑みを浮かべる。

「おいで。ぼくだけが楽しんでいては申し訳ない。ぼくの上にのるんだ」

スワンがからかうような表情で体を離した。「あなたは命令できる立場にはないのですよ」

「そうなのか？」ダミアンは縛られていて両手が使えなかったが、体をひねってスワンの美しい腿に片脚をかけ、不意を突いて自分の上に引きずり倒した。

「でも……どうしてもとおっしゃるなら」スワンはまんざらいやでもなさそうな表情になると、なまめかしく肢体を伸ばしてダミアンに覆いかぶさり、かたくなった乳首を彼の顔に持っていった。

ダミアンがやわらかいモスリンの生地越しに乳首を口に含むと、スワンは一瞬息をのんだ。

ダミアンは自分の欲望を制してスワンを悦ばせるほうにまわり、とがった頂を口に含んで歯で刺激したり軽くかんだりした。

スワンがあえぎ声をもらしながら彼の腰にまたがり、下腹部を激しくこすりつけてくる。ダミアンは欲望の証にブレスレットの宝石を押しつけられた痛みに顔をしかめ、息を詰まらせた。「ブレスレットが邪魔だ。ぼくを能なしにさせたくないなら、頼むからそれをとってくれ」

目をなかば閉じたままスワンが腰を浮かし、手探りでブレスレットをはずした。それを無造作に床へ投げ捨て、ダミアンに熱い視線を注ぐ。「ねえ、お願いですから……」

「お願いと言われても」ダミアンは意地悪くほほえんだ。「主人はきみなんだろう？　ぼくは哀れな囚人だ」

ふたたび腰を浮かせたスワンは、自分の秘めた部分を彼の屹立したものの真上に持ってきた。カールした鳶色《とびいろ》の毛がぬれているのが感じられる。

「おいで」

それ以上ダミアンが誘うまでもなく、スワンは体を沈めて熱い息をこぼした。ダミアンは頭を後ろへ倒し、その感覚を味わった。彼女の内奥は充分潤い、脈打っている。ダミアンは熱く湿った秘所の奥へとさらに突きあげた。スワンが悩ましげな声をもらす。

ダミアンが深いところまで何度も力強く押し入ると、スワンは下腹部に力をこめてリズミカルに体を揺らし始め、どんどん興奮を募らせていった。ダミアンはスワンを歓喜のきわみに導くことだけを考え、彼女の動きに合わせた。のぼりつめようとしているのか、スワンはますます動きを速めて野性的な激しさで身をくねらせている。やがて絞りだすように声をあげ、体を震わせながらクライマックスに達した。

スワンがすすり泣きを思わせる声を出してくずおれた。ダミアンは彼女の体の震えがおさまるまでなおも最後の瞬間を引き延ばしてから、ようやく欲望に身を任せた。体がばらばらになってしまうかのような感覚に襲われて体を弓なりにそらし、猛《たけ》り狂う快感に酔いしれた。

ふと気づくと、スワンはまだ四肢を力なく伸ばしたままダミアンに覆いかぶさっていた。汗で冷えた肌に、彼女の呼吸がさざ波のように感じられる。シルクのスカーフが手首に食いこんでいるのが苦痛だった。

「これをはずしてくれないか」

スワンは力なく腕を伸ばしてスカーフをほどくと、そのまま枕《まくら》に沈みこむようにしてあおむけに倒れた。満足したらしく、陶酔した目をしている。

「あなたはベッドでは情熱的だと聞いておりました」スワンが驚きをにじませた声でささやいた。「〝少し危険で、とても上手な方〟だと。大げさな噂ではなかったのですね。ですがまさか、あなたとわたしがこんなに……相性がいいなんて」

ほとんど考えるまでもなく、気のきいたせりふがすぐに口をついて出てきた。彼女が聞きたがっているような褒め言葉だ。「きみのほうこそ噂以上だよ、エリス。男なら誰もがベッドをともにしたいと願うような女性だ」

「それはわたしに……満足していただけたということかしら？」

たしかにベッドでは満足したが、彼女のすべてが気に入ったわけではない。最近はそういうことが多かった。ダミアンは言葉を濁した。ベッドでのスワンにけっして不満があるわけではない。問題は自分にあるのだということが、最近になってわかってきた。

これだけ華のある女性なら、愛人にするには申し分ない。寝室でもなかなかのものだと評判には聞いていたが、たしかにこの色気と大胆さにはそそられる。ロンドンじゅうの男どもが虜《とりこ》となり、なかには彼女の歓心を買おうと決闘する者まで現れる始末だ。それほどの女性なのだから、彼の不満を解消してくれなかったとしても、それは期待しすぎというものだろう。

スワンはじっとこちらの様子をうかがっている。おそらく屋敷や馬車、召使い、そして宝石といった報酬をどれくらい受けとれるか頭のなかで計算しているのだろう。

「たしか今、あなたに愛人はいらっしゃらないとお聞きしましたが……」言葉を選んでいるのがわかる。

「そんなことは誰でも知っている」ダミアンはそっけなくこたえた。関係のあった女性と別れたとき、それがスキャンダルとなって世間に広まったのだ。

「そうでしたわね。街じゅうがしばらくはその話題で持ちきりでしたもの」

「かなり尾ひれがついていたようだけれどね」

「きっとそうなのでしょう。シンクレア男爵は品行方正とは言えませんから、噂好きの人たちにとっては格好の話の種です。ですが、〝火のないところに煙は立たぬ〟と言いますでしょう？」

「どんな話を耳にした？」

「別れを告げられたレディ・ヴァーリーは、それならテムズ川に身を投げるとあなたを脅したとか。あなたはできるものならやってみろとばかりに、ご自分の馬車で彼女を突堤まで送られたそうですね」

ダミアンは苦い記憶を思いだし、顔をしかめた。「自宅まで送っただけだ。相当とり乱していたからな」

「そういう彼女の態度には、きっとうんざりされたことでしょうね。わたしもそうです。なんとも思っていない男性から好意を寄せられたって、わずらわしいだけですもの。あなただって、女性たちから永遠の愛を誓われてもお困りになるだけだと思いますわ」

「レディ・ヴァーリーはぼくを愛してなんかいなかったよ。自分でそう思いこんでいただけだ」

「でも、あなたに失恋した女性は大勢いるのでしょう？」

ダミアンは曖昧《あいまい》な返事をした。

スワンがなまめかしいしぐさで手を伸ばし、ダミアンの額に垂れかかっていた漆黒の髪を後ろへなでつけた。「この噂には学ぶべきことがありそうですね。たとえば〝女泣かせの男性には心を許さぬこと〟とか」

ダミアンは魅力的に見えるはずのほほえみを浮かべてみせた。けれど、目は笑っていなかった。「なかなかいい教訓だな。だが、ぼくに言わせればもっと簡単だ。〝誰にも心を許さぬこと〟だよ」

「そのとおりですわ。わたしは愛はビジネスだと思っています」

上手に話をそこへ持ってきたものだ。つまりスワンは、いずれ避けられない別れの日が来たとき、自分は醜態をさらしたり、不当な要求を突きつけたりはしないと約束しているのだ。

ダミアンは長く続く関係など望んでいなかった。たいていは二、三ヶ月もすれば飽きてしまうし、その年の社交シーズンが終われば愛人とは別れることに決めている。関係が長引けばろくなことにならないと、経験的に知っているからだ。それに亡き父親のまねをして美しい女性の誘惑におぼれるつもりもない。たとえ、相手がスワンほど魅惑的な女性だとしても。

節度を守ると誓ったスワンの言葉にこたえようとしたとき、誰かが寝室の外の踊り場に慌ててやってくる足音が聞こえた。

おずおずとしたノックの音が響く。いかにも気が進まないといった様子だ。

「すみません」不安そうな女性の声だった。「男の方がおいでになって、お客様にお会いしたいとおっしゃっています」

スワンが美しい顔をこわばらせ、ベッドから跳ね起きて部屋を横切った。ドアを少しだけ開けて、押し殺した声で叱《しか》りつける。「お客様をもてなしているあいだは、絶対に邪魔をするなと言ったでしょう」

「でも、緊急の用事だと言われたんです。ハスケルが来たと伝えてほしいと」

秘書の名前が聞こえ、ダミアンは眉をひそめた。緊急の用事とはいったいなんだろう？　ダミアンはベッドの脇に脚をおろし、サテン地のズボンをとった。そして優雅だったはずのスワンが若い使用人に口汚く毒づいているあいだに、残りの衣服をかき集めてドアへ向かった。

「ハスケルが来ているのか？」ダミアンは使用人に訊いた。

「はい、そうでございます」使用人は震えながら怯《おび》えた目でちらりと女主人の様子をうかがい、慌ててダミアンにお辞儀をした。「一階の緑の間にお通ししてございます」

ダミアンは険しい顔で階段へ向かった。なかに入ると、スワンも部屋着をつかんで彼のあとを追った。

緑の間はすぐに見つかった。なかに入ると、秘書が室内を行ったり来たりしていた。ジョージ・ハスケルは整った顔立ちをした背の高い男で、茶色い髪を無難な髪型にまとめ、金縁の眼鏡をかけている。普段はユーモアにあふれているが、今夜は初めて見るような厳しい顔つきをしていた。

「なにがあった、ジョージ。こんなところまで来るからには、よほどのことだろうな？」

ハスケルは、ドアのあたりでぐずぐずしているスワンにちらりと目をやった。「急を要することです。できればふたりだけでお話ししたいのですが」

スワンは視線を向けられたことに気づき、顔を赤らめた。「もちろんですわ。どうぞごゆっくり」そう言って部屋から出ていき、ドアを閉めた。

「いったいなんだ？」

「悪い知らせです。妹君が事故で怪我《けが》をされました」

一瞬、心臓が縮みあがった。「オリヴィアか？」

反射的にそう尋ねたものの、妹はひとりしかいない。一五歳ばかり年下で、シンクレア男爵家の領地であるローズウッドで静かに暮らしている。

「どんな事故だ？」

「詳しいことはわかりません。領主代理人から送られてきた手紙はかなり慌てて書かれたようです。どうやらミス・シンクレアは階段から落ちたらしく、意識はとり戻したものの脚の感覚がないそうです。医者の話では、骨折している様子がないことからして、背骨を損傷したのではないかと。生涯、歩けない可能性もあるそうです」

ダミアンはあまりのことに口もきけなかった。

「じつはそれだけではないのです」

「ほかにもなにかあるのか？」ダミアンの声はかすれていた。

「手紙によりますと、転落に至った理由は……」

「早く言え」

「さぞお気に召さないことだろうとは存じますが……駆け落ちに失敗されたからだとか」

「なんだと？」ダミアンはかぶりを振った。あの内気な箱入り娘が駆け落ちを企てるとは信じがたかった。それに妹の世話をさせるために雇った厳しい家庭教師がそんなことを許すとも思えない。「あり得ない。なにかの間違いだろう」

「そうかもしれません」ハスケルは曖昧にこたえた。

「名前は？」

「なんですって？」

「相手の男の名前だよ。オリヴィアはどこのどいつと一緒になろうとしていたんだ？」

「手紙にはラザフォード卿《きょう》の名前が出ていますが、彼が駆け落ちの相手かどうかは不明です」

ラザフォード子爵なら知っている。先だって爵位を得たばかりの、あまり素行のよろしくない若者だ。

「これがベロウズからの手紙です。ご自分でお読みになりたいかと思いまして」

ダミアンは差しだされた上質皮紙を受けとり、領主代理人が書いた読みづらい殴り書きに目を走らせた。事故はアルセスター村にあるフォー・ライオンズで起きたらしい。ローズウッドの近くにある、なかなか繁盛している馬車宿だ。手紙には怪我の程度についての見立てが書かれ、事故が起きた経緯について説明されていた。


このようなことをお伝えするのは誠に心痛きわまりないことですが、どうやらミス・オリヴィアは駆け落ちをもくろまれていたようでございます。しかしながら最後の瞬間、殿方に裏切られるというつらい目にお遭いになりました。お嬢様は絶望のあまり駆けだし、それが転落事故につながったようでございます。ラザフォード卿がすぐに医者を呼んでくださったのですがもはや手遅れで、お嬢様はお体も、そして恐れながら評判のほうも傷ついてしまいました。

この件はできる限り長く伏せておくつもりですが、永遠にというわけにはまいりません。旦那《だんな》様、この不幸な状況に際してどのように対処すればよいか、どうぞご指示とご助言をいただけますよう切にお願い申しあげます。

あなた様のしもべ　シドニー・ベロウズ

ダミアンは動揺もあらわに髪をかきあげた。これまで自分自身は数えきれないほど世間の噂の的となってきたが、妹には厳格な家庭教師をつけ、田舎の屋敷で大切に守り育ててきた。それなのにオリヴィアがスキャンダルを引き起こしたというのか。それどころか、重傷を負って……一生歩けないかもしれないだと？

すさまじい怒りが胸にこみあげる。この手紙だけでは相手が誰だかはっきりしないが、オリヴィアを傷つけたやつは、それが誰であれ絶対に思い知らせてやる。そいつの体に銃弾をぶちこむか、いっそのこと、この手で首を絞めあげて息の根をとめてやりたい。

「勝手ながら、旅行用の馬車を用意させていただきました。すぐにでもローズウッドのお屋敷にお戻りになりたいかと思いましたので」

「そうだな……」ダミアンは放心状態のままこたえた。いまだにショックで感覚が麻痺《まひ》している。

それでも気力を振り絞り、手早く服を着た。床に落ちているクラヴァットは無視して上着をはおり、外套《がいとう》を肩に引っかけてドアへ向かった。

部屋を出ると、スワンが優雅なしぐさでダミアンの袖《そで》に手をかけた。「まさかお帰りになるわけではないでしょう?」

「すまない。用事ができた」

「でも、まだお話がすんでいませんし……」

愛人契約のことを言っているのだ。

ダミアンはいらだちを覚えながら奥歯をかみしめ、いつもとは違って愛想のかけらもない返事をした。「急ぎの用だ」

「それは残念ですこと。まだおいでになったばかりだというのに」

「時間ができたらまた来る」ダミアンはそっけなくお辞儀をして、腕を引き抜いた。

美しい女優のことはそれきり忘れ、ダミアンは秘書について寒くて暗い外へ出た。心のなかでは妹への怒りと不安、そして相手の男に対する復讐《ふくしゅう》の念が激しく渦巻いていた。

1

ロンドン、一八一〇年五月

夜が更けたにもかかわらず、私設賭博《とばく》場は大勢の客でにぎわっていた。客たちは美味な料理に舌鼓を打ちながら、赤ワインやシャンパンのグラスを次々と空にしている。だが客たちが笑いさざめきながら話すなか、マカオやハザードやフェローと呼ばれる賭事《かけごと》に大金を投じている賭博師や洒落《しゃれ》者や貴族たちの顔は真剣そのものだった。

カード室にいるヴァネッサ・ウィンダムは、自分にはとても太刀打ちできそうもない相手がフェローに興じているのを、少し離れた場所から眺めていた。胃が重かったが、冷静にならなければいけない。

〝女泣かせのシン〟の異名をとるダミアン・シンクレア卿。そのあだ名はまさにぴったりだ。ハンサムで冷酷そうな顔立ちはとても遊び人には見えないが、人目を引く眼光鋭い目には危ない陰が宿っている。

自分でも意識しないうちに彼を見つめていることに気づき、ヴァネッサは身を震わせた。

漆黒の髪といい、彫りの深い冷たそうな美しい顔立ちといい、シンクレア卿には思わず視線を引きつけられる。陰りのある男性的で強烈な印象にふさわしく、上背のある体はたくましく、身のこなしはしなやかで優雅だ。背中のラインにぴったり合わせて仕立てられた高級な黒の上着を着ている姿は気品が感じられる。

ヴァネッサがロンドンまでやってきた目的は、このシンクレア卿を捜しだすことだった。復讐のために自分たちの家庭を壊さないでほしいと頼みに来たのだ。

どうやらシンクレア卿に興味をかきたてられているのは、彼女だけではないらしい。背後から、ふたりの女性がひそひそと話す声が聞こえてきた。

「今夜もダミアンはあちこちのテーブルを荒らしまわっているみたいね」

「どうしてそんなことをするのかしら」もうひとりの女性がふてくされた声で応じた。「インドの成金にも負けないほどの大金持ちなのよ。これ以上財産を増やしてもしかたがないでしょうに」

ひとりめの女性が笑った。「あらあら、今夜は彼に無視されているからおもしろくないんでしょう？　正直におっしゃい。すてきなシンクレア様が手招きしてくれたら、あなた、彼の足もとで卒倒してしまうんじゃない？」

不覚にも、ヴァネッサはまたもや噂の男性に目を向けてしまった。今夜はずっとこんな調子だ。女性たちが夢中になる気持ちはよくわかる。洗練された優雅さと、強烈な男らしさと、危険な香りが、女性たちの視線を引きつけてやまないのだろう。

いくつもあるクリスタルのシャンデリアには無数の蠟燭が飾られ、それらから放たれる熱がむきだしの肩にあたたかく感じられるというのに、ヴァネッサの体は震えていた。今夜はエメラルド色のサテン地を使ったハイウエストのドレスを着ている。三年ばかり流行遅れだが、深くくれたネックラインがシンクレア卿のような遊び人のお気に召すかもしれない。

ダミアン・シンクレアは社交界では〝女泣かせのシン〟と呼ばれている。ヴァネッサの不幸な結果に終わった結婚生活、その当初から彼のことは知っていた。正式に紹介されたことはないものの、シンクレア卿と彼女は同じような階層に属している。きらびやかな舞踏室や寝室で数々の女性をものにしたらしいともっぱらの噂だ。彼ほど危ない男性はいないとも言われている。

わたしはそんな人を説得できるのかしら？　話しかける勇気を振り絞ることさえ難しいというのに。

遊び人はもうたくさんだった。亡くなった夫がそうだったため、ヴァネッサはお金や女性に対して放埒な男性にはうんざりしていた。シンクレア卿のような男性には近づくべきではないと、女性としての本能が訴えてくる。けれども、今夜の彼女は追いつめられていた。なんとしてもシンクレア卿と話をしなくては。だけど、わたしにできるだろうか。

「コール・ザ・ターン」女性ディーラーがシンクレア卿に告げた。

しいっという声に、部屋のなかが静まりかえった。

その程度の用語ならヴァネッサにも意味がわかった。〝コール・ザ・ターン〟とは、ディーリング・ボックスに残った最後の三枚のカードの数字を順番どおりにあてることだ。的中すれば、ディーラーから賭《か》け金の五倍の金額が支払われる。

シンクレア卿はいささか退屈そうな表情を浮かべ、平然とこたえた。「二、六、クイーン」大金を賭けているような緊張感はみじんも感じさせない。

ディーラーが一枚ずつカードをめくるのを、ヴァネッサもほかの客たちとともに息を凝らして見つめた。スペードの二……クラブの六……ハートのクイーンだ。

その瞬間、二万ポンドがシンクレア卿のものとなった。

シンクレア卿の隣に立っていた背の高い紳士が、豪快に笑いながら彼の背中を叩《たた》いた。「これは驚いたな、ダミアン。相当悪運が強いらしい。どうせ必勝の極意を伝授してくれる気はないんだろう?」

シンクレア卿の形のいい唇に笑みが浮かんだ。「極意なんかないさ、ジェレミー。女性に運命を託すだけだ。今回ならば、クイーンに」

ふと彼が目をあげた。その視線がまっすぐ自分に向けられていることに気づき、ヴァネッサはどきりとした。印象的な青みがかった灰色の瞳が、じっとこちらを見据えている。ヴァネッサは全身がかっと熱くなった。

体が震えていることに動揺し、すりきれた神経を落ち着かせようとワインをひと口飲んだ。「オーブリーのばか……」ヴァネッサはつぶやいた。こんなのっぴきならない状況に陥ったのは、あのろくでなしの弟のせいだ。あろうことか、賭事で屋敷をシンクレア卿に奪われてしまったのだ。だけど、家は絶対にとりかえしてみせる。

ヴァネッサはシンクレア卿に油断なく目を配りながら、さらに一時間ばかりカード室をうろうろした。誰かに頼んで紹介してもらおうかしら？　それともなんとかして自力で話すきっかけを作る？　必死さを悟られるのはあまり得策ではないだろう。だが、たとえ話しかけているところを大勢の人に見られて噂になったとしても、今さらどうでもいい気もする。弟の会員証を使ってひとりで賭博場に入ったというだけで、充分すぎるほど非常識な振る舞いだ。身元を隠すために顔の半分を仮面で覆ってはいるが、亡き夫の旧友たちの顔がちらほら見えるので、ここで騒ぎを起こせば、どうせすぐに誰だかばれてしまうだろう。

あれこれ考えた末、偶然の出会いを装い、そのあと個人的に話をしたいと切りだすことにした。シンクレア卿に懇願するのはけっして本意ではないが、こうなったら彼の堕落した魂にもまだ多少は人間性のかけらが残っていることを願い、情けにすがるしか方法はない。

チャンスがめぐってきたのは、深夜の三時になろうというころだった。シンクレア卿が勝ち得たチップを手に、カード室を出ようとしている。

ヴァネッサは慌てていることを悟られないよう気をつけながら、なんとか彼より先にドアにたどりつき、一瞬立ちどまったあと、絨毯にレースのハンカチを落とした。注意を引くための見え透いた手だが、シンクレア卿が気をよくして、わざとらしさには目をつぶってくれることを願うばかりだ。

シンクレア卿は紳士らしく腰をかがめてハンカチを拾い、優雅にお辞儀をした。「落とされましたよ、マダム」

ハンカチを手渡されるとき、彼の長い指がヴァネッサの手に触れた。偶然なのか、意図的なのかはわからない。その手のぬくもりよりも驚かされたのは、シンクレア卿の視線だった。仮面を貫くようにじっと目を見つめられ、ヴァネッサは身動きができなくなった。

つかの間その場に立ちすくんだまま、彼女はシンクレア卿を見あげていた。かすかにほほえみをたたえた官能的な唇は噂どおり魅力的だが、顔には警戒の色が浮かび、目には知的な鋭い光が宿っていた。この人を甘く見てはいけない、とヴァネッサは肝に銘じた。

どうにかして作り笑いを浮かべ、ハンカチを受けとりながら小さな声で礼を述べた。「まあ、わたしとしたことが」それから手を引っこめた。

シンクレア卿はちらりと疑うような表情を見せたが、彼女をとがめだてはしなかった。

「あなたのような方を、まだどなたからもご紹介いただけていないとは残念ですね」

「ヴァネッサ・ウィンダムと申します」

その姓にぴんとこなかったのか、シンクレア卿はさらなる自己紹介を求めるような目をした。

「きっと亡くなった夫のことならおわかりになるのでは? サー・ロジャー・ウィンダムです」

「ああ、あの方なら、いくつかのクラブでご一緒させていただきました」

ロジャーは女性をめぐる決闘で死亡した。だがシンクレア卿は思いやりからか、興味がないためか、そのことには触れなかった。

「それで、レディ・ウィンダム、なにかご用でも？」ヴァネッサが黙っていると、シンクレア卿は穏やかな口調で続けた。「ぼくに用事があるのだろうとお見受けしておりました」控えめな笑みを浮かべながらも、探るような視線を向けてくる。「失礼ながら、ひと晩じゅう美しい女性からしげしげと見つめられていれば、気づかないほうが無理というものです」

そのあけすけな物言いに、ヴァネッサは赤面した。女性に対し、自分に興味を示しているだろうとあからさまに口にするなんて、彼はかなり不遜《ふそん》な性格らしい。「包み隠さずに申しあげますと……」

「そう、正直にいきましょう」皮肉めいた口調だった。

「じつは急いでお話ししたいことがありまして」

「うかがいますよ」シンクレア卿がドアを示した。「馬車までお送りしましょう」

「ありがとうございます」

シンクレア卿はヴァネッサに続いてカード室を出ると、並んで歩いた。

「いったいなんだろうと思っていたんですよ」ふたりは広い階段へと続く廊下を進んだ。「ひと晩じゅう、こちらをじっと見ていらしたということは、ぼくに興味があるのは間違いない。あるいはなにか腹に一物あるのかと。ですが、媚《こ》びたり、はにかんでみせたりする様子は見られなかった」

「そういうことは昔から苦手なのです」ヴァネッサは声をこわばらせた。こうもあっさりと守勢に立たされたことがいらだたしい。

「どうしてそんなに真剣なご様子なのか、お聞かせ願えますか?」

「ラザフォード卿オーブリー・トレントのことです」ヴァネッサは静かに答えた。「わたしの弟なのです」

シンクレア卿が足をとめた。嵐《あらし》を思わせるような険しい目つきでこちらをにらんでいる。怒っているのは間違いない。

その表情からすると、これ以上なにか言うのは火に油を注ぐようなものかもしれないと思ったが、それでもヴァネッサは引かなかった。「賭のお支払いのことで、お話をさせていただきたいのです」

「清算しに来たとでも?」

「いいえ……そういうことでは」

「では、どういうことだ?」

ヴァネッサは息を深く吸った。二日前、シンクレア卿はピケットと呼ばれるカードゲームで弟に賭を挑んだ。オーブリーは無謀にも深みにはまり、ラザフォードの領地とロンドンの屋敷を含む相続財産のすべてを失った。これでは家族が暮らしていけない。

わが身ひとりならば、終生、没落貴族の生活を強いられても耐えていける。それ以上の辛酸をなめてきたからだ。だが、母や妹たちのことを考えなければいけない。支払いの督促に追われるだけならまだしも、母と妹たちを路頭に迷わせ、飢えに苦しませるようなまねだけは絶対にできない。

「今日は家族のために来ました。賭の返済をなんとか……一部だけでも免除していただくわけにはいきませんでしょうか？」

シンクレア卿がヴァネッサをじろりとにらんだ。「おもしろい冗談だ」

「いいえ」ヴァネッサは努めて冷静にこたえた。「本気でお願いしております。弟には養うべきふたりの妹がいます。それに病気の母も」

「そちらの家庭の事情など、ぼくの知ったことではない」

「おっしゃるとおりです。ですがラザフォードの領地をとりあげられてしまえば、わたしたちは唯一の収入源を失うのです」

「それは気の毒に」その口調に同情の響きはみじんも感じられなかった。

くじけそうになりながらも、ヴァネッサはさらに説得を試みた。「弟は賭博に関してはまったくの素人です。それに、家屋敷を賭の対象にしていい立場にもありません」

「だったら、そんなことをしなければよかったというだけの話だ」

「でも、選択肢はないに等しかったと聞いていますわ。あなたはオーブリーが挑戦に応じるよう、巧みに誘導されたのでしょう？」

「否定はしない。本当はとっさに撃ち殺してしまいたかった。そうされなかったのは幸運だったと本人は思っているかもしれないぞ」

ヴァネッサは顔面蒼白《そうはく》になるのが自分でもわかった。シンクレア卿は射撃の名手であり、剣の達人としても知られている。ヴァネッサが知るだけでも、二度ほど決闘に勝っている。おそらくほかにも誰かを負かしているはずだ。

「思いとどまってくださったのはなぜですか？」ヴァネッサはつぶやいた。

シンクレア卿が唇を引き結んだ。「決闘をすれば、妹を醜聞に巻きこむことになる」

「詳しくは存じあげませんが、妹さんが怪我をされたことは聞いています」ヴァネッサは低い声で言った。

「一生、脚が動かないかもしれないことも？」

「はい。本当に申し訳ないことをいたしました」

「しらじらしい」皮肉のこめられた、痛烈なひと言だった。

「オーブリーも同じ気持ちです。妹さんに対してとった行動を深く後悔しています。弟の行為は残酷で、とても許されるものではありません。分別のかけらもない未熟者のすることです」返事がないため、ヴァネッサは懇願するようなまなざしをシンクレア卿に向けた。「弟に自分勝手な一面があることはよく存じています。わがままで、どうしようもない若輩者です。でも、あなたならきっとわかってくださるはず。あなたにも奔放な一面がおありだとうかがっております」

「ぼくの評判はこの話になんの関係もないだろう」

「もちろんです。ただ……お願いですから、どうか考えなおしてください。弟はまだ子供なのです」

「そのようだな。まともな大人なら、自分の代わりに姉をよこして懇願させたりはしない」オーブリーに頼まれて来たわけではないと異議を唱えたくなったが、そう言ってしまえば嘘《うそ》になる。シンクレア卿を捜しに行くと伝えたとき、弟は反対しなかった。

ヴァネッサはすがるようにシンクレア卿の腕に手をかけた。「どうかご慈悲を。哀れな人間だと思ってやってください」

シンクレア卿が表情をかたくした。「きみの弟は同情に値しない。彼はぼくの大切な妹を深く傷つけた。今度はぼくが彼を苦しめてやる番だ」

情け容赦のない最後通牒《つうちょう》だ。

シンクレア卿は自分を引きとめている細い腕を迷惑そうな顔で見た。「馬車を待たせている。馬をとめ置くのは好きではなくてね」

そう言うと、腕を引き抜くように一歩さがり、背を向けてその場から立ち去った。彼の背中をじっと見つめながら、ヴァネッサは絶望感に打ちひしがれていた。

ヴァネッサは懸命に涙をこらえながら、四代にわたってトレント家が所有してきたロンドンの屋敷に入った。世間では評判の放蕩者だったサー・ロジャー・ウィンダムの妻として無味乾燥な結婚生活を送っていたときも、その夫が亡くなって苦しい生活を強いられたこの二年間も、泣いたことはほとんどない。だから今も、絶対に涙など流さないと決意していた。

むなしさを抱えながら、ヴァネッサは客間に続く階段をあがった。この屋敷とて、本当は経済的余裕もないのに、弟が社交シーズンに合わせて使えるようにしたのだ。

オーブリーは客間のなかを心配そうに行ったり来たりしながら待っていた。ヴァネッサはつかの間、弟の姿を見つめた。あの愛らしかった少年が、どうしてこんなわがままな若者に育ってしまったのだろう。理由はわかっている。男の子供はひとりしかいなかったから、両親が目のなかに入れても痛くないとばかりに甘やかして、好き放題にするのを許してきたせいだ。きちんとしたしつけをしなかったため、こんなだらしない人間になってしまったのだ。

「それで？」オーブリーはこちらの様子をうかがっている。「会えたのかい？」

オーブリーはヴァネッサと同じように背が高く、髪や目の色も似ている。明るい茶色の髪は琥珀《こはく》のようなつやがあり、黒い目は笑うときらきらと輝く。だが今、その瞳には不安だけが宿っていた。

「ええ、なんとか話すきっかけは作ったけれど、あなたの姉だとわかったとたんに拒絶されたわ」

「これでもう望みはなしか」

そんなことはないと反論したかった。弟を抱きしめ、心配することはないと言って慰めてやりたかった。だが、オーブリーの言うとおりだ。これで家族全員の望みが絶たれたのだ。

ヴァネッサは青いブロケード張りの長椅子に座りこんだ。

オーブリーは隣の椅子に乱暴に腰をおろし、両手で顔を覆った。しばらくすると、力ない声で尋ねてきた。「交渉には応じてくれなかったのか？」

「交渉を切りだすまでにも至らなかったわ。いっさい話はしたくない様子だったもの」

「なんてやつだ……」

責任を転嫁しようとする子供じみた態度に、ヴァネッサはまたしても激しい怒りを覚えた。

「自分が愚かなことをしたからでしょう？　見ず知らずの人間が頼みに行ったところで、あなたが失った財産をシンクレア卿があっさり返してくれるとでも思ったの？」

「あいつはぼくを破滅させようとしているんだ」

「だからといって、あなたにシンクレア卿を責められる？　あの人の妹はあなたのせいで大怪我をしたのよ。一生、歩けないかもしれない。それとも、そんなささいなことは都合よく忘れてしまったというわけ？」

「忘れてなんかいるもんか！」オーブリーが両手で髪をかきむしった。「ばかなことをしてしまったと、ずっと後悔しているんだ」

「どうしてそんな残酷なことができたの？」

「わからない」顔をあげたオーブリーの目には悲しみと後悔の念が浮かんでいた。「最初はただの遊びのつもりで賭を始めたんだ。賭博仲間からまとまった金をせしめたくてね。懐が寂しかったんだよ。それにちょっと……」

「ちょっと……なに？」

「退屈してもいたし」

「だったら田舎へ行って狩りでもすればいいでしょう。闘鶏や拳闘《けんとう》の試合を見るだけじゃっまらないとでもいうの？」しだいに口調がきつくなる。「だから、まだうら若い女性の人生をおもちゃにしたわけ？　傷物にしたあげく、下半身不随でベッドから出られない体にしたの？」

オーブリーが苦悩に顔をゆがめた。「そんなつもりじゃなかったんだ。信じてくれよ」

「じゃあ、どういうつもりだったのよ！」

オーブリーが深く息を吸った。「言っただろう？　金が欲しかっただけなんだ。ある集まりでミス・シンクレアを見かけたとき……そこへ着く前にぼくたちは少しワインを飲みすぎていたんだと思う。初めは、あの恐ろしそうなお目付役《シャペロン》の女性からどうやってミス・シンクレアを引き離そうかという話で盛りあがっていた。でも、そのうちに話がどんどん進んでしまって、気がついたらぼくが彼女を落とせるかどうかの賭になっていたんだ。ミス・シンクレアを口説くのは……思っていたよりずっと簡単だった」彼はうなだれた。「オリヴィアは厳しく監視されて暮らしてきたから……愛情に飢えていたんだ」

「それで密会を重ね、駆け落ちしようと約束して、ミス・シンクレアを馬車宿に呼びだしたのね。正式に結婚しようとは考えなかったの？」

「結婚はぼくの気持ちひとつでどうこうできる話じゃないよ。たとえ結婚したくてもそんな金はどこにもない。オリヴィアには財産を相続する権利があるけれど、それにはあと三年待たないといけないんだ。お兄さんの許可を得ずに結婚したら、オリヴィアは一文無しで勘当される」

どうやら本心を話しているらしく、オーブリーは恥じ入った表情をしている。ヴァネッサはため息をもらした。弟が経済的な問題でじれていることはよく知っている。けれど、お金がないことを嘆いてみてもしかたがない。これは家族の問題なのだ。

父は経済観念がないうえに、商才にも恵まれていなかった。そこで富豪と婚姻関係を結ぶことによって財力を得ようと、若き準男爵の妻になるようヴァネッサを説得した。だが夫となった男性は相続した莫大《ばくだい》な財産を食いつぶし、あげくの果てには一年もたたないうちに愚かな決闘で死亡した。その直後に父親が落馬事故で亡くなり、ヴァネッサはロンドンを離れ、家族のもとへ戻ったのだ。

それから二年間、家計をやりくりし、病気の母親と妹たちをなだめながらつましい生活を送ってきた。だが、問題はオーブリーだった。つねに遊ぶ金を要求し、生活費の残りを賭事や娼館《しょうかん》通いに使ってしまう。

だが、それでもこれまでは支払いの督促を受けるだけですんでいたが、今や状況は絶望的だった。

「シャーロットを結婚させるという手もある」オーブリーがぼそりと言った。

「だめよ！　そんなことは絶対に許さないから」ヴァネッサは腹を立てた。シャーロットはまだ一五歳、ファニーに至っては一三歳だ。自分の目が黒いうちは、なにがあってもふたりを富や地位のために結婚させたりはしない。妹たちに同じ轍《てつ》を踏ませたくはなかった。

「じゃあ、いったいどうしろっていうんだ」

ヴァネッサは疲れを感じ、こめかみを押さえた。「黙って家を明け渡せば、シンクレア卿は差し押さえの法的手続きに入るのをためらうかもしれない」

オーブリーが首を振る。「賭博の借金は信用借りだ。紳士たるもの、たとえ飢え死にすることになったとしても、支払わないわけにはいかない」

またしてもヴァネッサの胸に怒りがこみあげてきた。「家も領地も失うというのに、あなたはまだ紳士としての体面なんかにこだわるの？」

「支払えないなら、自分の頭に一発ぶちこんでやるさ」

「オーブリー、そんな言い方はやめてちょうだい！」

だが、その声はオーブリーには届いていないように見えた。「ぼくなんて死んでしまったほうがいいのかもしれない。オリヴィアが階段から落ちたとき……」オーブリーがかたく目をつぶる。「ぼくのせいで彼女は命を失ったのだと思った」

弟の表情は狼狽《ろうばい》と苦痛に満ちていた。ヴァネッサは不安になった。「オーブリー、お願いだから……」

オーブリーの表情がわずかに和らいだ。ヴァネッサは椅子から立ちあがり、高価なドレスが汚れるのもかまわずに弟の前にひざまずいた。

「終わってしまったことはもうどうしようもないわ。あとはこれから先が少しでもよくなるように頑張るしかないのよ」

オーブリーはしばらく黙りこくっていたが、やがてうなずいた。「心配しなくても大丈夫だよ。自殺する勇気なんてないから。姉さんと違って、ぼくは弱虫だ」

ヴァネッサは胸が痛んだ。そんな縁起でもない考えから気を紛らせようと話題を変える。

「ミス・シンクレアの怪我について、お医者様はなんとおっしゃっているの？」

オーブリーが身震いした。「わからない。彼女のそばへは行かせてもらえなかったから。できるものなら……なんとかして償いたいんだ。だからこそシンクレア卿がロンドンに戻ってきたと聞いて、すぐに会いに行ったんだ。彼の作ったクラブに誘われたときは、許してもらえるのかもしれないと思った……ぼくがばかだったよ」彼はつらそうに作り笑いを浮かべた。「シンクレア卿が決闘じゃなくて賭事を選んでくれたのは幸いだったと思う。彼が怒るのは当然さ。ぼくだって、自分の姉や妹がひどい目に遭わされたら、相手の男を殺してやりたいと思うよ」

ヴァネッサは胸が熱くなった。オーブリーは精神的には弱いかもしれないが、けっして悪い人間ではない。そしてわたしは、そんな弟を心からいとおしく思っている。たしかにろくでもない一面はあるが、わたしがつらい結婚生活を送っていたときに支えてくれたのはオーブリーだ。楽しいことなどなにひとつないときに笑わせてくれたのも。それにミス・シンクレアにしてしまったむごい仕打ちを、弟は深く悔いているように見える。

「なにか方法を考えましょう。お母様と妹たちを路頭に迷わせたりしないと約束するから」

弟のすがるような目を見て、ヴァネッサはやるせない気持ちになった。「どうするんだい、姉さん？」

「わからない。とにかく、もう一度シンクレア卿の理性に訴えてみるしかないわね」

「でも、彼は復讐しか頭にないよ」

「わかっているわ」魂を見透かすような、激しい怒りをたたえたシンクレア卿の灰色の瞳を思いだし、ヴァネッサは身震いした。男らしくて洗練されていながらも危ない雰囲気をまとった姿が、いやおうなく心に浮かぶ。〝女泣かせのシン〟と呼ばれる男性を侮ることはできない。「シンクレア卿は冷酷な人なのだろうと思うわ。だけど、まだあきらめるわけにはいかないの」

2

メイフェアといえばロンドンでもとりわけ洒落た地区だ。そこにあるシンクレア卿の広大な屋敷の前で、ヴァネッサは不安に包まれつつ貸し馬車を降りた。体を震わせながら、外套のフードをいっそう目深にかぶる。朝の霧雨にぬれるのを防ぐためではなく、顔を隠したいからだ。まともな女性なら男性を自宅まで訪ねたりはしない。ましてや相手はあの〝女泣かせのシン〟だ。

だが追いつめられていたヴァネッサは意志の力を振り絞り、立派な玄関へと続く階段をあがった。そして応対に出てきたいかめしそうな執事にカードを手渡した。年配の使用人は、女性の訪問客を見ても眉ひとつ動かさなかった。

「いらっしゃるかどうか見てまいりましょう。よろしければ青の間でお待ちになりますか？」執事は抑揚をつけた話し方をした。

ヴァネッサはすすめられるまま屋敷に足を踏み入れた。青の間へ入ると、フードこそとったものの、贅《ぜい》を尽くした趣味のよい調度品には目を向けることなく、ただじっとその場に立ち尽くしていた。今は冥府《めいふ》の扉のほうがよほど興味を引かれる。

放蕩者と呼ばれるたぐいの貴族たちには軽蔑《けいべつ》しか感じない。〝女泣かせのシン〟ことダミアン・シンクレアといえば、とりわけ放蕩の限りを尽くしている遊び人だ。悪名高い業火《ヘルファイア》・同盟《リーグ》のリーダーとしても知られている。ヘルファイア・リーグとは、半世紀前に存在した似たような名前のクラブを模して作られた、裕福な貴族が快楽を追求する社交クラブだ。だが弟の領地を守れるかもしれないというわずかな希望の灯を絶やしたくなければ、嫌悪感は脇へ置いておくしかない。

すぐに若い男性が部屋へ入ってきた。男性は礼儀正しくお辞儀をしながらも、ヴァネッサに対して眼鏡越しにけげんそうな目を向けてきた。

「レディ・ウィンダム、わたしはシンクレア卿の秘書を務めるジョージ・ハスケルと申します。どのようなご用件かうけたまわるよう主人から言いつかってまいりました」

「シンクレア卿はいらっしゃらないのですか？」彼が秘書をよこしたことに驚きはなかった。

「今、外出の支度をしております。よろしければ、わたしがおうかがいしますが？」

「そういうわけにはいかないのです。急を要する件でまいりました。シンクレア卿ご自身でなければ、おわかりにならないことです」震えながら申し訳なさそうな笑みを浮かべてみせたものの、ヴァネッサの決意はかたかった。「おいでになるまでお待ちしますとお伝えください」

ミスター・ハスケルはお辞儀をして部屋を出ていった。だが、またすぐに困ったような顔をして戻ってきた。

「短い時間でよろしければ……二階でお会いすると申しております。どうぞこちらへ」

ヴァネッサは客間へ通されるのだと思っていたが、大階段をあがり、広い廊下を案内されてたどりついた先は私室だった。秘書はお辞儀をし、やめたほうがいいのにとでもいうようにかぶりを振りながら立ち去った。

彼女はなかへ入った。広い室内は深紅色と金色で上品にまとめられ、高級なマホガニーの家具が置かれている。部屋の中央に鎮座した、ことのほか大きなベッドは、まだシーツが乱れていた。

ヴァネッサの鼓動が速まった。ここはシンクレア卿の寝室なの？

「入りたまえ」部屋の奥から、あざ笑うかのようなけだるげな声が聞こえた。

一歩前に進みかけたヴァネッサは、はっと立ちどまった。シンクレア卿はズボンとブーツしか身につけていなかった。むきだしの上半身はがっしりとして目をみはるほど美しい。大きな肩、引きしまった筋肉質の広い胸、贅肉などみじんもない腹部、細い腰。まるでギリシア神のような体をしている。そのたくましさから察するに、さぞ運動に打ちこんでいるのだろう。そのうえ、こちらが圧倒されるほど整った顔立ちをしている。心臓が破裂してしまいそうだ。

ヴァネッサは先ほどの弱気も忘れていた。

シンクレア卿が謝罪の意を表すようなほほえみを浮かべながら、ゆったりとした上等な生地のシャツに腕を通した。「女性を迎えるのに、こんな格好ですまない。ただし、強引に面会を申しこんだのはきみのほうだ」

たしかにそのとおりだ。だがそれにしても寝室に招き入れるなどというのは、明らかにこちらを畏縮《いしゆく》させようとする露骨な嫌がらせだ。ふしだらなことが数多く行われてきたのであろうこの部屋へ入ったことが世間に知れれば、後ろ指を指されるのは目に見えている。だが、それでも文句を言える立場ではない。たとえわずかな見こみしかなくても、彼を説得したければ動揺も緊張も我慢するしかなかった。

「あとは自分でできる」シンクレア卿は近侍に言い、クラヴァットを手にとった。近侍はお辞儀をして部屋を出ていった。「失礼して身支度を続けさせてもらうよ」彼は大きな鏡の前に立ち、器用な手つきでクラヴァットを結びだした。「もう出かけなくてはいけない。仕立屋との約束に遅れたくはないんでね。ちゃんと国会に出ろと秘書から言われてね。そうするためにはまともな服がいる」そっけない口調には、おもしろがっているような皮肉めいた響きがあり、本当に服にこだわっているとは思えなかった。

シンクレア卿は不遜な男性で根っから尊大なところはあるが、けっして見栄《みえ》っ張りではない。それに、彼なら仕立屋の手を借りてうわべを飾る必要はなかった。男性たちはみなシンクレア卿を恐れて一目置いているし、女性たちはこぞってその魅力の虜になっているのだから。そういうヴァネッサ自身もシンクレア卿の前に出ると、女性として心が揺れ動かずにはいられない。まつげの長い灰色の目は美しいとしか形容のしようがないほどだ。

ヴァネッサはなんとか唾《つば》をのみこみ、声を発した。「お会いくださってありがとうございます」彼女はひとまず下手に出た。

鏡に映った顔がふっとほほえむその笑みすらも男らしかった。「黙って会うしかないだろう? きみの決意はかたそうだ。ほうっておけば玄関先で野営でもしかねない」

「必要とあらばそれも厭《いと》いません。どうぞ一〇分だけお時間をください」

「いいだろう、一〇分だけだ。だが言っておくが、弟の件で来たのなら、たとえ一〇時間かけてもぼくの気を変えさせることはできないぞ。まあ、座ってくれ」

ヴァネッサは暖炉の前にある安楽椅子と、離れた窓際にある寝椅子をちらりと見た。「ありがとうございます。ですが、このままで結構です」

好きにしてくれというように軽く首を傾け、シンクレア卿はクラヴァットを優美な輪の形に結んだ。「弟は、きみがここへ来ていることを知っているのか?」

「いいえ。話すつもりはありません。あなたを訪ねたことや、ましてや寝室に通されたことを知ったら、きっと激怒するでしょうから」

「それは、ぼくが女性の貞操を奪うひどいやつだという噂があるからかい?」シンクレア卿が皮肉っぽい口調で言った。「期待を裏切って申し訳ないが、不意を突いて手ごめにするようなまねはしないよ」ヴァネッサの目と鏡に映る彼の目が合った。「いや、きみを見ていると、そうしてみたい気にもなってくるが」

ヴァネッサは息を吸いこんだ。「お察しのとおりです。今日は弟の賭け金のことでお願いにまいりました」

「ほう、ぼくの勘は冴《さ》えているな」

彼女は冷静な口調になろうと努めた。「それをお支払いしてしまったら、わたしたちがどれほど大変な目に遭うか、あなたはきっとおわかりでないのです」

シンクレア卿が観念したようなため息をついた。「どうせ、それを今から聞かされるはめになるんだろう?」

「母と妹たちは生活苦に陥り、住む家を失います」

「金貸しのところへ駆けこむという手もある」

「あれだけの大金ですから、ラザフォードの領地を抵当にとられるのは目に見えています。そんなことになれば、たとえあなたに対する借金を支払えたとしても結果は同じです。オーブリーは領地を奪われて負債者監獄へ入ることになり、家族は路頭に迷います」

「それがぼくにどう関係しているのか、さっぱりわからないな」

ヴァネッサは怒りの言葉をぶちまけそうになるのを懸命にこらえた。ここでシンクレア卿にさらなる反感を抱かせてしまっては、とても解決に至らない。「弟に復讐をしたいと思われるのは当然です。でも、家族まで苦しめなくてはいけないのでしょうか?」

「気の毒だが、彼が自分でまいた種だ」

「弟がひとりでまいたわけではありません。経験豊富な勝負師のあなたが、弟を深みに引きずりこんだのです。ゆうべ、ご自分でそうおっしゃったではありませんか」

「たしかに、なんとしても身の破滅に追いこんでやろうと思ってはいたさ」

「世間知らずの若者から大金を巻きあげるのは犯罪行為です」ヴァネッサは苦々しい思いでつぶやいた。

「純真無垢《むく》な娘の人生を台なしにするのは犯罪行為じゃないというのか?」シンクレア卿が言いかえした。ヴァネッサが黙ってシンクレア卿を見据えていると、彼はいらだった声で続けた。「きみはぼくに説教をしに来たのか、レディ・ウィンダム?」

「いいえ、理性に訴えるために来たのです」

シンクレア卿は無言だった。

「解決方法を見つけられなければ、オーブリーはピストルで自分を撃つと申しております」

「そう聞いても、同情心はかけらもわいてこないな」

「わたしは胸がつぶれそうです」

本当かというように、シンクレア卿はヴァネッサの目をじっと見つめたが、やがてかぶりを振って表情をこわばらせた。「あれだけ軽はずみで残酷なまねをしたのだから、報いを受けてしかるべきだろう。だが、きみに免じていくらか譲歩してもいい。弟が直接ぼくに会いに来るというなら、支払い条件の交渉に応じよう」

ヴァネッサは少し気持ちが軽くなったが、手放しでは喜べなかった。「支払い条件を考慮していただいたところで、仕立屋が請求する代金さえまともに払えないような弟に、そんな大金を用意できるはずもありません」

「きみは弟の経済状態ばかりが気になるようだな」

「それにはわけがあります。じつはオーブリーに代わって、わたしがラザフォード領の管理をしているからなのです。弟にはお金の算段をするだけの才がないものですから」

シンクレア卿は片方の眉をつりあげた。「きみにはあるのか?」

「ええ、窮地に陥っていることがわかるくらいには。ただ財産が減り続けているのは、必ずしも弟だけが悪いわけではないのです。いつもいちばん難しいのは、いかに母や妹たちに節約させるかということです。浪費癖があるものですから」シンクレア卿がなにも言わなかったので、ヴァネッサはさらに続けた。「なんとか金額を減らすことをお考えくださいませんか?」

「では、その代わりにきみはなにを差しだす?」

ヴァネッサ・ウィンダムが唇をかんだ。その色気のある唇に、思わずダミアンは視線を引きつけられた。必死で懇願する彼女に対して冷ややかな態度をとり続けるのは至難の業だ。なんといってもヴァネッサは評判の美女だし、ぼくはいつも美しい女性に弱い。彼女の黒い瞳はこちらが圧倒されるほど聡明《そうめい》な輝きを放ち、シェリー酒の色をしたつややかな髪は秋を思わせる金色と赤褐色に輝いている。

そうはいっても、この女性は爵位と財産目当ての結婚をしたわけで、当時は素行のよろしくない連中とも交際があったはずだ。もしかすると、金遣いの荒い弟や死んだ夫と同類なのかもしれない。サー・ロジャーは財産を食いつぶし、道楽の限りを尽くして醜聞を流したあげく、若くして他界したことで知られている。噂が本当なら、亡き夫の友人たちは嘆き悲しむ未亡人をせっせと慰めに行ったそうだ。ヴァネッサは社交界にありがちな愚かで薄っぺらな女性には見えないが、ぼくに気に入られたいがために芝居をしている可能性もある。じっとこちらを見つめている印象的な目には、ぼくを警戒しながらも男として気にしている様子がありありと表れている。彼女がぼくに惹《ひ》かれているのは間違いない。

「差しだせるようなものなどありません。夫が亡くなったことで、わたしは厳しい状況に追いこまれました」ヴァネッサが静かな口調で言った。「自宅にはいくつも抵当権がついているありさまでしたから、夫の借金を清算したあとはなにも残りませんでした」

「金持ちの男を見つけてまた結婚すればいい」

ヴァネッサが顔をしかめた。「たとえ再婚したいと思っても……いいえ、そんな気は毛頭ありませんけれど……今から相手を探していたのでは間に合いません」

「たしかにそうだが、きみほどの美貌なら愛人を見つけるのは簡単だ。いや、それともすでにいるのかな？」ダミアンは興味を引かれ、鎌《かま》をかけてみた。

彼女は厳しい顔つきになった。「愛人などいませんわ、シンクレア卿」

「きみだって、いざとなれば平気で女の魅力を利用するじゃないか。ゆうべ露出の多いドレスを着ていたのは、ぼくに見せつけるためじゃなかったのか？」

ヴァネッサは顔を赤らめたが、怒りだすようなまねはしなかった。

ダミアンは彼女の頭のてっぺんから爪先までをじろじろと見た。「きみなら庇護《ひご》してくれる男を見つけるのは難しくないだろう。男が喜びそうな魅力を大いに備えている。そのすばらしい体を大いに利用すればいい」

「わたしはそんな女ではありません」声に怒りをにじませながら奥歯をかみしめている様子は、どう見ても本心を述べているように思われた。

ダミアンはふと考えこんだ。女性に懇願されるのには慣れている。だが、そういった女性たちとは違い、ヴァネッサは涙や作り話でしつこく迫ってくるわけではない。甘い言葉でことを有利に運ぼうとしているのではないのだ。ただ家を奪わないでくれと、誠心誠意、頼んでいるにすぎない。

正直に言って、ヴァネッサの率直さと勇気には感服した。誤った試みとはいえ、必死に弟を守ろうとする姿には胸を打たれる。

だが、ここで心を許すのは賢明でないだろう。ヴァネッサは賢そうな女性だし、たしかにぼくは興味をそそられてもいる。目が肥えているはずのぼくから見ても、なかなかの美しさだと思う。いつもなら、もっと気のきいた会話を楽しんでいただろう。いや、口説いてさえいたかもしれない。だが彼女の弟は、世間知らずの妹の人生を破滅に追いこんだ張本人だ。その代償はきっちり払ってもらうしかない。

「あなたは人生で後悔されたことはないのですか？」ヴァネッサは尋ねた。「オーブリーは責任のなんたるかを知りません。父親はけっしてよいお手本ではなかったものですから」

「ためになる話だな」

「お願いです。弟はまだほんの子供なのです」

シンクレア卿の灰色の瞳に険しい表情が浮かんだ。「ぼくの妹もほんの子供だ。ラザフォードがむごいことをしてくれたが」

「弟がしたことを弁解する気はありません」ヴァネッサは慎重に言葉を選んだ。「ただ復讐よりも、妹さんを支えることに力を注いでいただけたらと思わずにいられないのです」

「そうしているつもりだよ」

「そうでしょうか？　妹さんを領地にひとり残して、ご自分はロンドンの華やかな生活に戻っていらっしゃるじゃありませんか」

今度はシンクレア卿が声に怒りをにじませる番だった。「きみにはなんの関係もないことだと思うが、レディ・ウィンダム。言わせてもらうと、ぼくは妹につける話し相手を探すためにロンドンに戻ってきたんだ。職業斡旋《あっせん》所に問いあわせ、適当な女性を見つけて面接をするためだよ」

それに、仕立屋に行くためでしょう？　ヴァネッサは軽蔑の言葉をのみこんだ。どうやらお偉い男爵様は、体が不自由になった妹にわずらわされるのを嫌っていらっしゃるらしい。そうでなければ、人を雇って妹を押しつけようなどとは考えないはずだ。「赤の他人に妹さんを任せるなんて、あなたは冷たい人ですね」

「ぼくを挑発するのは賢明ではないと思うけれどね、レディ・ウィンダム」口調はやわらかかったが、シンクレア卿の言葉には刺《とげ》が含まれていた。

彼の目に激しい感情が浮かんでいるのを見てとり、ヴァネッサは口をつぐんだ。シンクレア卿を怒らせてしまったらしい。わたしはなんて愚かなのかしら。彼は冷酷無情な恐ろしい男性だというのに。シンクレア卿がゆっくりと近づいてくる。大きくてたくましい体に圧倒され、ヴァネッサはただ立ち尽くしていた。

シンクレア卿が彼女の目の前で立ちどまり、じっと見おろした。突き刺さるような視線を向けられ、ヴァネッサは動揺した。シンクレア卿が低い声で言った。「女性との噂が絶えない男の寝室に、きみはひとりで入ってきた。ここでぼくがなにかしたとしても、誰もぼくを責めはしないだろうね」

脅し文句なのだろうが、甘い誘惑の響きに聞こえる。胸を無遠慮にじろじろ見られ、ヴァネッサはさらに狼狽した。実際に触れられているかのように感じ、胸が敏感になっているのがわかる。

彼に喉もとを触れられ、ヴァネッサは凍りついた。しなやかな指が彼女の首筋をなぞり、鎖骨のくぼみへとおりてくる。「うろたえているのかい？」

「いいえ……まさか」

「息遣いがせわしないし、きれいな肌に赤みが差している」

それは本当だ。息をするのが苦しく、体がほてっている。だけど、わたしを怯えさせるつもりなら、そうはいかないと思い知らせるまでだ。

ヴァネッサは挑むように顎をあげ、シンクレア卿を見つめかえした。「あなたの善良な心に訴えようと思っていましたけれど、そんなものは持ちあわせていらっしゃらないようですわね」

シンクレア卿が冷ややかな笑みを投げかけた。「これでも普段はなかなか人好きのする性格なんだが」

「そんなふうには見えません」

「だが、きみはぼくという人間をほとんど知らない」つかの間、シンクレア卿はヴァネッサを見おろしていたが、ふと現実に立ちかえったとでもいうようにかぶりを振った。「きみとの会話をもっと楽しみたいところだが、約束の時間に遅れてしまう」

ヴァネッサは焦りを覚え、ため息をついた。彼の言うとおりだ。こんな会話をしていてもしかたがない。気が重いけれど、あとはこの方法で頼んでみるしかないだろう。

「弟の領地をとりあげるのを勘弁していただく代わりに、なにを差しだせるのかとおっしゃいましたね。わたしにもできることがあります」

ついに来たな。ダミアンはそう思い、ヴァネッサに失望した。いよいよ、その手で交渉しようというわけか。「ぼくに興味を感じてくれたということかい？」

「ミス・シンクレアの話し相手を務めさせていただきたいのです」

ダミアンは眉をひそめた。「きみが？」

「そのための女性を雇いたいとおっしゃっていたでしょう？」

「どうしてぼくがきみに妹の世話を任せなくてはいけないんだ？　ひとつでもいいから理由をあげてくれ」

「わたしなら力になれます。妹さんはあまり状態がよくないとうかがっていますわ。きっとベッドから離れず、部屋にこもっていらっしゃるのでしょう」

「だから？」

「わたしは臥《ふ》せっている方のお世話は初めてではありません。母が病弱でよく寝こむものですから、介護には慣れています。それに社会的地位も申し分ないはずですわ。夫の爵位がありますし、父は子爵でしたから。家庭教師にせよ、話し相手にせよ、それだけの身分の女性はなかなか望めないのでは？」

　ダミアンはヴァネッサを見つめた。なにか企《たくら》んでいるのだろうか？　聞いた限りでは、誠実な申し出のように思える。だが家族のために、どこまで自分の身を犠牲にする覚悟ができているのだろう？　それを試してみようと、ダミアンはおもむろにうなずいた。

「勇気があることは認めよう。だが、どの程度まで引き受ける気があるのか疑問だな」

「家族を守るためならなんでもします」

「ほう？」ダミアンは薄笑いを浮かべた。「きみは運がいいな。ぼくは寛大な気分になってきた。だが、考えているのとは少し違う仕事ではどうだ？　それならきみを雇ってもいい。ただし相手は妹ではなく、このぼくだ」

「それは……どういう意味でしょうか？」

「もっとわかりやすく言おうか？　ぼくの愛人になるなら、弟の借金は帳消しにしてやろうということだ」

ショックを受けた彼女の表情から察するに、そんな条件を出されるとは考えてもいなかったようだ。

「永遠にというわけじゃない。互いに飽きるまでのあいだだけだよ。そうだな……このひと夏ではどうだ？」

ヴァネッサはシンクレア卿をにらみつけた。「あなたほどの方なら、愛人のひとりやふたりはすでにいらっしゃるでしょうに」

シンクレア卿が軽く肩をすくめる。「あいにく今はいない。どうだい、引き受けるかどうかはきみしだいだ」

なんという侮辱かしら。ひっぱたいてやりたいわ。まさか本気ではないはずよ……それとも、本気なの？「ひどい方だわ」

シンクレア卿はヴァネッサを見据えたまま、ゆっくりと皮肉めいた笑みを浮かべた。「おやおや、そんなに怒ってみせなくてもいいだろう。酸いも甘いもさんざんかみ分けてきたくせに、よもやこんなことで驚いたとは言わせないからな」

シンクレア卿が近づいてきて、彼女の胸に手を伸ばした。外套とドレス越しに胸の先を手の甲で触れられ、ヴァネッサはびくりとした。彼の無礼な行動もさることながら、自分の体の芯《しん》がほてる感覚に気が動転した。

彼女は息をのみ、シンクレア卿の手の届く距離から逃れようとあとずさりした。

〝女泣かせのシン〟と呼ばれる男性は、勝ち誇ったようにほほえんでいた。笑みを浮かべた口もとがまばゆいほどに魅力的だ。多くの女性が彼に惹かれるのも理解できる。悩ましく危険なほほえみで、これまで数えきれないほどの女性を虜にしてきたのだろう。

「そんな申し出は受けられないと？」シンクレア卿がささやきかけた。声には自信がありありと表れている。

「そうは言っていません」ヴァネッサは鋭く言いかえした。

「では、どうする？」

「少し……考えさせてください」

「結論は早めに出してくれ。言っておくが、この申し出を受ければ地獄を見ることになるかもしれないぞ」

3

　ふたりは挑みあうように視線を絡ませた。

「代償があまりに高すぎるか？」ダミアンがけだるそうな声で尋ねた。

　その問いかけに、ヴァネッサは言葉を詰まらせた。彼の申し出を受ければ、わたしは世間から後ろ指を指されることになる。だけどそれで家族を守れるなら、はたして高すぎる代償かしら？

「愛人になったら……わたしはどんなことを求められるのでしょうか？」少しでも時間を稼ごうとして言う。

　ダミアンが片方の眉をつりあげた。「わからないはずはないだろう」

「その……ベッドをともにすることも？」

「常識的に考えてそうなるな」ダミアンがそっけない笑みを浮かべた。「言っておくが、そうつらい勤めにはならないはずだ。当然ながら、ぼくは気が向いたときにいつでもきみのベッドへ行く。そしてきみは、ぼくを楽しませるすべを学ばなくてはならない」

「きっとがっかりされます。そちらの方面は不得手ですから」

「手合わせすればわかることさ」

無作法な物言いにヴァネッサは思わず息をのんだが、執拗《しつよう》な挑発には怒りを覚えた。

「わたしは結婚していましたけれど、愛人になった経験はありませんから。わたしがその……関係を持ったことのある男性は夫しかおりません。それに夫婦生活は……苦痛でしたし。どうして男性があれを好まれるのか、わたしには理解できません」

最後のほうの口調は鋭く、侮蔑に満ちていた。けれどもその怒りが自分に向けられたものなのか、夫のことを言っているのか、あるいは男性全般に対するものなのか、ダミアンにはわからなかった。

「聞いたところによると、きみのご主人はかなり無骨な人だったらしいね。それに今、みずから認めたように、きみは愛を交わすことのすばらしさを知らない。うぬぼれているとは思われたくないが、ぼくならきみが知るべきことを教えられる。断言してもいいけれど、なかなか楽しいレッスンになるはずだ」

ヴァネッサは威厳を保とうと顎をあげた。「わたしが楽しく思うかどうか、どうしておわかりになるのですか？　わたしのことなどなにもご存じないくせに」

「だが、女性のことならわかっている。どうしたらベッドで悦ばすことができるのかは心得ているよ。きみもほかの女性たちとそう体の作りが違うわけでもあるまい。ひと晩、ぼくに抱かれれば、きみも身もだえするようになるさ」

「たしかにあなたは地獄の悪魔ですね。それも、とても傲慢《ごうまん》な」

ダミアンがほほえんだ。「悪事の数も並大抵ではないぞ」

黙りこんでしまったヴァネッサを、ダミアンは興味深く観察した。軽蔑をあらわにした高慢な態度ははたして芝居だろうか？　ぼくの気を引くためにわざとそうしているなら、なかなかうまい手だ。目の前に女性がいるというだけでこんなに欲望をかきたてられたのは、いったいいつ以来だろう？

それに、彼女がこれほど寛大な申し出に躊躇《ちゅうちょ》する理由がどこにある？　どれほどすばらしい女性だとしても、一〇万ポンドもの値をつけられる愛人などいるわけがない。こちらは莫大な借金を帳消しにし、かわいい弟を救ってやろうと言っているのだ。それを断るとしたら、とんでもない愚か者だ。

しかし、ヴァネッサ・ウィンダムは愚か者ではない。あれだけのスキャンダルにさらされてきたのだから、さまざまな経験をし、世慣れているはずだ。目的のためなら体を利用するくらいの如才なさはあるだろう。美しいものの、貪欲《どんよく》で浅はかな女性ならいくらでも知っている。

ただし、彼女が本当に不感症だという可能性もある。プライドが邪魔してか、あるいは恐怖心が先に立って男との関係を楽しめないのかもしれない。警戒心に満ちた不安そうな表情は、もしかすると心からのものなのだろうか？

「ぼくを恐れているのか？」ダミアンは真剣な声で尋ねた。

「いろいろと噂は聞いておりますから、あなたのことを怖い方だと思わないとしたら、あまりに無分別ということになりましょう。あなたにはどんな常識も通じず、どんな女性も無傷ではいられないようですから」

「きみがぼくを恐れなくてはいけない理由などなにもない」

「あなたは子羊を狙《ねら》う狼《おおかみ》だとうかがっていますわ」

その毒舌にダミアンはほほえんだ。不思議だ。こちらの機嫌をとろうともせず、ずけずけとものを言うヴァネッサに、なんと気概にあふれた女性だろうと新鮮味を覚えるなんて。

ダミアンはなにげない素振りで紫檀《したん》のサイドテーブルのところへ行き、引き出しを探った。そして、ひと組のトランプをとりだした。

「その意見には同意しかねるな。ぼくは狼なんかじゃない。だが、きみが言ったように勝負師ではあるから、きみに一か八《ばち》かのチャンスをやろう。互いに一枚ずつカードを引き、数の多いほうが勝ちだ。勝算は五分五分。もしきみが勝ったら、借金は帳消しにする。きみが負けたら、きみはひと夏のあいだ、ぼくの愛人になる」

ヴァネッサは黒い目を大きく見開き、ためらいの表情を浮かべながらこちらをじっと見つめている。ヴァネッサは部屋の向こう側にいるというのに、ダミアンは彼女と深い関係になっている場面を想像してしまった。

「どうする？」

途方もないジレンマに悩み、ヴァネッサは目を閉じた。彼の恩情を乞《こ》うためとはいえ、女性としての誇りを賭の対象にするなんて侮辱にもほどがある。結婚という形で身売りをしたとき、二度と同じことはするまいと心に誓ったのに。

けれどもこの男性に身を任せるのは、亡き夫との結婚生活ほどいやなものかしら？　ダミアン・シンクレアとベッドをともにできると聞けば、たいていの女性ならチャンスに飛びつくだろう。なんといっても、あちらのほうはすばらしく上手だという噂なのだから。女性から見て、彼には抗《あらが》いがたい魅力がある。そしてわたしもその魅力におぼれそうになっているひとりだ。ああ、どうしたらいいの？

それに、勝つ見こみもあるわ。わたしのほうが大きな数字を引くかもしれない。だけど、もし負けたら？　そのときは世間から陰口を叩かれる身になってしまう。

ダミアンの提案は下劣だし、残酷でさえある。けれども彼は、わたしが体を差しだせば情けをかけようと言っているのだ。それにダミアンの怒りから家族を守るためなら、悪魔とでも取り引きをする覚悟はできている。

「ほかに選択肢がないのであれば、しかたがありません」ヴァネッサは低い声で淡々と答えた。

彼女にとってせめてもの救いは、ダミアンが楽しそうな素振りを見せなかったことだ。

「きみが親になるといい。カードを切って、先に引くんだ」

ヴァネッサは重い足どりでダミアンのそばに行き、カードを受けとった。ホイストやピケットなどのゲームは経験があるため、カードを切るくらいのことはできる。しかし手が震え、思うようにいかなかった。

「一枚引いてくれ」ダミアンが促す。

彼女はテーブルにカードを広げ、一枚引き抜いて表に向けた。ハートのジャックだ。希望がわいてきた。これなら勝てるかもしれない。ヴァネッサは胸を高鳴らせ、固唾《かたず》をのんだ。

次にダミアンが一枚抜き、優雅な手つきで表に返した。

ヴァネッサはスペードのキングを凝視した。絶望感を押し隠すこともできない。わたしは負けたのだ。

「今ならまだ思いなおすこともできるぞ」ダミアンがささやくように言った。

どういうわけか、彼は引きかえす機会を与えようとしている。だが、ヴァネッサは首を振った。約束は守るしかない。

「では、取り引き成立かな?」

なんとか気を落ち着けようと、ヴァネッサはゆっくりと息をした。卑怯《ひきよう》者になるのはごめんだ。それに、これで家族が救われるなら満足するしかない。

それどころか当初、この〝女泣かせのシン〟と呼ばれる人のもとを尋ねたときに願っていた内容より、はるかによい結果になったじゃないの。「ええ、お受けします」

ダミアンが頰に触れてきたので、ヴァネッサはどきりとした。あとずさりしないようにするのが精いっぱいだった。

「ヴァネッサ」彼が愛情のこもった優しい声をかけてきた。

彼女が見あげると、つかの間視線が絡みあった。

「約束をとり交わしたしるしに、キスをしてもいいかな？」

ヴァネッサは思わずダミアンの唇に目をやった。なんて美しい形だろう。そんなことを考えている場合ではないのに。自分の心臓が早鐘を打つのがわかる。

凍りついたように立ち尽くしているヴァネッサの唇に、ダミアンの唇がそっと触れた。ほんの一瞬だったが、ヴァネッサは唇にやけどを負ったかのような感覚を覚え、体を震わせた。

ダミアンが顔をあげた。ヴァネッサは彼の灰色の瞳に満足げな表情が浮かんでいるのを見てとった。

「いやだったかい？」

「そうでもありません」ヴァネッサは冷たく答えた。

ダミアンがヴァネッサの外套の立ち襟を軽く指ではじいた。「そんなに何枚も着こんでいたら暑いだろう。これはいらないんじゃないか？」かすれた甘い声で言う。

その言葉の意図がつかめず、ヴァネッサはダミアンに困惑の視線を向けた。

「ぼくのために外套を脱いでくれないか」

「な……なぜです？」

「きみのドレス姿を見たいからさ」

ヴァネッサは警戒心を抱いた。ダミアンもそれを感じとったらしい。

「約束するよ、ヴァネッサ。無理強いはしない。本当だ」

この人の言葉を信じてもいいのかしら？　さんざん浮き名を流してきた男性なのよ。だけど、わたしになにができるわけでもない。彼は好きなときにわたしのドレスを脱がせる特権に見あうだけのことをしてくれたのだから。

ボタンをはずす指が震えた。ヴァネッサが脱ぐのをためらっていると、ダミアンが手を貸し、外套を無造作にテーブルの上にほうった。

「ちょっとがっかりしたな」ダミアンは茶色の地味なメリノウールのドレスをしげしげと見つめた。「ゆうべのドレスのほうがずっといい。これではきれいな体の線が隠れてしまっている。黒い瞳の色は引きたっているけれどね。こっちへ来てくれ。少し座ろう」彼はヴァネッサの手をとり、寝椅子へ連れていった。

ヴァネッサは抵抗したい気持ちを懸命にこらえ、手を引かれるままに腰をおろした。ダミアンは落ち着いていて自信たっぷりだ。ヴァネッサは身をこわばらせて息を凝らした。今、ここでわたしを誘惑しようというのだろうか？

不安を覚えるほど顔と顔が近づいている。ヴァネッサは自分でも意識しないうちに彼の口もとを見つめていた。きれいな形をした官能的な唇だ。

ダミアンはヴァネッサの視線に気づき、欲望を感じた。だが、あえて体に触れようとはしなかった。

ヴァネッサを抱きたいという自分の気持ちを彼は素直に認めた。ことを急いで拒絶されるのを恐れるほど、その気持ちは大きかった。賭に勝つことができて本当によかったと思う。金のことはどうでもいい。たしかに金額は大きいが、その程度ならあきらめても惜しくないくらいの財産はある。それよりもこの勝ち気な女性のことが気になり、彼女の隠された一面を探ってみたいと思う気持ちのほうが強かった。

男としての直感が、ヴァネッサはけっして純情ぶっているわけではないと告げている。彼女は怖がっているのだ。本当はとても傷つきやすい女性なのだろう。誰かにひどい思いをさせられた過去があるに違いない。彼女が自然にぼくを受け入れるようになるまでゆっくりことを進めるしかないが、そうなればぼくは相当の自制を強いられることになるだろう。だが、我慢するだけの価値はある宝物を最後には手に入れられるはずだ。

だから今、ヴァネッサを帰すわけにはいかない。ぼくを恐れる気持ちを払拭《ふっしょく》し、信頼を勝ち得るためになにかしておく必要がある。今、ヴァネッサをひとりにすれば、彼女は途端に悪い想像をふくらませ、ぼくを邪悪な怪物に仕立ててあげてしまうだろう。

まずはぼくとの関係の楽しさを少し味わわせておきたい。そうすれば、それほど怖い男ではないと思ってくれるかもしれない。

ヴァネッサから立ちのぼる甘い香りに鼻をくすぐられたが、ダミアンは鉄の意志で欲望を抑えこんだ。

「ぼくを見てくれ」ためらいながら顔をあげたヴァネッサに、ダミアンは穏やかな口調で訊いた。「ぼくのことを遊び人だと思っているのはわかっている。だが、ぼくが鬼に見えるかい？」

「わたしには……わかりません。あなたのことを知りませんから」

ダミアンはほほえんだ。「そうだな。きみも戸惑っているだろうが、ぼくもこんな状況は初めてだ。お互い手探りでやっていこう」

ヴァネッサはダミアンから視線をそらすことができなかった。彼はわたしの動揺を静めようとするような優しくあたたかい目をしている。

「ヴァネッサ、もう一度きみにキスをしたい。いやならそう言ってくれ」

彼女はどぎまぎした。「わたしに決めさせてくださるのですか？」

「そうだよ。いつでも決めるのはきみだ」

騙《だま》そうとしているのではないかとヴァネッサはダミアンの表情をうかがったが、そんな気配は感じられなかった。無理強いはしないと言ったのは本心なのかもしれない。

ヴァネッサが返事をせずにいると、ダミアンが彼女の頬に触れた。「シルクのような美しい肌をしているね」

ダミアンが誘うようにゆっくりと親指で顎を愛撫《あいぶ》する。ヴァネッサはダミアンのそばにいることに耐えられずに逃げだしたくなったが、彼の力強い視線とむきだしの男らしさに魅せられて身動きができなかった。

ヴァネッサの少し開いた唇に、ダミアンの手の甲が触れた。その感触にヴァネッサは身を震わせた。

「さあ、どうする？」ダミアンがヴァネッサの顔を少し上に向けさせた。「キスをさせてくれるかい？」

そのやわらかな声の響きに、ヴァネッサの心は揺れた。自分を守らなければいけないという思いはある。だけど……ここで彼にやめてほしくはない。

「ええ……」ヴァネッサは消え入りそうな声で答えた。

それだけで充分だった。ダミアンのてのひらがそっと優しく彼女の頰を包んだ。ヴァネッサは、彼の黒いまつげがおりてくるのを魅入られたように見つめていた。口もとに熱い息がかかり、やがてゆっくりと唇が押しあてられた。

めくるめくような感覚が襲ってくる。キスは物憂げで悩ましく、ヴァネッサは息ができなかった。ダミアンに身を任せていると、今度は彼女の唇を押し開いて舌が入ってきた。その感覚は衝撃的だった。ヴァネッサはダミアンの胸に両手をあてたが、とても突き放すことなどできなかった。鍛えられた筋肉の感触と、たくましい体のぬくもりが指先に感じられ、かすかに麝香《じゃこう》の香りがした。

ゆっくりと舌を絡めながら、ダミアンが手を動かした。ヴァネッサは愛撫されるのをぼんやりと感じとった。彼が指先でそっと触れてきて、喉もとから鎖骨、そして肩へと手をおろしていく。

やがて長い指で四角い襟のラインをなぞられ、ヴァネッサははっとした。ダミアンがボディスを引きさげ、シュミーズとコルセットの上に丸く盛りあがった胸をあらわにする。どこか遠くからささやいているかのような声が聞こえた。

「怖がることはない……」

その甘くかすれた声に警戒心が緩んだ。

ダミアンは首を傾け、先ほど指でなぞった部分に今度は唇をはわせた。優しい愛撫にヴァネッサは陶然となった。シュミーズの襟もとを引きおろされ、彼女は身を震わせた。胸のふくらみにやわらかな息がかかるのを感じて、思わず体をこわばらせる。彼は乳房にキスをしようとしているの？

ショックというよりも本能的な高ぶりのせいで呼吸が速くなった。ダミアンが唇を離したときには、思わず声がもれた。はしたないことに乳房が敏感になっているのがわかる。体の奥が熱い……。胸にキスをされたいと思っていたことに気づき、ヴァネッサは愕然《がくぜん》とした。うずく乳首を舌で愛撫され、ヴァネッサはたじろいだ。痛みを感じたわけではなく、脚のあいだに衝撃が走り、びくりとしたからだ。ダミアンがやわらかな胸のふくらみに唇をはわせ、先端をとらえる。あまりの快感にヴァネッサは身震いした。

ダミアンはヴェルヴェットのような舌で乳首をもてあそんだり、あたたかい唇で吸ったりして刺激してくる。ヴァネッサはなにも考えられなくなり、焼けつくような悦びをさらに求めてダミアンに体を押しつけた。

欲望をかきたてる魔法の虜となり、彼女は小さくむせび泣くような声をあげた。その声にダミアンが顔をあげ、ふたたび彼女の唇をとらえた。先ほどとは違い、激しくキスをする。思いがけない情熱的な口づけに、ヴァネッサは喉の奥から悩ましげな声をもらした。

彼女は無意識のうちにダミアンの肩へ手を伸ばしていたが、そのとき突然、魔法が解けた。

どういうわけかダミアンはふいにわれに返ったらしく、荒々しく唇を離した。

自制心をとり戻そうとするようにヴァネッサの額に自分の額を乱暴に押しあて、耳障りな笑い声をあげる。ヴァネッサは失望感に襲われた。もっとダミアンの腕のなかにいたい。彼も同じ気持ちでいるように見えたのに。

ダミアンがゆっくりと息を吸いこんだ。ふたたび口を開いたときには、そのかすれた声に激しさが感じられた。「すまない。一瞬、自分を見失ってしまった」

彫りの深いハンサムな顔がぼやけて見えた。動揺と欲望に引き裂かれながら、ヴァネッサはダミアンを見つめた。たかがキスひとつで、こんなに体がうずいたのは初めての経験だ。

「きみはみずからの魅力を少しも理解していないようだな。なにもしなくても、ぼくをその気にさせられるんだ。きみはさぞ物覚えのいい生徒になるだろう」

自分でも怖くなるほど体が反応してしまったことが、ヴァネッサはひどく恥ずかしかった。こんな男性に欲望を感じるのはふしだらな女だけだ。

めまいを起こしたかのような感覚はすぐにはもとに戻らなかったが、どうにかして冷静さをとり戻そうと努める。おぼつかない手つきで乱れた衣服を直していると、ダミアンがその手をそっとどけて、あらわになった胸を隠すのを手伝おうとした。ヴァネッサは彼の顔を見ることができなかった。

彼女は不承不承、ダミアンの助けを借りた。一線を越える前に、彼が思いとどまってくれたことに感謝すべきなのかもしれない。もしそうでなかったら、抵抗できなかっただろう。

求められるままに体を差しだしていたに違いない。

ダミアンもヴァネッサの居心地の悪さを感じとったのか、寝椅子から立ちあがって少し距離を置いた。

「詳しい取り決めをしておこう」彼はさりげない口調で言った。「一週間以内に妹の話し相手となる女性を雇い、すぐに領地に向けて出発したいと思っている。そのときは、きみも一緒に来てほしい」

ヴァネッサはなんとか話に意識を集中しようとした。そうだわ、わたしはこの人の愛人になることに同意したのだ。

「わたしはどこに住むことになるのでしょう？」今さら申し出を撤回できないのはわかっているが、具体的なことを考えるのは気が進まなかった。

「領地へ来るのに不便でないところに家を見つけよう」ヴァネッサが黙っていると、ダミアンは皮肉をこめた笑みを浮かべた。「もちろん馬車や馬はぼくが用意するし、金銭面の面倒も見る」

どうやら彼女が黙っているのは条件をつりあげようとしているのだと思われたらしい。

「わたしが心配しているのは馬車のことなんかではありません」

「違うというのか？」

「案じているのは世間体です。家や馬車を用意してもらえば、あなたの愛人になったことが世間に知れてしまいます」

「まあ、そうだろうな」ダミアンは用心深い口調でこたえた。

「普通はそういうものだ。だがなにか別の考えがあるのなら、喜んで聞こう」

「わたしだけの問題ではないのです。妹たちにまで肩身の狭い思いをさせるわけにはいきません。あなたとの仲が噂になれば、妹たちはとりかえしのつかない痛手を受けることになるでしょう」

ダミアンの瞳から先ほどまでのあたたかみが消えた。「もう取り引きをやめたくなったのか？　今ならまだ遅くはないぞ。このまま部屋を出ていけばいい」

「そういうわけではありません。もう一度、同じ申し出をさせていただきたいのです。ミス・シンクレアの話し相手を務めさせてくださいませ。そうすれば、表向きだけでもあなたのお屋敷に滞在する理由ができます。それに、わたしなら必ず妹さんのお力になれます」

ダミアンは眉をひそめた。冗談じゃないと言いたい気持ちを抑えこむ。オリヴィアの話し相手を急いで見つけたいのはたしかだ。だが駆け落ちの件については、できる限り伏せておきたい。そのため妹には、しっかりした信用の置ける話し相手を雇うつもりでいた。だが世慣れた女性のほうがオリヴィアの状況に同情し、理解を示してくれるかもしれない。それにヴァネッサならすでに事情を知っている。

「どれほど大変な仕事になるのか、わかっているのか？」ダミアンは疑念を抱きつつ尋ねた。「オリヴィアは寝たきりの状態だ。脚が麻痺しているだけでなく、ひどくふさぎこんでいる。妹の相手をするのは、聖人並みの忍耐力を要求されるぞ」

「わかっています。忍耐力ならもう何年もかけて養ってきました。先ほども申しあげたように、妹たちばかりでなく病弱な母の世話もしてきましたから。それに……」ヴァネッサは静かにつけ加えた。「こう申しあげることで少しは気持ちが楽になっていただけるといいのですが、わたしは弟がしてしまった行為に対してわずかでも償いたいのです」

ダミアンは窓辺へ行き、屋敷に面している立派な大通りを見おろした。堕落しきったぼくの人生において、妹は唯一の大切な存在だ。だがぼくは妹を顧みることなく、使用人に世話を任せきりにしてきた。長年オリヴィアをほうってきた埋めあわせをしたい。あの忌まわしい事故から立ちなおらせるためなら、ぼくはどんなことでもするつもりだ。

ヴァネッサが言うように、彼女ならオリヴィアの力になれるかもしれない。結果的にヴァネッサの体面も守られるのなら、なおさら好都合ではないか。彼女の妹たちを守ろうとする気持ちを責める気にはなれない。正直なところ、わが身を犠牲にしても家族をかばおうとする心意気に、ぼくは惹かれているのかもしれない。

「そういうことなら……」ダミアンはゆっくりと切りだした。「試してみてもいいだろう。オリヴィアの話し相手としてローズウッドに滞在するがいい。一、二週間は試用期間として、うまくいかないようなら条件を変更することにしよう」

ヴァネッサはほっと息を吐きだした。知らず知らずのうちに息を凝らしていたらしい。ダミアンの妹の話し相手《コンパニオン》というきちんとした職業に就くことで、ダミアンとの恥さらしな関係を隠し、体裁を整えられるかもしれない。

一瞬、考えこんだのち、ダミアンがつけ加えた。「当然ながら、ラザフォードの姉だという事実は妹には隠しておいてもらいたい。今は彼のことを思いださせたくはないんだ」

「もちろんです。わたしがオーブリーの姉だということをミス・シンクレアはご存じないでしょう。家族の話はしたことがないと弟は申しておりましたから。わたしの今の姓もオーブリーのものとは違いますし。ただ近隣の方々に気づかれれば、妹さんの耳にも入るかもしれません」

「そんな機会はないだろう。オリヴィアはベッドに入ったまま、誰にも会おうとしない」

「それでしたら、資産がないために仕事を探すしかなかった未亡人だと紹介してください」

ダミアンが暖炉の上にある金めっきが施された置き時計に目をやった。「そういえば……職業斡旋所へ行く時間が過ぎてしまったな。希望者が何人か面接に来ているはずなんだ。ちょうどきみが家を訪れたとき、ぼくは出かけようとしていたところでね」

ヴァネッサは眉をひそめ、ダミアンの顔をにらんだ。「約束のお相手は仕立屋だったはずでは？」

「嘘をついた」

「よくそういうことをされるのですか？」

ダミアンがにやりとした。実になにげなく見えるが、魅力的な表情だ。「きみはぼくのことを放蕩者だと思いこんでいるようだから、そのイメージを壊さないでおこうと思ってね」

これ以上この場にとどまっていたら、もっとこの人に惹かれてしまいそうだわ。そろそろ帰ったほうがいい。「どうぞ、わたしにはおかまいなく」ヴァネッサは立ちあがった。

「使用人を呼んで玄関まで送らせよう」

「ひとりで大丈夫です、シンクレア卿」

「こういう間柄になったのだから、敬称は省いてもいいんじゃないか？　ぼくの名はダミアンだ」

「そうおっしゃるのなら……ダミアン」

「きみの唇にのぼると、いい響きだな」

その挑発的な口調に、ヴァネッサはダミアンをにらみつけた。先ほどの親密な関係をにおわせているのだろう。

胸の先端を愛撫されたときの彼の唇の感触を思いだすまいと、ヴァネッサは心のなかで激しくかぶりを振った。こんなことを考えるのはわたしらしくない。あの永遠とも思われた長い結婚生活のあいだでさえ、一度も夫に欲望を感じたことなどなかったのに。夫婦生活はひどく不快な義務にすぎなかった。だからこそ、〝女泣かせのシン〟と呼ばれるようなだらしない男性に屈するのはさぞ苦痛だろうと思う。たとえダミアンがどれほど女性を悦ばせる方法を心得ていようとも。

そんなことを考えながら外套をとりに行ったとき、ふいにダミアンが背後にいることに気づき、ヴァネッサは驚いた。

「落ち着いてくれ」ダミアンは怯えた牝馬《ひんば》をなだめるような口調でささやいた。

ヴァネッサは気が進まないまま外套を着せかけてもらったが、後ろを向かされ、両肩に手を置かれたときは身をこわばらせた。あまりの距離の近さに逃げだしたくなったが、ダミアンがそれを許さなかった。こちらを見おろし、射るような視線でヴァネッサをとらえている。

「ヴァネッサ、心配しなくてもいい。きみを傷つける気はないから。ただベッドに誘おうとしているだけだ」

ヴァネッサは顔が赤くなるのが自分でもわかった。ベッドに誘うのと傷つけるのは同じことだ。ダミアンは官能的で、危険で、魅力的な男性だわ。

彼の手にかかれば、わたしは堕落した女になってしまうかもしれない。

もう一度キスを求められるか、あるいはそれ以上のことを要求されるかもしれないと思ったが、ありがたいことにダミアンは手を離してくれた。ヴァネッサは返事もせずに部屋を逃げだした。

ひとりになるとダミアンは窓辺へ行き、物思いにふけりながら外を見おろした。ヴァネッサが家のなかから出てきて玄関前の階段をおりていった。顔を隠したいのか、フードを目深にかぶっている。

御者が手を貸してヴァネッサを貸し馬車に乗せ、自分も御者台にあがるとゆっくりと馬を走らせ始めた。馬車が視界から消えてずいぶんたったあとも、ダミアンはその場にたたずみ、難しい顔で外を見つめていた。

面倒なことになってしまったものだ。こんなふうにことを運ぶつもりではなかったのに。今、愛人など持てば状況が複雑になるだけではないか。まして彼女は、ぼくが破滅に追いこんでやると心に決めた男をなんとしても守ろうとしている姉だ。

こんな屈辱的な取り引きには尻ごみをするだろうと考え、ヴァネッサには何度も断る機会を与えた。だが正直なところ、彼女が借金を肩代わりするのかと思うと楽しみでもあった。それどころか、かなりの期待を抱いていた。

ダミアンは困惑のあまりかぶりを振った。こんなに胸がときめいたのはいったいいつ以来だ？　ヴァネッサ・ウィンダムをこの腕に抱けると考えただけで心拍数があがる。最後にそんな気持ちになったのはいつだろう？

「はるか大昔だ」ダミアンはつぶやいた。

誰かにそんな感情を抱いたことがあったのかどうかさえ思いだせないが、たとえあったとしてもずいぶん昔の話だ。これまでヨーロッパじゅうの美女を賞味してきたが、ヴァネッサほど心を惹かれた女性はいなかった。あの気の強さと、か弱さと、美しさの組みあわせの妙がすばらしい。なにをするわけでもなくただそこにいるだけで、ぼくは刺激されてしまう。つかの間ダミアンは目を閉じ、先ほどの出来事を思いだした。官能的で豊かな胸の感触に思わずわれを忘れてしまい、ほんの戯れのつもりだったのに理性が吹き飛ぶほど燃えあがってしまった。あのときはなにも考えられなくなり、たぎる血が体じゅうを駆けめぐった。思いだすと、その感覚がよみがえってくる。

　ふとヴァネッサのしどけない姿が脳裏に浮かび、ダミアンは体をこわばらせた。一糸まとわぬ姿でベッドに横たわり、シルクのような肌をした神秘的な体を愛撫され、体を弓なりにそらしてなまめかしく反応するヴァネッサ……。

　悩ましい想像に、ダミアンの体は熱くなった。

「自制しろ」ダミアンは小さな声で自分に言い聞かせ、痛みを感じるほど高ぶっている下腹部のことを頭からしめだした。

　思わず体が反応してしまった理由は説明がつく。最後に女性を抱いてから、もう数週間になる。怪我をした妹につき添うため、ウォリックシャーの領地へ行っていたからだ。女性なしの生活には慣れていない。これまでベッドをともにする相手には事欠かなかった。その最後があのすばらしい〝シルバー・スワン〟だったのだが、妹の事故で彼女のことはあきらめるはめになった。

　詫《わ》びのしるしに、以前に贈ったブレスレットに合うエメラルドの首飾りを秘書に命じて送らせた。庇護してくれる男はほかに求めてくれという意図を言外に含んだ手紙もつけた。そのとき以来、今朝になって美しい訪問客が訪ねてくるまで、女性に触れる機会はなかった。というか、正直なところ、そういう欲求を感じなかったのだ。

　またヴァネッサのことが頭に浮かんだため、ダミアンは窓に背を向け、呼び鈴の紐《ひも》を引いて秘書を呼んだ。

　いったい、彼女のなにがそれほど特別なのだ？　ヴァネッサはぼくのことを嫌っているところか、恐れてさえいるというのに。なぜそんな女性に欲望を覚えてしまうのかまったく腑《ふ》に落ちない。

だが、ヴァネッサが欲しい。必ず手に入れてみせる。

たしかに動機は高潔なものではない。最初は、ラザフォードの姉の人生をオリヴィアと同じようにめちゃくちゃにしてやりたいという気持ちから持ちかけた話だ。ヴァネッサを愛人にすれば、完璧《かんぺき》ではないかもしれないが、充分な復讐になる。

けれども彼女の唇に触れ、それ以上の行為に及ぶにつれて……。

どういうわけか急に罪悪感に襲われ、ダミアンは顔をしかめた。だが、本当に良心の呵責《かしやく》を感じる必要があるのか？　ぼくはヴァネッサに懇願され、莫大な金と、妹をそそのかした男に復讐する機会を棒に振った。それにヴァネッサはしぶしぶながらとはいえ、家族を守ることと引き換えに体を差しだすのだから、やっていることは高級娼婦と同じだ。

ここまでぼくが譲歩したのは、寛大すぎるほどの計らいだと言えるだろう。

それになんとしてもベッドに誘うつもりではいるものの、無理強いする気はない。そもそもヴァネッサが本当に身を売ったかどうかということより、弟の目にそう映ることにこそ意味があるからだ。あの若造がどれほどいいかげんで軽薄な男だとしても、姉が愛人になったと知ればうれしくはないはずだ。

だいたい、ぼくは今まで女性を口説く必要すらなかったのだから、どれほど嫌悪感を抱かれていようが、ヴァネッサを虜にする自信はある。今は体をこわばらせているが、いずれは喜んで身を差しだしてくるよう仕向けてみせよう。

ふいにそれこそが、自分がいちばん望んでいることだという気がしてきた。ヴァネッサには、みずからぼくを求めてほしい。そのうえで、あの白い肌をした美しくもなまめかしい体を抱いてみたい。彼女の唇からぼくの名前がこぼれるのを聞いてみたい。ヴァネッサが欲しい……。

もちろん普通とは言いがたい状況での愛人関係なのだから、難しさはあるだろう。なんといっても先祖伝来の屋敷に、世間知らずで体の不自由な妹とヴァネッサを一緒に住まわせるのだ。まさか、堂々と愛人だと名乗らせるわけにもいかない。これまでとは違い、口説くのにも工夫が必要になるはずだ。だが、手間をかけるだけの価値はある。

「きっときみはぼくにとって、すばらしい褒美になるだろう」

ダミアンはかすかに笑った。精神的な対決になるのは目に見えている。ヴァネッサの心の殻を突き破るのは難しいだろうが、かえって楽しみでもあった。

ヴァネッサに男の悦ばせ方と彼女自身を満足させるすべを教えこむのは、さぞ楽しいことだろう。

4

スプリングの利いた旅行用馬車の心地よい揺れに身を任せ、ヴァネッサはヴェルヴェットの座席にもたれかかった。七時間も狭い空間にダミアン・シンクレアとふたりきりでいたため、精神的に疲れていた。

ロンドンから北へ向かう旅のあいだ、ダミアンとはほとんど会話を交わさなかった。今朝、馬車に乗りこんだとき、彼が静かにしてほしいと思っていることを感じとり、これ幸いとばかりに黙っていることにしたのだ。ヴァネッサはそっと隣を向き、同伴者の様子をうかがった。なにやら物思いにふけりながら、通り過ぎてゆくウォリックシャーの風景を眺めているようだ。

だが、こんな間近でダミアンに目をやったのは間違いだった。高貴な雰囲気をたたえた端整な横顔を見ただけで、彼女の脈は速くなった。ダミアンのこととなると、なぜか心静かではいられない。

もう何度同じことを思ったかわからないが、彼の愛人になる約束を交わしてしまうなんて、いったいわたしはなにを考えていたのだろう。自分が本当に愛人として望まれているなどという幻想は抱いていない。それどころか、復讐の駒《こま》に使われようとしているだけだ。ダミアンが仕返しをしたいと思う気持ちは痛いほどにわかる。妹をたぶらかした男に逆襲する手段として、その姉はちょうどよい存在だ。だけどダミアンには、弟の罪を姉に償わせようとしたことを後悔させてみせる。わたしは彼が期待しているようなおとなしい操り人形になる気はない。

領地に近づくにつれ、ダミアンの気分は暗くなっているように見える。だが、もう目的地が近いというのに、わたしはまだ、これから直面する状況の詳細を知らされていない。

つかの間、ヴァネッサは窓の外に見える美しい田舎の風景に目をやった。流れゆくイングランドの田園風景は作物畑と牧草地のパッチワーク・キルトを思わせ、生け垣や雑木林はところどころに施された刺繡《ししゅう》のようだ。遠くの細道を何頭かの荷馬が進み、その脇では羊や牛がのどかに草を食《は》んでいる。

ヴァネッサは意を決し、静かな声で尋ねた。

「わたしは話し相手を務めるのですから、妹さんについてなにか教えていただけないでしょうか？」

ダミアンはヴァネッサがいることなど忘れていたとでもいうような表情を見せ、青みがかった灰色の目でじっと彼女を見据えた。「なにを知りたい？」

「性格や健康状態など、妹さんに接するときに役立ちそうなことならなんでも」

ダミアンが苦々しい笑みを浮かべた。「健康状態だと？　現状は下半身が麻痺している。

両脚の感覚がまったくなく、暗い部屋から出ようともしなければ、ぼくが作らせた車椅子を使うこともない。性格は……」ダミアンの表情が緩み、声が穏やかになった。「昔から心根の優しい子だった。これ以上は望めないほど愛らしくて思いやりがあり、しつけの行き届いた娘に育った」そう言ってかぶりを振る。「どうしてシンクレア家にあれほどよくできた娘が生まれたのかは謎《なぞ》だ。赤ん坊のときにとり違えられでもしたのだろう」

感情をにじませたつらそうな口調に、ヴァネッサは喉が詰まる思いだった。ダミアンは脚が不自由になった妹を重荷に感じているのだろうと思っていたが、間違っていたのかもしれない。声の優しさから、彼が妹の幸せを心から願っている様子が伝わってくる。ダミアンのような悪い噂ばかり聞こえてくる男性が、自分の楽しみとは関係のないことにこれほど心を痛めているのは不思議な気がした。

彼はうつむき、優雅なしぐさで痛みをほぐすようにこめかみをさすった。「妹があんなかわいそうなことになったのは、ぼくにも責任がある。もっときちんと守ってやるべきだったよ」しばらく黙りこんだあと、言葉を続ける。「ひとりぼっちにしすぎたと今ごろになってわかった。オリヴィアが一〇歳のとき、両親が馬車の事故で亡くなってね。ぼくが妹の面倒を見ることになったんだ」彼は顔をしかめた。「だが若い娘をどう育てればいいかなんて、ぼくにわかるわけがない。財力と身分にふさわしい教育だけは受けさせたものの、家にはたまに帰るだけで、あとは妹をほったらかしにしていた。ぼくはほとんどロンドンにいたからね」

「お年は一七歳ですか?」ヴァネッサはそっと訊いた。

「一八歳だ。まだ社交界には出していない。社交シーズンのロンドンに行くことも、宮殿で拝謁を賜ることも許可しなかったんだ。過保護だったのかもしれないが、まだ早いと思っていた」ダミアンは苦々しげにふっと笑った。「今になってああしておけばよかった、こうしておけばよかったと思うが……後悔してもしかたがない」彼は深いため息をもらした。「ぼくは気づいてさえいなかったが、妹は退屈な田舎暮らしにさぞじれていたのだろう。だから、きみの弟のような遊び人に言い寄られて舞いあがってしまった。食べごろになった鳩《はと》の羽根をむしるような甘い口説き文句に、あっさりその気になったのさ。本人は愛していると思いこんでいたらしい」

〝愛している〟という言葉にこめられた刺にヴァネッサは顔をしかめたが、とっさに言いかえす言葉が浮かばなかった。だが、ダミアンが辛辣《しんらつ》な口調になるのも当然だろう。ヴァネッサはもう一度謝罪したいと思う気持ちを抑え、代わりに質問をした。「お医者様はなんとおっしゃっているのですか?」

「奇跡を祈れと」ダミアンは厳しい視線を窓の外に向けた。「ひとりだけ、オックスフォードシャーで見つけた医者は希望はあるかもしれないと言ってくれた。急進的な考えを持つ医者で、あちこちから非難を買っているけれどね。彼が言うには、事故の状況から察するに、オリヴィアは背骨を痛めているだけかもしれないらしい。積極的な治療をすれば、脚が動くようになる可能性はあるということだ。うさん臭い医者の言うことを信じる気になったのは必死になるあまりかもしれないが、少しでも治る見こみがあるなら世間の笑い物になるぐらいかまわないと思っている」

「ときには、いわゆる専門家と呼ばれる方々の意見は無視して、ご自分の勘に従うことも大切ですわ」ヴァネッサは静かにこたえた。

ダミアンが深い憂いの表情をたたえた灰色の目をヴァネッサに向けた。「ぼくが決められるなら、すぐにでも治療を始めてくれとアンダーヒル医師に頼むさ。だが、オリヴィアは彼の治療を受けることを拒んでいるんだ」

「なぜです？　そのお医者様のことがお嫌いなのですか？」

「好き嫌いの問題ではない。今さら脚が治ってもしかたがないと思っているからだ。体の傷もさることながら、魂に受けた傷は途方もなく深かったということだ。精神的にまいっているばかりでなく、人生がめちゃくちゃになったと絶望しているようだ。たしかにそのとおりかもしれない」

「駆け落ちをしようとしたからですか？」

ダミアンが唇を引き結ぶ。「そうだ。オリヴィアには生涯消えることのない汚点が生じた。もはやまともな結婚は難しいだろう」

「ですが、まだ遺産の相続権はお持ちなのでしょう？」

「たしかに相続権を持ってはいる。だが悪い噂はつねにつきまとうものだし、そうなれば親しくしてもらえないことも多いだろう。ぼくは醜聞をもみ消すため、できる限りの手は打った。オリヴィアは従姉妹《いとこ》を出迎えるために馬車宿まで出向き、そこで事故に遭ったという作り話まで流してね」怒りがふたたびこみあげてきたとばかりに、ダミアンは歯を食いしばった。「きみの弟と賭をした若造ふたりを呼びだして、けっして他言しないよう約束もさせた。だが、それでも噂は広まってしまった」

ヴァネッサは同情するようにうなずいたが、明らかな過ちを指摘することは避けた。〝女泣かせのシン〟などと呼ばれる男性がスキャンダルをもみ消そうとすれば、火に油を注ぐようなものだ。それに、おそらく方法も間違っていたのだろう。オーブリーを経済的に破綻《はたん》させようとしたぐらいだから、十中八九、その若者ふたりも痛い目に遭わせて脅したに違いない。

「だがいちばんの失敗は、家庭教師兼話し相手として雇っていた女があれほど潔癖性で残酷だと気づかなかったことだ。オリヴィアがわが身を恥じ、汚れてしまったと感じるよう、あの女は追い討ちをかけたんだ。自殺を考えるようにさえ仕向けた」ダミアンがヴァネッサをじっと見据えた。「なんとしても代わりの女性を見つけなくてはと考えたこの気持ちをわかってもらえるだろうか？」

静かな口調のなかにこめられている怒りを感じとったヴァネッサは、暗い気持ちでダミアンを見ながら消え入りそうな声で答えた。「ええ」彼女は弟の軽率な行為がオリヴィアを悲惨な状況に追いこんだことを、心の底から申し訳なく思った。「わかります。だからこそ、妹さんのためにできるだけのことをさせていただくとお約束します」

ダミアンはしばらくヴァネッサを見つめていたが、やがて彼の表情から怒りが消えていった。彼はおもむろにうなずいてから顔をそむけ、窓の外に目をやった。

それから一五分ほどたったころ、馬車は速度を落として街道をそれ、立派な楡《にれ》の木が両側に立ち並ぶ脇道へ入った。

「着いたぞ」ダミアンがぶっきらぼうに言った。

遠くで水がきらめいているのが見えた。馬車がカーブを曲がると、ヴァネッサはそこに広がる景色を目にして息をのんだ。ローズウッドはただの裕福な貴族の領地ではないらしい。うっとりするほど自然の美しい土地だ。

ブナや栗《くり》の木立に囲まれた湖がきらきらと光を反射し、緩やかな丘の上には金色のやわらかい光を放つ鉄鉱石を使用した堂々たる屋敷が立っている。水際では赤鹿《あかしか》が草を食んでいた。やがて馬車は旋回し、屋敷へと続く小石を敷きつめた私道に入った。馬車がとまるとすぐに何人もの馬丁や従僕が駆け寄ってきた。

ヴァネッサがダミアンの手を借りて馬車を降りると、午後のやわらかな空気に満ちた甘い薔薇《ばら》の香りに迎えられた。

「長旅で疲れただろう、レディ・ウィンダム」ダミアンは召使いたちに聞こえるように言った。「すぐに旅行鞄《かばん》を部屋まで運ばせよう」

「ありがとうございます。旅の埃《ほこり》を洗い流したあと、よろしければ妹さんをご紹介ください。時間がそれほど遅くないようなら、お茶でもご一緒させていただければうれしく存じます」

ダミアンが苦笑いをした。「オリヴィアをお茶に同席させることができるなら、きみはぼくの手腕を超えているな。そのうちわかるだろうが、妹は雀《すずめ》ほども食べないんだ」

彼にエスコートされて大理石の階段をあがり、家のなかへ入ると、堅苦しい雰囲気の使用人が待ち受けていた。ダミアンはその長身で血色のよい男性に短く話しかけたあと、ベロウズという名の領主代理人だとヴァネッサに紹介した。

「レディ・ウィンダムはぼくの頼みを聞き入れてくれて、ミス・オリヴィアの話し相手《コンパニオン》としてしばらく滞在されることになった」

使用人たちの手前、とり繕っているのはわかっていたが、それでもダミアンがきちんと紹介してくれたことがヴァネッサにはありがたかった。

ベロウズがヴァネッサに、いかめしそうな執事のクロフトと、ふっくらした家政婦のミセス・ネズビットを紹介した。ミセス・ネズビットは膝を曲げてお辞儀をし、人のよさそうなほほえみを投げかけてきた。「よくおいでくださいました」

ダミアンがヴァネッサに告げた。「ぼくはこちらに戻っても、食事時間はロンドンの習慣に合わせている。ディナーは八時からだ。ミセス・ネズビットが聖杯の間へ案内する。きみの支度が整ったら妹に紹介しよう」

ヴァネッサはダミアンに礼儀正しく笑顔でこたえ、ミセス・ネズビットに案内されて二階へあがった。この家政婦は話し好きらしく、思いやりにあふれた口調でヴァネッサに打ち明けた。「ミス・オリヴィアは本当におかわいそうです。きっと話し相手を欲しがっていらっしゃるはずですよ。あの方の力になってくださったら、わたしたちは一生恩に着ますから」

案内された寝室は、ヴァネッサの好みからするとやや贅沢すぎた。金色と緑色のブロケードとダマスクをふんだんに使い、壁には波紋のあるシルクの布がかかっている。この寝室が似合うのは公爵夫人か……大切にされている愛人といったところだろう。

部屋は広く、天蓋《てんがい》つきのベッドがあり、椅子に座ってくつろげる空間が作られていた。大きな暖炉の前には豪華な寝椅子とチッペンデールの安楽椅子が二脚並べられ、サイドテーブルにはブランデーとワインのデカンタが用意されている。縦長のふたつの窓のあいだに置かれた別のテーブルには、凝った薔薇の模様が施された銀杯が飾られていた。

「これがあるから聖杯の間というの？」ヴァネッサは好奇心に駆られ、銀杯を指さして尋ねた。

「そうでございます。初代シンクレア男爵がエリザベス女王からじきじきに賜ったと伝えられる銀杯です」

部屋のなかが整っているかどうか家政婦が手早く確認しているあいだに、ヴァネッサは窓の外を見てみた。どうやらこの三階建ての屋敷は、広大な中央翼と小規模な左右の翼が庭園をとり囲むようにして立っているらしい。驚いたことに、庭園はどこまで続くのかと思うほど広大で、薔薇の花が一面に咲き乱れていた。

「なんてきれいなの」ヴァネッサは思わず声をあげた。

「そうでしょう？」ミセス・ネズビットがうなずいた。「旦那様は薔薇のことならなんでも心得ていらっしゃいますから」

「旦那様？　まさか今のシンクレア男爵のことじゃないでしょう？」

「いえ、そうですよ」

「ダミアン・シンクレア様だと？」

「そのとおりです」ミセス・ネズビットがにっこりする。「今でこそすばらしいお庭になっていますが、旦那様が手を入れられる前はこんなふうではなかったのですよ。今では植物学者などの先生や、有名な芸術家の方々もしょっちゅうおいでになります。夏になると見知らぬ人がスケッチをしたり、油絵を描《か》いたりしているものですから、誰にも出くわさずに散歩をするのは難しいほどです」

「正直に言って、驚いたわ」

「そうでしょう。園芸協会が旦那様の名前をつけた品種もあるんですよ。別に旦那様が求められたわけでもありませんのに。そもそも薔薇は、十字軍の時代から当家と深いかかわりがあるのです」

そういえば、馬車の扉についていたシンクレア家の紋章には薔薇が描かれていた。

「ほかにご用がなければ、手を洗うお湯をとってまいります。夜は冷えますから、暖炉に火もお入れしましょう。お茶は客間か居間にご用意しましょうか？　それともこちらにお持ちしますか？」

「ここで結構よ。でもその前に、ミス・シンクレアにお会いしたいんだけど」

「かしこまりました。では、のちほどご案内申しあげます」

「ありがとう、ミセス・ネズビット」

「侍女の方もご一緒ですか？」

ヴァネッサは首を振った。「いいえ、侍女はいないの」侍女を同伴すれば一目置かれることはわかっていたが、専属の召使いを雇う経済的余裕はないし、母や妹たちの世話をする召使いをここに連れてくるようなことはしたくなかった。

「もしよろしければディナー用のドレスに着替えられるときに、ミス・オリヴィアのメイドをお手伝いにあがらせますが？」

「助かるわ」

家政婦が出ていくと、ヴァネッサはまた窓辺へ行って庭園を見おろした。どうやらダミアン・シンクレアは計り知れないほど奥が深い人らしい。喜ぶべきことかしら？　それとも警戒すべきことなの？


身支度を整えたヴァネッサは家政婦に案内されて主翼を進み、オリヴィアの寝室へ向かった。ドアは開いていたが、カーテンが引かれているため部屋のなかは暗かった。事前に聞かされていたとおりだ。

かすかな明かりのなか、ダミアンがベッドのそばに座り、病人を静かに見守っているのが見える。ヴァネッサがそっとノックをすると、ダミアンが立ちあがって小さな声で言った。

「入りたまえ」

ヴァネッサが寝室に入っても、ダミアンは感情を押し隠そうとしているのか無表情のままだった。だが、声にはかすかな怒りが含まれていた。

「レディ・ウィンダム、妹のオリヴィアを紹介しよう」

部屋の暗さに目が慣れてくると、ベッドに横たわる若い女性の姿が見えてきた。オリヴィア・シンクレアは単に美しいだけでなく、印象的な容貌の持ち主だった。漆黒の髪と、彫りの深い上品な顔立ちは兄に似ている。だがダミアン・シンクレアが持つ、抑えてもにじみだしてくるような強烈な印象や、生命力、オーラといったものはみじんも感じられなかった。オリヴィアの顔色は青白く、表情は弱々しくて物憂げだ。

ヴァネッサは胸が痛むのを感じながら手を伸ばした。〝ご機嫌はいかが〟と尋ねるのは、あまりにもこの場にふさわしくない。「お会いできて光栄ですわ」

オリヴィアは差し伸べられた手を握ろうとはせず、顔をそむけた。

「オリヴィア」ダミアンがたしなめるように声をかけた。

ヴァネッサはそれを制して短く首を振った。オリヴィアの魂は病んでいるというだけでなく、この場に存在さえしていないように見える。そんな彼女を叱ってみても始まらない。

「しばらくふたりだけにしていただけませんか？」

ダミアンは眉をひそめ、ちらりと妹に目をやったものの同意した。「きみがそうしたいなら」

彼が部屋を出ていったあと、ヴァネッサはベッドのそばの椅子に腰をおろして親しげな口調で話しかけた。「お兄様のいらっしゃらないところで話したかったの。怖そうな方ですものね」

長い沈黙のあと、オリヴィアが口を開いた。「そう思う人もいるわ」なにかに興味を感じる気力すら残っていないような淡々とした言い方だった。

「あなたは違うの？」ヴァネッサは優しく尋ねた。気のない返事であろうが、なにも言葉が返ってこないよりはましだ。だが会話が続かなかったため、またヴァネッサのほうから話しかけてみた。「そうね、あなたは生まれたときからお兄様のことをよく知っているもの。だから怖いとは――」

「レディ・ウィンダム」オリヴィアが弱々しい声で話をさえぎり、ヴァネッサのほうへ顔を向けた。「兄はよかれと思ってあなたを呼んだんでしょうけど、わたしは話し相手はいらないの」

ヴァネッサは軽くほほえみ、椅子にもたれかかった。ここであきらめるわけにはいかない。

「そうよね。わたしがあなたの立場だったら、きっと同じように感じると思うわ。見ず知らずの人間を押しつけられてもうれしくはないもの。だけど、いつまでも知らない同士でいることもないでしょう？　わたしはぜひあなたとお友達になりたいと思っているわ。もしそんな気になれないなら、ときどきおしゃべりさせてもらうだけでもいいんだけど」

「失礼に聞こえたらごめんなさい。でも、誰ともおしゃべりなんかしたくないの」

「じゃあ、わずらわしいかもしれないけれど、たまにわたしの相手をしてもらえないかしら？　わたしはこれから数週間、このお屋敷に滞在する予定なの。ひとりぼっちではきっと死ぬほど退屈するわ。ときどきあなたのお部屋を訪ねてはいけないかしら？　おしゃべりはしなくてかまわないし、わたしがいることを気にしてもらわなくてもいいの。わたしも話しかけないようにするから。だけど、お互いに知らん顔をしているのも妙でしょうね。まるで朝から晩まで黙りこくっている長年連れ添った夫婦みたいだわ」

それを想像して愉快に感じたのか、オリヴィアの口もとにうっすらと笑みが浮かんだ。少しは心を開いてもらえたのかもしれないと思い、ヴァネッサはかすかな希望を抱いた。

「もちろんわたしと一緒にいるのも、それほど悪くはないと思ってもらえるかもしれないわ」ヴァネッサは軽い調子で続けた。「本を読んだり、髪をとかしたり、打ち明け話をしたり……姉妹がするようなことをしてあげられるもの」

オリヴィアは視線をそらし、寂しそうに、そして少しだけうらやましげに言った。「お姉さんや妹はいないからわからない」

「わたしには妹がふたりいるの。そういえば、あなたを見ていると妹のファニーを思いだすわ。髪の色が同じだから。目の色はどうかしら？　あなたの目はお兄様と同じ灰色なの？」

しばらくたって、やっと返事が返ってきた。「青よ。わたしの目は青いの」

「昔から青い瞳はあこがれだったのよ。わたしの瞳は馬みたいに真っ黒だから。子供のころは弟にひどくからかわれたわ。弟ったらわたしのことを、放し飼いにしていた年老いた馬の名前をとって〝オールド・ネッド〟と呼んでいたのよ」

オリヴィアが黙ってしまったため、ヴァネッサは椅子に座ったまま身を乗りだした。

「贈り物を持ってきたの」

初めてオリヴィアが興味のある素振りを示し、少し頭を持ちあげた。「贈り物？　なにかしら？」

「言ってしまったら楽しみがなくなるでしょう？」

「そうね」

ヴァネッサは小さな包みをとりだした。「自分で見てみる？　それともわたしが包みを開けましょうか？」

「あなたが開けて」

ヴァネッサはそっとリボンをほどき、薄葉紙を開いた。出てきたのは子牛革で装丁され、金の型押しが施された美しい本だった。本来ならヴァネッサにはとても手が出ないような高価な品だが、弟がオリヴィアにしてしまったことの償いだと思えばなんでもない。

ヴァネッサはオリヴィアに本を手渡した。オリヴィアは表紙に目を凝らしていたが、部屋が暗いため書名が読めない様子だった。

「ランプをつけましょうか？」

「ええ……お願い」

ヴァネッサはランプをつけたが、明かりは暗めにしておいた。オリヴィアは目が痛むのか手で明かりをさえぎったが、しばらくすると慣れてきたようだった。

「まあ……」小さな声ではあるものの、感激している響きが感じられる。

ウィリアム・シェークスピアの詩集だ。オリヴィアは詩が好きだとオーブリーから聞いて選んだのだ。

本を見てそのときのことを思いだし、ヴァネッサは胸が痛んだ。わたしは正体を隠してここに来ている。だが、そうするしかなかったのだ。まさかあなたを傷つけたオーブリーの姉だとは言えない。そんなことをすれば、オリヴィアから敬遠されるに決まっている。

「ありがとう、レディ・ウィンダム」

「よかったらヴァネッサと呼んでもらえるかしら」

「ええ……ヴァネッサ、とてもうれしいわ」

「シェークスピアは好き？」

「大好きよ。それに、なんてきれいな本なのかしら。大切にしなくちゃ」

「あなたさえよければ、そのうちに朗読してあげるわ」

オリヴィアが知性と洞察力をたたえた目で、じっとヴァネッサの顔をのぞきこんだ。「あなたはあきらめるということを知らないのね」

ヴァネッサはほほえんだ。「そうなの。母からいつも、それが最大の欠点だと言われているわ。でもほら、なんといっても〝オールド・ネッド〟だから、忍耐力だけはたっぷりあるのよ」

うれしいことに、つかの間、ヴァネッサはオリヴィアと心が通じあった気がした。

「こんな美しい本をどこで見つけたの?」オリヴィアが静かな声で訊いた。

「ロンドンのハッチャーズ書店よ。次にあなたがロンドンへ行くとき、案内してあげるわ」

「ロンドンに行くことなんて、この先二度とないと思うわ」オリヴィアが自嘲《じちょう》ぎみに言った。

「そうなの? お兄様は、来年にはあなたを社交界に出したいとおっしゃっていたわよ」それは真実ではなかったが、オリヴィアがわずかでも興味を示せば、ダミアンは喜んで連れていくだろうという確信があった。

オリヴィアがつらそうな表情で上を見た。「社交界になんか出られるわけがないわ。歩くことさえできないのに、ましてや踊るだなんて」低く悲しげな声で言う。

ヴァネッサは胸が詰まり、オリヴィアの手を握りしめた。「あなたの気持ちがわかるなんてとても言えないけれど、あなたはけっしてひとりじゃないのよ。多くの人が心配しているわ。あなたさえその気になれば、つらい時期を乗り越えられるように支えたいと思っている人がたくさんいるの」

「兄から聞いたのね……なにがあったのか」

「あなたにはなんの落ち度もないのに、悲惨な事故に遭ったと聞いているわ」

「わたしがばかなことをしたから……兄は怒っているのかと思っていた」

「いいえ。もしお兄様が怒っているとしたら、それはご自分に対してよ。どうしてもっとちゃんとあなたを守ってあげられなかったんだろうと。お兄様はあなたのことを大切に思っていらっしゃるわ。あなたを元気にさせるためなら、どんなことでもするおつもりよ」

「兄はわたしのことを大切になんか思っていない」オリヴィアの声は震えていた。「こんなことになるまでは……わたしに見向きもしなかったもの。わたしはずっとひとりぼっちだった」

「お兄様はあなたをほうっておいたことを後悔していらっしゃるの。それに、あなたはひとりぼっちなんかじゃない。使用人たちはみな、あなたが大好きよ。あなたのことを心配しているお友達もいるはずだわ」

オリヴィアの青白い頬にひと筋の涙が伝った。「お見舞いに来てくれたお友達もいたけれど……帰ってもらったの。こんな姿を見られたくなかったから」

「無理もないわ」ヴァネッサは穏やかな声で言った。「もしわたしがあなただったら、やっぱり同じように感じたと思う。もう人生は終わったのだとあきらめて、ベッドに横たわったまま現実と向きあわずにすむほうが楽だもの。楽だけど……それでは公正じゃないわ」

「公正じゃない？」

「お兄様のことよ。あなたをこんな目に遭わせてしまったことを、お兄様がどれほど悔やんでいるか知らないのね」

「兄を責めるつもりはないわ」オリヴィアがそっけなくこたえた。

「あなたになにかしてあげられなければ、お兄様はいつまでも自責の念にとらわれたままでしょうね。あなたのことで苦しんでいらっしゃるのよ。それがあなたの望みなの？」

オリヴィアがためらった。「いいえ……」いかにも不本意といった口調だ。「兄にわたしのことで苦しんでほしいとは思っていないわ」

「それなら、お兄様が見つけたお医者様に会ってみたらどうかしら？　たとえ結果が芳しくなかったとしても、少なくともお兄様のために頑張ったことにはなるわ」

オリヴィアはそっぽを向いてしまった。ヴァネッサの気持ちは沈んだ。

「さてと……たくさんお話もしたことだし、これ以上しつこくしてはいけないわね。もうやすんでちょうだい」ヴァネッサは言葉を切った。「明かりは消しましょうか？」

「いいえ……」オリヴィアが小さな声で言った。「つけておいて。詩集を見たいから」

ヴァネッサは少し気が楽になった。少なくとも、一歩前進できた。自分を恥じて嘆き悲しむのではなく、気を紛らせることを見つけられたのだから。だがオリヴィアが以前に近い健康状態や元気をとり戻すのは、長い道のりになりそうだ。


数時間後、ミセス・ネズビットがよこしてくれたメイドの手を借り、ヴァネッサはディナー用のドレスに着替えた。よくよく考えて選んだのは、ハイウエストで淡い青のシルク製のドレスだった。けっして男性に媚びるようなデザインではなく、どちらかといえばおとなしいドレスだ。世知に長《た》けた愛人などという役割には慣れていないのだから、どうせふさわしくないドレスを身につけるなら地味なほうがまだましだ。

階段をおりて客間を探すうちに、不安がよみがえった。日が傾き、あたりが薄暗くなってきた。愛人としての務めを求められるときが刻々と近づいている。

その相手は開け放たれたフレンチドアのところに立ち、庭園を見つめていた。あたりは迫りくるやわらかな金と深紅の夕闇《ゆうやみ》に包まれ、薔薇の香りとあいまってなんとも言えない雰囲気を醸しだしている。だがダミアン・シンクレアは気持ちが沈んでいるのか、彫像のように身動きひとつしなかった。仕立てのよい青いディナー用の上着が、引きしまった体によく似合っている。

ヴァネッサはなぜかダミアンのそばに行きたくなり、優雅な部屋を静かに進んで彼の隣に立った。ダミアンは彼女に気づいた素振りを見せなかったが、そばに来たことはわかっているはずだ。夜のことを思うとまた不安が募り、ヴァネッサは緊張した。

ようやくダミアンが低い声で話しかけてきたが、その内容は意外なものだった。「ヴァネッサ、薔薇は好きかい?」

「ええ、大好きです。すばらしい庭園ですね」返事がなかったため、ヴァネッサは話を続けた。「あなたが造られたお庭だとか?」

「ぼくが造ったわけではない。よみがえらせただけだ。高貴なるご先祖様がほうっておいた庭園をぼくが手入れさせたのさ」

皮肉めいた響きを感じとり、ヴァネッサはダミアンの横顔を見あげた。真っ白なクラヴァットが整った顔立ちを引きたてている。ヴァネッサの鼓動が速まった。ダミアンのそばにいると、いつも圧倒されて動揺してしまう。けれどもダミアンのほうは、ヴァネッサのこととど気にもとめていない様子だった。

「それで、妹のことをどう思った？」彼はさりげなく訊いてはいるものの、そう装っているだけだとヴァネッサにはわかった。

彼女は言葉に詰まった。過度な期待を抱かせたくはない。「あなたのおっしゃったとおりだと思います。かなり深い問題を抱えているようですね。脚のことだけでも大変なのに、そのうえ将来になんの希望も見いだせないでいらっしゃいます。でも、絶望するのはまだ早いと思いますわ」

ダミアンはうつろな表情のまま、金色に染まった薔薇の花壇を眺めている。「オリヴィアはこの庭園の小道を散歩するのが好きだった。だが、今は近づこうともしない」

「妹さんのことをとても大切に思っていらっしゃるのですね」

「代われるものなら喜んで代わってやるのに」静かな口調のなかにも自責の念が感じられる。心からそう思っているのだろう。

ヴァネッサは視線をそらした。これほどたくましさに満ちあふれた男性が寝たきりになった姿など想像もできない。彼はみずから手を伸ばして運命をつかみとり、それを自分の好きな形に作り替えてしまう人だ。

ダミアンが陰気な気分を追い払うようにかぶりを振り、険しい表情を緩めた。「客人に対して失礼な態度をとってしまった。すまなかったね」

彼はヴァネッサのほうへ顔を向け、慎み深い襟のラインに視線をさまよわせてからゆっくりと全身を眺めた。そして謝罪の意のこもった穏やかな笑みを浮かべた。本人は意識していないのだろうが、思わず魅了されてしまいそうなほほえみだ。

ヴァネッサは親しみとぬくもりを感じ、思わず胸が高鳴った。

「ディナーの席へ案内しよう」

彼女は差しだされたダミアンの腕に震える指をかけ、ふた部屋あるうちの狭いほうだという食堂へエスコートされていった。とはいえ、そこに置かれたマホガニーのテーブルは大きく、背の高い二対の燭台《しょくだい》が中央を飾っていた。テーブルの片方の端にはふたり分のクリスタルグラスと皿が用意されている。

ヴァネッサはしかたなくダミアンの右側の席に座った。ふたりだけで、しかもこれほど近い席で食事をするのかと思うと落ち着かない。

マデイラ・ワインはすばらしく、料理は極上だった。まず、亀《かめ》とトリュフのコンソメスープと、スモークサーモンのゼリー添えのふた皿が出され、子牛のシチュー、グリーンピースとカリフラワーを添えた鹿肉のロースト、ミントソースのかかった鳩肉の蒸し煮が続いた。だが長い一日だったにもかかわらず、ヴァネッサはあまり食欲がなかった。

会話はとりとめのないものだった。ダミアンは屋敷にまつわるおもしろい逸話を語り、ヴァネッサをもてなそうと努力してくれたが、彼女はどんどん無口になっていき、ときおり食事に手をつけながらあいづちを打つことしかできなかった。

デザートが出されるころには、ヴァネッサの緊張は限界にまで達していた。せっかくのチーズ・ブリオッシュやパイナップル・クリームも、砂糖とシナモンをまぶしてこんがり焼いたアーモンドもさっぱり味がわからない。

「口に合わなかったかな?」ダミアンが穏やかに尋ねた。「料理人にひと言、注意をしておこう」

ヴァネッサは慌てた。「とんでもない……どれもおいしかったです」息が詰まってうまく言葉が出てこない。

「ほとんど手をつけていなかったようだが?」

その問いには答えず、ヴァネッサは消え入りそうな声で訊いた。「ワインをお召しあがりになるのでしたら、わたしはこれで失礼させていただいてもよろしいでしょうか?」

「どうせきみとぼくのふたりだけだ。マナーにこだわることもないだろう」

ダミアンに命じられた召使いが、ヴァネッサのグラスにワインを注《つ》いで立ち去るのを見ているうちに、彼女はますます狼狽していった。きっと今から愛人としての務めについて話を始め、義務を果たすよう遠まわしに誘ってくるのだろう。

目をそらすまいと努めながら、ヴァネッサはなみなみと注がれたワイングラスを示した。

「わたしを酔わせて誘いに応じやすくさせるつもりですか?」

ダミアンがヴァネッサをじっと見つめた。「ときが来れば、ワインなどなくても応じるようになるさ」彼は優しくて魅力的なほほえみを浮かべた。「それに、そのときは素面《しらふ》でいてほしい。そのほうが感覚が研ぎ澄まされて、より楽しめるというものだ」

ヴァネッサは思わずかっとなった。「わたしがうろたえるのを見て楽しんでいらっしゃるのですか？　わたしをからかうのがそんなにおもしろいのですか？」

ダミアンが急に立ちあがったので、ヴァネッサはたじろいだ。だがダミアンはベルを鳴らす紐を引き、執事を呼んだだけだった。ほどなくクロフトがやってきたとき、ダミアンはすでに椅子に腰を落ち着けていた。

「ミセス・ネズビットをよこしてくれないか」

「かしこまりました。すぐに呼びます」執事がかしこまってこたえる。

ヴァネッサは当惑した。家政婦になんの用かしら？

ミセス・ネズビットが戸惑った顔で現れた。「お呼びでしょうか、旦那様」

「聖杯の間の鍵《かぎ》は持っているかい？」

「鍵でございますか？」

「そうだ、レディ・ウィンダムの部屋の鍵だ。その鍵束のなかにあるんだろう？」

「はい」ミセス・ネズビットは腰につるした鍵束を叩いてみせた。「家じゅうの鍵がここにございます」

「それをくれないか」

家政婦はしばらく鍵束をいじっていたが、やがて一本の鍵をはずしてダミアンに渡した。

「鍵はこれ一本だけかい？」

「わたしの存じあげる限りでは、そうでございます」

「ありがとう、ミセス・ネズビット。もうさがっていい」

またふたりきりになると、ダミアンは鍵をてのひらにのせてヴァネッサに差しだした。

「これを手にすることで自分の身が安全だと思えるなら、きみが持っているといい」

なにか企んでいるのではないかと、ヴァネッサはダミアンのハンサムな顔をじっとのぞきこんだ。だが、そんな様子は見受けられない。彼は至ってまじめな表情をしている。

「もう一度言おう、ヴァネッサ。無理強いをされるのではないかと心配する必要はない」ダミアンが静かに続けた。「ぼくはいくつも過ちを犯してきたが、その気のない女性を押し倒したことはないんだ。今すぐきみをどうこうする気はないよ」

ヴァネッサは唾をのみこんだ。沈黙が流れた。

「受けとりたまえ」

彼女が鍵を握りしめると、まだダミアンのぬくもりが残っていた。「ありがとうございます」ヴァネッサはかすれた声で礼を述べた。

「どういたしまして」

ダミアンの声も低くかすれていた。ダミアンがヴァネッサのほうに手を伸ばしてきたので、彼女は身をかたくした。彼はいったん手をとめてから、ヴァネッサの頬をそっとなでた。その優しい触れ方に驚き、ヴァネッサは身動きができなくなった。ダミアンはこういう思いやりのある繊細な一面を持っている。愛人になるようにわたしを追いこんだ冷酷で悪魔のごとき男性とはまるで違う。

「ぼくもひとりの人間だ。怪物などではない。そのうちきっときみにもわかってもらえるだろう」ダミアンはため息をもらすと、ワイングラスを手にとって椅子の背にもたれかかった。「そろそろ寝室に戻るといい」

「寝室?」

彼女の声に警戒心が表れているのを聞きとったのか、ダミアンがかすかに笑った。「ひとりでだよ。きみはいつでも好きなときに部屋に戻っていいんだ。ベッドをともにしろと強要したりはしない。きみが招待してくれるまで待つとするさ」

ヴァネッサは震える脚で立ちあがった。どうやらもう部屋にさがってもかまわないらしい。

「おやすみ」

ヴァネッサはダミアンの気が変わらないうちに逃げだした。

聖杯の間に戻るとドアを閉め、そこに力なくもたれかかった。ダミアンは猶予を与えてくれた。少なくとも今夜は、あの恥知らずな約束を守れと迫る気はないようだ。

握りしめた鍵が焼き印のように熱く感じられる。

一瞬ためらったのち、ヴァネッサはドアに鍵をかけ、それを化粧台の上に置いた。優雅な部屋のなかを見まわし、どうしたものかと考えた。

すでにランプには明かりがともされ、暖炉には火が燃え、すぐにでもベッドに入れるよう上掛けが折りかえされている。だが今はまだ動揺していて、眠るどころか本を読む気にさえなれない。

夜気が入らないよう厚いカーテンはすでに閉められていたが、ヴァネッサはそれを大きく引き開け、月明かりを部屋に入れた。ひっそりと静まりかえった庭園を眺めながら窓辺に立ち、銀白の光で神経が癒《いや》されるのを待った。

長いあいだそうしていたが、やがて窓に背を向け、ランプの明かりを消した。

月明かりのなか、彼女はドレスを脱いでキャンブリック地のネグリジェを着ながら、ふと顔をしかめた。ダミアンはこの地味なドレスをどう思っただろう？　いつか約束を守らされる日が来たときには、きっと薄手のネグリジェか、肌を露出したドレスを着るよう要求されるに違いない。

ベッドはやわらかくて寝心地がよかった。長旅の疲れとディナーの緊張は、思いのほか大きな負担だったらしい。ヴァネッサは自分でも気づかないうちに眠りに落ちていた。

そして夢を見た……宵闇のなか、〝女泣かせのシン〟と呼ばれる男性が近づいてきて、ヴァネッサを抱きしめてキスをする。

優しいながらも情熱的で、甘いのに燃えるようなキスだ。ヴァネッサは息をすることもできないまま、あたためられた蜂蜜《はちみつ》のようにとろけていった。

ふと目覚めると、あたりにはかすかに薔薇の香りが漂い、体は妙に熱く高ぶっていた。なぜ目が覚めたのかはわからない。ヴァネッサは横たわったまま、暖炉の火がぱちぱちとはぜる音と、自分の鼓動を聞いていた。

カーテンを開け放ったままの窓から月の光が差しこんでいる。ぼんやりとした月明かりのなか、すぐそばの枕の上になにかが置かれていることに気づいた。

ヴァネッサはおそるおそる手を伸ばした。それはヴェルヴェットのようにやわらかくてもろい一輪の薔薇だった。

まだ夢を見ているのだろうかと思いながら、目を凝らして部屋を見渡す。そのとき、ダミアン・シンクレアの青みがかった灰色の瞳と目が合った。

5

ダミアンは紺色のガウンに身を包み、暖炉の前でくつろいでいた。ヴァネッサを見つめながらブランデーグラスを口もとに運んでいる。

「きみも一杯どうだ?」

夢などではない。その声は月光のように官能的で優しく、ハンサムな顔にたたえた表情は魅惑的だ。

警戒すべきかどうかさえわからず、ヴァネッサはベッドの足もとにかけておいたシルクのガウンを手で探った。「そこでなにをしているの?」

「話し相手が欲しくて来たと言ったら、びっくりするかな?」ヴァネッサがにらみつけると、ダミアンは肩をすくめた。「ときどき眠れないことがあるんだ。とくに妹が事故に遭ってからはそんな夜が多いんだが、ひとりで起きているのもつまらないと思ってね。火のそばに来ないか?」

ヴァネッサはベッドのなかにいることが不安になり、ガウンを手にとって床へおりたった。ガウンのボタンを首までとめ、そろそろとダミアンのほうへ近寄って暖炉のそばに立つ。

「どうやって入ってこられたの？　鍵を持っているのね？」

「一本しかない鍵はきみの手もとにあるはずだ」

「それならどこから入ったの？」

「秘密の通路があるんだ。クロムウェルが独裁政治を敷いていた時代、すぐに逃げられるようにと先祖が造ったんだ。だが、ぼくの父は愛人に会いに行くときに利用していた」ダミアンが窓に近い部屋の片隅を指さした。「あそこの壁板が動くようになっているんだよ」

騙されたという思いに、ヴァネッサはかっとなった。「そんな通路があるなら、なぜわたしに鍵を渡したりしたの？」

「あのときは、ぼくに襲われることはないとわかってきみも安心しただろう？」

「ここには来ないと言っていたでしょう」

「ベッドをともにするよう強要したりしないと言ったんだ。それに今も、そんなことをする気はない」

ダミアンの言い分は筋が通っているだけに、とっさに返す言葉が見つからなかったが、ヴァネッサはふたたび怒りを燃えあがらせた。

ダミアンはまだ穏やかな表情でこちらを見ていた。「嘘じゃない、ヴァネッサ。ぼくを恐れる必要はどこにもないんだ」

ヴァネッサは自分の無謀さを呪《のろ》いながらも、ダミアンの顔を凝視した。幽霊のごとく夜中に歩きまわり、どこでも好きなところへ入りこみ、人の寝顔を盗み見るような人間なら、もっと危険で邪悪に見えてもよさそうなものだ。だが不思議なことに、彼のことを怖いとは感じなかった。ただ腹が立つだけだ。ダミアンはわたしをこんな受け入れがたい状況に陥れた。そして理屈のうえでは筋を通したけれど、本質的には約束を破ったのだ。

「あなたを恐れてなんかいないわ」ヴァネッサは顎をあげて言いかえした。

「だが、信用もしていない、だろう？」ダミアンがかすかに笑みを浮かべる。「目にありありと表れているよ」

「信用なんてできるわけがないでしょう。あなたのなにを信じろというの？」

「では、なんとかしてきみの気を変えさせなければならないな」

ヴァネッサは不安になり、片足からもう一方の足へと重心を移動させた。彼に出ていけと命じる権利がわたしにあるの？

「さしあたっては……」ダミアンがヴァネッサの頭のてっぺんから爪先まで目を走らせ、三つ編みにした髪に目をとめた。「ここへ来て座らないか？　今夜はなにもしないと約束するから。きみと少しおしゃべりをしたいだけなんだ」ヴァネッサが躊躇していると、ダミアンは話題を変えた。「本当のことを言うと、きみに礼を述べようと思って来たんだ」

「お礼？」

「ディナーのあと、ぼくはオリヴィアの部屋に行った。オリヴィアはアンダーヒル医師の診察を受けることに同意してくれたよ」

ヴァネッサは怒りを感じていたにもかかわらず、その知らせを聞いてほっと胸をなでおろした。「よかった」

「どうやって説得したんだ？」

「説得なんてしていないわ。そうね、家族を大切にする気持ちを思いだしてもらえるようなことは言ったかしら。彼女の力になれないことであなたがどれほど自分を責めているか話したの。だからオリヴィアは、自分自身のためには無理でも、あなたのためなら頑張ってみようと思ったのかもしれないわ」

ダミアンが顔をしかめた。「信じがたいな。きみも察しているとは思うが、ぼくたちはけっして仲のいい兄と妹ではない」

「事故のことであなたを責めるつもりはないと言っていたわ」

「事故のことではそうでも、長年ほうっておいたことは怒っているはずだ。この二ヶ月間というもの、なんとか関係を修復しようと努力したがうまくいかなかった。今夜は妹がシェークスピアを読んでいるのを見て、心底驚いたよ。あんなことをするのは事故以来、初めてだ」ダミアンはいったん言葉を切ってから、ためらいがちにつけ加えた。「きみには感謝している」

褒め言葉ではあるものの、その言い方にはどこか様子を見るような響きがあった。ヴァネッサ自身やその手腕に対する評価はもう少し待ってからだと言わんばかりだ。

「まだ最初の一歩だわ」ヴァネッサも様子を見ているような口調で応じた。「まだまだ先は長いでしょうね」

「ああ、長そうだ」ダミアンが沈んだ声でつぶやき、つかの間ブランデーに目を落とした。

「オリヴィアは詩が好きだと誰から聞いた？」

「弟からよ」

ダミアンの表情がはた目にもわかるほど険しくなり、ヴァネッサは自分がオリヴィアを騙していることを改めて思い知らされた。だが彼は、暗い話題は避けることにしたらしい。

ダミアンが寝椅子を示した。「ヴァネッサ、ここへ来てくれたらうれしいんだけれどね」

このような状況でダミアンのそばへ行くのは気が進まなかったが、ヴァネッサは怒りを静め、彼の言葉に従うことにした。それでも前回、寝椅子でこの節操のない男性の隣に座ったときのことを思い起こし、安楽椅子を選んでダミアンと向かいあった。そしてあの悩ましいキスのことや、胸を愛撫されたことは思いださないよう努めながら、椅子の上で体を丸めて膝を抱えた。

心臓が激しく打っている。ヴァネッサはダミアンがなにか言うのを待ったが、彼は炎を見つめながら、ただ黙ってブランデーを飲んでいるだけだった。

いつの間にかヴァネッサは、そっとダミアンを盗み見ていた。完璧なまでに美しい顔の上で炎の明かりが揺れている。ヴァネッサの鼓動はさらに速くなった。

彼のことを恐れていないと言ったのは本当だ。だが、月明かりしかない薄闇のなかでこうしてふたりきりでいると、やはり不安を覚えてしまう。親密な雰囲気を感じ、ひどく落ち着かない気分になる。

だが、ダミアンとはすでに取り引きをしてしまった。強引なやり方は気に入らないが、家族が路頭に迷うよりはずっとましだ。やはりわたしが愛人になるしか方法はなかったのだから、その約束を守らなくては。彼がおしゃべりをしたいと言うなら、話し相手を務めるまでだわ。

「なにを話せばいいの？」ヴァネッサは愛想がいいとは言いがたい、ぶっきらぼうな口調で尋ねた。

ダミアンがヴァネッサに視線を向けた。「きみのことを知りたい」

「わたしのなにを？」

彼は肩をすくめた。「なんでもいい。そうだな、どうしてぼくたちはこれまで知りあう機会がなかったんだ？　きみはロンドンで暮らしていたこともあるんだろう？」

「ええ、ずいぶん長く。二年前に父が亡くなるまでは、毎年春になると一家でロンドンへ移っていたの」

「だが、ぼくはきみに会った覚えがない。会っていれば必ず記憶していると思うんだが」

ヴァネッサは思わず笑みをこぼした。「あなたが社交界にデビューする前の女性に目をとめるとは思えないわ」彼女はダミアンの反応をうかがった。「わたしはもちろんあなたを知っていたわよ。デビューした年には、何度か社交の場でも見かけたし。いつだったか、ある舞踏会で騒ぎを起こしたでしょう？　あのときはたしか、女性がセントジェームズ通りのクラブまであなたを追いかけていったとか。少なくとも一週間、社交界はその噂で持ちきりだったわね」

ダミアンが顔をしかめた。「いやな話を思いださせないでくれ」そう言って、ヴァネッサの顔をじろじろ眺める。「スキャンダルなら、きみだって縁がないわけじゃないだろう？きみのご主人と親しかったわけではないが、彼のことならよく知っているよ。ぼくの記憶違いでなければ、サー・ロジャーもかなり問題を起こしていたはずだ」

今度はヴァネッサが顔をしかめる番だった。「そのことはもう考えないようにしているのよ」

「彼のような生き方を嫌っているくせに、どうして結婚したんだい？」

ヴァネッサは顔をそむけ、暖炉の炎を見つめた。「若い女性が結婚するのは誰のためだと思うの？　もちろん家族のためよ。あのときはとても条件がいいように思えたから、父が結婚を強く望んだの。当時の父は……経済的に苦しかったから。ロジャーは財産を相続したばかりで、莫大な資産を持っていたのよ」

「それでも結婚を拒否することはできただろうに」

ヴァネッサはダミアンのほうを向き、まっすぐ彼の目を見つめた。「あなたは妹さんのためならどんなことでもするつもりでいる。だったら、わたしが家族の力になりたいと思った気持ちを理解するのは難しくないでしょう？」

「サー・ロジャー以外に相手はいなかったのかい？」

「彼がいちばんだと思ったのよ。あのころはまだ……悪い噂もなかったし」思わずため息がもれる。「もう夫の話はしたくないわ。いやな思い出ばかりだから、もう忘れたいの」

「わかった。では、こうしよう。きみはぼくの前で弟のことを話さない。そしてぼくは、ご主人の話題を持ちださない」

ダミアンがブランデーを口にするあいだ、短い沈黙が流れた。彼の目はなかば閉じられていたが、じっとこちらを見ているのがわかった。

「ひとりになったあと、きみは実家へ戻ったのか？」

「ええ。夫が亡くなって……自分がどういう経済状況に置かれているのかわかったから」まったつらい記憶がよみがえってきた。ロジャーの死から立ちなおる暇もないうちに、次々と借金とりが訪ねてきたのだ。莫大な財産はすべて賭事や愛人に注ぎこまれていたと知って、呆《ぼう》然《ぜん》とするばかりだった。「自分ひとりのために家を維持するのはばかげていると思ったの。それにちょうどそのころ父も他界して、実家のほうでもわたしを必要としていたし」

「たしかお父上は落馬されたとか？」

「狩りの最中の事故よ。どうして知っているの？」

「妹のことがあったとき、駆け落ちの相手について調べさせたんだ。お母上は昔から寝たきりだったわけではないんだろう？」

「ええ。父が亡くなったときに寝こんでしまったの。それ以来、母にとってまだ喪は明けていないのよ。病んでいるのは体ではなくて心だと思うわ。母は父を愛していたから」

ダミアンは苦笑いを浮かべたが、ヴァネッサの言葉に対してはなにも言わず、室内を見まわした。「この部屋は気に入ったかい?」

「ええ……少なくとも、さっきまではそう思っていたわ」ヴァネッサは顔をしかめた。

ダミアンが眉をつりあげる。「招かざる深夜の訪問者がやってくるまでは、ということかな?」

「そうよ」

「きみは遠まわしにものを言うことがないんだな」

「この状況でそんなことをしても意味がないもの。言ったはずよ、わたしは愛人になった経験なんかないって。がっかりさせて申し訳ないけれど、媚《こび》を売ったり、駆け引きをしたりすることには慣れていないの」

ダミアンが楽しそうな笑みを浮かべた。「がっかりなんかしていないさ。それどころか、率直な女性というのもなかなかいいと新鮮に感じている」

「まあ、さぞ多くの女性を知っているんでしょうね。ああ、驚いたわ」

彼はくっくっと笑った。「客人をもっとまじめに接待するべきだな。辛辣な会話を楽しんでもらうのもいいが、ほかにも気の紛れることを探したほうがよさそうだ。きみは本が好きかい?」

ヴァネッサは思わず本音をもらした。「大好きよ」

「では、好きなときに図書室を訪れてくれ」

「ありがとう。喜んでそうさせていただくわ……あなたが図書室にいないときに」

「馬には乗るんだろう?」

「ええ」

「それなら厩舎《きゅうしゃ》にいる馬はどれでも乗ってくれていい。とくにオリヴィアの馬は少し運動させなくてはならないから」ダミアンが顔を曇らせた。「オリヴィアは馬に乗るのが好きだったんだ。朝から晩まで外を駆けていたこともよくあった」

ダミアンの気持ちを察し、ヴァネッサは慰めの言葉をかけた。「きっとまた、そんな日が来るわ」返事がないため、今度は話題を変えることにした。「あなたみたいな人が読書や乗馬のようなありふれたことを楽しむとは知らなかったわ」

「なんだってやるさ」

「なるほどね。たしかにいろいろお楽しみのようだもの。あなたにまつわる噂を耳にしたら、ゴシップに飽き飽きしている人でもしゃべりたくなるでしょうね」

「どんな話を聞いたんだ?」

「たとえば、ヘルファイア・リーグという名前の会を作ったとか」

「なんだって? たかが数人の集まりだよ」

「芳しいとは言いがたい評判を耳にしたわ。なんでも定期的に集まっては、どんちゃん騒ぎやいかがわしい遊びに興じているそうね」

「そんなんじゃないさ。祖父の時代にあった業火《ヘルファイア》クラブのまねごとをしているだけだ」

「それでも堕落した人間の集まりであることに変わりはないと思うけれど」

「堕落した人間だと？　それは少し言いすぎだろう」

「あなたの場合は言いすぎではないわ、シンクレア卿」

ダミアンがしかめっ面になった。「ダミアンと呼んでくれる約束ではなかったのか？」

ヴァネッサはその質問を無視した。「入会金が一万ポンドだというのは本当なの？」

「本当だ」

ヴァネッサはなぜ弟をクラブに誘ったのかと問いただしたくなった。だが、答えはわかっている。どうせオーブリーを破産させるためだ。それに弟の話はしないと先ほど約束した。

「きっとそれだけの価値がある会なんでしょうね。女性の入会も認めているの？」

ダミアンが目を丸くした。「先例はないが、例外を認めることはできるだろうな。入会したいのか？」

「まさか」ヴァネッサは楽しい気分になっていた。「だいいち入会金を用意できるはずもないし。だいたい、わたしはこれまで一度も堕落した人々とお近づきになりたいなんて思ったことがないもの」

「その点についてのきみの意見は何度も聞かせてもらったよ。だけどぼくのことを、もしかしたらそれほど堕落してはいないのかもしれないと思ったことはないのかい？」

「ないわ」ヴァネッサはきっぱりと答えた。

「きみはまだまだぼくのことがわかっていない。今後それを教えていくのが楽しみだ」

愛人関係のことを言っているのだろうとは思ったが、ヴァネッサは引かなかった。「あなたは楽しいかもしれないけれど、わたしも楽しむと思っているなら、それはうぬぼれというものよ。女性なら誰しも、あなたのような罪作りな男性の魔法にかかりたがっていると思ったら大間違いだから」

ダミアンがおもしろいとばかりに灰色の目を輝かせた。「それはショックだな」

「嘘でしょう。本当にショックを受けているなら、そんな軽い返事はしないわ」

彼は楽しくてしかたがないといった笑みを浮かべた。それを見て、ヴァネッサの鼓動は速くなった。なんてすてきな目をしているのかしら。どれほど楽しく思えようが、油断してダミアンをからかったのは間違いだった。この危険な男性の魅力には抗うことができない。

驚いたことに、ダミアンはゆっくりと立ちあがった。「なかなか口が達者だな。きみの相手をしているだけで忙しくなりそうだ」ダミアンが近づいてくるのを目にしてヴァネッサは身をかたくしたが、彼はただじっと見おろしているだけだった。「こういう刺のある会話も楽しいが、そろそろきみを寝かせたほうがよさそうだ。ぼくにひと晩じゅう部屋にいてほしいというなら話は別だが……」ヴァネッサが冷ややかな態度で沈黙しているのを見て、彼は答えを察したようだ。「わかったよ。今夜は楽しかった」

自分もそう感じていることに気づき、ヴァネッサはわれながら驚いた。

「これからも眠れない夜はここへ来て、一、二時間ほどおしゃべりをしていってもかまわないかな?」

「それは、わたししだいということかしら?」

「もちろんさ。だが、きみも楽しみにするようになるかもしれない。ローズウッドにいると、ひしひしと孤独を感じるときもあるからな」

静かで寂しげな口調から察するに、おそらく実際にそういう経験があるのだろう。

ダミアンが手を伸ばしてきたことに気づき、ヴァネッサははっとした。だが彼はおやすみと言って親指で軽く彼女の頬に触れると、そのまま手を離して背を向けた。

黙って部屋の隅へと向かう背中をヴァネッサは見つめた。ダミアンは壁板を滑らせ、幽霊のようにひっそりと秘密の通路へ消えた。壁板が小さな音をたてて閉まり、ヴァネッサは月明かりの差しこむ寝室にひとり残された。

一瞬ののち、立ちあがって壁板を調べに行った。だが、それが動くからくりはどうしてもわからなかった。ヴァネッサは壁板に背を向け、そこにもたれかかった。ダミアン・シンクレアは不思議な魅力を持っている。今夜のひとときは夢のようだった。なんて楽しかったんだろう。

ヴァネッサは戸惑いを覚えてかぶりを振った。放蕩貴族など軽蔑すべき人間だと思っているにもかかわらず、今夜の気のきいたやりとりには興味をかきたてられた。良識も警戒心も吹き飛んでしまっていた。

親密になるのが危険なことはわかっている。ダミアンに同情などしたくない。だが、彼の孤独が自分のことのように感じられた。

白い枕に、暗くくすんだ赤いしみのようなものが見えた。ダミアンが持ってきた薔薇だ。

ヴァネッサはベッドへ行き、刺に気をつけて花の香りをかいだ。

甘い香りは認めたくないほど悩ましく感じられた。わたしはあの〝女泣かせのシン〟と呼ばれる男性を寝室でもてなした。そして、なにも起きなかった。数日前なら、誰かからダミアンは手を出さないだろうと言われても信じなかったはずだ。ダミアンが人の真心を取り引きの材料にする冷酷な悪魔であることに変わりはない。だが今夜、彼はなにも強要しなかった。おやすみと言ったときに軽く頰に手をあてたことを除けば、指一本触れてこなかったのだ。

それでもダミアンは危険な人だ。男性としての魅力や、切なくなるほど端整な顔立ちに騙されそうになるが、本当は女性を誘惑する手練手管に長けている。彼のそばに行くと、わたしはいつも圧倒されて、体の奥底に眠っている女性的な一面を引きだされてしまう。放蕩者にはさんざん苦労させられてきたにもかかわらず、抗えなくなってしまうのだ。

どうしたらいいのだろう。こうなったら分別を発揮して自分の身を守るしかないが、あまりあてにはならないかもしれない。ダミアンは自分の望みを堂々と明言している。必ずわたしをその気にさせてみせるとはっきり言っているのだ。よほど気をつけなければ、きっと彼の思いどおりになってしまうだろう。

ヴァネッサは夢ひとつ見ることなくぐっすり眠り、翌朝は普段より遅い時間に目覚めた。寝室にはさんさんと太陽の光が降り注いでいる。いつになく高揚した気分でベッドから起きあがり、ドレスに着替えてから朝食をとろうと階下におりた。

思ったとおりサイドボードには、キドニーの網焼きやハム、卵、スコーン、ジャム入りのタルトなどがところ狭しと並べられていた。従僕が控えていたが、ほっとしたことにダミアンの姿はなかった。

席につこうとしたとき、執事のクロフトが姿を見せた。ヴァネッサがさりげなく、シンクレア卿はどこにいらっしゃるのかと尋ねると、早朝に食事をとって領主代理人と部屋にこもっているという返事が返ってきた。

「もし乗馬をされたければ、厩舎にいる馬のどれに乗ってもかまわないと、旦那様がおっしゃっておられました」

「ありがとう。でもその前にミス・シンクレアを見舞って、今日はどうしたいか訊いてみるわ」

朝食を終えると、ヴァネッサは階段をあがり、オリヴィアの寝室へ向かった。オリヴィアはやはりネグリジェのままベッドに入っていたが、カーテンは少し開けられていたため、部屋のなかは真っ暗ではなかった。

オリヴィアの表情がぱっと輝いたのを見てとり、ヴァネッサは自分が歓迎されているのだと知った。

「午前中はあのきれいな庭園を散策してみようと思っているの」ヴァネッサは明るく話しかけた。「誰かに案内をお願いしたいんだけれど、お兄様は領主代理人の方とお話をされているようだから、よかったらあなたがお庭を見せてくれないかしら？」

「わたしに案内してほしいの？」オリヴィアがいぶかしげな口調で言った。

「あなたは薔薇が大好きだと聞いたの」ヴァネッサは部屋の隅に置かれた車椅子を示した。

「二階までは従僕に連れていってもらえばいいわ。あとはわたしが車椅子を押すから」

オリヴィアが顔をしかめた。「車椅子は嫌いなの。自分ではなにもできないと思い知らされるもの。でも、そういう考え方は子供っぽいわよね」

「そんなことはないわ。だけど、車椅子さえあれば自由に動きまわれるでしょう？」

「そうね」オリヴィアが覚悟を決めたように顎をあげた。「いいわ。あなたがそう言うなら、お庭を案内するわ」

「きれいな顔に日があたらないように、ボンネットをかぶりましょうね。今日から六月に入ったばかりだというのに、日の光が強いわ」

「もう六月？」オリヴィアが驚いた声を出し、悲しそうに言った。「知らなかった。寝こんでいるあいだに、そんなに日数がたっていたのね」

呼び鈴を鳴らすと、侍女とふたりのメイドがやってきてオリヴィアの着替えを手伝った。白いスイスモスリンのドレスと、赤いヴェルヴェットの短い上着だ。まだ朝の冷えこみが残っているため、分厚いショールも肩にかけた。

オリヴィアの一生懸命な様子は見ていてつらかった。従僕に抱きあげられて庭園に出ると、彼女は金色の陽光に目をしばたたいた。だが車椅子に座るとすぐ、顔をあげて、命の恵みである太陽のあたたかさを感じ、うれしそうな吐息をもらした。

「ここへ来たいと思っていたの」車椅子を押そうと背後にまわるヴァネッサに、オリヴィアがつぶやいた。

「毎日でも来ればいいわ」

オリヴィアは口もとをかすかにゆがめたが、ヴァネッサを見あげた青い目には楽しそうな表情が浮かんでいた。「あなたは毎日案内が必要なわけじゃないでしょう？」

「そうね。でも、散歩仲間は欲しいわ」

「あなたって本当にあきらめるということを知らないのね、レディ・ウィンダム」ヴァネッサはほほえんだ。「そう言ったはずよ。それに、ヴァネッサと呼んでくれないかしら？」

ふたりはゆっくりと小道を進みながら、花のすばらしさを愛《め》でたり、広大な庭園を埋め尽くしている薔薇の品種について話したりした。オリヴィアは知識が豊富で、それぞれの株について詳しく説明してくれた。

庭園にいるのはふたりだけではなかった。園丁たちが鍬《くわ》やシャベルや剪定《せんてい》ばさみを持って動きまわっていたし、ノートとペンを手にした学者風の見学客も何人か見かけた。建物に近い庭の隅では、画家がイーゼルを立て、思案しながら水彩画を描いている。

ヴァネッサはなるべく人を避けて車椅子を押し、オリヴィアを休憩させるために何度も立ちどまった。庭園には、日よけになるよう植えられた木の下にベンチを置いた場所が何箇所もある。日差しを避けるため、その木の下にも何度か入った。

休憩中、ヴァネッサはオリヴィアに話しかけた。「薔薇の品種改良がそんなに大変だとは知らなかったわ」

「たしかに大変だけれど、兄の栽培計画はすばらしいのよ。兄がローズウッドを薔薇のコレクションで有名にしたんだから。その評判はナポレオンの耳にまで届いたほどなの」オリヴィアが誇らしげに言う。「何年か前、ジョセフィーヌ皇后が自分の庭園に植えるために、世界中にあるすべての薔薇の品種を集めさせたの。皇后のところの園丁たちがここまで来たわ。摂政皇太子がここを調べてもよいという特別許可証を出したからよ。海上はイングランドの海軍によって封鎖されていたけれど、皇后の薔薇をのせたフランスの船は即刻通すよう、海軍本部が命令を出したんですって」

一時間ほどたっても、まだ庭園の半分も散策していなかったし、温室もまだまだ先だったが、オリヴィアは疲れたらしくうなだれるようになってきた。

「お屋敷に戻りましょうか。あまり体に負担をかけるのはよくないわ」

オリヴィアがうなずき、いらだたしげなため息をもらした。「車椅子に座っているだけでも疲れてしまうなんて」

「お兄様からうかがったけれど、お医者様の診察を受けることにしたそうね。きっとお医者様があまり疲れなくなる方法を教えてくださるわ」

オリヴィアが顔をしかめる。「そうかしら。わたしはただ、兄の言うことを聞けばほうっておいてもらえるだろうと思っただけなの。兄は本当にうるさいのよ。脚は動くだろうと言わんばかりに、とにかくベッドから引きずりだそうとするんだから。早くロンドンに戻ってくれればいいのに」

「あなたのためを思ってのことよ」

「いいえ、兄にとってわたしはただの重荷なのよ。早く楽になりたいと思っているに違いないわ」

屋敷のほうへ戻りかけたとき、背の高いダミアンがしなやかな身のこなしでこちらに向かって歩いてきた。

「噂をすればなんとやら、ね」オリヴィアがさもうんざりした顔で言った。

ふたりのところまでやってくると、ダミアンは立ち尽くしたまま妹の顔をまじまじと眺めた。

「口もきけないほど驚かせてしまったみたいね」オリヴィアがそっけなく言った。

「うれしい驚きだよ」ダミアンが腰をかがめて妹の額にキスをした。「おまえが散策する姿を見るのはいいものだ」

ダミアンは体を起こしながらちらりとヴァネッサを見た。その目には感謝の念が浮かんでいる。彼は妹に向きなおった。

「今日の午後、アンダーヒル医師が到着する。すぐにでも診察してもらえるぞ」

「はいはい。でも、急いだってしかたがないわ。どうせ今日じゅうに治してもらえるわけじゃないもの……一生だめかもしれないし」

「おまえの気が変わる前に診せたいんだ。それに早く治療を始めれば、早く治るというものさ」

ダミアンはヴァネッサに代わって車椅子を押し、みずからオリヴィアを抱きかかえて寝室まで連れていき、ベッドでやすませた。だが、ふたりのあいだにはぴりぴりした空気が流れ、どちらもそれを苦痛に感じているように見えた。

ヴァネッサは険悪な雰囲気を感じとり、脚を治すより、ふたりの関係を修復するほうが難しいかもしれないと思った。


「妹君の症状は必ずしも一生続くものではないように思われます」数時間後、進歩的なものの考え方をするアンダーヒル医師が、オリヴィアの寝室から出てくるなり言った。

診察に立ちあったヴァネッサは、ダミアンへの説明を聞くために廊下へ出ていた。

「診察した限りにおいては、明らかな骨折の症状は見られませんでした。ただ背骨を強打していますので、外傷はかなりのものだと考えられます。同じような患者をふたりばかり診たことがありますが、どちらも多少は脚が使えるようになりましたよ」

ダミアンは無表情を装っていたが、声の調子から感情を表に出すまいとしているのがわかった。「また歩けるようになりますか？」

「本人がやる気を出して必要な療法を行えば、可能性はあるでしょう」

ダミアンは目を閉じ、安堵《あんど》の吐息をもらした。まるで死刑執行の延期を聞かされた囚人のようだとヴァネッサは思った。

「必要な療法とは？」ダミアンの声はかすかに震えていた。

「軽い運動でかまいませんから、続けて体を動かすことです。いちばんいけないのは、寝たきりでいることですね」医師がヴァネッサをちらりと見た。「無遠慮な物言いをして申し訳ないが、ご自分を寝たきりの病人だと思いこんでいる女性は大勢いらっしゃいます。本当は新鮮な空気を吸い、体を動かすことが回復につながるのに、主治医がとにかく寝ていろと指示するからです。長いことベッドに横たわっていたせいで手足が動かなくなったあげく、どうして自分には神が魚に与えたもうた程度の元気もないのだろうと嘆くはめになるのですよ」

ヴァネッサは思わず笑みをこぼした。それを見て、医師はさらに雄弁になった。

「先ほども申しあげたように、回復には軽い運動が欠かせませんが、それ以外にも温熱療法や温浴やマッサージなどが効果的です。脚が弱ってしまうことのないように、神経や筋肉を刺激してあげてください」

「どれくらいで治ると思われますか？」

「おそらく二、三ヶ月で感覚が戻ってくるでしょう。そうすれば目指す方向は正しいことがわかります」

「もし戻らなかったら？」

医師がいかつい眉をひそめた。「そのときは残念ながら失敗ということです。しかし、一、三ヶ月で判断を下すのは時期尚早でしょう。背骨が完治するには一年か、ときには二年ほどかかることもありますからね。運動療法とマッサージを施してくれる方がいらっしゃるといいのですが」

「ときどき母の話し相手をしてくれる女性が看護助産婦の仕事をしていらっしゃるのです」ヴァネッサは口を挟んだ。「癒しの手を持っていると評判の女性ですわ」

「それはいい」医師は声の調子を高くして賛成し、何度もうなずいた。「また三週間後に診せてください。処方箋《しょほうせん》を書きますので、紙とペンをいただけませんか」

「わかりました。もう少し話をうかがいたいが、その前に妹の顔を見てきてもいいでしょうか?」

「もちろんです」

ダミアンが寝室に入り、ベッドのそばへ行った。彼が身をかがめて妹の手を握る様子を、ヴァネッサは廊下から見つめていた。

「聞こえたかい?」ダミアンが静かに訊いた。

「ええ」オリヴィアの青白い顔は希望に輝いていた。

ヴァネッサの喉もとに熱いものがこみあげてきた。彼女は心から祈った。どうかこの進歩的なお医者様の見立てに間違いがありませんようにと。

6

ふと目が覚めると、また一輪の薔薇が枕もとに置かれていた。ヴァネッサは半分まどろみながら、ヴェルヴェットのような花びらに指先で触れた。昨夜の薔薇は血のように赤かったが、今夜の薔薇は月光の下ではほとんど銀色に見え、花びらに細い筋が入っている。

「シュロップシャー・ビューティと呼ばれる品種だ」部屋の向こうから耳慣れた男性の声が聞こえた。

急に鼓動が速くなり、ヴァネッサは顔をあげた。月明かりしかない薄闇のなか、ダミアンがけだるそうに半分目を閉じて静かにこちらを見ている。

彼は昨夜と同じ椅子に座っていた。シャツと膝丈のズボンしか身につけていない姿は、地方の名士か農民にありがちな格好だ。だが生まれながらの気品が備わっているため、やはりどう見ても貴族にしか見えない。喉もとのボタンをはずした白いキャンブリックのシャツが、黒い髪や日に焼けた肌によく似合っている。

けっして好意は持つまいと決めたにもかかわらず、ヴァネッサの胸に喜びがこみあげてきた。約束どおり真夜中のおしゃべりに来てくれたことが、われながら愚かだとは思うもののうれしかった。

ヴァネッサはなんのためらいもなく起きあがると、ショールを肩にかけて室内履きを履き、あたたかい暖炉の火のそばへ行った。

このとき、彼女はまたしても間違いを犯した。ダミアンの魅惑的な優しいほほえみに目を向けたために、体の力が抜けてしまったのだ。見とれてしまうほど悩ましい笑みだ。ヴァネッサは自分の反応を隠そうと、うつむいて花の香りをかいだ。

わたしはあっという間に彼の虜になってしまった。これではまるで男性と親しくなるチャンスと見るや飛びつく尻軽女と同じじゃない。ダミアンは女性を魅了する危ない人だ。手招きされただけで、わたしは手なずけられた猟犬のように走り寄ってしまった。だけど彼への気持ちを抑えこもうとするのは、息をしないでおこうとするようなものだ。

ヴァネッサはダミアンの視線を避け、さりげなく振る舞おうと努めた。「壁板を調べたけれど、開けられなかったわ」

「知りたければ教えてあげるよ」

「どこにつながっているの？」

ダミアンはヴァネッサが顔をあげるまで、じっと見つめていた。「ぼくの寝室だ」

灰色の目と視線が合い、ヴァネッサの鼓動はますます速くなった。「鍵があるようには見えなかったけれど」

「ないよ。つなぎ目にくさびでも入れれば壁板は開かなくなるが、心配することはない。きみがその気になるまで、せかしたりしないから」

「相当長いあいだ待つことになるでしょうね」

ダミアンがほほえんだ。「待てば待つほど楽しみは増えるというものだろう」

ヴァネッサは動揺した。「この通路のことは、ほかの人も知っているの？」

「たぶん誰も知らないと思う。初めて通路があることに気づいたときには、ぼくはまだ子供だった。父はよくこの寝室に……決まった女性を滞在させていたんだ。ここにいる父の姿を初めて目撃したとき、相手は結婚している女性だったよ」

「既婚者を愛人に？」

ダミアンが苦々しげな笑みを浮かべる。「ずいぶん幼いころに父に幻滅したわけさ」

「あなたはお父様みたいになりたいと思っているの？」

「まさか」ダミアンはゆっくりとブランデーをひと口飲み、物思いに沈んだ表情で炎を見つめた。「父は女性に関してはどうしようもなく自堕落だった。普通、女性はそんな男は相手にしないと思うが、これがそうでもなかったんだ。父は女性の扱いを心得ていたんだろうね。愛人をたくさん作っていたが、そのうちあるひとりに入れこんで、ほかの女性には目もくれなくなった。母も捨て置かれたというわけさ」

その声は暗く、悲しみと怒りがこもっていた。ヴァネッサはダミアンをまじまじと眺めた。

「あなたはわたしが思っていたような人とは違っているのね」

「どんなところが？」

ヴァネッサは唇をすぼめて考えた。領地に戻ったダミアンは、ロンドンで噂されているような人物とはずいぶん違う。ふまじめな面はほとんど見えてこない。それどころか妹に優しく接し、彼女を守ろうとしているのがよくわかる。誰かをそれほど深く愛せる人が、悪い人間であるはずがない。「とにかく違うのよ。思っていたほど自由奔放で手の早い人ではないみたいだわ」

「ここに戻っているときは、どんちゃん騒ぎやいかがわしい遊びはしないさ」ダミアンが顔をしかめた。「それに、結婚している女性にも手は出さない」

「それは結構ですこと」

その返事を聞いて、ダミアンはにやりとした。

「正直なところ、あなたには驚かされることが多いわ。薔薇に興味があるというのもそうよ。あなたのような人が園芸をするなんて意外だもの。ミセス・ネズビットから聞いたんだけど、荒れていたお庭をあなたがきれいにしたんですってね」

「若いころに道楽でやっていただけさ。今はもう、ぼくの手は必要ない。優秀な園丁が世話をしているし、温室はほうっておいても大丈夫なくらいだ」

「図書室も庭園と同じくらいよく管理されていたわ。今日の午後、本を見せてもらったの。小説から政治や技術関係まで、あれほどさまざまな分野の書物がそろっているとは思わなかった」

「整理が行き届いているのは秘書のおかげだな。去年、ジョージが本をすべて並べなおして目録を作ったんだ。ロンドンの屋敷にある図書室はそんなに広くないから、本はほとんどこちらに送っている。ジョージ・ハスケルにはきみも会っているだろう？」

「ええ」

「哀れな男だ。頭が切れるうえに、よく勉強もする」ダミアンが自虐的な笑みを浮かべた。「ほかの男に仕えたほうが、ずっと幸せだっただろうに。ジョージに言わせれば、ぼくはどうしようもない落ちこぼれだそうだ」

「落ちこぼれ？」

「上院に入ろうとしないからだよ。ジョージはすばらしい演説原稿を書けるのに、ぼくにはそれを読む気がない」

「なぜ？」

「政治に興味がないからさ。それでもいつかぼくが政界に野心を抱く日が来るのではないかと、ジョージは希望を持っているようだ」

ヴァネッサは好奇心に満ちた目をダミアンに向けた。「図書室の本はどれもきちんと読まれた形跡があったわ。秘書の方があれを全部読んだの？」

「残念ながら、それはぼくだ。ここに戻ってくると、よく本を読むんだよ。ほかにすることがないからな」

「ウルストンクラフトの『女性の権利の擁護』もあなたが？」

「そうだ。きみは読んだことがあるのかい？」

「あるわ」ヴァネッサは挑むように顎をあげた。男性による女性支配を論じたメアリー・ウルストンクラフトの著書は、貴族のあいだでは過激だと考えられている。「結婚にまつわるいろいろな意見は共感するところが多かったわ。とくに夫の権利を最優先するのはおかしいという指摘はもっともだと思った」

「男性による社会的差別に関して、なかなかおもしろい持論が述べられていたね。ただ、拡大解釈をしている部分もあるように感じたが」

「そうね」ヴァネッサは同意した。

ダミアンは彼女を値踏みするような目で見た。「きみも、ぼくが思っていたような女性とはまったく違うようだな。ひどく純粋で、とても結婚していたようには見えない」

「どうしてそう見えないの？」

「男に対して臆病《おくびょう》だからさ」

「どの男性に対してもというわけではないわ」

「じゃあ、ぼくにだけかい？」

ヴァネッサはいたずらっぽい目をしてみせた。「もしそうだとしたら、それはあなたのせいよ」

「そうかもしれない。なんとかしないと」

その言葉がヴェルヴェットのように耳に心地よく感じられ、ヴァネッサは心のなかでかぶりを振った。自分の体を奪おうとしている男性と一緒にいながら、どうしてこれほど安心していられるのか不思議でしかたがない。

穏やかな沈黙のときが流れた。やがて、ダミアンは口を開いた。「いつも髪を三つ編みにして寝るのかい?」

「ええ、だいたいは」ヴァネッサが警戒するような表情を見せた。「なぜそんなことを?」

「きれいな髪だ。その髪が枕に広がっているところを見てみたいな」

含みを持たせた言葉だったが、返事は返ってこなかった。だが月明かりのなかでもヴァネッサが頬を赤らめたのがわかり、ダミアンはその表情に魅せられた。

ヴァネッサの心を開かせるのは容易ではなさそうだ。警戒心を解くには、微妙で巧みな気遣いがいる。

先ほどのぼくの言葉は本心からだった。ヴァネッサは想像していた女性像からかなりかけ離れている。夫にまつわるスキャンダルや、夫が亡くなったあとのヴァネッサに関する噂などから偏見を抱き、彼女の男性経験を見誤っていたようだ。だがどうやらヴァネッサは、放蕩者だった夫や弟とはまったく違う人間らしい。

そもそも悪意を持って彼女を見ていたという側面はあるかもしれない。社交界にいる女性は、たいがい身勝手で自分のことしか考えず、利己的なものだ。だが、ヴァネッサにそういう点は少しも見られない。

彼女が妹と心を通わせることができたのは驚きだったし、感謝もしている。その親切心や優しさが本物かどうかは時間をかけて見きわめる必要があるが、もしオリヴィアに対する心遣いが本心からのものでないとしたら、たいした役者だ。

それに知性にも舌を巻いた。これまで愛人に知的な刺激や気のきいた会話を求めようと思ったことはなかった。だがヴァネッサの利発さは新鮮で、なかなか楽しめそうだ。彼女のことをもっと知りたいし、隠された奥深い一面をさらに探ってみたい気がする。

ヴァネッサの男性経験が豊富でないとすると、皮肉にも迷いを感じる。はたしてこのまま彼女を愛人契約に縛りつけておいてもいいものだろうか？

そもそもヴァネッサを誘惑することにしたのは、落としがいがあると思えたからだ。彼女の慎み深さや、ぼくのような男に対して軽蔑を隠さない態度を見ていると闘志がわいた。この美しくて興味をそそられる女性をものにする自信はある。しかし自分でも不思議なことに、この数日間でヴァネッサのことが少しずつわかってくるにつれ、もっと深く知りたいという思いが強まってきている。その一方で、彼女を最終的にどうしたいかという気持ちは少しずつ変わってきていた。

もちろん、ヴァネッサのことをあきらめたわけではないが、しぶしぶ応じられても満足はできない。今は冷ややかな態度でぼくを軽蔑しているが、いつかは熱く求めさせたいと思う。ダミアンは品定めをするようにヴァネッサを眺めた。たぶん自然な流れに任せるのがいちばんだろう。彼女が心を開いてくれるまで辛抱強く口説くのだ。

ヴァネッサがみずからその気になる日が待ちきれない。情熱的な彼女を見るのはどれほど楽しいだろう。欲望を抱くことを覚えさせ、それを表現することを教えて……だが、誘惑の基本は長居をしないことだ。親密なひとときを終わらせるのは残念だが、すでにずいぶん時間がたっている。

心残りに思いながらもダミアンは立ちあがり、ヴァネッサの前に立った。「そろそろ戻るとするよ。もう眠りなさい。また来てもいいかな？」

ヴァネッサは一瞬、驚いたような顔をしたが、すぐにそれを押し隠して小さく肩をすくめた。「お好きなときにどうぞ。ここはあなたのお屋敷だもの。でも、わたしは息を殺してあなたが来るのを待ったりしませんからね」

ダミアンはゆっくりとちゃめっけたっぷりに笑みを浮かべた。「いつかそんな日が来るのを楽しみにしているよ」

彼は名残惜しそうにヴァネッサの頰を指先でなでた。触れることに慣れさせたいという思いもあったが、自分自身がそうせずにいられなかった。

軽く触れられただけなのに、ヴァネッサはたじろいだようだ。夜の闇のような黒い瞳に驚きの表情が表れている。彼女の心のうちをかいま見た気がして、ダミアンはうれしかった。

この小さな勝利で我慢するしかない。

少なくとも今夜は。

ダミアンとヴァネッサは一緒にいる機会が多かったため、しだいに親密さを増していった。毎晩ディナーをふたりでとったり、ときおり午後にオリヴィアと三人で庭園を散策したりと、一日のうち何時間かはともに過ごした。

ケントから癒しの手を持つ看護助産婦がやってきてオリヴィアの治療を行うようになったため、ヴァネッサには思わぬ自由時間ができた。

ヴァネッサはほぼ毎日、乗馬をするようになり、馬丁につき添われて美しい領地や周辺の田園地帯を走りまわった。一、二度、オリヴィアが喜びそうなちょっとしたものを買うためにアルセスター村まで遠出もした。けれどもいちばん楽しいのは、めったにないことだがダミアンと一緒に馬に乗っているときだった。

ヴァネッサは図書室にも自由に出入りするようになり、そこはすぐにお気に入りの場所となった。図書室はオービュッソン製の絨毯が敷かれ、壁板には高級木材が使ってあり、天井には金箔《きんぱく》で縁どりをされたフレスコ画が描かれている。だがヴァネッサが惹きつけられたのは、壁に沿って並べられた革装丁の書物だった。薔薇庭園を見渡すことのできる窓際の椅子に膝を抱えて座り、ヴァネッサは時間がたつのも忘れて夢中になった。

母や妹に手紙を書くときは、オリヴィアの話し相手として雇われたという嘘がばれないようダミアンのことはあまり書かなかった。オーブリーはヴァネッサがダミアンの愛人になった事実を知っていた。

出発前、ヴァネッサとオーブリーは激しく口論した。自分の借金を帳消しにするために姉がそこまでするという事実を知り、オーブリーが躊躇したためだ。ヴァネッサは弟の感情に気を遣うようなことはしなかった。軽はずみな行為のせいで彼女がどれほどの重荷を背負うことになったのか、きちんと理解してほしかったからだ。結局、ほかに選択肢はないと悟り、オーブリーも最終的には承知した。

母や妹たちは、ヴァネッサは脚の不自由なミス・シンクレアの話し相手《コンパニオン》を務めているのだと信じこんでいた。それなら経済的に困窮している貴族の女性として恥ずかしくない職業だ。

家族に嘘をついているのは気がとがめた。だがそれにもまして、オリヴィアに自分とオーブリーの関係を隠しているのが心苦しかった。本当のことを知ったときのオリヴィアの反応を想像するとぞっとする。だが、罪の意識は多分にあるものの、結果的によいことをしているのだという自負もあった。オリヴィアは経済的には恵まれているものの、友情に飢えていた。ヴァネッサが友人として一緒に怪我に立ち向かおうとしていることを、こちらが申し訳ないと感じるほど感謝してくれている。

最初のころ不安に思っていたのが嘘のように、オリヴィアにつき添うのは楽しかった。回復の見こみがあるとわかったせいか、オリヴィアとダミアンの冷えきった関係にも雪解けの兆しが見えてきた。

療養のためにオリヴィアをバースの温泉に連れていくという案も出た。だが弱った体で馬車に揺られていくのは厳しいことに加え、当人が脚の怪我を世間に知られるのをいやがったため、その意見は却下された。その代わりダミアンの提案で、珍しい薔薇が多く咲いている温室に湯治用の浴場を造ることになった。それから日々午前中、ダミアンは浴場の設計と工事のために時間を費やした。

意外にも、ダミアンの姿が視界に入ろうが入るまいが、ヴァネッサは彼の存在を強く意識せずにはいられなかった。昼はダミアンのことばかり考えてしまい、夜になれば夢を見る。起きているときも眠っているときも、彼の魅力にとりつかれていた。

当初ヴァネッサが思っていたよりも、ダミアンはずっと複雑な人間だった。そんなダミアンがなぜ〝女泣かせのシン〟などという異名をとることになったのか、ヴァネッサはおいおい知ることになる。

ローズウッドへ来て二週間めのある午前中、ヴァネッサはダミアンと厩舎でばったり顔を合わせ、喜んで乗馬の誘いに応じた。ふたりは馬を襲歩で駆けさせたあと、歩を緩めて屋敷のほうへ戻った。湖を見おろす丘まで来たとき、ヴァネッサはきらめく湖水の美しさに息をのんだ。

「まあ、きれいだわ」ヴァネッサはつぶやいた。

「そうだな。こんなに美しかったことを忘れていたよ」ダミアンがヴァネッサの隣に馬をとめ、懐かしそうに言った。

「ローズウッドに長くはとどまらないからでしょう？」

ダミアンが厳しい表情になる。「極力、避けるようにしてきたからな」

「なぜ？」ヴァネッサは不思議に思って尋ねた。「これほどすてきな領地があったら、わたしならずっとこの地にいたいわ」

「子供のころからここが嫌いなんだ。いやな思い出しかない」

「たとえば？」

ダミアンはヴァネッサの質問には答えず、ゆっくりと馬を降りてはるか遠くを眺めた。

「両親の結婚生活は戦争のようなものだった」しばらくしてからようやく低い声で話しだした。「父は次々に愛人を作り、母と離婚する道を探していた。母はそのことで父を憎んでいた」

「離婚ですって？　法律上、難しいでしょう？」

「いや、母のほうもけっして父に誠実なわけではなかったから、法的には可能だったと思う。だが母の実家は金も力も持っていたので、父は裁判沙汰《ざた》にできなかったんだ」昔のことを思いだしたのか、ダミアンはかぶりを振った。「母にも恋人がいた。父に復讐したかったのだろう。だが恋人は母を捨て、若い女性のもとへ走ったんだ。それがきっかけで夫婦のあいだはますます険悪になった。ひどいものだったよ」彼は話を続けた。「ちょうどいいことに、ぼくは大学に入って家を出ることができた。あまり帰省しろとも言われなかったしね。大学を卒業したときにはかなりの額の財産を相続していたから、独立してロンドンに家を持つことができた。そのころになると、父はロンドンの屋敷、母はこの屋敷で生活するようになっていたよ。ふたりは同じ家で暮らすことさえできなくなっていたんだ」ダミアンはおもしろくもなさそうに笑った。「摂政皇太子が主催した舞踏会からの帰り道、ふたりが馬車の事故で一緒に死んだというのはなんとも言えない皮肉さ。そろって舞踏会に出席するなんて、もう何年もなかったからね。冷たい言い方かもしれないが、両親が死んでもぼくはそれほど悲しくなかった」

ダミアンが肩越しにヴァネッサを振りかえった。陽光を受け、灰色の瞳がいつにもまして鋭く見えた。苦い過去を思いだし、つらさがよみがえったのだろう。

彼は現実に引き戻されたというように肩をすくめ、ヴァネッサが馬から降りるのに手を貸した。地面に降りたったヴァネッサは、手が触れあったことに心が揺れ、二、三歩後ろにさがった。

「それであなたがオリヴィアの後見人を務めることになったのね？」まだ話を聞きたいと思い、ヴァネッサは問いかけた。

「そうだ」ダミアンはかがんで草の葉を一本引き抜き、口にくわえてかんだ。「ぼくは妹に対する法的義務を適当に果たして、肩の荷をおろしたつもりでいた。だがオリヴィアがどれほど寂しい思いをしているかは、つい三ヶ月前まで気づきもしなかったよ。オリヴィアは若い娘が欲しがるようなものはすべて持っている。財産も地位もあるし、充分な教育も受けたからね。だが、ひとりぼっちで育つはめになった。そのことでぼくを恨んでいるのはわかっている。当然だろう。ぼくがレディの後見人としてふさわしいとは思えないが、だからといって、妹をほうっておいたことに弁解の余地はない」

「オリヴィアと話をしてみたら？」

「なにを言えというんだ？」

「あなたにどれほど大切に思われているか、オリヴィアは知らないのよ。あなたが後悔していることや、後見人としてふさわしくないと思っていたことを話してみてはどうかしら？　あなたにも不向きなことがあるなんて、オリヴィアは考えてみたこともないと思うの」

ダミアンが力なくほほえんだ。「それでオリヴィアが許してくれると思うのか？」

「ええ、きっと大丈夫よ。オリヴィアはあなたに兄らしく振る舞ってほしいのだと思うわ。たったひとりの家族なのに、これまで理解しあえなかったんですもの。寂しくてしかたがないのよ。あなたにかまってもらえず、厳しい家庭教師に監視され、社会とかかわることもできなかったから。寂しいからこそ心に隙ができて、つい……」〝弟とあんなことに〟という言葉はのみこんだ。「そして今は、車椅子に縛りつけられていると感じている。オリヴィアは今こそあなたを必要としているのよ、ダミアン。彼女自身も気づいていないのかもしれないけれど」

ダミアンが顔をしかめる。「自覚している様子はまったくないな」

「オリヴィアが本当はなにをどうしたいのか、一度でも尋ねてみたことはある？」

「どういう意味だ？」

「先日、彼女がこう言っていたの。女性は損だ。男性は冒険を求めて外の世界へ羽ばたいていけるけれど、女性は家に残って求婚されるのを待つしかないと。家庭は戦場だったんでしょう？　あなたは逃げだすことができたわ。だけど、オリヴィアにその選択肢はなかったのよ」

ダミアンはヴァネッサの言葉を疑うように眉をひそめた。だが、まじめに耳を傾けているのは間違いない。

しばらくのち、彼はまだ物思いにふけりながらヴァネッサに手を貸し、馬に乗るのを手伝った。そのせいか、手が触れたときにヴァネッサがびくりとしたことには気づかなかったようだ。ヴァネッサは気をつけなくてはと自分自身を叱りつけた。

この人はほんのささいなしぐさで、わたしを動揺させることができる。それなのに、わたしがもっと一緒にいたいと思い始めているのに、どうして気づいてくれないのだろう？

ヴァネッサはダミアンの夜の訪問と、彼が持ってきてくれる薔薇の花を楽しみにするようになっていた。薔薇は毎夜、色も種類も違っていた。小さくて繊細な黄色い蕾《つぼみ》だったこともあれば、咲き誇る薄いピンクや、上品なワインレッドの一輪だったこともある。

ダミアンは彼女の体に触れてくることはなかったが、深夜のおしゃべりで親密さは増していた。

一緒に乗馬をしてから数日後、ふたりはいつものように暖炉の前に座っていた。月が細く欠けてきたため、今夜は蠟燭に火をともした。ダミアンはブランデーを楽しみ、ヴァネッサはアイボリー色の薔薇の香りをかいでいた。

「こんなことをしていると、お庭の薔薇がなくなってしまうわ」ヴァネッサはつぶやいた。

「まだまだあるさ」ダミアンが顔をしかめつつ笑みを浮かべた。この表情は何度見ても胸がときめく。

どうりでいけない男性だという評判をとるわけだ。

「どうして〝女泣かせのシン〟と呼ばれるようになったの？」ふと興味を覚え、ヴァネッサは尋ねたが、まじめな答えが返ってきたため驚いた。

「父のまねをしていたんだと思う。若くて血気盛んだったうえに、とめる者が誰もいなかったからね。それに、ロンドンは青二才が喜ぶような禁断の楽しみがいくらでもある」

「大人になってからはどうなの？　ヘルファイア・リーグを作ったときは、もう青二才ではなかったでしょう？」

ダミアンが肩をすくめた。「男には気晴らしが必要なのさ。作った当時は、ずいぶんいい憂さ晴らしになったものだ」

「今は？」

「残念ながら新鮮味は失われているな」

ふたりとも黙りこみ、互いに物思いにふけり始めた。ダミアンも弟と同じジレンマを抱えているのだろうか。いわく、世間は遊びばかりが多く、真剣に打ちこめる仕事は少ないらしい。亡くなった夫も、とりわけロンドンでは暇つぶしに賭事や女遊びをよくした。ロンドンには悪に染められてしまう遊び場が多すぎる。

「ロンドンは好きじゃないわ」ヴァネッサは少し話題を変えた。

「なぜ？」

「いやな思い出ばかりだから。結婚生活の大半はロンドンで暮らしていたの。夫を亡くしたのもあの街だった」つらい記憶がよみがえり、ヴァネッサはぞっとした。「あの日のことは、はっきり覚えているわ。夫の友人がやってきて、ロジャーが死んだと告げた。それから遺体が運ばれてきて……あとのことはよく覚えていないの。ありがたいことに弟がいろいろ手伝ってくれたのよ。領地のこまごまとしたことを片づけたり、商人や金貸しと渡りあったり……」彼女ははっとして口を閉じた。「ごめんなさい。オーブリーの話はしない約束だったのに」

「ロンドンではすべていやなことばかりというわけでもなかっただろう」ダミアンはヴァネッサが口を滑らせたことには言及しなかった。

「そうね。状況が違っていたら楽しめたかもしれない」

「ぼくならあの街のもっと楽しい一面を見せてあげられたのに」

ヴァネッサはほほえんだ。「あなたの遊びにつきあうのは無理だと思うわ」

ダミアンが首をかしげ、いぶかしそうな顔でヴァネッサを見た。「きみは一度もなにか悪いことをしてみたいと思った経験がないのかい？」

「あるかもしれないけれど、悪いことの定義があなたとわたしでは違うでしょうね。社交の場での会話を聞いて、思いきりののしってやりたいと思ったことなら何度もあるわ。ソルフォード公爵夫人が底意地の悪いことを言ったときには……パンチの入ったカップを顔に投げつけてやろうかと思った」

「それは悪いことだ」ダミアンは女性の心を惹きつけてやまない堕天使のような笑みを浮かべた。

ヴァネッサは頬を染め、視線をそらして炎を見つめた。「どうしてわたしはいつも、こんな個人的なことまであなたにしゃべってしまうのかしら」

「ぼくがいちいち批判をしないからじゃないか？」

それは本当だ。彼が批判的な目でこちらを見ていると感じたことは一度もない。

「どちらにしても……」ダミアンは軽い口調で続けた。「お互い様というものさ。ぼくだってきみには何度も本音を打ち明けさせられている」

深夜の親密な雰囲気が懺悔《ざんげ》させやすくしているというような単純なものではないわ、とヴァネッサは思った。ダミアンは計算ずくでヴァネッサから秘密を引きだそうとしている。ベッドに誘いやすくするために。

ダミアンの作戦も多少は成功しているのだろう。彼への警戒心は薄れてきている。その代わりに、ダミアンのそばにいると心の平静を保つのがどんどん難しくなっていた。ちらりと目を向けられれば脚が震え、なにげなく触れられるだけで息がとまりそうになる。

おそらく、やがて来るものをわたしが恐れているからだろう。今のところダミアンは辛抱強くわたしに合わせ、キスのひとつさえ求めてこない。だけど、いつまでもこんな状況が続くわけがない。遠からず、本当の意味での愛人としての役割を要求されるだろう。

ローズウッドに来てから三週間めに入ったある夜、さらに個人的で深く不安をあおられるような話題が持ちだされた。蠟燭のあたたかい光のなか、ふたりはいつものように暖炉の前に腰かけていた。ダミアンがなかば閉じた目でこちらをうかがっているのがわかっても、ヴアネッサは冷静でいられた。けだるそうな目でじっと見つめられることにはもう慣れていた。だが、心地よい沈黙を破った言葉には肝をつぶした。

「最後はいつだったんだい?」ダミアンが穏やかな声で尋ねた。

質問の意味をとり違えたふりをすることもできただろう。そんな個人的で立ち入った質問には答えたくない、と拒絶してもよかった。けれどもこれまでダミアンとはつねに本音で話してきたし、ふたりの関係を大切にしたいと思うようになっていた。たとえ、ときには落ち着かない気分にさせられることがあっても。

「二年前よ」

「ずいぶん前だな」

ダミアンはまじまじとこちらを見つめている。その視線を避けようと、ヴァネッサは顔をそむけた。「あなたはわたしのことを勘違いしているわ」声が震える。「以前、わたしが言ったのは本当のことよ。男性経験は少ないの。恋人を持ったこともない。知っているのは夫だけよ」

「ご主人との夫婦生活は楽しいものではなかったんだろう?」ダミアンが低くかすれた声で言った。

「ええ……まったく」ヴァネッサは顔を赤らめた。そこまで告白してしまったことが恥ずかしかった。

「あててみせようか」ダミアンが穏やかな口調で続けた。「ご主人はきみを悦ばせようとはせず、自分の快楽だけを追い求めた。きみは痛みを恐れながら、体をかたくしてベッドに横たわり、義務だと思って夫を受け入れた」

ダミアンの描いてみせた光景は事実に果てしなく近かった。ヴァネッサはうつむき、忌まわしい記憶をよみがえらせた。「妻の義務だとは思うけれど、とにかく……痛くて」

「信じてくれ、ヴァネッサ。ぼくは痛くしたりしない」

ヴァネッサはゆっくりと顔をあげ、ダミアンの目を見据えた。ダミアン・シンクレアという男性に〝信じる〟という言葉はそぐわない。だが驚くことに、わたしは彼を信じ始めているらしい。これほど簡単に秘密を打ち明けたのは、そのせいだとしか考えられない。ダミアンが執拗に探ってくることや、自分があっさり答えてしまったことにもっと腹を立ててもよさそうなものだが、むしろ恥をさらけだしたことでほっとしている。

ダミアンがヴァネッサの目を見つめたまま言った。「男女の営みは、必ずしも女性にとって苦痛なものではないんだよ。いや、そうであってはいけないんだ」

「夫はわたしのことを……不感症だと思っていたわ。わたしが触られるのをいやがったから」

灰色の目に怒りが浮かんだ。「げすな男だ」

夫に対するその断定的な評価を信じたくて、ヴァネッサはダミアンの目をのぞきこんだ。

ダミアンが穏やかな淡々とした口調で続けた。「ヴァネッサ、きみが男女の営みを不快に感じるのは、つらい思いをしたからだ。男性経験こそ少ないかもしれないが、きみが不感症だとは思わない。それどころか本質は情熱的な女性だ。ぼくの全財産を賭けてもいい」

喉もとに熱いものがこみあげてくるのを、ヴァネッサはこらえることができなかった。これまでずっと自分が至らなかったのだと考え、そのことを恥じてきた。もし自分がもっといい妻だったら、ロジャーは別の女性のもとへ走ったりしなかったのではないだろうか。もう少し落ち着いた生活を送り、決闘で胸を撃ち抜かれて死ぬような不名誉な最期を迎えずにすんだのではないかと思ってきたのだ。

ダミアンの言葉は傷につけられた薬のように心にしみ渡った。ベッドで夫にこたえられなかった理由を示してくれたことに、ヴァネッサは心から感謝した。

「わたしが……情熱的な女性ですって？」

彼はまぶたを半分閉じてこちらを見ている。なんて官能的な表情だろう。ヴァネッサの胸は高鳴った。「間違いない。ぼくに任せてくれたら、きみにもわからせてあげられるのに」

ヴァネッサは口を開きかけたが、言葉が出てこなかった。

ダミアンがそっとグラスを置くと、椅子から立ちあがった。「男から望まれるというのはどういう気持ちなのか教えてあげよう」

彼は手を伸ばし、ゆっくりとヴァネッサを立たせた。ヴァネッサは身動きもできないまま、炎の映りこんだダミアンの優しげな目を見ていた。彼のそばにいることがうれしく、神経が過敏になっている。

「きみが欲しい。この気持ちはきみにはわからないだろうね」

「ダミアン……」

「しいっ。ぼくを怖がらないで。きみがリードするといい」ダミアンがヴァネッサの片手をとり、自分の頰に押しあてた。「触れてくれ」

ヴァネッサはゆっくりと彼の顔に手をはわせた。吐息をついて目を閉じ、整った顔を指でなぞっていく。男らしい形だ。ダミアンの顔の特徴がわかる。骨や肉の微妙なラインまで感じられた。

それは初めての感覚だったが、よく知っている感覚でもあった。夢のなかでは何度もこうして肌のぬくもりや、かすかに伸び始めた無精ひげの手触りや、滑らかな唇をなぞるときの吐息を感じてきた。

「どんな感じだい？」

ヴァネッサの心は揺れていた。とろけてしまいそうだ。ダミアンはなにもしていないのに、わたしは息をするのさえ苦しい。もっと彼のことを感じたくてしかたがない。

彼女はゆっくりと目を開けてダミアンを見あげた。灰色の瞳は優しく、すべてを理解しているように見える。だが、ダミアンはさらにヴァネッサを求めようとはしなかった。自分ほどの魅力があればわたしを落とすくらい簡単だと、この人はわかっているのだ。けれども、まだ先へ進む気はないらしい。

「かまわない」ダミアンがささやく。「急がせるつもりはないから」

彼はヴァネッサを見つめたまま、彼女の指を自分の口もとへ持っていき、じらすように指先にキスをした。

そして、そっと手を放した。

「今夜はこれ以上求めないよ。きみがぼくと同じくらい欲しいと思ったとき、一緒にベッドへ行こう」

ダミアンが立ち去ったあと、ヴァネッサは何度もそのヴェルヴェットのような響きの言葉を心のなかで繰りかえした。思いだすたびに体が震える。体の奥底に火をつけられたかのようだ。彼の優しさを思うと、もっとそばにいたいという思いが募ってくる。

ヴァネッサは自分の指を見つめた。驚いたことに、ダミアンの唇の感触がまだ指先に残っていた。さらなる先をなぜか求め始めていることが、怖かった。

7

ローズウッドでの役割が容易なものであるはずがないとヴァネッサは思っていたが、これほど心に葛藤《かっとう》を抱えるとは考えてもいなかった。シンクレア家の兄と妹には心をかき乱される。ダミアンには女性としての一面を刺激され、すっかり魅了されてしまった。オリヴィアのことはかわいくてたまらない。

なによりもダミアンに対する気持ちの変化に戸惑い、動揺していた。彼に対して優しい気持ちが芽生えているのは困ったものだ。ダミアンに惹かれるほど愚かなことはない。彼にとってわたしは獲物にすぎず、誘惑は復讐のためのゲームなのだから。

ダミアンが早く決着をつけてくれればいいのにとさえ思う。だがどういうわけか、わたしをせかそうとはせず、約束を守れとも言ってこない。しかしここまでくると、ベッドをともにする不安より、斧《おの》が振りおろされるのを待っているほうが苦痛だ。やはり男女の営みには嫌悪感しか感じられないし、ダミアンが言っていたように自分が情熱的な女性だとは思えない。

さっさと恥知らずな約束を実行に移してしまえば、ダミアンもわたしの真の姿がわかり、じわじわと誘惑するのをあっさりやめてくれるかもしれない。つまらない女を相手にゲームをしてもしかたがないと感じ、わたしを帰してくれることも考えられる。

だが肩に不安が重くのしかかっているものの、ローズウッドでの生活は望める以上に快適だった。とりわけ、生活費の心配をしなくてもいいことなど久しぶりだ。この二年間というもの、毎日いかにして手持ちのお金でやりくりするかで苦労してきた。だがオリヴィアのこととなると、ダミアンはお金に糸目をつけない。オリヴィアの気分を明るくするために仕立屋と帽子屋を呼んではどうかとわたしが提案したときも、ダミアンはふたつ返事で賛成した。

オリヴィアは絶対に外出しようとはせず、買い物にも行こうとしないが、服装に興味を持たせるのはいいことだとヴァネッサは考えていた。

「でも、新しいドレスなんて必要ないわ」そう言ってオリヴィアは抵抗し、頑固な一面を見せた。「もうどこへも出かけるつもりはないんだから。ドレスなんか買っても着ていくところがないもの」

「そうかもしれないけれど」ヴァネッサはオリヴィアをなだめた。「妹のファニーがよく言っていたの。新しいボンネットをかぶったときほど、自分がきれいに見えるときはないって。あなただってお庭に出るのにショールの一、二枚は欲しいでしょう？　それに、お兄様が温室に造っている浴場に入るための水着もいるわ」

それでも帽子屋が訪れ、リボンやレースやダチョウの羽根などの飾りがついた商品を並べると、オリヴィアはふたつほど気に入ったボンネットを見つけた。

「きっとロンドンで売られているボンネットはもっとすてきなんでしょうね」帽子屋が帰ったあと、オリヴィアはあこがれのまじった声で言った。

「そうとも限らないけれど、値段だけはここより途方もなく高いわね」

「ロンドンで暮らすのは楽しいんでしょう？」

「わたしはとくに好きでもないわ」

「どうして？　わくわくすることがいっぱいありそうなのに。図書館で本を借りることもできるし、書店や美術館もあるし、お芝居やオペラも見られるし……」

「たしかにそういうことは楽しいわ。でも、社交界はそれほどでもないのよ」

「社交界って、舞踏会とか夜会とか晩餐会《ばんさん》とか？」

ヴァネッサは、オリヴィアが選んだレモン色のボンネットを薄葉紙で包みながらうなずいた。社交シーズンも真っ盛りになると、ひと晩に五、六通もの招待状を受けとることは珍しくない。ヴァネッサもオリヴィアの年ごろには、舞踏会となると期待に胸をふくらませたものだ。だが年をとるにつれ、ロンドンの社交界は華やかではあるものの窮屈だと感じるようになってきた。うわべばかりで中身がなく、辛辣で悪意に満ちたゴシップが飛び交っている。夫が自堕落な生活におぼれ、醜聞が絶えなかったころには、夜の席は我慢しがたいものになっていた。かつては友人だと言ってくれた人々からの冷たい視線に耐えながら、顔に笑みを貼《は》りつけ、何時間もただ立っているしかなかったからだ。だが今ここでオリヴィアに不安を与え、自分の殻に引きこもらせるのは得策ではない。

「舞踏会は楽しいわよ」ヴァネッサは軽い口調で言った。「ただ何年もたつうちに、どれも同じように思えてしまって。でも裕福な家の若い女性は、一度は社交シーズンを経験してみるべきだと思うわ。あなたも自分の目で見てみたら？」

オリヴィアが顔をそむけた。「たぶん一生行かないと思うわ」沈黙が続いた。彼女は下唇を震わせている。「以前わたしの家庭教師だったミセス・ジェンキンスから言われたの。わたしは当然の報いを受けたんだって。脚が動かなくても命があるだけましだって」

「そんなことはないわ！」ヴァネッサはオリヴィアに対して初めて大きな声を出した。

「そうかしら。結局のところは、わたしがばかだったんだもの」

「恋をするのはばかなことじゃないわ。ただ選ぶ相手を間違えただけよ」

「ひどい間違いよね」オリヴィアがか細い声で言う。

ヴァネッサはボンネットを置き、ベッドのところまで行って端に腰かけるとオリヴィアの手を握った。

オリヴィアが青い目に涙をため、ヴァネッサを見あげた。「兄からはどんなふうに聞いているの？」

「あなたはとんでもない男性の賭の対象にされ、駆け落ちをしようと言われてその気にさせられたと」かわいそうに、オリヴィアは顎を震わせている。だが、つらい経験は吐きだしてしまったほうがいい。恋人に裏切られたという苦い思いに蓋《ふた》をしてしまうよりも、ちゃんと向きあうのが望ましかった。「オリヴィア、見ず知らずのハンサムな男性に騙されたのは、なにもあなたが初めてというわけじゃないのよ」ヴァネッサは穏やかに諭した。

「そうね、騙されたのよね。あの人はわたしと結婚したいのだと思っていた。きれいだ、愛していると言われて、わたしは彼の言葉にすがりついてしまったの」オリヴィアが涙をたたえた目で宙を見た。「とてもハンサムで、優しくて、笑った目がすてきな人だった。彼と一緒にいると、自分が……特別な存在だと思えたわ。詩が好きな人だったから、ロマンティックに思えて。でも、あんなことになってしまった」

「あんなことって？」ヴァネッサはさりげなく尋ねた。オーブリーから事の顚末《てんまつ》は聞いているし、ダミアンも目撃者や使用人や本人の口から引きだした言葉をつなぎあわせた話をしてくれた。だが、詳しいことはいまだによくわからない。

「グレトナ・グリーンへ行こうと言われたの」グレトナ・グリーンとはイングランドからスコットランドへ入ってすぐのところにある小さな村だ。スコットランドでは、ひとりの証人の前で結婚の誓いを立てれば正式な結婚と認められるため、ここに向けて駆け落ちをする男女が跡を絶たない。「わたしは怖かったけれど、わくわくしてもいたわ。アルセスター村の馬車宿までは歩いていったの。屋敷の馬を使って怪しまれるのがいやだったから」オリヴィアは話を続けた。「馬車宿へ着いてすぐ、なにかがおかしいことに気づいた。だって、オーブリー……彼が幸せそうに見えなかったから。彼は部屋をとっていたの。そこには彼の友達がふたりいたわ。何ヶ月か前、どこかの集まりで見かけた人たちだった。ふたりともひどく酔っ払っていたから、わたしは早く宿を立ち去りたかったのに、オーブリーは一緒に来ようとはしなかった。そして、気が変わったから駆け落ちはとりやめると言ったの。友達のふたりは大笑いしながら、賭はおまえの勝ちだと叫んだわ」恥じ入っているのか、顔が真っ赤になる。「大金だった。一〇〇〇ポンドよ。それでも最初はなにが起きているのかわからなかった。両手に荷物を持って立っているわたしの姿は、さぞまぬけに見えたでしょうね。友達が、オーブリーは結婚するつもりなんかなかった、全部冗談なんだとぶちまけたわ。ひとりなんて、わたしを愛人として囲ってやるとまで言いだした。オーブリーは友達に謝れと怒っていたけど、わたしはもうなにも聞きたくなかったので部屋から駆けだしたの。そのとき階段で足を踏みはずしたか、自分の荷物につまずいたかしたんでしょうね。危ないと思った瞬間は覚えているけど……気がついたら脚が動かない状態でベッドに横たわっていて、階段から落ちたのだと知らされた」オリヴィアの目から涙がこぼれ落ちた。「彼は連絡をくれないの」

ヴァネッサも涙をこぼした。事故のあと、オーブリーが連絡をとれずにいた理由は知っている。ダミアンが二度とオーブリーを妹に近づかせまいとしていたからだ。だが、ここでわたしとオーブリーの関係を話してしまうのはまずい。オリヴィアとはいい関係を築きつつあるし、今はなんとかして彼女を立ちなおらせようとしているところだ。そんなときにわたしまでもが裏切っていることを打ち明ければ、まだ日の浅い友情にひびが入ってしまうかもしれない。

オリヴィアの話を聞くにつれ、新たな怒りがこみあげてくる。若い女性をこんな体にして、心を深く傷つけたのだ。あまりにひどい話だと思うし、弟の軽はずみで子供じみた行動に対しては激しい憤りを覚える。誰にも触れられたことのない繊細な花を、ぬかるみで踏みにじるような行為ではないか。

「わかるでしょう？　わたしはもう社交界には出られないの」

ヴァネッサはオリヴィアを哀れに思い、細い手を強く握りしめた。「もう人生が終わってしまったかのように感じる気持ちはわかるわ。でも、そんなことはないのよ。わたしにもできたのだから、あなただってきっと立ちなおれる。わたしは今のあなたとそう変わらない年で結婚したけれど、結婚生活はスキャンダルだらけだった」ヴァネッサは静かに語り始めた。「夫は莫大な財産を持っていたけれど……一年もしないうちにそれを使い果たして借金まみれになったの。それなのに懲りもせず、次から次へと軽率なことばかりしていたわ。わたしは何度、死にたいと考えるほどの悔しい思いを味わったことか。夫は亡くなったものの、恥さらしな最期だった。ほかの女性をめぐる決闘で死んだのよ。相手は女優だったの」

「ひどいわ……」

ヴァネッサはほほえもうとしたが、苦々しい思いを抑えることができなかった。「あのころはわたしもそう思っていたわ。でも、毅然《きぜん》としているしかなかったの。嵐は無視して、ただ顔をあげて生きていくだけ。いい？　オリヴィア、噂はいつか必ず消えるものよ。スキャンダルに対処するいちばんいい方法は、正面から立ち向かうことなの。引きこもっていても、なにもいいことはないわ」

オリヴィアがヴァネッサの顔をのぞきこんだ。「今のわたしのようにってこと?」

ヴァネッサは優しくうなずいた。「社会に出ていって、残酷で冷たい視線にさらされるのを避けたい気持ちはわかるわ。だけど、まわりが差し伸べてくれる手を拒んでいれば、苦しいのはあなた自身なのよ」

「兄は……わたしのことを大切に思っていると言ってくれた」

「そのとおりだと思うわ」

「いい兄でなかったことを後悔している、もう一度チャンスを与えてくれって」

「なんと答えたの?」

「わかったと」オリヴィアは震える声で言い、涙をふいた。「本当は兄に怒っているわけではないの。ただ、自分がここにとらわれてしまった気がして」

「そんなことはないわ」

「あきらめなくてはならないことが多すぎるもの。こんな体になる前は、自分のことは自分でできたのに、今は着替えひとつするにもメイドがふたりがかりだし、一階へおりるには従僕に抱えてもらわなくてはいけない。以前は雨が降ろうが、毎日のように馬で外を走っていたのよ」

「今でも馬車になら乗れるわ。それに馬に会いに行くこともできるし。あなたが来なくて馬が寂しがっていると馬丁長が言っていたわよ」

オリヴィアが唇をかむ。「わたしもあの子たちに会えなくて寂しい。寂しいことばかりだわ」

「乗馬のほかには?」

「音楽もそうよ。ピアノが上手だと言われていたけど……もうペダルを踏めない」

「今はそうでも、いつか踏めるようになるわよ。それに手は動くでしょう? ペダルが踏めるようになったときのために指の練習をしておいたら? ちゃんと練習をしておかないと、すぐに腕が落ちるものよ」

オリヴィアが力なくうなずいた。「それに、歌ならまだ歌えそうだわ」

「天使の歌声だとミセス・ネズビットから聞いたわよ」

「天使だなんて……」オリヴィアが頬を赤らめながら謙遜《けんそん》した。

「ぜひ聞かせてちょうだいね」

ヴァネッサがもう一度手を強く握ると、オリヴィアも握りかえしてきた。「あなたとお友達になれてよかった」口調は静かだが、熱意がこもっていた。

ヴァネッサはほほえんだ。「わたしもよ」それは本心からの言葉だった。

オリヴィアが社会復帰に向けて大きな一歩を踏みだしたのは、その夜のことだった。

ヴァネッサとダミアンが客間でディナーの準備が整うのを待っていると、執事がやってきて咳払《せきばら》いをした。

「旦那様、ミス・オリヴィアがディナーにご同席されたいとのことです」

大柄な従僕に車椅子を押され、オリヴィアがクロフトの後ろに姿を見せた。ダミアンが慌てて立ちあがった。驚きと心配が顔に表れている。

「わたしなら大丈夫よ。いつまでも部屋にこもっているのはよくないとヴァネッサから言われたの。どこかで踏んぎりをつけないといけないなら、今夜にしようと思って。まあ、またお兄様をびっくりさせてしまったみたい」

ダミアンは感情のあふれだした目でヴァネッサをちらりと見たあと、妹に視線を戻した。彼の端整な顔にゆっくりと笑みが浮かぶ。太陽にも負けないほどのまぶしさだ。

「もっともっとびっくりさせておくれ」ダミアンが執事に目をやった。「クロフト、シャンパンを用意してくれないか。お祝いをしなくては」


妹がディナーに同席しただけで喜ぶのはまだ早かった。ディナーの席は家庭的な雰囲気に満ちあふれている。両親が生きていたころ、ローズウッドでの食事は忍耐の連続だった。冷ややかで堅苦しく、ときおり刺のある非難めいた言葉が交わされる以外は沈黙が続いたものだ。だが、今夜は真心のこもったぬくもりに包まれている。

その楽しさは三人で音楽室へ移ったあとも続いた。音楽室にはダミアンがオリヴィアの一六歳の誕生日に贈ったすばらしいピアノがある。今では秘書ぐらいしか弾く人間がいないため、ダミアンは寂しく思っていた。

そのピアノをヴァネッサが弾き、オリヴィアは歌を歌った。ダミアンはその光景をほほえましく楽しい思いで見ていた。

まさか妹がここまで明るくなるとは思ってもみなかった。ヴァネッサをローズウッドへ連れてきたのは正解だったらしい。彼女の受けた教育や家柄が話し相手として申し分ないことはたしかだ。だがこれほど短期間に成果をあげられる女性は、何年探しても彼女以外見つけられなかっただろう。ヴァネッサはほんの数週間で、オリヴィアの目をふたたび自分の人生に向けさせた。ぼくには何ヶ月かかってもできなかったことだ。

ヴァネッサの努力と、彼女がこの家に持ちこんでくれたぬくもりには心から感謝している。こんなに楽しい夜はローズウッドでは初めてだ。そして、このような夜が今後も続くのだろう。


事故以来、初めての団欒《だんらん》のひとときに疲れすぎてはいけないと思い、ダミアンはオリヴィアを早めに寝室へさがらせた。ダミアンはみずから妹を部屋まで抱きかかえていき、また音楽室の前まで戻ってきた。ヴァネッサは長椅子でワインを飲んでいた。

ヴァネッサの姿を見たとき、ダミアンはいつになく優しい気持ちに包まれた。彼女は目をとろんとさせ、満足げにくつろいでいる。警戒している様子は見られない。

ダミアンの頭のなかで、おまえの判断力は鈍っているし、感情に左右されているぞというささやき声が聞こえたが、彼はそれを無視し、今からしようとしていることへの罪悪感を脇に押しやった。ヴァネッサが気を緩めている今なら、彼女の心を開かせることができるかもしれない。

だがヴァネッサが欲しいという気持ちが、単なる性的な欲求でないことはわかっている。ヴァネッサをこの腕に抱き、情熱をほとばしらせる姿を見てみたい。男に対する純情さを引きはがし、神秘的な体を花開かせてみたい。あれだけたくさんのスキャンダルをくぐり抜けてきた女性が、これほど男性経験が少ないことには驚かされる。

その点ではヴァネッサのことを見誤っていたと思ったとき、ダミアンははっとした。この女性は家族のためにすさまじい犠牲を払っている。これほど肉体関係に嫌悪感を抱いていながら愛人になることに同意するには、とてつもない勇気が必要だっただろう。恐れ入ったものだ。

その嫌悪感が亡き夫との惨めな夫婦関係から来ていることは間違いない。だが、体の悦びを知らないのは不幸だということをわかってほしい……ぼくのためにも、そして彼女自身のためにも。だからこそ、ヴァネッサを男に対する恐怖心から解き放ってやりたい。

ダミアンは音楽室へ入った。「妹のために心を砕いてくれて本当に感謝している」

ヴァネッサはほほえみながらダミアンを見あげた。「オリヴィアはいい子だもの。当然だわ」

「妹と一緒にいるのは楽しそうだな」

「ええ、とても」

「では、ローズウッドに滞在するのもそれほど苦痛ではないかな?」

ヴァネッサは返事をためらってから答えた。「ちっとも」

その躊躇はこういう意味だろう。〝まだ苦痛ではない。愛人としての役割を求められていないから〟

「庭に出ないか？　見せたいものがある」

ヴァネッサにいつもの警戒心が戻ってきた。「こんな夜中に？」

ダミアンは軽い調子で続けた。「そんな目で見ないでくれ。別にきみを襲おうとしているわけじゃない。不埒《ふらち》なことは考えていないさ。オリヴィアのための浴場がそろそろ完成するんだ。作業夫たちがいないときに見てみたくはないか？」

ヴァネッサはカーテンの閉まっている窓に目をやり、身につけているシルク製のディナー用ドレスを見おろした。襟ぐりがスクエアカットになっていて、袖の肩の部分がふくらんでいるドレスは肌の露出が多く、外へ出るには少々寒いかもしれない。

「なにか肩にはおるものが欲しいわ」ヴァネッサは不安を感じた。

「なにもなくても大丈夫さ。温室はあたたかい」

「そうね……」

ダミアンはほほえみながらヴァネッサの手をとり、庭園へ連れだした。夜気が肌にひんやりと感じられる。そろそろ満月になろうという月は明るく、黒いヴェルヴェットに散らしたダイヤモンドのごとく星々が輝いている。

彼のような男性と、月明かりしかない静まりかえった庭に出るなんて正気の沙汰ではないわ、とヴァネッサは思った。だが分別に欠けているとわかっていながらも、なにかが起きるのではという期待もあり、胸がときめいていた。少しばかりワインを飲みすぎたのかもしれない……。

「急に無口になったね」ダミアンがヴァネッサの顔を見た。

「あなたと庭に出てきたのは賢明だったのかしらと悩んでいるのよ」

「だったらひとりで温室へ行くかい？　きみがそうしたいなら、それでもいい」

「まさか、ひとりでなんてごめんだわ」

「だったらおいで。怖がることはない。ふたりきりになれるきみの寝室ですらなにもしなかったんだから、誰かに見られるかもしれない場所で手を出したりしないよ」

「そう言われても、悪いけれどあなたのことは信用できないわ」

ダミアンがゆっくりとかぶりを振った。「そんなにひどい男だと思われていたとはショックだな。こんなにせっせと魅力を振りまいているのに」

ヴァネッサは気を許すまいと思い、笑みがこぼれそうになるのをこらえた。だが少し刺のある会話や、冗談のやりとりをするのは楽しかった。「わたしはあなたの魅力には屈しないみたい。もっとその気のある女性を相手にしたら？」

「残念ながら、ここにいる女性はきみひとりでね。どうか我慢してくれ」

「あなたみたいな遊び人が、わたしひとりで満足するとは思えないわ」

「きみは謙遜しすぎだ」

「あなたは自分を買いかぶりすぎよ」

ダミアンが片方の眉をつりあげた。「ぼくをやりこめる気か？　勘弁してくれ。このままだと恥をかくことになりそうだ」

「あなたにさんざん恥をかかせたら、誘惑するのをやめてくれる？」

どこか楽しんでいるような目でじっと見つめられ、ヴァネッサの鼓動は速くなった。どれほど印象的な目であろうと、騙されたりするものですか。

そのとき、彼女ははっとした。わたしはダミアンのそばにいるとき、いつも彼の魅力に抗おうとしている。ダミアンには惹きつけられるところが多すぎるわ。

「もうすぐだ」ふたりは庭園の端まで来ていた。

温室に着くと、ダミアンがドアを開けてくれたが、ヴァネッサは暗い洞穴のような室内に入ることをためらった。

「待っていてくれ。今、ランプをつけるから」

ダミアンが温室に入ってしばらくすると、ランプに明かりのともる音が聞こえた。

「ほら……これでもう怖くないかい？」

怖くなくなったとは言いがたかった。ランプの明かりに照らされてダミアンの端整な顔が闇に浮かびあがり、かえって心もとない気分になっている。

ダミアンがドアに掛け金をかけたのを見て、ヴァネッサの不安はさらに強まった。彼女の反応に気づいたのか、ダミアンが軽い調子で言った。「誰にも邪魔されたくないからね。心配なら、なにか武器をあげよう」

ダミアンは園芸用具が置かれている棚のところへ行った。しばらくなにやら探していたかと思うと、長さ六〇センチほどのパイプを差しだしてきた。

「これなら立派な武器になるだろう。ぼくがなにかしようとしたら、これで殴るといい」

彼は物憂げな目でヴァネッサを見おろしてほほえんだ。パイプを渡しても、すぐになにかされるとは考えていないらしい。ヴァネッサは怪しいと思いながらも、それを受けとった。寝室の鍵のときのように、これも偽りの安心感を与えるための演出ではないだろうか。

ダミアンは広大な温室の内部へとヴァネッサを案内した。ふたりは鉢植えの薔薇や珍しい蘭《らん》が並んだ通路を抜け、レモンやライムやオレンジの木が並ぶ小道へ入った。空気は湿気が多くてあたたかく、花と湿った土のにおいがした。

やがて、二対の美しい中国製のついたてが見えた。その向こう側に、底の部分が地面よりも低くなっている浴槽があり、湯が張られている。

「今あるボイラーから、ここまでパイプを引っぱってきたんだ」

浴槽はひと目で障害者向けだとわかる造りになっていた。縁には膝ぐらいの高さの広い台が備えてあり、内側には患者が湯につかりやすいようスロープが造られている。

「どうだい？　お眼鏡にかなったかな？」

ヴァネッサはうなずいた。「すばらしいわね。正直に言って驚いたわ」

「ぼくにこんなものが造れると知ってかい？　堕落した遊び人にもできることはあるのさ」

「あなたは頭のいい人だと思っていたわ。ただ自分の能力をいいことに使おうとしたので驚いたの。お金持ちの貴族なんて、たいてい建設的なことには興味を持たないもの」

ダミアンが優しくほほえんだ。「これで、ぼくはきみの知っているような貴族とはちょっと違うということがわかってもらえたかな」

タオルや毛布やバスローブを置いたオーク材の棚を見せたあと、ダミアンはランプをベンチに置いた。

「湯に入ってみないか？　あたたかくて気持ちがいいぞ」

「今？」

ダミアンのほほえみに、ヴァネッサは胸がしめつけられる思いだった。

「ちょうどいい機会だろう？　それに気持ちよさがわかれば、オリヴィアにもすすめやすくなる」

ヴァネッサはダミアンの熱い視線から目をそらすことができなかった。なんて大胆で恥知らずで強引な人だろう。それでもこの人の魅力には逆らえない。

ダミアンはベンチに座って靴と靴下を脱ぎ、ズボンの裾《すそ》を膝の上までまくりあげた。ダミアンが立ちあがったのを見て、ヴァネッサは大きく目を見開いた。

「怖がるな。素っ裸になるわけじゃない」ダミアンがからかうような砕けた口調で言った。目が笑っている。彼は浴槽の縁に腰をおろし、湯に足をつけて吐息をもらした。「きみもおいで」ヴァネッサがためらっていると、今度は官能的な低い声で誘いかける。「ヴァネッサ、靴とストッキングを脱ぐんだ。ときには大胆に人生を楽しむことも大切だよ。だいたい裸足《はだし》になるくらいたいしたことじゃないだろう？」

心が揺れたが、ヴァネッサは動かずにいた。

ダミアンが優しい声で続けた。「じゃあ、きみのためではなく、ぼくのために湯に足をつけてみてくれないか？」

それでもまだヴァネッサが応じないでいると、ダミアンは悲しげにかぶりを振った。

「きみの欠点は自分を抑えすぎることだな。本当は情熱的な女性なのに、それを表に出そうとしない」

痛いところを突かれ、ヴァネッサは顔をしかめた。ロジャーからもよく、おまえは感情を表に出さないやつだと責められた。たとえ冗談だとしても、ダミアンから同じようなことを言われ、ヴァネッサは傷ついた。じつは色気のない冷たい女性だとわかったらダミアンがどう反応するだろうと思うと、さらに胸が苦しくなる。きっとベッドに誘おうという気もなくなるだろう。

ヴァネッサは顎をあげた。ベッドになど誘ってもらわなくても結構よ。わたしは愛人になれるような女ではないと何度も警告したはずだわ。

いいように操られているとわかっていながらも、ヴァネッサは言われたとおりに靴とストッキングを脱ぎ、彼の隣に座った。ダミアンはいたずらっぽい目でこちらを見ている。挑発にのることがわかっていたのだろう。よくないことをしているという気持ちはぬぐい去れなかったが、ヴァネッサはスカートを少したくしあげ、足を湯につけた。湯かげんはちょうどよく、うっとりするほど気持ちがよかった。

ダミアンが愉快そうに横目でヴァネッサを見た。「ぼくを信用することを覚えてほしいものだな」

「そんなことをするくらいなら、狼を信用したほうがましよ」

彼はしょげかえったふりをしてみせ、胸に手をあてた。「ああ、ひどい人だ。きみはぼくの堕落した魂を傷つけた」

「アンダーヒル医師に手当てをしていただけば？」

ダミアンがかすれた声で笑った。「どうしてそんなにぼくを警戒するんだ？　本気できみに手を出そうとしたことは一度もないのに」

「あら、そうかしら？　でも、騙しているのかもしれないわ」

「一度だけキスをしたことはあるが、それはきみのことをよく知る前だ」

「今だってわかっていないくせに」

「いや、わかっている。きみは親切で寛大だ。勇気があって頭もいい。ぼくには太刀打ちできないほど口が達者だからな。そして男を恐れている」冗談がまじめな口調に変わった。

ヴァネッサは唇をかんだまま黙っていた。こんな人に心のうちを見せるなんて、わたしはなんて浅はかなまねをしてしまったのだろう。

「たったひとりの男に人生を左右されることはない」

ヴァネッサは自分の手を見つめた。男性を恐れ、触れられることに嫌悪を感じる自分には嫌気が差している。過去を引きずりたくはない。つらかった結婚生活を思いださずにすめばどんなにいいだろう。だが、あの暗い記憶を忘れられる日が来るとはとうてい思えない。

彼女の心を読んだのか、ダミアンは声を落とした。「きみの恐怖心をとり除いてあげたい。それがぼくの願いだ」

誘惑するのはきみのためだと言わんばかりの口調に、ヴァネッサは怒りを覚えた。「わたしのためだなんていう言葉を信じるとでも思っているの？　わたしはそこまでうぶじゃないわ」

「そんなことは思っていないさ。もちろんぼくのためでもある。美しい女性とベッドをともにするのはすばらしい褒美だからな」

ダミアンに見つめられているのを感じ、ヴァネッサは心に引っかかっていた問いを投げかけてみたい気持ちになった。「どうしてあなたはいつまでたっても……わたしに愛人としての務めを果たせと言わないの？　わたしを苦しめるため？　それがあなたの復讐なの？」

「違う。そんなつもりはない」ダミアンが驚いた声で言った。

「では、なぜ？」

「きみがまだそんな気になっていないからだ」

ヴァネッサにはとても信じられなかった。「そんなことがどうしてわかるの？」

「経験からさ。あるいは男としての直感かな。きみはまだ、ぼくに触れられることをいやがっている」ダミアンがヴァネッサの頬を指先でなでた。「たいした進歩だ。体をこわばらせなくなったな。これで希望がわいてきた。近いうちにきみの甘い声を聞くことができそうだ」包みこむような優しい表情で彼女の下唇をなぞる。「きみが心からそうしたいと思ってくれるまで、ぼくは待つよ」

彼に指で唇の内側を触れられ、ヴァネッサは息が詰まりそうになり、また新たな怒りがこみあげてきた。もう何週間も、猫が鼠《ねずみ》をいたぶるようにダミアンはゲームを楽しんでいる。あまりに残酷なやり方で、わたしの神経はすりきれそうだ。

「誘惑するためにわたしを温室へ連れてきたのなら……」ヴァネッサは低い声で言い、ダミアンをにらみつけた。「さっさとすませてもらいたいものだわ」

一瞬の間があった。「ぼくは浴槽を見せるために連れてきたんだ」ダミアンが淡々とした口調で言った。「もし誘惑するつもりなら……」彼が顔を傾ける。「こんなふうに、もっときみに近寄っているさ」

あたたかい息が頬にかかった。ヴァネッサは体をかたくしてダミアンの唇が触れるのを待った。だが彼はキスをしようとはせず、彼女の鎖骨に指をはわせた。

「きみは魅力的な女性だ」

その言葉にヴァネッサは体がほてり、肌が敏感になって全身が小刻みに震えた。ダミアン・シンクレアは人を惑わす悪魔のような男性だ。

じらすようにゆっくりと肩をなでられ、ヴァネッサの怒りはどこかへ消えてしまった。ダミアンに触れられた箇所が熱く感じられる。渦を巻く衝動に耐えようと、ヴァネッサはかたく目をつぶった。どんな女性をも虜にしてしまうような男性に、わたしが抗えるわけがないじゃない。

ふと、彼の手が離れた。意外にもダミアンはすばやく浴槽の縁からおり、湯に足を入れた。湯の高さは膝ぐらいまでしかなかったが、腿のあたりで水が跳ねた。ヴァネッサは彼のふくらんだ下腹部に思わず目を向けてしまった。この人の体は反応しているわ。

ヴァネッサの視線に気づいたのか、ダミアンが苦笑いした。「ほら、きみが魅力的だという証拠さ」

彼女は狼狽して顔をそむけた。だがダミアンは動じず、ヴァネッサの顎に物憂げに手をかけて視線をあげさせた。

優しい表情を向けられ、ヴァネッサは身動きができなくなった。ダミアンはキスでもしてきそうな様子でこちらをじっと見ている。

「ぼくを信用してほしい」

ヴァネッサは唇を湿らせ、ダミアンを見あげた。彼女の首筋の血管が激しく脈打っていることにダミアンは気づいたに違いない。

「キスをしてもいいかい？　きみに拒まれたら、すぐにやめるから」

ヴァネッサは答えなかった。見ないように努めていても、ついダミアンの整った唇に目が行ってしまう。キスをしてほしい。触れてほしい。この人の魔法から逃れようと思ったわたしが愚かだった。

彼の指がゆっくりと喉もとへおりてきた。その感触にヴァネッサの肌はぞくぞくし、神経が敏感になった。巧みな愛撫に誘われて、抵抗する気持ちは萎《な》えていった。ダミアンの目から視線をそらすことができない。誘いかけてくる瞳の奥には、優しさと想像もできないような激しさが混在している。

「ヴァネッサ、お願いだ」

ダミアンがまぶたを閉じ、顔を傾けた。唇と唇が触れた瞬間、ヴァネッサはため息をもらした。あたたかくて力強く、うっとりするような感触だ。

両手で頬を包みこまれ、抵抗する気持ちはすっかり消えうせていた。そっと差し入れられた彼の舌がヴァネッサの舌に触れる。熱い感覚が体の内側からわき起こり、彼女はなすすべもなくダミアンに身を預けた。

それに呼応するようにダミアンは舌を絡ませ、息ができなくなるほど濃密で甘美なキスをした。長い口づけが終わり……唇は頬から耳へと移動した。「きみの唇は……極上のワインの味がする」

ヴェルヴェットのような深みのある声でささやかれ、もうどうなろうがかまわないという思いがヴァネッサの胸にわきあがってきた。

荒い息をなんとか静めようと唾をのみこんだが、脚のあいだのうずきはおさまらず、否定しようもないほどさらに彼を求める気持ちがこみあげてくる。

ダミアンにもそれがわかったらしく、少し体を引いて尋ねてきた。「欲望に身を任せるのも悪くないだろう?」

〝ええ〟ヴァネッサはそう答えたかったが、言葉が喉につかえて出てこなかった。

ダミアンがゆっくりと体を寄せてきた。熱を帯びた灰色の目でヴァネッサを見つめ、膝で彼女の脚を開かせる。ヴァネッサの呼吸が浅くなった。気づいたときには彼女はゆっくりと湯に引きずりこまれ、筋肉質な彼の腿の上に座っていた。

ヴァネッサは体をこわばらせたままでいたが、ダミアンが彼女の腰に腕をまわして引き寄せた。スカートの下で、彼のかたい腿が自分のやわらかい部分に触れているのがわかる。

「怖がらないで感じてごらん」

ダミアンの腿に秘めた部分をこすられ、ヴァネッサは小さな声をもらした。抱きしめられているうちに快感に抗いきれなくなり、体から力が抜けてダミアンにもたれかかった。

彼は両手でヴァネッサの体を支え、ゆっくりとリズミカルに揺らし始めた。これまで経験したことのない未知の悦びが広がっていく。

「ダミアン……」

「しいっ……我慢しなくていいんだ」

熱に浮かされたような声がヴァネッサの喉からもれた。全身が快感に包まれ、自分が弱くはかない存在に感じられる。体のうずきは耐えがたいまでに高まっていた。ヴァネッサは自分でもよくわからないなにかを求め、恥ずかしさも忘れて腰を動かした。ダミアンが唇を重ね、舌を絡めてきた。

ダミアンによって引き起こされた荒々しい感覚をとめることもできず、ヴァネッサは体を弓なりにそらし、彼のたくましい体に胸を押しつけた。どんどん激しさを増していくこの渇望を癒されたい。ダミアンを求める気持ちを満たしてほしい。

心臓が早鐘を打っている。ヴァネッサはダミアンの腕を爪が食いこむほど強く握った。禁断の悦びが波のように押し寄せ、彼女は激しく身もだえした。

「ヴァネッサ……身を任せてしまえばいい」

突然、想像もしていなかったクライマックスが訪れた。色とりどりの火花が散ったかのような激しい絶頂感に達し、ヴァネッサはパニックに陥った。何度もうねりくる快感の波に襲われるたび、ダミアンがしっかりと抱きとめてくれた。全身を包む狂おしいほどの悦びに身をゆだね、震えながらダミアンにしがみつく。

欲望にわれを忘れた女性を腕に抱き、そのすすり泣くような声を聞きながら、ダミアンは心の底から満足した。ヴァネッサが体を震わせるたびに苦しさがこみあげてくる。もう何ヶ月も女性を抱いていない。だが痛みさえ感じるほどのうずきをこらえ、彼はヴァネッサをしっかりと抱きしめていた。

今、ここでヴァネッサをものにすることもできる。彼女は肌をほてらせ、熱くなっている。今なら男を受け入れられるだろう。だが、ダミアンはためらった。自分でも理由はわからない。

彼は複雑な気持ちだった。このままヴァネッサのなかに身をうずめ、猛り狂う欲望を遂げてしまうことは簡単だ。だが、彼女には単なる欲望以上のものを感じている。この女性を慈しみ、自分のものにしたいとは思うが……今、この場でというのはどこか違う気がする。初めてなのだから、ヴァネッサがあとで悔やむような場あたり的な関係に終わらせてはいけない。

ダミアンは小さく悪態をつき、必死に欲望を抑えながら、まだ震えているヴァネッサの体を抱き寄せていた。思ったとおり、彼女は情熱的な一面を隠し持っている女性だ。ダミアンは意志の力をかき集め、ヴァネッサをわがものにしたいという苦しいほどの欲望と闘った。しばらくそうしていたあと、体を離してヴァネッサの顔をのぞきこんだ。ヴァネッサが驚いてうろたえるような表情を浮かべ、鹿のごとく美しい目で物問いたげに彼を見た。

「きみを誘惑するつもりなら、こういうふうにしているさ」ダミアンの口調は穏やかだったが、かすかに刺が含まれていた。

ヴァネッサはまだぼんやりした顔でこちらを見ている。ダミアンはばかなことを言ってしまったと自分をののしった。ヴァネッサはみずからの身に起きたことを理解しようとしている。本当なら優しい言葉をかけ、称賛しなければならないのに、ちゃかすようなことを言って彼女を遠ざけてしまった。

ダミアンは表情を緩め、ヴァネッサの頬にかかったひと筋の髪をかきあげた。まだ体はうずいている。「すまない」

「すまない？」ヴァネッサの声はかすれていた。

「初めての経験だっただろうに、からかうような言い方をしてしまった」

「驚いたわ……」

「なにに？　男女の仲にこんな悦びがあることや、自分がこれほど熱くなれることがわかったからかい？」

「ええ……」

ダミアンはほほえんだ。「求めさえすれば、もっとすばらしいものが手に入る。それをきみに教えてあげたい」ヴァネッサの頰に息がかかるほど顔を近づける。「どれほど謎めいた悦びが待っているのか、男女のあいだにはどんなに甘い秘密が隠されているのか、ぼくの手できみに見せてあげたいんだ」

自制心を働かせたダミアンは、ため息をつくとヴァネッサの体を放した。

「自分を抑えられなくなる前に、きみを送っていったほうがよさそうだ」

ダミアンに手を貸してもらって浴槽からあがりながら、ヴァネッサは動揺していた。誘惑するならさっさとしてほしいと彼女が挑んだにもかかわらず、ダミアンは最後の瞬間に身を引いた。

押し倒されるより残酷かもしれない。驚きと不安に震えながらも、これほどわたしの体は彼を求めているのだから。

ヴァネッサは黙りこくったままスカートの水を絞り、ストッキングと靴を履いた。悪い噂の絶えない男性とぬれたドレス姿で一緒にいるところを見られるだけでも問題なのに、ましてや素足というわけにはいかない。

ランプを持ったダミアンに手を引かれて温室を抜けるあいだ、ヴァネッサは意識して彼に目を向けないようにした。秘密の通路を使ったため誰とも顔を合わせることなく、ふたりは薔薇庭園の端に位置する、道具で半分入口が隠れている物置部屋から屋敷へ入った。

秘密の通路のなかはかび臭かったが、空気は乾いていた。だが、ヴァネッサは息が詰まりそうだった。通路はダミアンにとっては肩がつかえるほど狭く、天井は頭をさげなければならないほど低い。木製の急な階段をあがったところでダミアンはヴァネッサの肘に手をかけ、壁板の前で立ちどまらせた。

「これを開けるときみの寝室だ」ダミアンは通路の奥を頭で示した。「この通路は隣の居間の外壁に沿って窓際の椅子の下を通り、ぼくの寝室まで続いている」

ダミアンは押し黙ったまま留め具をはずし、壁板を引いた。

立ち去ろうとしたダミアンを見て、ヴァネッサは行かないでほしいという強い思いにとらわれた。「部屋に寄っていかないの?」思わず口をついて出た問いかけに、彼女は自分でも驚いた。

ダミアンが残念そうにほほえみ、ヴァネッサの唇に触れた。「自信がなくてね。今はきみが欲しくてしかたがない。こんな気持ちは理解できないだろうな。だが、きみがぼくと同じように思ってくれるまで待ちたいんだ。そのときが来れば、ぼくからきみのところへ行く必要はなくなる。きみのほうからぼくのもとへ来てくれるからだ」

彼はランプを持って立ち去った。ヴァネッサは後ろ髪を引かれる思いで寝室に入り、壁板を閉めた。

じっとしていられず、ダミアンのことを思いながら暗い部屋のなかを歩きまわった。どれほど忘れようとしても、抱きしめられたときの感覚や、頭がくらくらするようなキスの味や、めくるめく絶頂感が頭から離れない。

ダミアンの魅力に屈しまいと何週間も抵抗してきたが、今夜わたしはその闘いに負けた。だが恥知らずなことに、後悔はしていなかった。

つかの間、ヴァネッサは目を閉じた。ダミアンの抱擁を思いだすと切なさがあふれてくる。こんな気持ちになったのは初めてだ。彼はまったく知らない世界を見せてくれた。まぶしいような、それでいて怖いような経験で、自分がまるで知らない人間に思え、狂おしい感覚に圧倒された。ダミアンはわたしに天国をかいま見せ、女性がどれほど男性を求められるものかを教えてくれた。このわたしでさえそうなれるとわからせてくれたのだ。

彼女はかぶりを振って身震いした。どうしてダミアンはあれほど落ち着き払った態度のまま、わたしを燃えあがらせることができるのだろう。わたしの心は激しく揺さぶられ、体はうずきを覚えているというのに。これは彼を求めているということなの？　ダミアンはわたしが知っている男性とはまったく違う。女性の体から魂を奪いとってしまう幻の恋人だ。

今夜のことを思い起こすと体の震えがとまらない。ヴァネッサはネグリジェに着替え、無意識のままぬれたドレスをつりさげ、髪をとかした。そして眠れるはずもないと思いながらベッドに横たわった。彼のことが頭から離れるわけがない。

ヴァネッサはベッドの天蓋を見つめた。胸が敏感になり、体の奥が熱い。忘れようとしているのに、暗闇にダミアンの姿が浮かんできた。悩ましいほどハンサムな顔立ちや、熱を帯びていながらも優しいまなざしや、はっとするほど美しい唇が思いだされる。あの腕に支えられ、わたしは絶頂へといざなわれたのだ。

葛藤に神経が高ぶり、寝がえりを打って枕を抱きしめた。恐ろしいことに、彼女はダミアンに抱かれたいと思っていた。約束どおり、謎めいた悦びというものを教えてほしかった。ダミアンの言葉を思いだし、やわらかい枕に顔をうずめる。〝そのときが来れば、ぼくからきみのところへ行く必要はなくなる。きみのほうからぼくのもとへ来てくれるからだ〟

自分から行けばいいのだろうか？

胸が高鳴った。

ヴァネッサはゆっくりと体を起こした。心臓が激しく打ち、緊張で胃が重くなっている。ダミアンのところへ行ったらどうなるのだろう？

彼女は体を震わせた。希望と恐怖、興奮と狼狽、期待と不安が入りまじり、一瞬が永遠に思えた。

やはり感じることのできない体だったらどうしよう？　いいえ、その反対だったらどうなってしまうの？

覚悟を決めたわけではなかった。

ヴァネッサは夢のなかにいるような気分でベッドからおり、蠟燭に火をつけた。それから秘密の通路へと続く壁板のところへ行き、留め具を見つけてはずした。心臓の音が響いている。彼女は深く息を吸いこみ、壁板を引き開けた。

8

ヴァネッサは狭い通路の奥にたどりつき、息を詰めて足をとめた。壁板には入ったところと同じような留め具がついている。

ためらいを感じながら蠟燭の火を吹き消し、暗闇のなかに立ち尽くした。心臓の音が大きく聞こえる。ようやく勇気を振り絞り、壁板を引いた。

カーテンが開いているため、室内の様子はそれなりに見えた。開かれた窓から心地よい夜気が流れこみ、青白い月の光が差しこんでいる。

存在感のある大きなベッドに、人が横たわっていた。銀色の光と陰のなか、ぴくりとも動かない。

ダミアンは眠っているのかもしれない。頭の下で手を組み、白っぽい色のシーツを腰までかけている。だが、違った。彼はこちらを見ていた。ヴァネッサの息遣いが速くなった。

静寂のなか、ふたりの目が合った。

「起こしてしまったかしら？」ヴァネッサの声は震えていた。

ダミアンがゆっくりと背後で両肘を突いた。「いや、目は覚めていた。だが、きっと夢を見ているんだろう。これは夢かい？」

あたたかい声がはやる心に響き、ヴァネッサは体を震わせた。「いいえ、夢じゃないわ」

「ここへおいで」ダミアンが優しく招いた。「きみが怖がって逃げないように、ぼくはじっとしているから」

彼はわたしの弱さをよく知っている。ヴァネッサはおぼつかない足どりでベッドのそばまで進んだ。静かな部屋に、自分の息遣いばかりが響いている。

いやおうなくダミアンが一糸まとわぬ姿であることに気づかされた。腰までシーツがかかっているが、たくましい胸や、引きしまった腰や、贅肉のついていない腹部はさらけだしたままだ。

ヴァネッサが身動きできずにいると、彼女の力の抜けた手からダミアンが蠟燭をとりあげ、ベッド脇のテーブルに置いた。そしてヴァネッサの手を握り、自分のそばに座らせた。

ダミアンは黙って待った。後悔しないかどうかよく考える時間を彼女に与えたい。今夜を過ぎれば、もはや引きかえすことはできなくなる。

彼がヴァネッサの胸に垂れかかった巻き毛を手にとると、彼女がいぶかしげな表情で大きな黒い目を向けてきた。ダミアンはシルクのような手触りの髪を軽くなでた。

「きれいな髪だ。この髪がぼくの顔にかかる場面を何度夢見たことか」

ヴァネッサはそれにはこたえず、押し黙ったままダミアンを見つめていた。

ダミアンはそっと彼女の腕をなでた。「ぼくのことが怖いかい？」

「ええ……少し」

「ぼくも不安だよ……きみがあまりにも美しくて純粋だから」ダミアンはヴァネッサの手を自分の胸に持っていき、鼓動を感じさせた。「ほら、きみに触れられるだけでこんなに鼓動が速くなる」ヴァネッサが動かずにいると、彼はヴェルヴェットのような声でささやいた。「せかしはしないよ。きみが望まないことはしたくない。どうしたいのかはきみが決めればいい。きみが不安に思うようなことはしないと約束する」

ヴァネッサの目はダミアンの顔に釘《くぎ》づけになった。月の光が揺らめき、高い頰骨と、引きしまった顎と、太い喉の骨が浮きあがって見える。この人は嘘をついていない。目を見ればわかる。

彼女はダミアンのたくましい胸に視線を落とし、不安を感じながらまた目をあげた。

「どうしたらいいか……わからないの。教えて」

ダミアンの顔に優しい笑みが浮かび、唇の片方の端があがった。「喜んで」彼はヴァネッサの手に自分の手を重ねた。「もっと触ってごらん」そっと促す。

ダミアンの手にいざなわれ、ヴァネッサは最初はおずおずと、そしてしだいに積極的に手を動かした。筋肉はかたくしまっていて、ときどき引きつるのがわかる。愛撫に反応しているのだ。ヴァネッサはまた体がほてってきた。

自分の手がダミアンの脚の付け根に近づいていくと、ヴァネッサは躊躇した。彼女の不安を察したダミアンは、ゆっくりと上掛けをどけ、興奮している自分の体をさらけだした。

「ぼくも血と肉でできているただの人間だよ」彼はささやいた。「きみと同じだ。触ってごらん。これはきみの魅力にまいっている証拠だ」

ダミアンに誘導され、ヴァネッサは彼自身をそっと握った。その感触に驚き、ため息をもらす。熱を帯びてかたくなっているが、手触りは滑らかだ。それほど……怖がらなくてもいいのかもしれない。奇妙なことに、どちらかというと興奮を覚える。

「これは痛みではなく悦びを与えるものさ。きみの快楽のためにあるものなんだ」

ダミアンはさらに彼女の手を導き、その下にあるあたたかくてやわらかいものに触れさせたあと、乗馬で鍛えた腿を愛撫させた。

「自分でやってごらん。好きにすればいい。ぼくはきみのなすがままだ」

これほど屈強な男性の体を思いのままにできるのは不思議な気分だった。解放感と陶酔感を覚える。

ヴァネッサの手は知らないうちに動きだし、すばらしい裸体を愛撫し始めた。かたくてあたたかい筋肉、ぴんと張りつめた滑らかな肌、しなやかな腱《けん》……なんて美しい体だろう。ヴァネッサはその男らしい体を堪能《たんのう》し、うっとりとなった。

「そうだ……それでいい……下のほうにも触れてくれ」

彼女は息を詰めてダミアンの下腹部に手を伸ばし、張りつめたものにおそるおそる指をはわせた。

ダミアンが目を閉じ、うめき声をもらす。

ヴァネッサははっとして手を引いた。「痛かったかしら？」

ダミアンが笑った。「たまらないよ。今みたいな触れ方をされると男は燃えあがる。頼むからやめないでくれ」

ヴァネッサは自分にそんな力があると知ってぞくぞくし、唇をかみしめた。だがそれ以上の勇気は出ず、触るのをためらった。

幸いにも、そこからはダミアンがリードしてくれた。キャンブリック地のネグリジェの上から胸に軽く触れられ、ヴァネッサは息をのんだ。薄い生地の下で乳首がとがる。

「まだ、これを脱ぐ気にはなれないかい？」ダミアンが優しい声で言う。

ヴァネッサは体を硬直させた。ダミアンの前で一糸まとわぬ姿になるのかと思うと心もとない気分になったが、彼が無理強いしないことはわかっている。今も選択肢を与えてくれているのだ。

彼女はかたく目をつぶり、腰を浮かせて頭からネグリジェを脱いで床に落とした。ダミアンが息を吸いこむ音が聞こえた。うれしそうな目でヴァネッサを見つめている。

ヴァネッサは頬が熱くなるのがわかり、両手で胸を隠そうとしたが、ダミアンにとめられた。「もっと……見せてくれ」

熱い視線を注がれ、ヴァネッサは恥ずかしさと興奮を覚えた。

「きれいな胸だな。みずみずしく張っていて、乳首は繊細な薔薇の蕾のようだ。恥ずかしがることはなにもないよ」

熱い視線を注がれていることで乳首がうずきだし、胸はさらに張りを増した。

「おいで」ダミアンがヴァネッサの腕をとり、自分の隣に寝かせて抱きしめた。敏感になった乳首が彼の胸に押しあてられている。ヴァネッサの体に力が入った。「しばらくこうしていてくれないか。きみを腕のなかに抱いていたい」

ヴァネッサは言われたとおりじっとしていた。彼のあたたかくてたくましい体に触れ、期待と緊張で体が震えている。ダミアンはヴァネッサの背中をなでながら緊張がほぐれるのを待ってくれた。

しばらくすると、体の力が抜けてきた。ヴァネッサはゆっくりと抱きしめられ、しなやかで男らしい体に全身を包まれた。腹部に屹立したものが押しあてられているのがわかる。髪にキスをされると、まるで催眠術にかかったかのようなけだるさを覚えた。少しずつだがはっきりと、彼を求める気持ちが高まってきている。

「これくらいでやめておくかい？」ダミアンがかすれた声で尋ねた。

ヴァネッサは震えながら息を吸った。「いいえ……やめないで」

ダミアンの長い指が彼女の顎に触れ、ゆっくりと顔を持ちあげられた。キスをされるのだとヴァネッサにはわかった。かすかに開いた唇にあたたかい息がかかり、やがてそっと唇に触れられた。

それは時間をかけた、とても甘く優しいキスだった。舌を差し入れられ、キスが情熱的なものに変わったときには、全身に震えが走った。激しいキスに、ヴァネッサの抵抗する気持ちはどこかへ消えうせてしまった。

やがてダミアンの唇が喉もとへおりてきて、体を手で優しくなでられた。彼の唇が張りを増した胸に差しかかり、ヴァネッサの呼吸は荒くなった。ダミアンの手に触れられたところが燃えるように熱く感じられる。

片方の胸を手で包まれ、いっきに欲望が高まった。ダミアンがヴァネッサをそっとあおむけにして、その上にかがみこんだ。ヴァネッサは不安を覚えたが、ダミアンの熱い息が乳首にかかると、思わずうっとりと吐息をもらした。

彼の唇は乳輪のまわりをなぞったあと、ピンク色の中心部へと移った。とたんに白い炎のような欲望がヴァネッサのなかで燃えあがった。薔薇に囲まれた温室で感じたのと同じ、本能に根差した渇望がよみがえっている。

ダミアンが唇をヴァネッサの胸のふくらみにおろしていくと、彼女の体から力が抜け、手足が震えた。もっと続けてほしかった。彼の舌はじらすようにやわらかなふくらみを愛撫したあと、ふたたびつんと立った乳首へ戻った。またもや白い炎が燃えあがる。かたくなった蕾を口に含まれ、ヴァネッサは体を弓なりにそらした。

そっと乳首を吸われ、あえぎ声がもれた。ダミアンは敏感になっている先端を舌でもてあそびながら、手で優しく肌を愛撫し、その指をゆっくりとおろしていった。

ヴァネッサはとろけそうになっていたものの、ダミアンが腿のあいだのやわらかい部分に触れてきたときにはびくりとなった。思わず体をこわばらせ、ダミアンの肩を押しのける。

ダミアンが顔をあげ、ヴァネッサをじっと見つめた。「ぼくに任せてくれ。星が生まれる瞬間を見せてあげるから」

「でも……」

「しいっ」ダミアンはキスをした。「体が求めているのを感じないかい?」

彼はゆっくりとヴァネッサの脚を開かせ、やわらかなカールに指を分け入らせた。ヴァネッサはかたく目をつぶり、ダミアンが潤った部分を愛撫するのに任せた。奥のかたくなった蕾を探りあてられ、思わずあえぎ声をもらす。

親指を使った官能的な愛撫にヴァネッサの抗う気持ちはすっかり消え去り、代わってゆったりとしたリズミカルな動きに荒々しい悦びがわき起こった。鼓動が速まり、体じゅうが熱くなっている。ダミアンが秘めた部分の内側をなぞると、それに合わせて自然に脚が開いた。ぬれた部分に指を差し入れられ、ヴァネッサは体を震わせた。

「ほら、こんなに潤っている」ダミアンが紅潮したヴァネッサの顔を見つめて満足げに言った。

彼はさらに大胆にヴァネッサの秘所を探った。下腹部のうずきはさらに強くなり、ゆっくりと指を出し入れされたときには苦しいほど甘美な悦びに襲われた。

ヴァネッサは身もだえしながら、うねりくる熱い快感から逃れようと体をそらした。このままでは気を失ってしまいそうだ。恐怖心からではない。この激しい興奮のなかでもう彼を恐れる気持ちはなかった。

「ぼくを受け入れられそうかい？」ダミアンがかすれた声で言う。「大丈夫らしいな……」

魔法のような悦びがとぎれ、ヴァネッサは激しい失望を覚えた。ダミアンがヴァネッサの体から出たもので自分自身を潤し、おもむろにヴァネッサに覆いかぶさった。

彼女はかたい腿が押しつけられる感触と、ダミアンの体の重みを感じた。

原始的な恐怖と興奮が全身を走り、どうしようもなく体が震える。ダミアンを見あげると、視線がぶつかった。彼がヴァネッサの震える秘所にそっと身を沈め始めた。

熱いものが体のなかに入ってくるのを感じ、ヴァネッサは身をこわばらせて声をあげた。感じやすくなっている体が恐怖と欲望に包まれ、パニックに陥りそうになる。だが欲望の証は痛みを伴うことなく沈みこんでいった。まるでこの体は彼のために……そして愛を交わすためにあるかのように思える。

あたたかい体に抱きしめられ、ヴァネッサの体から力が抜けた。

「星が生まれる瞬間を見に行くかい？」

ダミアンを見つめるヴァネッサの目に涙が浮かんだ。この人はなんて優しく抱きしめてくれるのだろう。なんて穏やかな目をしているのだろう。

「ええ……」

彼の熱いものが体を満たしている感覚を存分に味わいたくて、ヴァネッサは身じろぎもせずにただじっとしていた。

ダミアンがそっとキスをした。「もっときみの奥深くに入りたい」唇を重ねたままそう言い、さらに体を沈める。「きみなしでは息もできないくらい深く」

そのシルクのような声に誘われ、彼を求める気持ちがさらにふくらんでいった。ダミアンが甘い言葉をささやきながら動きだした。

ヴァネッサの体に快感が走った。彼はまるで欲望を燃えあがらせる炎だ。狂おしいほどの悦びをわたしに与えてくれる。ヴァネッサは自分を抑えることができず、身もだえして体を弓なりにそらした。

もっとダミアンとひとつになりたいと願い、ヴァネッサは彼の体に脚をまわした。悦びの波はどんどん高まっている。

「ダミアン……」その名前が祈りの言葉のように感じられた。

ヴァネッサはダミアンの背中に爪を食いこませた。懇願するようなあえぎ声は叫びに変わり、キスによって封じられた。もうダミアンのこと以外なにも考えられない。漆黒の髪、灰色の瞳、たくましい体、熱い唇、彼が与えてくれる悦び……ダミアンはこの世のすべてだ。荒々しく渦巻く恍惚《こうこつ》感の中心に彼がいる。

ダミアンが熱いキスを求め、激しく動いた。彼に体を貫かれ、そのかすれた悩ましげな声を聞いて、ヴァネッサの体はなおも熱を帯びていった。

「そうだ……おいで」

彼女はすすり泣くような声をもらした。

ダミアンが息をはずませながらさらに激しく動き、ヴァネッサを高みへと押しあげていった。その瞬間、真っ暗ななかにまばゆい炎が飛び散り、ヴァネッサは叫び声をあげた。わたしはこのまま彼の腕のなかで死んでしまうのかもしれない。

忘我の境地に達し、ヴァネッサは体を痙攣《けいれん》させた。体をねじられ、焼き尽くされるような激しい欲望に圧倒された。

ダミアンは、叫び声をあげながらくずおれていくヴァネッサの唇を唇でふさいだ。そして腰を持ちあげると、さらに体の奥深くへとみずからを突きたてた。

こみあげてくる苦痛にも似た強烈な快感に顔をゆがめる。ダミアンはヴァネッサのなかで自分自身を解放した。

やがて余韻に体を震わせながら、ベッドに体を横たえた。ヴァネッサはまだ彼にしがみついている。ダミアンも息が荒かった。彼はまだときどき震えているぐったりとした彼女の体に腕をまわした。

ヴァネッサがすすり泣いていることに気づき、ダミアンははっとした。「ヴァネッサ?」不安に襲われてヴァネッサの顔をあげさせ、目をのぞきこむ。「大丈夫か?」

ヴァネッサが喉をごくりと鳴らしてうなずいた。「あまりにすさまじい感覚だったから」震えながらも彼女の目が笑っているのを見て、ダミアンはほっとした。どうやら悦びと驚きの涙らしい。彼に宣言されていたとおりの欲望と情熱を味わい、衝撃を受けているだけのようだ。

ヴァネッサを腕に抱いていると、ダミアンは穏やかな気持ちになれた。彼女の涙をキスでぬぐい去りたかった。「きみの体が目覚めつつある証拠だよ」

驚いたことにヴァネッサが手を伸ばしてきて、指先でダミアンの唇に触れた。「星がこんなにきれいだとは知らなかったわ」

ダミアンはほほえんだ。男女の営みがどれほどすばらしく、魂を揺さぶられるものなのか、かわいそうなことに彼女は知らなかったのだ。だが、それはぼくも同じかもしれない。先ほどのクライマックスの高揚感には驚いた。これまで数多くの女性と関係を持ってきたが、ヴァネッサと分かちあったものはほかの女性とはまったく違っていて新鮮だった。

これ一度きりで終わらせるわけにはいかない。

ひんやりとした夜気が窓から流れこみ、ほてった体を冷やしてくれた。ヴァネッサが震えているのに気づき、ダミアンはシーツを引っぱりあげて互いの体を覆い、彼女を抱きしめた。ヴァネッサが満足した様子でぐったりとダミアンの肩に顔をうずめる。本人は意識していないのだろうが、なんとも色っぽいしぐさだ。

ダミアンは自分でも怖くなるほどの優しさを感じ、またヴァネッサが欲しくなった。ヴァネッサはけだるそうに横たわっている。ダミアンはさまざまな思いにとらわれながら、彼女のつややかな髪をなでた。

最初はほんの遊びのつもりだったのに、今ではもっと強い思いを感じていた。単に肉体的な快楽を求めた誘惑のゲームが、甘い求愛に変わってしまった。そして、それを今後も続けるつもりでいる。

ヴァネッサを目覚めさせるのは、温室の植物を育てるようなものだ。別れの日が来るまでに、なんとしても彼女の女性としての花を咲き誇らせてみせる。ダミアンはヴァネッサの髪にキスをしながら、心のなかでそう誓った。

ダミアンに優しく髪をなでられ、ヴァネッサはため息をもらした。彼の腕のなかでまどろみながら、自分が慈しまれ、守られていると感じていた。そして官能的な夢を見た。ダミアンのたくましい体によって熱く燃えあがり、高くのぼりつめてやがて砕け散る夢だ。

ふと目が覚めると、あたたかい体が隣にあった。つかの間、ヴァネッサはそのぬくもりを味わい、先ほどの交わりを思いだした。

彼の勝ちだ。ダミアンはわたしをベッドへ連れこむことに成功した。だけど、負けたからといって後悔はしていない。ただ彼にいざなわれた絶頂感のすばらしさに驚嘆しているだけだ。そして、自分が不感症でなかったことに安堵している。これまでそのことでみずからを責め続けてきた。その重荷をとり去ってくれたダミアンには感謝するばかりだ。自分でも気づいていなかった情熱的な一面をダミアンが引きだしてくれたのだ。

あの惨めな結婚生活のあとでは、ダミアンの手慣れた誘惑に屈してしまうのも当然のなりゆきだったのかもしれない。今まで男性から熱心に口説かれたことはないし、こんなに優しくされた経験もなかった。

けれども、まさか自分がこれほど甘く激しい欲望を抱けるとは思ってもみなかった。奇妙なことに、みだらな振る舞いを恥じる気持ちはない。もっとも、それこそが恥ずべきことなのかもしれないけれど。

ヴァネッサは目を閉じ、悔恨の情を感じられるかどうか心のなかを探ってみた。だが、そんなものはどこにも見あたらない。心に浮かぶのはダミアンにかけられた魔法と、彼の体の動きと、あのクライマックスだけだった。

それを思いだすとヴァネッサは落ち着かなくなり、起きあがってシーツを胸まで引きあげた。ダミアンが指で彼女の背中を軽くなでた。眠ってはいないらしい。

彼に優しく触れられ、ヴァネッサは体を震わせた。「もう行かないと」声にはためらいが表れていた。

「なぜ？」ダミアンが愉快そうに訊く。「まだまだ夜は長い」

ヴァネッサは振りかえり、ダミアンを見おろした。彼の顔は銀色の月光に照らしだされ、胸がしめつけられるほど美しい。ダミアンは謎めいた悦びを教えてくれると言った。そしてわたしはそうなることを望んでいる。これまで真の意味での情熱を知らなかったけれど、この人と一緒にそれを経験してみたいと心の底から欲している。けれども怖いと思う気持ちもある。以前は男女の営みに肉体的な恐怖を感じていたが、今は心を開きすぎて傷つくことを恐れていた。

ヴァネッサのためらいに気づいたのか、ダミアンが手を伸ばして彼女の頬を包みこんだ。ヴァネッサは親密さと守られているような安心感を覚えた。

「もっとそばにいてほしいんだ」

ダミアンは彼女の頰をなでたあと、細い首へと手をおろしていった。ヴァネッサは顎をあげ、官能的な感覚を味わった。ダミアンはどうして一瞬でわたしを燃えあがらせることができるのだろう？　それもこんなに激しく。

ダミアンがヴァネッサの髪に手を差し入れ、隣に横たわらせた。ヴァネッサは抗わずに彼の体に寄り添った。そのとき、腹部にかたいものが触れていることに気づいた。

ヴァネッサははっとし、当惑してダミアンの顔を見た。

ダミアンが眉をつりあげる。「どうした？　また怖くなったのか？」

「いいえ、ただ……驚いただけ。ロジャーはそんなことは一度も……」ヴァネッサは恥ずかしさに言葉を切り、ダミアンから顔をそむけた。

「そんなこととは？」

「二度めは……なかったということよ。ロジャーは自分が満足すれば、あとは知らん顔だった。だから早く終わってくれればいいのにと願ったこともあったわ」

ダミアンは優しい顔でヴァネッサを抱きしめ、耳もとにささやきかけた。「やつのことを忘れさせてあげるよ。いやな記憶はふたりで消してしまおう。今夜からまたいい思い出を作るんだ」

小さなため息が聞こえた。ヴァネッサは安心しきったように、彼の胸に頰をのせている。髪がシルクのカーテンのように広がっていた。ダミアンはヴァネッサの背中をなでた。

「欲望を長く保てる男もいるし、刺激に反応しやすい男もいる。ぼくはきみが欲しくてたまらないから、いつまでも満足できないんだ」

「わたしのことを……欲しいと思っているの？」媚を売っているのではない。真剣に訊いているのだ。

ダミアンがヴァネッサの背中を愛撫すると、彼女の体に震えが走るのがわかった。「心からそう思っているよ」彼は本音で答えた。「熱い血がたぎる男なら、誰もがきみの虜になるさ」ヴァネッサの両腕をつかんで体を起こさせ、自分のほうへ顔を向けさせる。「賭博場でひと目見たときから、きみを欲しいと思っていた」

ヴァネッサが真剣な顔でダミアンを見つめた。彼女の黒い瞳には月の光が映っている。「そんなことにはまったく気づかなかったわ。てっきり地獄に堕《お》ちろと思っているのかと」

「それはきみとキスをする前の話だ……」ダミアンはそっと口づけをした。ヴァネッサの唇は震えている。「きみとなら何時間でもベッドをともにできる。本当だ」

一瞬、ヴァネッサが黙りこんだ。「何時間でも？」驚いているような、疑っているような口調で言う。

ダミアンは笑った。「ぼくがベッドではどんな男なのか、噂は正しく伝わっていないようだな」

ヴァネッサは笑みをこらえている様子だった。「正しくですって？　でも、女性の目から見た評価はあなたにはわからないでしょう？」

「証明してほしいと言ったら、応じてくれるの？」恥ずかしそうに大胆な言葉を口にする様子がたまらなく魅惑的だ。

「証明してほしいかい？」

あたたかい気持ちがこみあげてきて、ダミアンは声をたてて笑った。「もちろんさ。しかたがない、きみがそこまで言うなら、ぼくの持久力がどこまでもつか試してみるとするかな」

ヴァネッサは唇をふさがれ、こたえることができなかった。それは恋人からの甘いキスだった。

ダミアンがヴァネッサの体を愛撫し始めると、ふたりのあいだにふたたび炎が燃えあがった。彼は唇を重ねたまま言った。「ぼくがどれほどきみを悦ばせるすべを知っているか見せてあげよう」

9

魔法にかけられたような一夜はあっという間に過ぎ去った。夜明けごろ、ヴァネッサはダミアンに送られ、秘密の通路を通って自室へ戻った。

信じられないことに、別れ際のキスは初めてのキスと変わらないほど刺激的だった。もう充分に満足したはずなのに、これ以上はないほどそのキスがうれしく、また彼を求める気持ちがわき起こってくる。

心が満たされて疲れ果てたヴァネッサは深い眠りに落ち、朝はいつもよりかなり遅い時間に目覚めた。だがすぐには起きださず、しばらく昨夜のことを考えていた。優雅であたたかい手の感触、しなやかな体、滑らかな肌、甘い言葉をささやく優しい声、そして何度も迎えたクライマックスの満足感……どれもまだ鮮やかによみがえってくる。

ダミアンは尽きることのない情熱で、わたしを恍惚の世界へといざなってくれた。あの痛みばかり伴うつらい過去の記憶は消え去っている。なにより、自分も熱くなれるのだとわかったことが震えるほどうれしい。

本当はあれほど乱れてしまったことを恥ずかしく思うべきなのだろうが、どうしても後悔の念はわいてこない。結婚生活は幸せなものではなく、夫婦関係は惨めで、女性としての悦びや、慈しまれて望まれる気分を味わったことは一度もなかった。だが、ダミアンは本当の情熱を教えてくれた。こんなことはあとにも先にもないかもしれないのだから、彼との関係が一時的なものだとしても否定する気にはなれない。

ヴァネッサは目を閉じ、ダミアンの賛美するような愛撫を思いだした。肌にはまだ彼の男らしい香りが残っている。ばかげているとは思うものの、それを洗い落としてしまうのは寂しい……。

洗うという言葉から別のことを連想し、ヴァネッサは気分が浮きたった。今日の午後は、ダミアンと一緒にオリヴィアを温室へ連れていき、初めて湯治をさせる予定になっている。ヴァネッサは期待に胸を高鳴らせながらベッドから起きあがり、自分の風呂の湯を用意してもらうためにベルを鳴らした。

午前中も昼どきも、ダミアンの姿は見えなかった。彼は浴場の仕上げに立ちあっているらしい。そのうちヴァネッサのほうも、初めての湯治に向けてオリヴィアが新しい水着に着替えるのを手伝うのに忙しくなった。そのため、ようやくダミアンが妹の寝室に姿を見せたときにも、まだ彼とふたりだけで話す機会は得られていなかった。

けれども、ほかに人がいてくれてよかった、とヴァネッサは思った。急に恥ずかしさを覚え、ダミアンの目を見ることができなくなってしまった。パニックに陥りそうなほど心臓が早鐘を打っている。ふとダミアンが彼女のほうに顔を向け、朝の光を思わせるあたたかな優しいほほえみを投げかけてきたため、心拍数は頂点に達した。だがそのあとダミアンは、昨夜なにもなかったかのような態度に戻った。

当然だわ。ダミアンはふたりの関係を公にしたいとは考えていない。とりわけ妹には知られたくないはずだ。

ヴァネッサとふたりのメイドを伴い、ダミアンはみずからオリヴィアを温室へ連れていった。薔薇に囲まれた湯治用の浴場を見るなり、オリヴィアが目を輝かせた。

「まあ、お兄様、ありがとう」タイル張りの浴槽のそばまで車椅子を押してもらいながら、彼女は心のこもった礼の言葉を述べた。「わたしのためにここまでしてくれたのね」

「たいしたことじゃないよ。さっそく入ってみたらどうだい？　使い心地がいいかどうか教えてくれ」

ダミアンは入り方を説明した。オリヴィアは彼の助けを借りながら、浴槽の縁に腰を移した。ヴァネッサが水着のスカートを片端に寄せると、オリヴィアは浴槽のほうへ体の向きを変え、そっとスロープを滑りおりた。

湯の表面に波が立った。オリヴィアがため息をもらして体を沈める。「天国にいるような気分だわ。ああ、いい気持ち」

だが、その言葉はヴァネッサの耳には入らなかった。ダミアンが体を起こしたとき、ふたりの肩が触れあったからだ。ヴァネッサがはっとして顔をあげると、ダミアンと目が合った。青みがかった灰色の瞳を見たとき、昨夜の出来事が一度に頭のなかに押し寄せてきた。ダミアンの存在を強く意識し、ヴァネッサは体を震わせた。

オリヴィアがダミアンに対し、もう行ってと無邪気に言うのを聞き、ヴァネッサはほっとした。「ヴァネッサが世話をしてくれるわ。お兄様のことが必要になったら、誰かを呼びに行かせるから」

ダミアンが顔をしかめた。「兄貴はもう出ていけということか?」しかし、またほほえみを浮かべ、ふたりにお辞儀をして立ち去った。

ヴァネッサはダミアンの後ろ姿を目で追った。ベッドをともにしたことで、ふたりの関係はこれからどう変わるのだろう? 愛人になるのはどんなにつらいことかと思っていたが、それどころか心躍るものになりそうだ。

ダミアンとふたりきりになれたのは、ディナーのあとオリヴィアが寝室にさがってからだった。妹を抱きかかえていったダミアンが戻ってきたとき、ヴァネッサは目を開けているのさえ難しい状態だった。

「すまなかったね。ゆうべは遅くまでつきあわせてしまった」

ヴァネッサは眠たげな目でほほえんだ。「いやいやつきあったわけじゃないわ」

ダミアンがヴァネッサの額にキスをした。オリヴィアにもするくらいの軽いキスだ。「もう部屋へ戻って寝たらどうだ?」

ヴァネッサはためらいながらダミアンを見あげた。「今夜は……」

ダミアンが眉をつりあげる。「今夜はなんだい?」

「来てくれないの?」

彼のうれしそうな表情を見て、ヴァネッサの胸はときめいた。

「きみが招待してくれるのをどれほど待ち続けたことか。本当にいいのかい?」

「お願い」大胆にもヴァネッサはそう頼んだ。

「そういうことなら……」ダミアンはヴァネッサと並んでブロケード張りの寝椅子に腰をおろした。「野暮な話で申し訳ないが、今の状況を考えるときちんと避妊をしたほうがいいと思うんだ」上着のポケットから緋色のシルク製の袋をとりだす。「見たことがあるかい?」袋の口を開け、ヴァネッサになかを見せた。

「海綿みたいに見えるけれど……」

「海綿さ。これを酢かブランデーに浸して体のなかに入れると、妊娠を防ぐことができるんだ」

袋のなかには、細い紐のついた小さな四角い海綿が一〇個ばかり入っていた。

「昨日、あんなことになる前に思いつくべきだった」ダミアンがヴァネッサの表情をうかがう。「よければ喜んで使い方を教えるが」

使用方法は容易に想像がついた。それをダミアンから教わることを考えると、ヴァネッサは顔が赤くなり、自分が遊び人の愛人になったことや、彼の目的が復讐だったことをいやおうなしに思いだした。

だが、ダミアンの言うことは正しいのだろう。結婚もしていないのに妊娠したとなれば悪い噂が立ち、家族に多大な迷惑をかけることになる。

もちろん、わたしが不妊症だという可能性はある。ロジャーとのあいだに子供はできなかった。だが、それでも避妊はしたほうがいいに決まっている。もし子供ができたら、ダミアンとのあいだにはなにもなかったという嘘が通じなくなる。

けれどもそんな微妙な問題も、その夜のふたりにはなんら障害にならなかった。ヴァネッサが暖炉の前に置かれた安楽椅子に丸まって待っていると、壁板がかすかな音をたてて開いた。

ダミアンは部屋に入ってくるなり、紺色のガウンの前をはだけた。ガウンの下にはなにも身につけていない。

優雅でしなやかな身のこなしでこちらへ近づいてくるダミアンを、ヴァネッサはどぎまぎしながら見ていた。ダミアンの体には、すでに彼女を欲している証が見てとれる。

ヴァネッサは息をのんだ。

ふたりはしばらくじっと見つめあった。ダミアンの瞳に蠟燭の火が映りこみ、表情にはヴァネッサを求める気持ちがありありと表れている。

「今日は夜が来るのがどれほど待ち遠しかったことか」彼の声はかすれていた。

「わたしもよ」ヴァネッサはささやき、ダミアンに手をとられて立ちあがった。

ダミアンがヴァネッサの頬をなでた。その長くしなやかな指に触れられただけで、ヴァネッサはぞくぞくした。「きみが欲しい」

自分がこれほど美しい男性に求められていると思うと体が震える。

ダミアンはヴァネッサが着ているネグリジェのボタンをはずし、肩から滑らせて床に落とした。

敏感になっている胸を手で包まれ、ヴァネッサは甘い感覚を味わおうと目を閉じた。ダミアンの指が胸の谷間を通って細い腰へと滑りおり、またあがっていくのを感じる。かたくなった乳首にダミアンの親指が触れた瞬間、体の奥がほてり、彼を求める気持ちがいっきに高まった。

さらなる挑発は必要なかった。ヴァネッサは甘い吐息をこぼすと、ダミアンの首に両腕をまわした。ダミアンが熱い唇を重ねてくる。夜が甘い魔法をかけてふたりを包みこんだ……。

それ以来、ダミアンは夜ごとヴァネッサの寝室を訪れるようになった。ダミアンは、ヴァネッサのありのままの姿を引きだし、自制心をとり除いてくれるすばらしい個人教師だった。ヴァネッサは夢のなかで暮らしているような気がした。

現実から逃避しようとしてか、ふたりは暗黙のうちに互いの関係について話しあうのを避けていた。ヴァネッサは先のことを考えるのはやめ、これが彼の復讐なのだという現実から目をそむけようとした。本当は愚かな弟が賭事で家屋敷を失ったため、家族を守るには恥さらしな取り引きに応じるしかなかったのだが、ヴァネッサはその事実をしだいに忘却のかなたへ追いやっていった。

それから一週間のあいだに、ダミアンとオリヴィアの関係も大きく変わった。オリヴィアはまだときおりふさぎこむこともあるが、それでも怒りや絶望感をできるだけ忘れ、兄の優しさを受け入れようと努めているのが伝わってきた。それどころか、初めて外に出たいと考えるようにもなった。日課となっている湯治や散歩ではなく、広大な領地に出てみたいと言いだしたのだ。

あいにく気温がさがって雨が続いていたため、オリヴィアは湿気など平気だと兄を説得しなくてはならなかった。だが、ときおり雲の切れ間が見える日があると、ダミアンは寒くないよう妹を毛布でくるみ、馬車で短時間連れだすようになった。

オリヴィアにとって、ピクニックに行こうと兄を説得するのは簡単だった。

「ヴァネッサはピクニックが大好きなんですって」ある雨の午後、客間でチェスをしているとき、オリヴィアは兄にねだった。「ヴァネッサをがっかりさせたくはないでしょう?」

「もちろんさ」ダミアンはヴァネッサを見た。「美しい客人に喜んでもらうためなら、どんなことでもするよ」

ヴァネッサは自分の頬が赤らむのがわかった。彼が夜も悦ばせてくれることを思いだしたからだ。

なんとか読書に集中しようと努めたが、ふと気づくと、ダミアンとオリヴィアがチェスボードの上で頭を寄せあっているのをぼんやりと眺めていた。笑いあったり、冗談を言いあったりしている様子は、思わず嫉妬《しっと》を覚えるほど楽しそうだ。

まさか〝女泣かせのシン〟と呼ばれる男性がこれほどくつろいでいる姿を見る日が来ようとは思ってもみなかった。ヴァネッサは一度ならず、ダミアンの顔から視線を引きはがさなくてはならなかった。

彼に目が行ってしまうたび、ヴァネッサは新たな不安を覚えた。ダミアンは自然に振る舞っているだけなのに、わたしは彼の魅力の虜になっている。ダミアンには一〇〇カラットのダイヤモンドのような多面性があった。妹に対して深い愛情を見せているダミアンは、夜の官能的なダミアンよりも惹かれるものがあり、ヴァネッサは怖かった。

その夜はダミアンもまた、ヴァネッサに対して同じような不安を抱いていた。ふたりは暖炉の前に座って普段よりまじめな話をしていたのだが、ダミアンはふと、家を出て以来これほど長くローズウッドに滞在したのは初めてだと気づいた。「いつもは二日めにもなるとうんざりするほど退屈になって、さっさとロンドンへ帰りたいと考えたものさ」

「前から思っていたんだけれど、退屈なのは仕事がないせいじゃないかしら。なにか意味のあることをしていれば暇な時間がなくなって、退屈せずにすむようになるわ」

「たとえば？」

「あなたが熱意を持ってできるような、才能を生かせるたぐいのことはないの？　なにか夢中になれることよ」

「退廃的な趣味のほかに、ということかい？」ダミアンが難しい顔になって考えこむ。「貴族の仕事とは言いがたいが、金を稼ぐのは得意だぞ」

ヴァネッサはほほえんだ。「それも立派な才能だわ。きっとそちらの方面でなにか見つけられるはずよ」

「そうだな。きみはどうだ？　なにか心ひそかに考えているようなことはないのかい？」

彼女は軽く肩をすくめた。「子供を持ってみたいとは思うけれど。でも、そんな日は来そうにないわね」

「なぜ？」

「結婚するつもりがないもの。今はただ、妹たちを守ることで精いっぱいだわ。わたしのようにお金のために結婚させたりはしないと誓ったの。あのふたりが結婚するとすれば、それは愛する男性とよ」

ダミアンが皮肉な笑みを浮かべたのを見て、ヴァネッサは片方の眉をつりあげた。

「あなたはこの世に男女の愛などないと思っているのね？」

「そんなことはないさ。愛とは破壊的なものだとは思っているけれどね。愛は理性を奪ってしまう。ぼくの父がいい例だよ。オリヴィアもまたしかりだ。相手の男を愛していると思いこんだばかりに、危うく命を失うところだった」

ダミアンはヴァネッサから目をそらし、黙ってブランデーのグラスに視線を落とした。ぼくは女性を愛したことなどないし、愛したいと思ったこともない。父親の忌まわしい行動をさんざん見てきたからだ。

だが、ヴァネッサのことを思うと不安になる。こんな思いは今までに感じたことがない。彼女に対して優しい気持ちを抱いてしまうのが怖い。

これまでは性的な魅力たっぷりの女性を愛人に選んできた。尊敬や友情や愛情といったことは愛人との関係では無縁だった。

女性といてこんなにあたたかい気持ちになるのは初めてだ。ついヴァネッサにおぼれてしまいそうになる。気がつくと彼女の姿を求め、一緒にいる口実を探している。

こんなことを続けていれば、ぼくは父親の二の舞を演じてしまうかもしれない。

ダミアンは晴れたらピクニックに行こうと妹に約束していた。そのためオリヴィアは、朝起きると真っ先に空を見あげるようになった。ようやくある月曜日、真っ青な空が戻ってきた。ダミアンはさっそくピクニック用のランチを用意させ、昼には御者と従僕だけを連れて三人で馬車に乗って出かけた。

馬車は丘の上に着いた。ヴァネッサはエメラルドグリーンの草原が波打つ美しい景色にわれを忘れた。眼下には低い丘がうねるようにどこまでも続き、ところどころ低木や木立のある畑や牧草地が延々と広がっている。ダミアンはヴァネッサに手を貸して馬車から降ろし、大柄な従僕にも負けないたくましさでオリヴィアを軽々と抱きかかえた。

今日のダミアンはいつもの上品で高級なあつらえの服ではなく、革のズボンに折りかえしのあるブーツを合わせ、ベストを着ていた。道楽者の貴族というよりは、田舎の紳士のようだ。賭博場や劇場でゆったりしているように、彼は自然のなかでもくつろいで見えた。

彼らは栗の木の陰にいくつもクッションを置き、オリヴィアを座らせた。そしてコールドチキンやチーズ、果物やワインなどのランチを三人で楽しんだ。従僕は少し離れたところに控えていた。

最後のひとかけらまで食べ終えると、あとはのんびり過ごした。空気があたたかい。オリヴィアはクッションにもたれかかり、羊の毛のような雲を眺めていた。

「いいお天気ね。毎日こんなふうだったらいいのに。そう思わない、ヴァネッサ?」

ヴァネッサは思わずダミアンと視線を交わした。これまでふたりとも、なんとかしてオリヴィアを慰めて元気づけようと努力してきたが、ようやくその成果が表れてきたらしい。

「さあ、どうでしょうね」ヴァネッサは軽い口調で答えた。「もし毎日こんなふうなら、今日のような日を特別だとは感じなくなるわ。そういえば……」彼女はダミアンに頼み、ランチと一緒に持ってきた錫《すず》製の容器をとってもらった。「料理人にお願いして作ってもらったの」

オリヴィアが容器の蓋を開け、白鳥の形をしたメレンゲの焼き菓子を見つけてぱっとうれしそうな顔になった。「わたしの大好物だわ。知っていたの?」

「前に一度か二度、そんなことを言っていたでしょう?」

「それどころじゃないよ。一〇回は聞いたな」ダミアンが顔をしかめる。

オリヴィアはそっとメレンゲの菓子を頬張り、おいしそうに目を閉じた。「わたしがいくら料理人に頼んでも作ってもらえなかったのよ。お嬢様を甘やかすわけにはいきませんって」

ヴァネッサはほほえんだ。「ときにはこういう楽しみも必要だわ」

「あなたって賢いのね」

「まあうれしい。わたしの妹たちは、ときどきわたしのことを口うるさい暴君だと思うみたいよ」

オリヴィアが楽しそうな笑い声をあげた。「そんなことはないわ！」

「欲しがっているドレスを買ってあげなかったりすると、本当にそう言うの」

「いつかシャーロットとファニーに会ってみたい」

オリヴィアの無邪気な言葉を聞き、ヴァネッサはまたダミアンを盗み見た。彼は一瞬顔を曇らせ、冷たい目になった。

きっとオーブリーのことを思いだしたのだろう。自分の妹をわたしの身内には会わせたくないと考えているのだ。ヴァネッサは自分が愛人だからここにいるにすぎないことを思い知らされた。

このところ、そのつらい現実から目をそむけてきた。近ごろは、ダミアンの恋人か家族であるかのような待遇を受けている。ダミアンからはベッドで求められるだけでなく、優しさや愛情も与えられていると感じていた。大切に思われているような気さえしていたのだ。そして彼女は喜んでダミアンの誘惑に身を任せている。

「いつか会える機会があるかもしれないわね」ふいに感じた胸の痛みを隠し、ヴァネッサは言葉を濁した。「さて、なにを読みましょうか？」今は話題を変えるしかない。

オリヴィアの詩集本を何冊か持ってきていた。どれにしようかと話しあったあと、ヴァネッサはワーズワースとコールリッジの共著『叙情歌謡集』を静かに朗読し始めた。

ダミアンはワインを飲みながら耳を傾け、暗い顔を見せないよう努力していた。ヴァネッサの妹たちの話が出たことで陽気な気分は消えうせ、彼女をローズウッドに連れてくることになった経緯を思いだしてしまったのだ。

だが、これは抱えているジレンマについて考えるちょうどいい機会かもしれない。彼女を求める気持ちはどんどんふくらみ、困ったことに最近では分別までも失いつつある。

ヴァネッサを連れてきたことを後悔しているわけではない。妹の傷ついた心を辛抱強く癒してくれたことには心から感謝している。彼女が来てほんの二、三週間でオリヴィアは変わり、徐々に元気をとり戻し始めた。それもこれもヴァネッサのあたたかさや機転や忍耐強さに負うところが大きい。

ヴァネッサの影響を受けているのは、なにも妹だけではない。使用人たちは、まるで女主人に対するかのように彼女の指示を仰ごうとする。園丁や園丁助手たちもヴァネッサを慕い、花が咲くと競って見せようとするし、きれいな花束を作ってはせっせと部屋へ届けている。

ぼくもまたヴァネッサに魅了されたひとりだ。まさかこれほど惹かれることになるとは思いもしなかった。あれほど苦労していながら純粋さを失わず、心があたたかいばかりか知性もあり、傷つきやすいが芯の強さも合わせ持っている女性は初めてだ。それでいて、彼女はみずからの魅力に気づいてさえいない。

ローズウッドで時間がたつのが早く思えるのは、ヴァネッサがいるからだ。彼女を口説いているせいで、いつもの退屈さを感じることなく日々が過ぎている。

ヴァネッサを傷つけずに誘惑するのは容易ではなかった。だがもはや彼女は冷ややかな態度をとることも、ぼくを警戒することもなくなった。それどころか、いまだに驚かされるほど情熱的にこたえてくれる。

「〝疲れ果てたとき、甘い感覚がわき起こり、それがこの血と心臓に感じられたのだ〟」抑揚をつけた朗読は続いていた。

ヴァネッサを見ながら、ダミアンは眉根を寄せた。まさに〝血と心臓に感じられた〟だ。ぼくは借金を棒引きする代わりにヴァネッサに愛人になれと要求したが、結局のところ、彼女はぼくが求めていた以上の女性だった。単に体の欲求を満たすだけのつもりだったのに、ぼくはこれほどまでにのめりこみ……あろうことか優しい気持ちまで抱くようになっている。

ダミアンは難しい顔になった。美しくてベッドでの技術に長けている高級娼婦はいくらでもいたが、これほど関係が長続きしたことはないし、ましてこれほど激しく欲したことは一度もない。ヴァネッサはベッドでも刺激的だが、寝室の外でもぼくと対等に渡りあえるほど勇気があって頭がいい。

だが、そんな感情を抱くのは危険だ。このままでは情熱の虜となり、父親と同じ轍を踏むはめになってしまう。

理性が働かなくなるほどひとりの女性におぼれるなんて狂気の沙汰だ。けっしてそんなことにはなるまいと誓ったはずなのに……今、ぼくはヴァネッサにそういう感情を抱き始めている。

彼女とかかわりすぎたのだ。心をかき乱されるほど惹かれ、どうしようもないほど親密になってしまっている。

朗読するヴァネッサの気品に満ちた姿を、ダミアンはじっと眺めた。優雅な首のラインを見ていると、思わず抱き寄せてキスをしたくなる……。

くそっ、いいかげんにしろ。ダミアンは歯を食いしばった。少し距離を置いたほうがいい。こんなふうに近くにいては我慢することなど無理だ。

だがもちろん、ヴァネッサを実家に帰すわけにはいかない。オリヴィアのことがあるからだ。そうなると、ぼくのほうがどこかへ行くしかない。今週末はバークシャーでヘルファイア・リーグの集まりがある。クルーンが自宅で男だけのパーティを開く予定だった。最後にはやりたい放題になるような酒宴だ。すでに断りの手紙を送ってしまったが、そのパーティに参加すれば気が紛れ、不安を覚えるほど、そして分別をなくすほど入れこんでいる女性のことを頭から追い払えるかもしれない。

クルーンの家の近くには知人から購入をすすめられている物件があるから、どんなものかついでに見に行ってもいいし、この機会に北のほうへも足を伸ばし、冬に賭博で勝ちとった工場を見分してくる手もある。仕事でやむを得ないと言えば、しばらく家を空けるいい口実になるはずだ……。

しかしこの牧歌的な夏の一日を台なしにするのは本意ではないし、せっかく楽しそうにしている妹の気分を害するのは忍びない。オリヴィアには夜になってから話すことにしよう。そしてヴァネッサにも。

ダミアンはぐっとワインを飲み、ヴァネッサから無理やり視線をそらした。出発するまでのあいだは、彼女に魂を奪われてしまわないよう、なんとか自分を抑えるしかない。

オリヴィアは楽しい午後のひとときを終えるのをいやがったが、疲れが顔に表れてきたため、ダミアンはそろそろ連れ帰ることにした。

「また近いうちに来よう」彼は約束した。

兄に抱きかかえられて屋敷に入るとき、オリヴィアが今朝の湯治でお気に入りのショールを温室に置いてきてしまったことを思いだした。ヴァネッサはショールをとりに行き、浴槽のそばのベンチにかけてあるのを見つけた。

屋敷へ戻ろうと振り向いた瞬間、ささやき声で名前を呼ばれた。ヴァネッサは驚いて顔をあげた。

通路に男性が立っていた。すりきれたフロックコートにつばの広いソフト帽をかぶり、短い顎ひげを生やしている。

ここローズウッドには夏になるとさまざまな分野の学者――とりわけ植物学者がよく薔薇を観察しに訪れるため、ヴァネッサは見知らぬ人を見かけることには慣れていた。だが、あとをつけられたことは一度もない。この男性は学生かもしれないし、ごろつきの可能性もある。

ヴァネッサの警戒するような表情をおもしろく思ったのか、男性はにやりとしてからおもむろに帽子をとった。それはよく知っているいとおしい顔だった。「姉さん、たったひとりの弟に挨拶《あいさつ》もしてくれないのかい？」

「オーブリー？　まあ、いったい……」

オーブリーはヴァネッサを抱きしめ、一歩さがると愛情に満ちた目を向けた。「驚かせるつもりはなかったんだ」

ヴァネッサは唖然《あぜん》として弟を見つめた。「どうしてまたひげなんて生やしたの？　声を聞かなければ、あなただとわからなかったわ」

オーブリーは口もとをゆがめた。「それが狙いさ。こんなところに入りこんだことをシンクレア卿に知られたら、撃ち殺されてしまう」

「大変だわ……」ヴァネッサはふたりの関係を思いだして青ざめた。「だめじゃないの。もし見つかったら――」

「運がよければわかりゃしないさ。姉さんでさえ騙せたんだから。このフロックコートはオックスフォードの学生から一ギニーで買ったんだ」

「それでも……」ヴァネッサは声を落とし、すばやくあたりを見まわすと、弟を中国製のついたての後ろへ連れていった。「こんなところでいったいなにをしているの？」

「姉さんのことが心配だったんだ」

「わたしなら大丈夫よ」

オーブリーが眉をひそめ、ヴァネッサの顔をのぞきこんだ。「ひどい仕打ちを受けてないかい？」

ヴァネッサは弟の鋭い視線から目をそらした。「心配しないで。とにかく、あなたはここにいてはいけないわ」

「じっとしていられなかったんだ。オリヴィアはどうしてる？　そんなことを訊ける立場じゃないことはわかっているけど、どうしても知りたいんだよ。さっき馬車から抱えられて降りてくるところを見かけたんだ。彼女は笑ってたね。なんというか……それほどつらそうには見えなかった」オーブリーが期待をこめた口調で言った。「少なくとも、ぼくが恐れていたほどではないように見えた」

ヴァネッサは冷ややかに口を挟んだ。「脚はまだ動かないわ。それがあなたの知りたいこと？　歩くことはできないし、体調は不安定よ。でも……精神的には少しずつ回復し始めているわ」

「ほんのちょっとでいいから会いたいんだ」

「無理に決まっているでしょう？　オリヴィアを怒らせるだけよ」

「彼女はそんなにぼくのことを憎んでいるのか？」

「自分の胸に訊いてみなさい」ヴァネッサはそっけなく答えた。

オーブリーが顔をゆがめて視線をそらす。「心から申し訳なく思っていることを伝えたいんだよ」

「それであなたは気持ちが楽になるんでしょうけど、オリヴィアのためになるとは思えないわ」

「お願いだから手紙だけでも渡してくれないか？　ぼくが出しても、全部送りかえされてしまうんだ」

ヴァネッサは首を振った。「だめよ、オーブリー。できないわ。あなたに人生をめちゃくちゃにされたことを思いださせるだけだもの」

オーブリーが沈痛な面持ちでヴァネッサを見た。「それを考えると耐えられないんだ」

「その現実を抱えて生きていくしかないわ」ヴァネッサは容赦しなかった。「オリヴィアもそうなのよ」

驚いたことに、オーブリーは目に涙を浮かべた。「ぼくが後悔していると彼女に伝えてもらえないかな？」

「できないわ」ヴァネッサは諭すように言った。「オリヴィアがわたしを信頼してくれているのは、あなたの姉だとは知らないからよ。今さら騙していることを教えるわけにはいかないわ。彼女はわたしに裏切られたと思ってしまう」

「なにか……償えることがあればいいのに」

「気持ちはわかるけれど、あなたにできるいちばんのことは、今すぐ家に帰って二度とオリヴィアの前に姿を見せないことよ」

オーブリーが歯を食いしばる。「このままじゃ帰れないよ。なにかぼくにもできることがあるはずだ」

「ここへ来たのは闘鶏や拳闘を見るような軽い気持ちではなく、本当に良心がとがめているからだと自信を持って言える？」

弟は悲しそうな目で姉を見た。「もちろんだよ。ただ、オリヴィアのことが心配なだけだ。それに……姉さんのことも」オーブリーは本当に胸を痛めているように見えた。ようやく自分の身勝手さが身にしみたのだろう。

ヴァネッサはため息をついた。「たとえそうでも、あなたがここにいれば事態を悪くするだけよ」

オーブリーがヴァネッサの目を見つめながら彼女の手をそっと握りしめた。「姉さん……ぼくのためにここまでさせてしまって本当にすまないと思っている。姉さんに罪を償わせるようなことはするべきじゃなかった。でも、姉さんの気持ちは絶対に無駄にしないよ」オーブリーのこれほど真剣な顔を見るのは初めてだった。「姉さんには言葉にできないほど大きな借りができてしまったな。だけど、おかげで自分の人生を見つめなおすことができた。ずいぶんいいかげんな人間になりさがっていたものだと思う。だけど、ちゃんとやりなおそうと決心したから、これからは心を入れ替えて頑張るよ」

　ヴァネッサは弟の顔をのぞきこんだ。たとえわずかでも本心から罪の意識や後悔の念を感じているのだとしたら、オーブリーも少しは大人になりかけているということだろう。

「ここでの暮らしもそれほど捨てたものじゃないのよ」ヴァネッサは静かに言った。「心から楽しいと思えるときもあるし。それに間違いなくオリヴィアの役には立っているわ」

「本当に？　姉さんの手紙にはいつもいいことしか書いてない。でも、それはシャーロットやファニーのことを思うからで、実際はもっといろいろなことがあるはずだ」

　ヴァネッサがここに来ている理由はオリヴィアの話し相手を務めるためだと家族は信じている。まさかダミアンの愛人になっているとは夢にも思っていない。だが、オーブリーは真実を知っている。

「あの子たちは元気？」ヴァネッサは尋ねた。

「まあまあだ。姉さんがいなくて寂しがってるよ。とくに母さんが。信じられないだろうけど、シャーロットとファニーはこっそり節約を始めたんだ。ファニーなんて、姉さんがいなくなってからはボンネットをひとつしか買ってない」

　ヴァネッサは思わず笑みをこぼした。「わたしが喜んでいたと伝えておいて」

「姉さんが自分で手紙に書いて伝えないと。ぼくはまだ帰らないよ。じつは村で屋根裏部屋を借りたんだ」啞然としている姉を見て、オーブリーは顔をしかめてつけ加えた。「贖罪《しょくざい》のためといったところさ」

「オーブリー、だめよ。またオリヴィアを傷つけることになるわ」

懇願する姉の唇に、オーブリーが黙ってとばかりに指をあてた。

「姉さん、わかってくれないか。オリヴィアを傷つけるようなことだけは絶対にしない。しばらくは身を隠しているよ。でも、まだ帰るわけにはいかないんだ。自分のしたことをこのままにしてはおけない。何度も忘れようとしたけど、どうしてもだめだった。だから、せめて近くにいたいんだ」

オーブリーのことが頭から離れず、ヴァネッサはディナーの席でもそわそわと落ち着かなかった。弟の誠意を信じたいのはやまやまだが、本当は自分のことしか考えておらず、罪の意識から逃れたいだけだという気もする。おそらく良心の呵責にさいなまれ、オリヴィアに謝罪したら気が楽になると考えたのだろう。再会すればオリヴィアが苦しむであろうことには思いが至っていないようだ。

ヴァネッサはオリヴィアに、オーブリーの姉だと知られてしまうのも怖かった。騙していたことがわかればきっと憎まれるだろう。

ダミアンは、かわいい妹の半径一〇〇キロ以内にオーブリーがいるとわかっただけでも激怒するはずだ。

ヴァネッサは不安を感じながらダミアンを見た。ダミアンはなにか気にかかることがあるのか、口数が少なかった。いつもならちらりとこちらを見るときでさえ熱い視線を送ってくるのだが、今夜は目が冷たい。このところの親密さに比べると、冷淡とさえ言えるかもしれない。

わたしはなにか怒らせるようなことをしてしまったかしら？　弟が来たことは知られていないはずだけれど……やはりなにかがおかしい。

魚料理が運ばれてきたあと、ダミアンはふいに、週末から用事で北部へ旅行に出ると言った。それにも驚いたが、週末はクルーン伯爵家のパーティに参加すると聞かされたときにはさらに驚嘆した。

ヴァネッサはダミアンに目をやった。クルーン伯爵といえば悪名高いヘルファイア・リーグの一員であり、性的な饗宴《きょうえん》を楽しむことで知られている。

だが、ヴァネッサの探るような視線は無視された。「オリヴィア、金曜日に出発したいと思っているんだが、おまえをひとりで残していってもかまわないだろうか？」

「平気よ」オリヴィアが明るく答えた。「お兄様がいなくても大丈夫。ひとりではないもの。ヴァネッサがいてくれるわ」

「たしかに彼女に任せておけば安心だ」ようやくダミアンはヴァネッサのほうを見た。

その表情からなにを考えているのかは読めなかったが、よそよそしいのは間違いなかった。

ふと胸にぽっかり穴があいたように感じ、ヴァネッサはダミアンを凝視した。これはふたりの関係を終わらせるという警告なのかしら？　わたしにとっては夢を見ているような日々だったけれど、ダミアンはもっと目新しい楽しみが欲しくなったの？

その夜、ふたりの燃えるような関係が始まって以来初めて、ダミアンが寝室を訪ねてこなかったので、ヴァネッサは確信した。

暗い寝室で胸を痛めながらひとりベッドに横たわり、彼女はダミアンの愛撫や、彼の腕のなかで感じた絶頂感を思いだし、満たされないつらさに打ちひしがれた。

10

翌朝、睡眠不足の頭を抱えて暗い気分で目覚めたとき、ヴァネッサはまだダミアンを求め、胸の痛みを感じていた。だが明るい光のもとで冷静になったことで、多少現実的な考え方もできるようになっていた。

わたしは思い違いをしていたのだ。まるで夢のような一週間だったけれど、それは本物の幸せではなかったらしい。これではオリヴィアと同じだ。わたしは純真な少女のように遊び慣れた男性の魅力にまいってしまった。けれどもダミアンにしてみれば、わたしを口説き落とすという目的を果たしたのだから、それ以上わたしを追いかける理由はなくなったというわけだ。

捨てられたと思うのはばかげている。ダミアンは最初からはっきり言っていた。オーブリーの莫大な借金を帳消しにする代わりに愛人になれと。そもそもが復讐のための愛人関係だ。ダミアンがわたしに興味を失ったのは、本来なら喜ぶべきことだ。

ダミアンが先に朝食をすませたことを知り、ヴァネッサはほっとした。今の精神状態でダミアンと顔を合わせれば、また傷ついて混乱するのは目に見えている。

その朝はいつもより長く乗馬に出かけ、美しい夏の朝を楽しみ、不安な気分を少しは解消することができた。ところが屋敷に戻ってみるとふたりの客人が訪ねてきており、ヴァネッサは自分がシンクレア家では微妙な立場にいることを改めて思い知らされ、また落ちこむはめになった。

驚いたことに、オリヴィアが朝食の間で客人の応対をしていた。車椅子に座ったオリヴィアは、ヴァネッサが入ってくるとほっとしたような顔を見せ、すぐにそれぞれを紹介した。「レディ・ウィンダム、こちらは隣人のレディ・フォックスムアと、ご令嬢のミス・エミリー・プライスよ。エミリーとは学校が同じだったの」

「初めまして」ヴァネッサは礼儀正しく挨拶し、チンツ張りの椅子に腰をおろした。レディ・フォックスムアが青い目でヴァネッサをじろりと見た。ヴァネッサは思わずひるんだ。たしかに今着ている乗馬服は古くてくたびれているが、そこまで敵意のある視線を向けられるほどみすぼらしくはない。

レディ・フォックスムアの挨拶は、目の表情と同じくらい冷たいものだった。「ああ、あなたが話し相手をしている方ね。ミス・シンクレアに仕えていることは聞いていますわ」まるで下賤《げせん》の者と言わんばかりの口調だ。

ヴァネッサは歯を食いしばり、その侮辱を聞き流した。わたしの社会的地位はここまで落ちてしまったのだ。世間では、話し相手《コンパニオン》という職業は召使いに毛の生えた程度にしか見なされていない。

客人はなんとしてもヴァネッサを見下すつもりでいるようだった。「噂はうかがっておりますわ、レディ・ウィンダム」

「あら」ヴァネッサは怪訝《けげん》な顔をした。「どのような？」

「ご主人はロンドンではかなり名の知られたお方だったとか」

「噂なんてあてになりませんわ」ヴァネッサは冷静に言いかえした。

「あなたもすぐにわかると思いますけれど、このような田舎ではロンドンと同じ自由はございませんのよ」

意地の悪い口調に面食らったオリヴィアが、慌てて会話に割って入った。「レディ・ウィンダム、おふたりは舞踏会の招待状を持ってきてくださったの」

レディ・フォックスムアがすぐにまた口を差し挟んだ。「あら、きっとレディ・ウィンダムは、わたしどもの簡素な田舎の舞踏会などに興味はないと思いますわ。ロンドンの華やかな世界をご存じですものね」

ヴァネッサは自分が歓迎されていないのだと悟ったが、そんなことはどうでもよかった。だが返事をする前に、オリヴィアがヴァネッサをかばった。「彼女はそんな高慢な方ではありませんわ」

「そうでしょうとも」レディ・フォックスムアが鼻を鳴らした。「そのようなお仕事をされているくらいですものね。でも、ご自分が落ちぶれてしまったことを世間に知られるのはおいやでしょうから」

「落ちぶれてなんかいません！」オリヴィアが反論する。「わたしにとってはお姉様のような方です」

ヴァネッサは怒りを押し隠し、ほほえみながら毅然とした態度で応じた。「レディ・フォックスムア、なにか勘違いをされていらっしゃるようですね。きっと簡素な田舎の舞踏会も楽しいだろうと思います。わたしも喜んで出席させていただきますわ」

言い負かされたことが悔しいのか、レディ・フォックスムアが口もとをゆがめた。ミス・プライスは居心地が悪そうに目を伏せ、ひと言もしゃべらなかった。一方、オリヴィアは黙ってはいたが、腹に据えかねているのがわかった。

ふたりの客人はしばらくしてようやく帰っていった。執事がふたりを送りだすや、オリヴィアは怒りを顔に表した。

「なんて癪《しゃく》に障る人かしら。あなたがわたしにつき添っているというだけで舞踏会に呼ばないなんてひどすぎるわ。ヴァネッサ、わたしたちはあなたをお客様だと思っているのよ」

「いいの」ヴァネッサはオリヴィアをなだめた。「別に舞踏会に行きたいわけじゃないから。ただ、わたしはなんとも思っていないということを示したくて、あんなことを言ってみただけよ」

「たとえそうでも、あんなふうにけなしたり、使用人扱いしたりするのはおかしいわ」

「かばってくれてありがとう。あれくらいのことには負けないから平気よ。あなたも気にしないで、オリヴィア。それに、あのふたりがいらした用事を思いだしてみて。わざわざあなたに招待状を持ってきてくださったのよ」

オリヴィアが眉をひそめてかぶりを振った。「わたしも驚いたわ。駆け落ちの件がさぞ噂になっていて、きっとひどい陰口を叩かれていると思っていたの。だいたいエミリーとはそれほど仲がよかったわけでもないし」

「あなたが思っているほど、他人は気にしていないものなのよ」

「あら、世間はそんなに甘くないわ」オリヴィアが辛辣な口調で言う。「レディ・フォックスムアの本当の狙いは兄よ。わたしのエスコート役として兄が舞踏会に来るのを期待しているだけ。もう何年も前から、娘のうちの誰かと結婚させようとしてきたのよ。兄は結婚相手としては申し分のない条件がそろっているもの。そして今はエミリーが最後の望みというわけ」

くだらないとは思うが、ダミアンが誰かと結婚するかもしれないと考えただけで、ヴァネッサは胸が痛んだ。だが多くの女性と浮き名を流してきたダミアンが、あの青白い顔をした地味なミス・プライスに惹かれるとは思えなかった。

「あなたがここで家族のように暮らしているのを見て、レディ・フォックスムアは嫉妬しているのよ。兄を奪おうとしているライバルに見えるんでしょうね。あなたのほうが有利だと思っていらだっているんだわ」

一瞬、ヴァネッサは言葉に詰まった。もし、ダミアンとの本当の関係を知られたら、地元の貴族たちからは尻軽女の烙印《らくいん》を押され疎外されるだろう。夫を亡くした女性が金持ちの貴族と密会を重ねる程度なら、上流社会は大目に見てくれる。だが、ダミアンはただの貴族ではない。

「そんな目でお兄様を見たことはないのに」ヴァネッサは嘘をついた。

「あなたはそうだとしても、兄は違うわ」

「どういうこと?」

「兄は変わったわ」オリヴィアがしみじみとした様子でヴァネッサを見た。「こんなに長くローズウッドに滞在したのは初めてよ」

「それはあなたのためよ、オリヴィア」

「わたしも最初はそう思っていた。でも、それだけではないことに気づいたの。兄は昔はここが大嫌いだったのに、今はそうでもないみたい。以前のように退屈でいらだっている素振りを見せなくなったのは、あなたがいるからだと思うの。一緒にいるのが楽しいのよ。あなたは兄のことをよく知らないでしょうけど、わたしにはわかる。あなたを見るときの兄の目はとても優しいわ」

無難な話題に変えようと、ヴァネッサはほほえんでみせた。「招待状のことを考えるのがいやだから、そんな話をしているんでしょう?」

オリヴィアが戸惑ったような目でちらりとヴァネッサを見た。「そうかもしれないわ」

「あなたが応対していたのには驚いたわ。誰にも会いたくないのだと思っていたから」

オリヴィアがため息をついた。「けっして喜んでというわけじゃないの。だけど、どこかで一歩踏みださなければと思って」

「じゃあ、舞踏会にも行ってみたら？　ちょっと顔を出すだけでもいいのよ。それなら喜んで一緒に行くわ」

「舞踏会には行きたくない。一生、世間から隠れているわけにいかないことはわかっているけど、まだそんな大きな一歩は無理よ」

これで話は終わったとヴァネッサは思っていたが、オリヴィアはまだ怒りがおさまらないらしく、ディナーの席でもダミアンに愚痴をこぼしていた。

最初、ヴァネッサはあまり話を聞いていなかった。ダミアンへの感情を隠し、平静を装うのに精いっぱいだったからだ。ダミアンからはまだ、昨晩、寝室に来なかった理由を聞いていない。それどころか、今夜はまだろくに口さえきいていなかった。だがヴァネッサは、傷ついている様子をけっして見せまいと心に決めていた。

オリヴィアの声が耳に入るようになったのは、しばらくしてからのことだった。

「ヴァネッサがひどい言われ方をしているのを聞いて、本当に頭にきたわ。慇懃無礼《いんぎんぶれい》とはあのことよ。まるで舞踏会に来るなと言っているようなものじゃない。それもただ、ヴァネッサがわたしの話し相手《コンパニオン》を務めているというだけの理由で」

ダミアンは表情をこわばらせたが、なにも言わなかった。

「レディ・フォックスムアは、お兄様にはぜひとも来てほしいみたい。〝シンクレア卿においでいただけたら光栄です〟って二度も言っていたもの。お兄様はヴァネッサをエスコートしていけばいいのよ。レディ・フォックスムアはさぞ悔しがるでしょうね。でもそうすれば、ヴァネッサは使用人じゃなくてお客様だということを見せつけてやれるわ」

ダミアンがいたずらっぽい顔になった。「舞踏会はいつだい？」

「来週の水曜日よ。そのころには帰る予定だと言っていたわよね、お兄様」

ダミアンがワインを飲みながらうなずく。「そうだな、それまでには用事も終わるだろう」

彼は平然とした顔でヴァネッサを見た。「きみを舞踏会にエスコートさせてもらえたら光栄だが」

オリヴィアがうれしそうな声をあげた。「すてき！　これであの嫌味な人の鼻をへし折ってやれるわ。レディ・フォックスムアも、お兄様の前ではヴァネッサを見下したりできないでしょう」

「わたしのために、そこまですることはないわ」ヴァネッサは抵抗した。

「シンクレア家の名誉のためさ」ダミアンが落ち着き払った笑みを浮かべる。

「そのとおりだわ」オリヴィアも賛成した。「どうせなら新しいドレスを買わないと。反対しても無駄ですからね」彼女は異議を唱えようとしたヴァネッサを押しとどめた。「今度はあなたの番よ。わたしだって何着も試着させられたんだから、あなただって一着くらいは我慢しなきゃ。ドレス選びを手伝うわ。これでもなかなか趣味はいいのよ。それに、たまには村へ買い物に行こうって、ずっとわたしを誘っていたじゃない」

ヴァネッサは断りたかった。ダミアンにドレスの費用を出してもらうのは気が進まない。

借りがさらに増える気がするからだ。だがそれでオリヴィアを外に連れだせるならと思い、不本意ながら従うことにした。

それからの二日間は時間がのろのろと過ぎていった。ダミアンは明らかにヴァネッサを避けていた。ヴァネッサはなんとか普段どおりの態度を装い、つらい現実を受けとめようと努力した。

自分の立場を忘れてはいけない。わたしはただの愛人だ。

この何週間か、ダミアンは優しく接してくれた。けれども、彼にとってわたしはお遊びの対象にすぎなかったらしい。ダミアンがベッドで激しく求めてきたのは肉体の快楽を追求してのことで、それ以上の意味があると思うのは愚かな勘違いだ。そう、女性なら誰でもよかったのだろう。やはりダミアン・シンクレアは危険で男性的な欲望に満ちあふれた放蕩者だ。そしてその魅力には、どんな女性も逆らえない。ダミアンが軽い気持ちで誘惑し、やがて忘れ去った女性はほかにも大勢いるのだろう。

わたしは自分がダミアンからよい話し相手だと思われていると感じていた。だけどわたしのところへ話をしに来たのは、ただの退屈しのぎだったようだ。それにしても真夜中のおしゃべりがなくなるのは寂しい。彼とのあいだに友情が芽生えつつあると感じ、それをうれしく思っていたのに。でも、そんなことを期待するべきではなかった。だからこれほど傷つくはめになってしまったのだ。

これ以上つらい思いをしないためには、ダミアンに対する愚かな感情を押し殺すのがいちばんだ。

ダミアンが出発する前日の木曜日、ヴァネッサとオリヴィアは村へ買い物に出かけた。従僕を馬車のそばで待たせ、ふたりは婦人服の仕立屋に入った。体が不自由なことで召使いたちに気を遣われすぎるのが、オリヴィアはわずらわしいようだった。

たしかにオリヴィアはセンスがよかった。一時間もしないうちに舞踏会用の服は決まり、ふたりともが満足した。光沢のあるブロンズ色のシルク製のドレスで、金色の薄布でできたオーバースカートがついている。値段はロンドンの高級店に比べると一〇分の一だった。

ふたりは店をあとにした。馬車を待たせている広場のほうへ車椅子を向け、膝掛けを直そうとヴァネッサがかがみこんだとき、オリヴィアが息をのむ音が聞こえた。

「どうしたの？」ヴァネッサは心配になって尋ねた。

「あの人……」

オリヴィアの視線の先をたどると、鹿毛《かげ》の年老いた馬に乗った男性がゆっくりとこちらに向かってくるのが遠くに見えた。それがオーブリーであることを見てとり、ヴァネッサははっとした。

オリヴィアもそれが誰だかわかったのか、血の気のうせた顔をしている。

ヴァネッサはどうしていいかわからず、つかの間その場に立ち尽くしていた。オリヴィアをどこかに隠すべきだと思ったときには、オーブリーは車椅子に気づいてもおかしくない距離まで来ていた。

オーブリーが手綱を引いて馬を急停止させた。

オリヴィアとオーブリーは長いあいだ、黙って互いをじっと見つめていた。

ヴァネッサは膝掛けを握りしめた。弟がわざと出くわすよう画策したとまでは思わないが、オリヴィアの前に姿を見せたことは許しがたい。ヴァネッサは弟をにらみつけたが、オーブリーはオリヴィアしか目に入らない様子だった。

オーブリーが馬から降りてきたので、ふたりの女性はたじろいだ。

「ヴァネッサ、早く帰りましょう」オリヴィアの声はかすれていた。

「ええ」

「待ってくれ……お願いだ。頼むから少しだけ話を聞いてほしい」オーブリーはシルクハットをとり、車椅子の行く手をふさぐようにふたりの前へ進みでた。「ミス・シンクレア……オリヴィア……」

「わたしに話しかけないでちょうだい」オリヴィアは歯を食いしばった。震えているのがわかる。

「すまない」オーブリーは片膝を突き、オリヴィアと目の高さを合わせた。「ぼくの顔なんて見たくないのはわかる。当然だよ」

表情にも口調にも後悔の念がにじみでている。だが、ヴァネッサはオーブリーに対して激しい怒りを覚えた。いったいなにをしているの？　オリヴィアに声をかけるなんて。謝罪する気かしら？

オーブリーが静かな声で続ける。「許してもらえるとは思っていない。ただ、ひと言謝りたくて。ひどいことをしてしまったと思っている」彼はオリヴィアの自由を奪っている車椅子にちらりと目をやった。「できるものなら、きみと代わりたいくらいだ」

オリヴィアの目には苦悶《くもん》の表情が浮かんでいたが、声にはかすかな強さも感じられた。「今さらなにを言うの？　愚かなわたしがあなたの優しい告白の言葉を信じた日から、もう何ヶ月もたっているのよ」

オーブリーが悲しそうにほほえんだ。「きみに会いに行こうとしたし、手紙も書いた。でもきみのお兄さんから近づくなと言われて、手紙は送りかえされてしまったんだ」

「あなたの言葉を信じたわたしがばかだった」オリヴィアの声は震えていた。「あなたは賭に勝って、さぞうれしかったでしょうね」

オーブリーが首を振る。「違う、うれしくなんかなかった。たしかに始まりは賭だったが、自分でも気づかないうちに気持ちが変わっていったんだ。気がつくときみに……恋をしていた」

ヴァネッサはもう黙っていられなくなった。「オーブリー、やめなさい！」彼女は一歩前に踏みだした。

オリヴィアが真っ青になり、か細い声で言った。「残酷な人ね。まだ遊び足りないの？　もう一度わたしの心をもてあそぶつもり？」

「そうじゃない。誓って言うよ、きみのことが忘れられないんだ、オリヴィア」オーブリーの目に涙が浮かんだ。「きみと結婚できたかもしれないチャンスを、みずからの手でつぶしてしまったことはわかっている。それでも、せめてこの気持ちだけは伝えたかった。きみを傷つけようとしているわけじゃない。それだけは本当だ、信じてくれ」

オリヴィアはショックを受けた顔でヴァネッサを見あげた。ひどく動揺し、今にもくずおれてしまいそうに見える。「お願い……わたしを馬車に乗せて」

オーブリーがゆっくりと立ちあがった。「安心してくれ、ミス・シンクレア。これ以上、邪魔はしない。もう消えるよ」そして馬に乗ると、悲しそうな目でヴァネッサを見た。「どうか彼女を頼む」

彼は馬に蹴《け》りを入れて走り去った。ふたりの女性は震えながら、その後ろ姿を目で追った。先にわれに返ったヴァネッサは、慌てて膝掛けをオリヴィアの膝に置き、車椅子を押した。頭のなかが混乱している。オーブリーはよくもあんな残酷なことが言えたものだわ。もっと早くとめに入るべきだったかしら？　オリヴィアがオーブリーとばったり顔を合わせても傷つかないように、なにかわたしにできることはなかったの？　オリヴィアになんと言えばいいのだろう？

オリヴィアは周囲のことなど目に入らない様子で、深く考えこんでいた。馬車に乗り、屋敷への道をかなり来たとき、つらそうな目でヴァネッサを見あげた。

「あの人のことを知っているのね？」非難しているのではなく、当惑している声だった。

「ええ」ヴァネッサは静かに答えた。「オーブリーは弟なの」

オリヴィアがはっと息をのんだ。裏切りに愕然としているようだ。

しばらくのあいだオリヴィアはなにも言わず、じっとヴァネッサの顔を見つめていた。

「どうして教えてくれなかったの？」

「怖かったの。それを言ってしまえば、あなたはわたしを受け入れてくれないと思った」

「兄は知っているの？」

「ええ……お兄様もあなたには話さないほうがいいだろうというお考えだった」ヴァネッサは胸が痛み、暗い表情になった。「けっしてあなたを騙そうとして黙っていたわけではないの。ローズウッドから出ていけと言われてもしかたがないと思っているわ」

オリヴィアはそれにはこたえなかった。「あなたはどうしてここへ来たの？」

ヴァネッサは目をそらした。オリヴィアに汚い真実を教えるのは忍びない。ダミアンがヴァネッサの一家を破滅させようとしたことや、ふたりが密通していること、それに家族を経済的困窮から守りたければ愛人になれと言われたことを話すわけにはいかない。そのような事実と向きあうには、オリヴィアはあまりに若くて純情すぎる。

「あなたの力になりたかったからよ」結局、ヴァネッサはそう答えた。少なくとも嘘ではない。「弟のしたことを知って愕然としたわ。せめてわたしが償いたいと思ったの」

「ということは……なにがあったのか、あなたは最初から知っていたのね」

「ええ。ずいぶん前にオーブリーから聞いていたわ」ヴァネッサは身を乗りだした。「どうしてもわたしのことが許せなければ、それでもいいのよ。当然だもの」

今度はオリヴィアが目をそらす番だった。「わからない」彼女はぼんやりと窓の外へ目をやった。「しばらく考えさせて」

オリヴィアは自室にこもって午後の残りを過ごした。一方、ヴァネッサはおそらく許してはもらえないだろうと思い、荷物をまとめようかと思案していた。もうすぐディナーの時間になろうというころオリヴィアに呼ばれ、ヴァネッサは不安を抱えながら彼女の部屋へ向かった。

オリヴィアは椅子に座り、少し寂しそうな顔で窓の外を見ていた。

「あなたが本当のことを隠していた気持ちは理解できるの」彼女はヴァネッサを見あげた。「ラザフォード卿のお姉様だと知ったら、わたしは口をきかなかったでしょうし、お友達にもならなかったわ」

「今でもお友達よ」それは心からの言葉だった。

「わかっている。だからあなたにはここにいてほしいの」

ヴァネッサの胸にどっと安堵が押し寄せてきた。だがヴァネッサが口を開く前に、オリヴィアが続けた。

「あの言葉は本当だと思う?」

「なんのこと?」

「彼がわたしに恋をしていると言ったことよ。信じてもいいのかしら?」

ヴァネッサは言葉に詰まり、返事をためらった。オーブリーが愛を告白したことには驚いたし、ショックを受けもした。あれは本心からの言葉だとは思うものの、オーブリーが本気で恋をしていると信じるのは難しい。あの軽薄で無鉄砲な弟は、罪悪感からそう言っているだけのような気がする。本当のところはわからないが……。

「さあ、どうかしら」ヴァネッサは正直に答えた。「オーブリーが深く後悔しているのは間違いないわ。だけど本当に恋をしているのかどうかはわからない。わざわざそんな嘘をつくほど残酷な人間ではないと思うけれど、それを言うなら半年前だって、まさかそんな卑劣な賭をするとは思っていなかったもの」

オリヴィアがつらそうに口もとをゆがめた。「なにが最悪だか知っている？　わたしは彼の言葉を信じたがっているのよ。本当にどうしようもないわ」

ヴァネッサはどうこたえていいかわからなかった。だが話はそこで終わり、オリヴィアが顎をあげた。その姿は恋人に裏切られた世間知らずの娘というよりは、一瞬だが、自尊心が強かったという父親を思わせるものがあった。

「またわたしを騙せると思っているなら……」険しい口調で言う。「大きな間違いだわ」

ディナーの席でのオリヴィアがあまりに静かだったため、ダミアンは具合が悪いのかと尋ねた。

オリヴィアはちらりとヴァネッサを見た。「疲れているの。お買い物に行ったとき、はしやぎすぎたんだと思うわ」

「旅行を延期しようか？」ダミアンはまじめな声で訊いた。「ぼくはどうしても明日に出発しなければならない理由があるわけじゃない」

オリヴィアが首を振る。「大丈夫よ、心配はいらないわ。ヴァネッサがいてくれるから」

その言葉を聞いて、ヴァネッサは心からうれしく思った。ありがたいことに、オリヴィアは弟の件を持ちださなかった。オーブリーが近くまで来ていると知ったら、ダミアンはなにをするかわからない。

あとはオーブリーに、今ごろは家に戻っているだけの分別があることを願うばかりだった。だが、弟は怖いもの知らずだ。

少なくともダミアンは、明日の午前中にはローズウッドを離れる。それがせめてもの救いだった。彼がいなくなれば、どれほど気が楽になるだろう。そばにいるだけで感じてしまう胸の痛みや、ダミアンの腕のなかで知った悦びを忘れ、彼に対する愚かな感情を葬り去ることができるかもしれない。

その夜はいつもより早く自室に戻ったものの、神経が高ぶってなかなか眠れなかった。今夜ダミアンがやってくるとは思えなかったが、それでもいつものようにすぐ手の届く場所に海綿を用意してある。われながら腹立たしいことに、ヴァネッサは葛藤していた。心の一方では彼が来ないことを願い、もう一方ではどうか来てくれますようにと祈っていた。

そのとき秘密の通路へ続く壁板がこすれる音がし、心臓が跳ねあがった。

ヴァネッサはベッドに横たわったまま背中を向けてじっとしていたが、ダミアンが近づいてくる気配が強く感じられた。ダミアンがベッドに座ったので、マットレスが沈んだ。彼はヴァネッサの髪に指を差し入れ、うなじに触れてきた。

「別れの挨拶に来た」彼女が寝たふりをしているのはわかっているらしい。

ヴァネッサはしかたなく向きを変え、ダミアンを見あげた。月明かりしかないが、彼の冷たい表情はぼんやりと見える。「今さらなにをしに来たのかと思っていたわ」

冷たい口調には気づいたのだろうが、ダミアンはそれにはこたえず、寝室に来なくなった理由を説明しようともしなかった。「寂しかったかい?」

人の心を逆なでする言葉に、ヴァネッサはむっとした。「うぬぼれないでもらえるかしら? わたしが寂しがるわけがないじゃない」

表情からはダミアンがなにを考えているのかは読めなかった。「ぼくが無視しているから、きみは傷ついているのではないかと思っていた」

「ちっとも」ヴァネッサは嘘をついた。「お務めがなくなって、ほっとしていたわ」

ダミアンは苦笑いした。「説明の義務がありそうだな。じつはぼくたちの関係が少し熱くなりすぎて……手に負えなくなっている気がしてね」

ヴァネッサは信じるべきかどうか迷っているような表情になった。

ダミアンは彼女の唇にそっと指をはわせた。「きみを見ていると、自分を抑えられなくなる。一日に何度も抱きたいと思ってしまうんだ」

「よかったわね。もうすぐもっと喜んで相手をしてくれる人を抱けるじゃない。ヘルファイア・リーグの集まりなら、さぞお酒も女性もふんだんに用意されているでしょうから」

ダミアンはその非難めいた言葉と挑むような視線を黙って受けとめた。自分が苦しんでいることまで話すつもりはなかった。

クルーンのパーティに興味はないと言ったら、ヴァネッサは驚くだろうか。ただ彼女と距離を置くためにローズウッドを離れたいだけなのだ。

だがその前に、どうしてももう一度だけヴァネッサをこの腕に抱きたかった。自分がどれほど彼女を求めているのか思い知らされ、愕然とするほどだ。なんとか我慢しようとしたが、結局はここに来てしまった。

ダミアンはしばらく黙ってヴァネッサを見つめていた。「出ていってほしいかい?」

「イエスと答えたら?」

「気を変えさせるよう努力する」

その目の表情からダミアンが自分を欲していることを悟り、ヴァネッサは舞いあがった。けれどもしょせん彼女は金で買われた愛人だ。その惨めな事実がいつも彼との関係を邪魔する。

だがダミアンを求めながらも気分が沈んだ理由は、自分が愛人にすぎないことを思いだしたせいではなかった。彼には抗えないことがわかってしまったからだ。ダミアンに軽く触れられただけで、わたしの体はとろけそうになる。

今もそうだ。指でそっと触られているだけなのに、体を動かすことができない。ダミアンが手をヴァネッサの喉もとへとおろしていき、鎖骨をなで、ネグリジェのなかに差し入れて胸のふくらみをなぞった。ヴァネッサは体を震わせた。

「どうしたら機嫌を直してもらえるだろうか?」ダミアンがささやき、肌に手を滑らせる。

ヴァネッサの呼吸が速まった。抵抗しようと思っていたのに、どうしてもこの男性から逃れることができない。もはや逃れたいという気持ちすらなくなっていた。

ネグリジェのなかでダミアンの手の甲が乳首に触れた。ヴァネッサの肌はかっと熱くなり、体の奥深いところがうずきだした。

ひどい人だ。わたしがどう感じているのか、すべてわかっているんだわ。ダミアンは視線を絡めたまま、ゆっくりと上掛けを引きさげ、ヴァネッサの腰に手を置いた。いちばん熱くなっている部分のすぐそばだ。

そこが脈打ち始めた。彼はわたしの体の反応を利用して、屈服させようとしている。

「ぼくにここにいてほしいかい? それとも出ていってほしいかな?」

ヴァネッサは視線をそらすことができなかった。「ここにいてちょうだい」ほかの返事は思い浮かばない。

ダミアンの目は熱を帯び、表情に迷いはなかった。なんとしても自分を受け入れさせるつもりでいたのだろう。

彼がガウンを脱ぐのを見ていると、不本意ながらもやはりその体に魅了された。すでに欲望が高まっているのが見てとれる。息をのむほど美しい裸体だ。ダミアンが体を動かすと、筋肉が引きつるように動くのがわかった。

彼は真剣な表情でヴァネッサのほうへ身をかがめた。「きみが欲しい、ヴァネッサ。今すぐに」声に強い気持ちが表れている。「きみのなかに入っていると感じたいんだ」

ヴァネッサの髪に指を通しながら、ダミアンが顔を近づけてきた。彼の唇はなんて美しくて官能的なのだろう。

キスをされたヴァネッサは、声がもれそうになるのをこらえた。理性はどこかへ行ってしまい、心臓が激しく打っている。

「ぼくを拒絶しないでくれ……」ダミアンのささやき声が心にしみ渡り、体の奥深くにある欲望がかき乱された。ああ、この唇の感触が恋しかった……。

ネグリジェを腰までたくしあげられたときも、腿に下腹部が押しあてられるのを感じたときも、ヴァネッサは抵抗しなかった。唇は激しいキスにこたえ、体はダミアンが与えてくれる悦びを求めて震えている。

彼はじらしているのか、それ以上先へ進もうとしなかった。ヴァネッサはすっかり正気を奪われ、魔法にかけられたように肌がほてり、体に力が入らなくなっていた。ダミアンを求める気持ちを隠すことができず、彼の首に腕をまわすと、この渇きを早く癒してほしいとすすり泣くような声をもらした。

ダミアンはヴァネッサがキスにこたえているのを見てとり、彼女の体に覆いかぶさった。

そして自分の欲望を抑え、腕で体を支えた。

「いやだったら、そう言ってほしい」

ヴァネッサは返事ができなかった。わたしも彼を求めている。深く入ってきてほしい、ひとつになりたいと願っている……。

彼女はなにも言わなかった。ダミアンがヴァネッサの脚を広げ、強くそして深く身を沈めた。

ヴァネッサの唇から熱い息がこぼれた。ひとつになったあと、ダミアンはゆっくりと動きだした。ヴァネッサは欲望の糸に絡めとられ、体を弓なりにそらして悩ましげな声をあげた。ダミアンはその声を唇でふさぎ、むさぼるような熱いキスをした。ヴァネッサが脚を絡めてきて、彼のリズムに合わせて腰を揺らしている。ダミアンは激しく動いた。欲望を満たすこと以外なにも考えられない。やがてヴァネッサが体を硬直させてクライマックスを迎えた。ダミアンもそれに続き、彼女の体の奥深くでみずからを解き放った。衝撃的な快感が全身を貫き、体が痙攣する。ヴァネッサのうめき声と自分の荒い息がひとつになった。

ダミアンは息をはずませながらヴァネッサの髪に顔をうずめ、長いあいだじっとしていた。押し寄せてくる絶頂感の波が引くと、ようやく顔をあげて彼女の隣であおむけになった。肌にはまだ汗が光っている。

ヴァネッサを抱き寄せてベッドの天蓋を見あげながら、ダミアンは自制できなかった自分に向かって心のなかで毒づいた。くそっ、もう彼女には近づかないと決めていたのに。ヴァネッサ・ウィンダムは怖い存在だ。このままでは本当に彼女におぼれてしまう。それはわかっているものの、ヴァネッサへの欲望を抑えるのは息ができなくなるほど苦しい。

ダミアンはぼんやりと彼女のつややかな髪を指でもてあそんだ。たった今、望みを果たしたばかりだというのに、まだヴァネッサを求める気持ちが胃の腑に落ちたブランデーのように焼けついている。

いったい、どうしてしまったんだ。これまでさんざん浮き名を流してきたくせに、今になってひとりの女性を自分のものにしたいと望むようになるとは。こんなに強く誰かに惹かれたのは初めてだ。理由は自分でもよくわからない。

欲望の深さも空恐ろしいばかりだ。体だけの問題ではない。ぼくは全身全霊でヴァネッサを求め、胸をえぐられるほどの本能的な感情にさいなまれている。彼女がそばにいると、すべてをかなぐり捨ててでもその肌に触れ、唇を重ね、ひとつになりたいと願ってしまう。

ダミアンは目を閉じた。これまではひとりの女性にとらわれて苦悩する男を軽蔑し、そうはなりたくないと思ってきた。

だが今のぼくは、みずから誘惑した女性にがんじがらめにされている。

11

目覚めたとき、ダミアンはもうベッドにいなかった。ヴァネッサは前夜の熱いひとときを思いだし、やがて考えることに疲れ、そしてまた思いにふけった。それからの数日というもの、その夜の情熱的だったダミアンのことが頭から離れず、ヴァネッサは心をかき乱された。ダミアンがローズウッドからいなくなれば気が楽になると思っていたけれども、そうはならなかった。日曜日の午前中、ヴァネッサはオリヴィアを説得して一緒に教会へ行ったが、後ろ盾となるダミアンがいなかったため、地元の貴族たちから冷たい扱いを受けた。

どうやらレディ・フォックスムアを敵にまわしてしまったことだけは間違いないらしい。礼拝のあいだじゅう、彼女は祈禱書《きとう》で口もとを隠してひそひそ話を続け、ときおり見下すような視線を送ってきた。そのためか、礼拝のあとで挨拶をしてくれた人はごくわずかしかいなかった。大半はあからさまにヴァネッサを無視した。

それくらいは予想しておくべきだったのだ。世間から見れば彼女はただの雇われ人にすぎない。なのに、へりくだった態度も見せず、シンクレア家では家族同様に扱われ、その当主をたぶらかすこともできる立場にいるのだから。

結婚当初からスキャンダルには慣れているヴァネッサは、自分のためというよりはオリヴィアのために怒りを覚えた。オリヴィアは体を震わせながらも無視されることに毅然と耐え、悔しさを隠していたが、馬車に乗るや黙りこんだ。

ヴァネッサが声をかけると、オリヴィアは絶望的な口調で答えた。「だからうまくいきっこないと言ったのよ。わたしの人生はもうめちゃくちゃ。これで一生、傷物扱いされるんだわ」

オリヴィアが勘違いをしていることに気づいたヴァネッサは、そうではない、無視されたのは自分なのだと説明しようとした。だが怒りが先に立っているオリヴィアは、ヴァネッサの言葉に耳を貸そうとはしなかった。

「兄がいたら、誰もわたしにあんな傲慢な態度はとらないのに。でも、それにしたって本当は猫をかぶっているだけ。兄もけっして評判はよくないもの」ヴァネッサの困ったような顔を見て、オリヴィアが続けた。「わたしだってもう子供ではないし、なにもわからないわけじゃないわ。兄が放蕩者だと言われていることくらい知っている。父なんてもっとひどかったんだから」腹立たしげにつけ加える。「男の人は何度過ちを犯しても許されるのに、どうして女性はたった一度の出来事で一生を棒に振らなくてはいけないの？　そんなのは不公平だわ！」

ヴァネッサも同じことを思ってきたが、男性中心の社会でそれを言っても始まらない。女性はただ与えられた運命を精いっぱい生きるしかないのだ。けれども、オリヴィアの怒りはしばらくおさまりそうになかった。

その日の午後、ヴァネッサが湯治をすすめると、オリヴィアはいらだった声で答えた。「そんなことをしてなんになるの？　いろいろ試してみたけれど、脚はちっともよくならないわ。きっと一生歩けないのよ」

「そんなことはまだわからないでしょう？」ヴァネッサは穏やかになだめた。「背骨が治らないと決めつけるのはまだ早いわ。脚の感覚が戻ってくるまでには数ヶ月かかるかもしれないと、お医者様だっておっしゃっていたじゃないの」

「お医者様は治らない可能性もあると言っていたわ。そうしたらわたしは、もう一生結婚することも子供を産むこともできないのよ」

「子供のことはよくわからないけれど、結婚は充分にできるわよ」

「本気でそう思っているの？」オリヴィアが反論した。「こんな悪い噂が立っているのに、まともな結婚なんかできるわけがないじゃない」

ヴァネッサは首を振った。「それは違うわ。あなたは莫大な財産を相続するんだから。噂があろうがなかろうが、財産と地位のある女性は結婚相手を選べるものなのよ。あなたさえ望めばいくらでも結婚はできるわ」

「脚の動かない女性を妻にしたい男性なんているもんですか。きっとラザフォード卿だっていやがるわ」オリヴィアは泣きそうな顔になったものの、やがて唇を引き結んだ。「わたしがこんなにつらい思いをしているんだから、あの人だって少しは苦しめばいいのよ。自分だけこの状況からさっさと逃げだすなんてひどいわ。兄は彼を殺してやると言ったけれど、わたしがとめたの。まだ生きていられて運がよかったわね」

そのとおりだとヴァネッサは思い、ダミアンがまだ復讐をあきらめていないことは黙っていた。たしかに殺しはしなかったが、ダミアンは賭でオーブリーを経済的に破綻させ、家族を路頭に迷わせようとした。

「愚かな振る舞いのせいで、わたしは世間からのけ者にされている」オリヴィアの怒りはまだ続いていた。「この惨めさをあの人も味わうべきだわ。少なくともわたしの脚が動かないあいだぐらいは、わたしのそばにいるのが当然じゃない?」ようやく心が決まったというように、彼女は怖い顔をしてうなずいた。「彼はまだこの近くにいるの?」

「さあ、本当に知らないのよ」ヴァネッサは驚いたものの、慎重に答えた。「あなたと話をするまではここにとどまるつもりだと言っていたけれど、もう会えたんだから今ごろは家に帰っているかもしれないわ」

オリヴィアは引きさがらなかった。「まだこのあたりにいるかもしれないから、捜しだして伝言を伝えてほしいの。ローズウッドへ来てほしいと」

「オリヴィア……」ヴァネッサは真剣に反対した。「そんなことをお兄様がお許しになるわけがないわ」

「兄には隠しておけばいいことよ。変装して来ればわからないわ。それにあなたがお目付役《シャペロン》として一緒にいてくれれば、召使いたちも怪しんだりしないし」

「そうだとしても……本当にそれがいいことかしら？　復讐したからといって心が慰められるわけじゃないわ。オーブリーに会うようになれば、またあなたが傷つくことになるのよ」

「そうかもしれない。でもあの人の言ったことが本当だとすれば、彼のほうがもっとつらい思いをするはずよ。もし本当に後悔しているのなら、罪の意識に苦しむはずだわ。車椅子に座ったわたしを見るたびに、自分のしたことを思い知らされるわけだもの」

「オリヴィア……」

「ヴァネッサ、お願いだから反対しないで。あなたが協力してくれなければ、わたしが自分で村まで行って捜すしかない。そんなことをすれば、もっと大変なことになってしまうわ」


カーテンがあがると、男たちが舞台に向かって拍手喝采《かっさい》した。ダミアンはほかの客たちにまじって椅子でくつろぎながら、退屈していることを隠そうと袖のひだ飾りをいじった。

それはクルーンが男ばかりの客人を楽しませようと用意した余興だった。舞台には巨大なベッドがあり、その上で三人の官能的な女性たちが手足をくねらせながら、一糸まとわぬ姿でなまめかしく踊っている。周囲では、透けた衣装を着た六人の美女たちがポーズをとっていた。唇と乳首と秘所には男の視線を誘うように紅が塗られている。だがどういうわけか、ダミアンは興味がわかなかった。

たとえいっときにしろ、かつてはこういう余興がいい憂さ晴らしになったものだ。何年もクルーンの屋敷で行われるパーティを楽しんできたし、みずから率先してばか騒ぎをしたことも少なくない。しかしここへ来たのは、ただヴァネッサ・ウィンダムから逃れるためだ。ひとりの女性を忘れるためのいちばんいい方法は、別のぽってりした唇や、自分を歓迎してくれる腿におぼれることだと言われている。

ダミアンは顔をしかめ、昨夜ヴァネッサと過ごした時間のことを頭から追い払おうと努めた。けれども、男を天国へといざなってくれるあの悩ましい目が忘れられない。

いったいどうしてしまったんだ。

これまでは人生に飽きてくると、新たな楽しみや興奮を求め、自分の高い鑑賞眼に堪え得る新しい愛人を探した。華やかな舞踏会や寝室で性的満足を追い求めたのは、ひとえに倦怠《けんたい》感を紛らすためだった。

相手を口説くのに苦労したことは一度もない。たいていの女性は、貴族だろうが平民だろうが、既婚者だろうが処女だろうが、手を伸ばしさえすれば欲しいままにできた。彼にとって男女の営みとは純粋に肉体の問題であり、そこに感情を介入させたことはなかったのだ。ヴァネッサと出会うまでは。

彼女のやわらかい肌に体を押しあてて情熱をほとばしらせたときの感覚がよみがえり、ダミアンは体をかたくした。ゆうべは特別だった。あんなふうにわれを忘れた経験はいまだかつてない……。

だめだ、ヴァネッサとは長くかかわりすぎた。だが、どうやって終わらせればいい？

下品な笑い声がどっとわき起こった。ダミアンは現実に引き戻され、目の前のみだらな余興に目を向けた。そしてまたいつもの深い倦怠感に襲われ、くだらないと思いつつ唇をゆがめた。

たしかにヴァネッサの言うように、ぼくは放蕩者なのだろう。これまではみずから好んで享楽にふけってきた。裕福で暇な貴族にとっては珍しくもない余暇の過ごし方だ。自堕落だと言われてもしかたがない。けれども最近は、そうしたことにどんどん興味が薄れてきている。

退屈が顔に出ていたのか、パーティの主催者であるクルーン卿ことジェレミー・ノースがやってきてダミアンの隣に座った。

「つまらなそうだな」

「いいや」ダミアンは嘘をついた。「腿にほくろのある赤毛の細身がいいと思っていたところだ」

クルーンが愉快そうに笑った。「さすがだな。あいかわらず目が高い。彼女はフランスから連れてきたんだ。革命で没落した貴族の娘でね。英語はほとんど話せないが、あっちのほうはすばらしいぞ」

ダミアンは作り笑いを浮かべた。「さんざん遊んできた男がそう言うなら、間違いはないな」

「そうさ。ところで、また別の美しい女を囲っているそうじゃないか」

「女？」

「未亡人らしいな。なんでも領地の屋敷に住まわせているんだって？　大胆なことをするもんだ。どうだ、たまには友人に貸してくれる気はないのかい？　それとも自分だけで楽しむつもりか？」

ヴァネッサがいつもの愛人たちと同じ種類の女性だと思われていることに戸惑い、ダミアンは深いため息をついた。同時に、ヴァネッサをほかの男に抱かせると思うと嫉妬を覚え、そのことにも困惑した。嫉妬なんて感情はかつて抱いたことがない。少なくともヴァネッサ以外の女性には。

「それはおまえの思い違いだ、ジェレミー」ダミアンはさりげないふうを装った。「妹の話し相手に女性をひとり雇ったのさ。それだけのことだ」

クルーンは疑わしそうな顔をしたものの、それ以上は追及してこなかった。代わりに舞台のほうを向いて手招きし、赤毛の踊り子を呼んだ。

ダミアンは踊り子が舞台の階段をおりてやってくるのを見つめた。大きな目がとろんとしている。何人もの男に気持ちよく奉仕できるよう、阿片《あへん》を与えられているのだろう。

思っていたより踊り子が若いことに気づき、ダミアンは顔をしかめた。「子供を連れてくるとは、おまえの趣味も落ちたものだな」彼は片方の眉をつりあげてみせた。

クルーンが肩をすくめた。「一八歳だ。本人はそう言っている。それに、おまえが言うほどひどいことはしていないぞ。丸一年は遊んで暮らせるだけの金をやるんだからな。だいたい、おれが連れてこなくても、いずれはこういうことになっていたさ」

一八歳といえばオリヴィアと同じ年齢だ。少女がうっとりした顔でほほえみながら膝にのってくるのを見て、ダミアンは気が重くなった。

少女が薄い衣装の前を開き、つんと立った乳首をダミアンの口もとへ近づけた。それを見たクルーンが礼儀正しく立ちあがった。「まあ、せいぜい楽しんでくれ」

少女は乳首をダミアンの唇のあたりにはわせている。彼女の体から甘いワインの香りがしたが、ダミアンはその気になるどころか、どういうわけか嫌悪感を覚えた。

しかしそれを表情に出すことも、クルーンの趣味の悪さを責めることもせず、一瞬の判断でどうするかを決めると、少女を抱きかかえたまま立ちあがり、二階の寝室へ向かった。ベッドへおろす前から少女はうとうとと眠りかけていたが、上掛けをかけてやると目を覚まし、困惑したような表情を浮かべた。

これほど美しい女性に手を出さなかったと知ったら、ヘルファイア・リーグの仲間はさぞ驚くことだろう。けれども、これでまたひとつ自分のなかに禁忌事項ができた。こんな若い娘につけこむようなまねはできない。あとでこの少女をロンドンへやり、ほかの職に就けるよう秘書に面倒を見させるとしよう。

「いいから寝なさい」そう言いながら、皮肉なものだとダミアンは思った。さんざん女性を泣かせてきたぼくが今、この少女の体を守ろうとしている。

ベッドに背中を向けながら、ダミアンはもうひとつの皮肉な事実に気づいた。そういえばオリヴィアが事故に遭う前は、彼女の将来を心配したことなど一度もなかった。

庭園は夏の午後らしく薔薇の香りに包まれていたが、今日は緊張感も漂っていた。ヴァネッサは強い不安を覚えながら、弟が小道をこちらへ歩いてくるのを見ていた。自分がとんでもない裏切り者になった気がする。オリヴィアのお目付役《シャペロン》をすることに同意はしたものの、それは大いなる過ちだったのかもしれない。

　オリヴィアにとっていちばんいいことをしたいと、ヴァネッサは心の底から思っていた。そう考えると、たとえ復讐という好ましいとは言えない形ではあっても、それでオリヴィアが生きる目的を見つけ、絶望的な状況に負けずに闘う気になれるならいいのではないかという気もする。

　どうかこれが間違いではありませんようにと祈りながら、ヴァネッサは息を詰め、オーブリーがオリヴィアの前で立ちどまるのを見ていた。オリヴィアは大理石を思わせるような冷ややかな態度で車椅子に座っている。感情のこもっていない目をしているが、それはただ無表情を装っているだけだとヴァネッサは知っていた。

　かつて恋人同士だったふたりは、そのまま互いをじっと見つめていた。やがてオーブリーが膝を突き、オリヴィアの名前を呼んだ。

　弟のつらそうな表情から顔をそむけながら、ヴァネッサは薔薇の香りが漂う庭園で自分だけがよけいな者のような気がしていた。

それから数日のあいだに、オーブリーは何度かシンクレア邸へやってきた。有名な薔薇を研究しに来た学者となんら変わりない格好をし、庭園の風景に溶けこんでいる。だが復讐を誓ったオリヴィアの態度が和らぐことはなく、話しかけるのはいつもオーブリーのほうだった。ふたりの様子はまるで、氷の王女とその恩寵《おんちょう》を乞い願う従順なしもべだ。けれどもオーブリーはみずから苦行を求めるように、オリヴィアの冷淡さを当然の罰として受けとめているふしがあった。弟らしくもない謙虚さに、オリヴィアは少なからず驚かされていた。

二度めに会うとき、オーブリーは一冊の詩集を持ってきて朗読した。ぼんやりと遠くを眺めているところを見ると、オリヴィアも聞いてはいたのだろう。

ふたりが密会を重ねていることや、自分がそれをとり持っていることを考えると、ヴァネッサは不安でしかたがなかった。ダミアンに知られたらと思うとぞっとする。ダミアンは激怒し、オーブリーを呼びつけるかもしれない。そして一緒になって騙していたヴァネッサを軽蔑するだろう。

いっそのことダミアンに打ち明けてしまおうかと何度も思った。しかし、それではオリヴィアの信頼を裏切ることになる。それに、許しを得ようとしているオーブリーの努力を踏みにじる結果にもつながる。その週のなかばに、ダミアンがローズウッドに戻ってきた。結局、彼の姿を見た瞬間に、ヴァネッサのわずかに残されていた分別はどこかへ飛んでいってしまった。

それはヴァネッサが音楽室でピアノの難曲を練習しているときだった。ふいに誰かが入ってきたことに気づき、顔をあげるとダミアンと目が合った。切ない思いがこみあげ、ヴァネッサは必死に平静をとり繕った。

「オリヴィアが弾いているのかと思った」ダミアンは落ち着いていた。一週間近くも家を空けていたというのに、ヴァネッサのことを恋しがっている様子はまったく見られない。

「自分の部屋で本を読んでいるのだと思うわ」ヴァネッサも同じように落ち着いた態度を装った。

「オリヴィアに変わったことはなかったか？」

ヴァネッサは口ごもった。だが今、密会のことを話すのはやめることにした。オリヴィアが自分で問題を解決するほうがいいのだと思いたかった。「元気よ」

「様子を見てこよう」ダミアンが引きかえそうとして立ちどまった。「家を出るのは、食事をすませたあと九時ごろでいいだろうか？」

「どこへ行くの？」

「フォックスムア邸の舞踏会さ。忘れたのかい？」

「覚えているわ。でも、行かないほうがいいような気がするの」教会で参列者たちから無視されたことを、ヴァネッサは手短に話した。

ダミアンが表情をこわばらせた。「じゃあ、なおさら行くべきだな。世間に屈するのはよくない。とりわけ、上品ぶった卑劣なやつらが相手ならなおさらだ」

ヴァネッサは鍵盤《けんばん》に視線を落とした。「富も権力もある男性が古い社会を非難するのはいいことだと思うけれど、なにも持たない女性が世間の冷たい目と闘うのは難しいわ」

「きみがそんな臆病者だとは知らなかったな」ヴァネッサが顔をあげると、ダミアンは軽蔑ともとれるような笑みを浮かべていた。「引きこもっているのはよくないとオリヴィアに言ったんだろう？　きみがしているのは同じことじゃないのか？」

「そうかもしれないわね」ヴァネッサは表情をこわばらせた。

ダミアンの言っていることは正しいのだろうと、ヴァネッサはひとりになったあとで考えた。これではオリヴィアと同じで、世間から身を隠そうとしているだけだ。そんな姿をオリヴィアに見せるわけにはいかない。ダミアンにエスコートされているところを大勢の人に見られるのは気が進まないが、ここで怖じ気づいてしまうのはもっと受け入れがたい。

それに、たまには社会とかかわるのもいいかもしれない。昔は舞踏会を楽しいと思えたこともあった。今夜、もし友人でもできれば、ローズウッドでの孤独な暮らしも少しは変わるだろう。その点でもダミアンの言っていたことは正しい。たしかに彼が退屈でしかたがなかった気持ちは理解できる。

その夜、ヴァネッサはオリヴィアのメイドの助けを借りてドレスを着替え、いつもより念入りに支度をした。鏡に映る姿を見たときは、あまり自分に自信のないヴァネッサも気持ちが高揚した。

ディナーを待つために客間に入ると、ダミアンがひとりでいた。体のラインにぴったり合った黒い正装用の上着に白いサテン地のズボンをはいている姿は、惚《ほ》れ惚《ぼ》れするほど完璧だ。

つやのある黒髪に真っ白なクラヴァットが映えている。ベストのブロケード地には金糸が使われていて、それがヴァネッサのドレスの色とおそろいになっていた。

ダミアンはどう思っているのかわからないような表情を浮かべ、ブロンズ色に金色をあしらった華やかなドレスを上から下まで眺めた。

少なくとも、ちょうどそのとき客間に入ってきたオリヴィアからは、もっとましな称賛を受けた。

「まあ、ヴァネッサ、すてきだわ！　きっと金色が似合うと思っていたの。ねえ、お兄様、きれいだと思わない？」

「すばらしいよ」ダミアンが穏やかな声で言った。その優しい言葉にヴァネッサは胸が高鳴った。

だが、親しみのこもった言葉はそれだけだった。ディナーのあいだはオリヴィアがほとんどひとりでしゃべっていたため、ヴァネッサは会話に加わらずにすんだ。ダミアンはよそよそしく、ヴァネッサが魅了されてやまない優しげな表情は一度も見せてくれなかった。

ダミアンは妹には土産話をし、仕事はたいしたことがなかったと話した。ヘルファイア・リーグのことや、参加するつもりだと言っていたパーティについてはひと言も口にしなかった。当然だろう。ダミアンはクルーン卿の屋敷で性の饗宴を楽しんできたに違いないが、そんな話題はオリヴィアのような若い女性に話すにはふさわしくない。

ヴァネッサに手を貸して馬車に乗せたあとも、ダミアンはほとんど口をきかなかった。舞踏会へ向かう馬車のなかでは沈黙が続き、そのことでヴァネッサはかえってダミアンの存在を強く意識した。本当は恋しい気持ちを押し隠すのに精いっぱいだったが、表面上は彼に合わせ、よそよそしい礼儀正しさを保とうと心に決めた。

ダミアンなしでは生きていけなくなる前に、彼とは距離を置いたほうがいいのだ。ふたりの関係はあくまでも取り引きの結果として生じたものであり、ベッドのなかだけにとどめておくべきだということを忘れてはならない。

ふたりはフォックスムアの屋敷に到着した。玄関前の馬車の列でしばらく待たされ、サー・チャールズとレディ・フォックスムアとエミリーの出迎えを受ける列ではさらに長く待たされた。レディ・フォックスムアはヴァネッサへの敵意を隠し、ダミアンにはおべっかを使った。ダミアンは礼儀正しくそれを聞いていた。

舞踏会は大盛況だった。広間は人でにぎわい、美しい旋律が流れている。ヴァネッサは胃が重くなったけれども、日ごろから自分に言い聞かせている忠告を実践しようと決心した。噂好きな人々に負けないためには、顔をあげ、悪口は無視することだ。スキャンダルばかり起こしている夫と結婚しているあいだに、練習はたっぷり積んできた。

しかしどうやらダミアンは、ヴァネッサを狼たちのなかに置き去りにはしないと決めている様子だった。最初の半時間ほどはそばを離れず、次々とヴァネッサをほかの客に紹介していった。そして最初のダンスを一緒に踊る約束をした。

「わたしのためにそんなに気を遣ってくれなくてもいいのよ」ダミアンに手をとられつつ、

ヴァネッサは小さな声で言った。

彼女の目を見ながら、ダミアンがゆっくりとほほえんだ。「いちばん美しい女性と踊らせてもらえるのは光栄だよ」

ダミアンがヴァネッサをかまうのは、ほかの客に見せるためだとわかっていた。たとえ使用人にすぎなくても、ダミアンにエスコートされている女性となれば、ぞんざいに扱われはしないはずだ。

彼を見あげたヴァネッサの鼓動が速くなった。男らしい色気と生命力に満ちあふれた魅力には抗いがたいものがある。たとえ見せかけの優しさだとしても、うれしいと思う気持ちはとめられなかった。

ダミアンの作戦は功を奏した。女性客は総じて冷ややかな態度で距離を保っていたが、男性客は老いも若きも大勢がヴァネッサをとり囲み、面識を得てダンスを申しこんだ。今宵《こよい》は楽しもうと考えたヴァネッサは、誘われるままにダンスに応じた。

いつの間にかダミアンの姿が見えなくなっていた。ダンスの合間にラタフィアを一杯もらおうと休憩したとき、ヴァネッサはこっそりダミアンを目で捜した。部屋の反対側にいたダミアンを見つけた瞬間、しばし視線が絡みあい、ヴァネッサはどきりとした。だがダンスのパートナーに声をかけられたため、しかたなく顔に笑みを貼りつけ、そちらのほうへ向きなおった。

舞踏会の客全員が見知らぬ人間ばかりというわけでもなかった。ロンドンで顔見知りになり、会えば挨拶をする程度の知りあいの女性は何人かいたし、ひとり仲のよかった友人の顔も見つけた。レティス・ペリンとは同時期に社交界にデビューし、ちょうど同じころに結婚し、同じ年に未亡人となった。

舞踏会もなかばに差しかかったころ、そのレティスがあたたかい笑みを浮かべて歩いてくるのに気づき、ヴァネッサはうれしくなった。

「まあ、ヴァネッサ、本当にお久しぶり」頬を重ねながら、レティスが挨拶した。「どうしているのかと尋ねる必要もなさそうね。ずいぶんもてているようだもの。人垣ができていたから、近づくこともできなかったわ」

そのせりふは脇へ置き、ヴァネッサは友人をとくと眺めた。ダイヤモンドをいくつも身につけている。「あなたのほうはなかなか羽振りがよさそうね、レティス。それにしても、まさかウォリックシャーであなたに会えるとは思わなかったわ。この近くに住んでいるの?」

「遊びに来ているだけよ。ロバートの娘がこちらにいるものだから」

「ロバートって?」

「新しい夫よ。わたし、再婚したの。聞いていないかしら?」ヴァネッサがうなずいたのを見て、レティスはパンチボウルのそばであたたかいほほえみを浮かべている、恰幅《かっぷく》のいい年配の男性を指し示した。「今のわたしはただのミセス・ベヴェズ。ロバートは貿易で財をなしたものの、身分は平民なの。特別ハンサムで情熱的な男性というわけじゃないけれど、これほど気の合う人はほかにいないと思っているわ。今のわたしは自分でも驚くほど幸せなのよ、ヴァネッサ。ロバートは心根の優しい人だし、とてもよくしてくれるの。社交界ではいちばん下になってしまったけれどね」彼女は片手をあげ、ダイヤモンドの指輪やブレスレットをかざしてみせた。「パーシーが亡くなって、わたしは貧乏のどん底を経験したわ。あなたも同じ苦しみを味わったのよね。おかわいそうに。でも、また社交界に戻ってくることができたのね」

ヴァネッサは上品に片方の眉をつりあげてみせた。

「男性は誰もがあなたに夢中という感じね。特別に見えるのよ。なんといっても、あのならず者と呼ばれた方の興味を引くほどの女性だもの。どうやって知りあったの？」

「どうやってもなにもないわ。わたしはただ、シンクレア卿の妹さんの話し相手として雇われただけ」

レティスがいたずらっぽい目をした。「なるほどね。たとえそうだとしても、ここにいる女性の半分はあなたのことが妬《ねた》ましくてしかたがないみたい。だからあなたを無視するのよ。あれほどの男性とベッドをともにできるならなんでもするのにと思っているに違いないわ」

ヴァネッサは体を硬直させた。彼女とダミアンは男と女の関係にあると、レティスが当然のように思っていることに驚いたからだ。だが、なんとか無表情を装い、動揺を隠した。ヴァネッサが言葉に詰まっていると、レティスが部屋の反対側を見やった。そこでは何人もの女性がダミアンを囲み、せっせと媚を売っていた。

「あなたが彼の気を引こうとしたとしても、ちっとも変だとは思わないわ。罪作りなほどハンサムで、恐ろしいほど魅力があって、そのうえとてつもないお金持ちですもの。我慢しろというほうが無理な話よ。まあ、それにしても難しい相手を選んだものね。女性に関しては百戦錬磨の男性なのに」

ヴァネッサは無理やり苦笑いをしてみせた。「そうらしいわね」

「本気にならないほうが賢明よ。あれはもう去年になるのかしら。レディ・ヴァーリーも愚かなまねをしたものだわ。シンクレア卿に捨てられたのに、なおも追いすがるなんて」レティスが顔を寄せ、声を落とした。「忠告してあげるわ、ヴァネッサ。彼のことだから、いずれあなたにも飽きるでしょう。そのときは、一生、宝石やドレスを買ってくれそうな金持ちのパトロンを見つけなさい。できれば年配の男性がいいわね。そしてあなたの虜にして、結婚してくれと言わせるの。運がよければ一緒にいて楽しい連れあいができるし、愛せるようになるかもしれない。運が悪ければ……そうね、たぶん相手のほうが先にあの世へ行ってくれるでしょう」

「もう二度と結婚する気はないわ」ヴァネッサはきっぱりと言い、ダミアンに関しての忠告は無視した。

残念なことに、レティスはしばらくすると別の知人を捜してどこかへ行ってしまった。見知らぬ人ばかりのなかで、久しぶりに旧友と話ができたのは楽しかった。難しい状況にありながらも、友人が幸せをつかんだことはうれしく思っている。

しかし、気になることもあった。レティスでさえ、わたしとダミアンは体の関係があると思っているようだ。きっと、ほかの人たちもそう考えているに違いない。この地でわたしが冷遇されている理由は、使用人という身分のせいではなく、ダミアンの愛人だと思われているからだと考えたほうがずっとわかりやすい。使用人としてそれなりにまともな地位を得ることで愛人である事実を隠そうとしたものの、そううまくはいかなかったようだ。〝女泣かせのシン〟などと呼ばれる男性が相手では、そんな嘘は通じないということだろう。

もうひとつ、はっきりわかったことがある。これでもうわたしは、ふしだらな女というレッテルを貼られてしまった。

急に舞踏室のなかが暑く感じられ、人ごみから抜けだしたくなり、ヴァネッサは開け放たれたフレンチドアからテラスへ出た。夏の夜気がほてった肌に涼しく、大きな月があたりを明るく照らしている。だが、その美しい景色を見ても動揺はおさまらなかった。

ダミアンとの愛人関係が終わるころには、さぞ噂は広まっているだろうが、そうなることがわかっていたとしてもやはり同じ選択をしたはずだ。妹たちを守るためなら、世間からつまはじきにされるくらいなんでもない。

けれども家族の先々を思うと、また新たな難問ができてしまった。ヴァネッサは唇をかんだ。夏が終わればダミアンとは別れることになるけれど、そのときはレティスに言われたような関係を模索してみるべきかもしれない。

愛などわたしにはかなわぬ夢なのだろう。それにもう結婚するつもりはない。また夫の女性問題に翻弄《ほんろう》されるのはごめんだ。だけど、一緒にいてそれなりに楽しい相手ぐらいなら見つけられるかもしれない。

そう思ったとき、引きずるような足音が背後で聞こえた。振り向くと、男性がふらふらとこちらへ歩いてくるのが見えた。大地主の長男だと紹介されたように思うが、名前までは思いだせない。かなり酔っているらしい。男性はヴァネッサの隣まで来ると横目でにやりと笑いかけ、石造りの手すりにどさりともたれかかった。

「おやおや……」ろれつがまわっていない。「ひとりでいらっしゃるところに遭遇するとは光栄です」

「そろそろ舞踏室へ戻ろうと思っていたところですの」ヴァネッサはここで親しげな雰囲気を作ってはいけないと思った。

「まあ、そう言わずに……」男が引きとめるように彼女の腕に手をかけてきた。「シンクレア卿はいないようだから……ぼくが喜んでお相手を務めますよ。これでもまんざらじゃあないんだから……」

「遠慮いたします」ヴァネッサはきっぱりとはねつけた。

肩になれなれしく腕をかけられたときは、怖いと思うより怒りのほうが先に立った。だが深い襟ぐりに手を差し入れられ、胸を触られたときには動揺した。

ヴァネッサが身をよじっても、男は抱きついたまま離れようとしない。それどころか、小さくののしりの言葉を吐くと、彼女の腕をつかんでいる手にさらに力をこめた。ヴァネッサは痛みに悲鳴をあげた。

ふいにダミアンが現れ、男をヴァネッサから引き離して胸ぐらをつかんだ。

「今すぐに謝ったほうがいいぞ、ヘンリー」ダミアンは冷ややかに命じ、男のクラヴァットをねじりあげた。

男は苦しそうな声をもらしながらうなずいた。ダミアンが手を離すとよろよろと後ろにさがり、手で喉を押さえて荒い息を吐くと、もごもごと謝罪の言葉を口にした。

「では、もう家に帰れ。違う、厩舎はあっちだ」ダミアンはテラスから庭へおりる石の階段を指さした。

ヘンリーがふらつきながら立ち去ると、ダミアンはヴァネッサを振り向いた。ヴァネッサは酔っ払いにつかまれて痛む腕をさすっていた。

「大丈夫かい?」

ヴァネッサはまだショックから立ちなおれないまま、ダミアンの顔を見据えた。亡き夫のせいでスキャンダルには何度も巻きこまれたが、これほど無礼な扱いを受けたのは初めてだ。ダミアンとかかわったばかりに、今後は同じような侮辱を繰りかえし受けるはめになるのだろう。

胸に怒りが燃えあがった。ダミアンの愛人になればこういったことが起こり得ると、彼にはわかっていたはずだ。いいえ、きっと最初からそれが目的だったに違いない。

「大丈夫かですって? もちろんよ! 暴漢に襲われるくらい慣れているからなんでもないわ。物笑いの種にされ、酔っ払いに声をかけられて、うれしくてしかたがないわよ」いくらか言いすぎていたとしても、自分でもそれに気づかないほどヴァネッサは憤っていた。

「きみが帰りたければそうするが？」ダミアンが静かに尋ねた。

「もちろん帰りたいわよ。でも、最後まで耐えることにするわ。今、帰ってしまえば負けたことになるし、わたしはそんな臆病者ではないから」

ヴァネッサは顎をあげ、騒ぎを見ていた客たちの詮索《せんさく》するような視線は無視し、フレンチドアから舞踏室へ戻った。

ひそひそと交わされる陰口には気づかないふりをしながら、ヴァネッサは残りの何時間かを過ごした。それでもダミアンが帰りの馬車を用意させたころには、多少は落ち着きをとり戻し、噂など気にもしていないという態度を装うことができた。

帰りの馬車のなか、ふたりはほとんど会話を交わさなかった。

「無理やり連れだしたりして悪かった」ようやくダミアンが重い沈黙を破った。

「間違いだったわね」ヴァネッサは冷ややかに応じた。「やはり愛人だったと思われただけよ」

「きみをあんな目に遭わせてしまって申し訳なかったと思う」

「本当に？　喜んでいるのかと思っていたわ。これこそあなたが望んでいた復讐ではないの？　オリヴィアに対する償いとしてわたしを醜聞にさらすことが」

ダミアンは罪の意識を覚え、顔をこわばらせた。たしかに当初はヴァネッサの世間体など少しも気にしてはいなかった。けれども、今は違う。ぼくのせいでヴァネッサが今後ずっと侮辱を受け続けることになるのかと思うと胸が痛む。

自分が高潔な人間だと思いたければ、もうヴァネッサを解放してやるべきだろう。だが、まだその覚悟はできていなかった。

「体面を保つ方法が残っていないわけでもない」

「まあ、どんな方法だか教えてもらえないかしら？　夏が終わるまでに状況が変わるとは思えないし、秋になればわたしの立場はますます悪くなるばかりだわ。今はあなたに守られているけれど、ここを出たとたん、シンクレア卿の元愛人と呼ばれるようになるのよ」

「きみがぼくを捨てたことにすればいい。ぼくを振った女性ということになれば、ある意味、箔もつくだろう。今の関係が終わったら、ぼくはきみに飽きられたという噂を流しておく」

そんな噂を誰が信じるものですかと思ったが、ヴァネッサは言葉をのみこんだ。「ありがたいお言葉ですこと」ようやくそう言ったものの、意図した以上に口調は辛辣になった。

ダミアンは灰色の瞳でヴァネッサをじっと見つめた。「ローズウッドを出ていきたいなら、そうすればいい」

「そして母と妹たちに苦しみを味わわせるの？」ヴァネッサは苦々しげに言った。「それはどうもご親切に。だけど、わたしは最後まできっちり約束を守るわ」

12

「ヴァネッサ、早く舞踏会の話を聞きたくて待ちきれなかったの」翌朝、オリヴィアはメイドに車椅子を押してもらってヴァネッサの寝室に入ってきた。

まだ眠りから覚めていなかったヴァネッサは、ため息が出そうになるのを我慢して寝がえりを打った。メイドがカーテンを開けた。朝の光がまぶしい。

「朝食を持ってきたのよ」オリヴィアは引かなかった。別のメイドがトレイをテーブルに置いている。「食べながら話してもらえばいいと思って」

オリヴィアの好奇心を満足させるまでは許してもらえないと悟ったヴァネッサは、体を起こして枕にもたれかかった。焼きたてのスコーンのおいしそうなにおいが漂ってきたが、食欲はわかなかった。ヴァネッサはココアのカップを受けとり、スプーンで中身をかきまぜながら、舞踏会での出来事をどこまで話すべきかと思案した。

昨夜は遅くまで、厳しい現状についてあれこれ考えていた。ダミアンとかかわったことで、わたしは世間から白い目で見られる身となってしまった。もうとりかえしはつかないだろう。

「ヴァネッサ、聞いている?」

ヴァネッサは無理やりほほえんだ。オリヴィアはすでにメイドをさがらせ、話を聞こうとうずうずしながら待っている。「ごめんなさい。ゆうべのことを思いだしていたものだから。舞踏会はとても楽しかったわ」

オリヴィアが困惑したような表情を浮かべた。「わたしが聞いたことと話が違うわ。あなたの名誉を守ろうとして兄が喧嘩《けんか》をしたと、召使いたちが噂していたのに」

ヴァネッサは渋い顔をした。「たいしたことではないのよ。酔っ払いにキスをされそうになったところを、お兄様に助けてもらったの。見ていた人が何人もいるわ」彼女は顔をしかめてみせた。「きっと話に尾ひれがついたのね」

「その酔っ払いって誰なの？」

ヴァネッサは返事に困った。できればこれ以上、噂を広めるようなことはしたくない。だが、オリヴィアは詳しい話を聞くまで納得しないだろう。それに同じ被害に遭わないよう、彼女に注意を促しておくことも大切だ。「ヘンリーという人よ」

「ヘンリー・マーシュですって？　まあ、なんてひどい人」オリヴィアが憤然とした。「わたしも彼のことは好きじゃないの。ヴァネッサ、さぞ怖かったでしょう？」

「不愉快だったけれど、いい教訓になったのはたしかよ。これからは知らない男性とはふたりきりにならないよう気をつけないとと肝に銘じたもの。もう舞踏会へ出るのはやめようかと考えているところよ」

オリヴィアが難しい顔になった。「いやな予感はしていたの。ローズウッドのお客様だというだけで、口さがない人たちから格好の餌食《えじき》にされるんじゃないかと思って。みんな兄がいけないのよ。どんなに貞淑な女性であろうが、兄と一緒にいたら疑われるわ。わたしにはよくわかる。こんなとんでもない家に生まれたばかりに、わたしはいつも後ろ指を指されないよう聖人君子みたいに振る舞わなければならなかったんだもの。そんなのは不公平だわ」

恨みがましそうに言う。

　昨日の夜、ヴァネッサはいろいろ考え、感情に折りあいをつけた。今はただ、あきらめがあるのみだ。わたしをこんな立場に追いこんだダミアンを恨むべきなのだろうが、憎しみはわいてこなかった。それどころか正直なところ、体の関係に対する恐怖心をとり払ってくれたことに感謝しているぐらいだ。

「でも、名誉を回復するいい解決方法があるわ」オリヴィアが指を一本、唇にあて、考えこむしぐさをした。「兄に責任をとらせればいいのよ。兄ならシンクレア家の名においてあなたを守ることができる。つまり、結婚するわけ」

　そのたわいない考えに、ヴァネッサはほほえんだ。

「まじめに言っているんだから！　なんとかして兄に恋をさせるのよ。そうしたら兄はあなたに求婚するわ。ねえ、すてきだと思わない？　わたしたちは本当の姉妹になれるのよ」

内容は途方もないことだとしても、オリヴィアがなにかに夢中になっているのがヴァネッサにはうれしかった。

「もちろん、ひと筋縄ではいかないと思うけれど」オリヴィアが声に出しながら考えた。

「たしかに兄はあなたのことをとても気に入っているみたい。だけど昔から、女性を愛したりはしないと明言しているのよね。愛は多くの人を傷つけるわ。父と母がいい例よ。だからあんなに多くの女性に言い寄られながら、兄はいまだに誰とも結婚していないというわけ」

ヴァネッサはかぶりを振った。オリヴィアの提案には笑ってしまう。ダミアン・シンクレアは恋をするような男性ではない。まして相手が怨敵《おんてき》の姉となればなおさらだ。

ヴァネッサは明るい口調を保ちながらこたえた。「プレイボーイは恋に落ちたりはしないものでしょう？　それに、わたしはもう結婚なんてこりごりよ」

オリヴィアががっかりした顔になった。「そうね、たしかに突飛だったかもしれない。でも、あなたが本当のお姉さんになってくれたらどんなにいいだろうと思ってしまったの」

それからしばらく雑談をしていたが、やがてオリヴィアはそろそろヴァネッサが着替えられるようにと部屋を出ていった。ヴァネッサは急に深い憂鬱《ゆううつ》にとらわれ、睡眠不足と精神的緊張から来る疲れのために目を閉じた。名誉を回復するなんてどのみち無理だ。こうなったら考えるだけでも卑しい気はするものの、やはり金持ちのパトロンを見つけろというレティスの忠告を聞き入れるべきかもしれない。

ヴァネッサは目を開けた。世間体はもうあきらめた。けれどもどうせ悪名がつきまとうのなら、いっそのことそれを利用する手もある。

苦渋に満ちた表情で背筋を伸ばし、彼女は考えこんだ。ひとつだけたしかなことがある。それは結婚するぐらいなら愛人になるほうがましだということだ。少なくとも愛人は自立しているし、自由がある。妻になれば法的には夫の所有物と見なされ、奴隷ほどの権利も与えられない。

それに、落ちぶれた女性のすべてが娼館で惨めな生活を送るわけでもない。噂が本当なら、ロンドンには多くの男性をひざまずかせ、富をなした高級娼婦もいるという。

だけど今のわたしは、高級娼婦になれるだけの魅力を持ちあわせていない。男性を虜にするすべを知らないのだ。ベッドでのことは、ダミアンに出会う前に比べればかなり経験を積んだけれど……。

そうだ、ダミアンがいたわ。

ヴァネッサは唇を引き結んだ。財産がないからといって、妹たちには自分のような不幸な結婚はさせたくないとずっと思ってきた。だがダミアンとの関係を利用すれば、妹たちに不自由な思いをさせずにすむかもしれない。陰でならず者などと呼ばれている遊び人からいろいろ教えてもらえば、どんな気難しい男性の気でも引けるようになるだろう。

彼女は顔をあげた。いったんその世界に足を踏み入れてしまえば、もとの生活に戻るのは難しい。それに自分にまつわるスキャンダルに妹たちを巻きこまないためには、家族と縁を切るしかなくなる。それでも姉が高級娼婦だと知れれば、ふたりに良縁は望めないかもしれない。しかし、意に染まない結婚を強いられることだけはなくなるはずだ。

娼婦になるのは覚悟がいるし、もはや引きかえすことのできない道だ。だが家庭教師やレディの話し相手《コンパニオン》などの職業では、たとえ仕事が見つかったとしても家族を養えるほどの給料は期待できない。貞操や世間体を守っていたのでは、妹たちにまともな生活をさせることは無理だ。それに、わたしはすでにふしだらな女というレッテルを貼られてしまっている。

ヴァネッサは勇気を振り絞り、上掛けをどけてベッドからおりた。決心が鈍らないうちに、ダミアンを捜さなければ。そして、高級娼婦になるための教育を施してほしいと頼むのだ。

ダミアンは身を低くし、栗毛の馬をさらに激しく駆りたてた。わが身のふがいなさを思うと、腹が立ってしかたがない。世間に隠していたとはいえ、ヴァネッサを愛人にすれば世間的に難しい立場に追いこんでしまうことを読めなかった。社交界がこれほど狭量で残酷になれることさえ、わかっていなかったのだ。その結果、大地主のばか息子をヴァネッサに近づけてしまった。苦悩する彼女を目にして、ぼくは深い罪の意識を感じている。自分の感情を制御することさえできない。

激しく体を動かせばヴァネッサへの思いを忘れられるかもしれないと思い、ダミアンは野原を駆け抜け、草に覆われた斜面を飛ばし、生け垣や小川を大胆に飛び越えた。頭のなかで蹄《ひづめ》の音が渦巻いている。

だが馬がかわいそうになり、ダミアンは歩を緩めさせた。いらだちを動物にぶつけるのは間違っているし、どれほど体を動かしたところで怒りや欲望を静めることはできない。

ダミアンは汗をかいている馬をゆっくりと歩かせ、屋敷へ向かった。地平線では嵐雲が大きさを増してきている。今のぼくの心境になんてぴったりなのだろう。

一週間もローズウッドを離れていればヴァネッサのことは忘れられると考えていたのに、どうしても思いを断ちきることができず、彼女のことが頭から離れない。くそっ。

ヴァネッサのことはきっぱりあきらめるつもりで旅行から帰ってきたものの、ピアノの前に座っている彼女の美しい姿を見たとたん、胸が高鳴った。その場で抱きしめたい衝動を抑え、他人行儀に振る舞うのが精いっぱいだった。

ヴァネッサが金色のドレスに身を包み、女王のような気品をたたえて現れたときは、思わず理性を失いそうになった。男なら誰でも見惚れてしまうほどの美しさで、体が即座に反応してしまった。そのまま舞踏会には行かずに彼女を抱きかかえて寝室へ連れていき、ひと晩じゅう愛しあいたいと願うのを抑えるのは至難の業だった。

ディナーの席でも舞踏会でも、ヴァネッサは毅然としていた。ぼくの冷ややかな態度を見てのことだろう。彼女が未練がましいことを言わず、冷静に対応していることを喜ぶべきではないか。ふたりのあいだのあたたかい関係や、友情や、親しさは失われてしまったが、それもすべてぼくが望んだことなのだから。それなのに、あの思いやりに満ちた優しいほほえみが恋しくてしかたがないとは……。

そこへ、あの事件が起こった。ヴァネッサが酔っ払いに絡まれているのを見たときは、一瞬われを忘れてしまった。男に対して激しい怒りを覚え、それが深い自責の念に変わり、ショックを受けている彼女を抱きしめて慰めたいという思いに駆られた。その感情の深さには、われながら呆然とするほどだった。

ダミアンはののしりの言葉をつぶやいた。これでは、あのどうしようもない父とまったく同じ道を歩むはめになる。父のように女性におぼれて人生を狂わせたくないと、もう何年も前に誓ったはずなのに。ひとりの女性と深くかかわるようなことだけは、けっしてするまいと。

だが、クルーンの屋敷で開かれるパーティに出ても心は安まらなかったし、欲望を満足させることもできなかった。別の女性とともに過ごせば胸のうずきはおさまるかと思ったが、ヴァネッサを求める気持ちは消えなかった。問題は、ほかの女性などいらないと思っていることだ。これまでのように、ベッドでの楽しみにふけることができない。結局、むなしい思いだけが残ってしまった。

ダミアンは厳しい顔になった。ひとりの女性をこの世のすべてのように感じてしまうことが空恐ろしい。

ようやくわかった。結局のところ、ヴァネッサへの思いを押し殺そうとするのは無駄なあがきだ。自然に忘れられる日が来るのをただ待つしかない。

今まさに心を奪われている女性が馬を駆る姿が遠くに見えた気がして、ダミアンははっとした。どうか幻であってくれと願ったが、近づいてきたのはやはり本物のヴァネッサだった。

ダミアンは馬をとめ、にわかに鼓動が速くなったわが身を毒づいた。古びた乗馬服姿だというのに、ヴァネッサはなんて美しいのだろう。ダミアンは新たな胸のうずきを覚え、動揺をこらえて冷静さを装いながら、彼女が近づいてくるのを待った。

ヴァネッサが葦毛《あしげ》の馬をとめた。

「あなたが急いでいなければ、お願いしたいことがあって……」

「きみの頼みなら喜んで聞こう」

ヴァネッサは顔を赤らめ、ためらうように周囲を見まわすと、鞍から降りて馬に草を食ませた。そして奇妙なことにダミアンに背を向け、畑や生け垣や林が広がる遠くの景色に視線を向けた。どうやら目を合わせたくないらしい。

ダミアンはいぶかしく思い、ヴァネッサが話を切りだすのを待った。

「これからのことを考えてみたのよ……」彼女の声には迷いが感じられた。「認めるのはつらいけれど、あなたとかかわったことでわたしは……世間から愛人の烙印を押されてしまったわ。でも、逆にそれを利用することもできるんじゃないかと思うの」

「どういう意味だ？」ヴァネッサが口ごもったため、ダミアンは先を促した。

ヴァネッサは息を吸いこみ、肩越しにちらりとダミアンを見た。「男性を悦ばせる方法を教えてほしいの」

ダミアンは顔をしかめた。「どういうことかわからないが」

ヴァネッサはゆっくりとダミアンのほうへ顔を向け、決意をかためたようにかすかに顎をあげた。彼女の目は澄みきっていた。「高級娼婦が身につけるべきことを学びたいの……女性慣れしている男性でも虜にできるすべを知りたいのよ。そうすれば、過去の噂など気にしないような裕福なパトロンを見つけられるかもしれない」

　ダミアンは息がとまりそうになった。そんなことを本気で考えているのだろうか？　だが、声が落ち着いているところを見ると、真剣なのかもしれない。

「現実的にならなくてはいけないと思うようになったの。自立する手段を持たない女性は運命に翻弄されるしかない。世の中とはそういうものだし、それはどうしようもないことだけど、なんとかして生きていくしかない。わたしが高級娼婦になれば、妹たちの生活を支えることができるわ」ヴァネッサは心ここにあらずといった様子で馬の背をなでた。「約束の期間はまだふた月残っているから、そのあいだに先々の準備をしておきたいの。男性をその気にさせられるような女性になれば、ベッドのお相手としてそれほどいやでもない人を見つけられるかもしれないし、もしかすると好みの人を選べるかもしれない。だから、手助けをしてもらえないかしら。あなたほど経験を積んだ指南役はほかにいないもの」

　ダミアンは感覚が麻痺していた。娼婦が体を使ってお人よしの金持ちを騙すための技を、このぼくに教えろと言っているのか？

「お願い、わたしを官能的な女性に仕込んでちょうだい」

　ヴァネッサの妙に感情を抑えたほほえみを見ていると、ダミアンは胸がえぐられる気がした。内心の動揺を押し隠そうと無表情を装う。

　もしかすると、これはぼくに罪悪感を持たせたいがための作戦ではないのか？　計算高い女性は大勢いるが、ヴァネッサもそのひとりだったとすれば残念だ。だがヴァネッサの言葉を聞いていると、欲得ずくというより、あくまでも妹たちのためだという気がする。ぼくはオリヴィアのことをなんとしても守りたいと思っているが、ヴァネッサもそれと変わらない気持ちから言っているのかもしれない。

それにほかの女性なら、ひどい仕打ちをした償いに結婚しろと迫るところだろう。だがヴァネッサは、ほかの男を楽しませる方法を教えてくれと頼んでいるだけだ。ぼくが彼女の意思に反して押しつけた役割を上手にこなせるよう、指導してくれと言っているのだ。だが、そんなことがぼくにできるだろうか？

合理的に考えれば、ぼくはほっとするべきだ。今後、裕福なパトロンでも見つけてやれば、もうヴァネッサをおとしめたという罪の意識を感じなくてすむ。単なるビジネス上の関係だと割りきり、淡々と接すればいいだけのことだ。

理屈から言えば、今のぼくの悩みを解決するいい手段でもある。将来の心配をせずに、ヴァネッサへの思いを満足させることができるからだ。それに、これで自然に彼女のことを忘れられるかもしれない。ときが来れば、必ず別れの日がやってくるのだから。

しかしそれならなぜ、ぼくはこれほど無力感にさいなまれているのだろう。どうして一瞬、パニックにも似た感情に襲われたのだろう。心が麻痺したかのようなこの感覚は、いったいなんなのだ？

ダミアンは胸に渦巻く動揺と混乱を静めようとかぶりを振った。

「いいだろう」無意識のうちに、彼は返事をしていた。感情からかけ離れたところにいる自分が、勝手にしゃべっているような感覚だった。「きみが望むなら力になろう」

その日の午後、さっそくヴァネッサは指導を受けることになった。ダミアンが妙に冷めた声で、先送りする必要がどこにあると言ったからだ。

ダミアンが秘密の入口からヴァネッサの寝室に入ってきた。窓の外ではしとしとと雨が降っている。ヴァネッサは乗馬服を着たまま、身をかたくして寝椅子に座っていた。ダミアンが昼間、ここを訪れるのは初めてのことだ。部屋が薄暗いせいか、以前のような親しげな雰囲気はなく、どこかしら冷ややかな空気が漂っていた。

ヴァネッサはどうしていいかわからず、近づいてくるダミアンをただ見つめていた。彼にすべてをゆだねようと決心したときよりも、またそれを打ち明けたときよりも、さらに強い不安を感じている。ダミアンはまだ先ほどの乗馬用ズボンとブーツを身につけていたが、外套とベストは着ておらず、クラヴァットもとっていた。白いシャツがつやのある黒髪によく映えている。

ダミアンがほほえんだ。暗い雰囲気が消え去り、ヴァネッサの緊張もほどけた。

「それではだめだ」ダミアンがあたたかみの感じられる男らしい声でささやいた。この声を聞くと、いつも気持ちが高ぶってしまう。「きみには教えるべきことがたくさんありそうだな。まずは男を部屋に迎え入れるところから始めるとするか。それではまるで死刑執行を待っている囚人のような顔だ」

彼は優しい目を向け、ヴァネッサの手首の内側にキスをした。ヴァネッサは胸がときめいた。

「レッスンその一。恋人がきみのもとを訪れたときは、待ち焦がれていたという印象を相手に与えること。そのためには、それにふさわしい格好をする必要がある。女性としての魅力を存分に発揮できる、なにか寝室でしか身につけないものがいい。着替えを手伝おうか？」

「自分でできるわ」ヴァネッサはなんとか不安を声に出さないよう努めた。ダミアンが平然としているのなら、こちらも同じ態度で接するまでだわ。彼がほかの男性を恋人に想定しているからといって動揺する理由はないはずだ。ダミアンはわたしの求めに応じて、高級娼婦になるための指南をしているにすぎないのだから。

ヴァネッサがネグリジェをとりに衣装ダンスへ向かうと、ダミアンは寝椅子に座って彼女をじっと見ていた。

「いいかい、これからお楽しみが待っているという雰囲気を作ることも大切だ」ダミアンはなんでもないことのようにつけ加えた。「芝居の舞台のような演出をするんだ。暖炉には小さな火を入れ、蠟燭をともし、恋人の好きなコニャックを用意しておく……歓迎していることを見せるため、軽く体に触れるのもいい」

「それが昼間だったら？」クリーム色のサテンのネグリジェを手にとりながら、ヴァネッサは尋ねた。

ダミアンが軽くほほえむのを見て、ヴァネッサはまたもや胸がときめいてしまった。彼のさりげない魅力に、わたしはどうしても抵抗することができない。「昼間はもう少し工夫が必要だが、基本は同じだよ。要は、自分が求めているのは世界中でただひとりだと相手に思わせることだ。彼だからこそ、これほど心がかき乱され、胸が高鳴っているのだというメッセージを送ればいいのさ」

それはまさにあなたのことだわと思いながら、ヴァネッサは着替えるためについたての後ろへ入った。

「たとえばそんなところに隠れてしまわず、服を脱ぐ様子を見せるのもひとつの手だ。一枚ずつゆっくり脱いでいけば、ぼくはおのずときみの体をゆっくり眺めることになる。着替えというありふれた行為も、ぼくをその気にさせる目的があれば、男と女のゲームになるわけだ」

ヴァネッサはついたて越しにダミアンを見た。「あなたはこれをゲームだというの?」

ダミアンが優雅に肩をすくめる。「情事とはそういうものさ。金を持った客を意のままに操りたければ、いかにしてゲームに勝つか、その方法を学ぶことだ」

ヴァネッサは顔をしかめた。わたしはダミアンの言うように平然と体の関係を持つことができるだろうか?　彼女は乗馬服を脱いでネグリジェを身につけると、気をとりなおして顔をあげ、ダミアンのそばへ行った。

ダミアンが考えこむようにヴァネッサの姿をじっくりと眺めた。「高級娼婦として成功したければ、その堅苦しい雰囲気をなんとかしたほうがいいな」

彼は寝椅子から立ちあがってヴァネッサの手をとり、全身が映る大きな鏡の前へ連れていった。そして彼女の背後へまわり、頭のピンをはずして手を差し入れ、つややかな髪が肩へ垂れかかるようにした。それからネグリジェの留め具をはずし、前を開いて裸体を鏡に映した。

ダミアンは女性の裸など見慣れているといったふうに鏡を眺めた。「きみは魅力的な体をしている。みずみずしく、ほっそりしていながらも官能的だ。これを隠すのはもったいないな」

彼の視線が焼けつくくらい熱く感じられる。じらすようにゆっくりと腕を愛撫され、ヴァネッサは体を震わせた。

「だめだ、目を閉じるんじゃない。自分の姿を見るんだ」

ダミアンが彼女のシルクのような髪を軽く払いのけてうなじにそっとキスをし、ネグリジェを肩から床へ滑り落とした。

「きれいな体だ」彼の言葉も愛撫に劣らず刺激的だった。

ダミアンがネグリジェ越しにヴァネッサの背中に指をはわせ、彼女の体を包みこむように両腕を前にまわして腹部に触れてきた。腰から腿のラインに沿って両手を滑りおろし、今度は来た道を上へ戻っていったかと思うと豊かな胸を包みこむ。

胸の先が即座に反応し、ヴァネッサは熱い息をこぼした。

「きみは魔性の女だよ」ダミアンがささやき、舌でヴァネッサの耳に触れた。「あまりの妖艶さに、男は自分の名前すら忘れてしまう」

あたたかくたくましい体に背後からそっと抱きしめられ、ヴァネッサは吐息をもらした。

「鏡を見てごらん。ほら」

ヴァネッサはその言葉に従った。鏡に映る彼女の黒い瞳は、ダミアンの灰色の瞳と同じく熱を帯びていた。ダミアンの手がヴァネッサの胸を包んでその形をなぞり、かたくなった先端を親指で愛撫している。鏡に映る姿を見ているうちに、体の奥がうずいてきた。

ダミアンがうつむき、またうなじにキスをした。ヴァネッサは首を傾け、彼の唇の感覚に身を任せた。敏感になっている肌を軽くかまれ、体じゅうが熱くなる。

「きみの全身にキスをしたい」ダミアンがかすれた声でささやく。「すべてを唇で味わい、ぼくのものにしたいんだ」

唇が肌をはう感覚にヴァネッサは身を震わせ、ダミアンのあたたかい体にもたれかかった。胸の蕾をもてあそばれ、痛いまでの快感が体を貫く。

恍惚感に包まれながら、ヴァネッサは鏡に映った愛撫されている自分自身の姿を見た。ダミアンに出会うまでは、自分が官能的な女性になれると思ったことは一度もなかった。肌をほてらせ、体を震わせているこの女性はいったい誰なの？

彼の手がゆっくりと下に向かい、腹部を滑って腿の合わせめへと伸びてきた。ダミアンは鏡に映るヴァネッサの目を見つめたまま、あたたかく潤った部分を愛撫した。

ヴァネッサがすすり泣くような声をもらすと、彼はほほえんだ。「これはレッスンその二だ。みだらな反応は男を燃えあがらせる。だから、愛撫に感じているところを男に見せること」

ダミアンが指をさらに奥まで進め、体のなかに入れてきた。とろけるような悦びに、ヴァネッサの口から悩ましい声がもれた。

「それでいい……身を任せてしまうんだ……」

ヴァネッサは絶頂のときを求めて体を震わせた。呼吸が荒くなり、それに合わせて胸が上下する。

その瞬間、爆発的なクライマックスに襲われた。ダミアンに余すところなく悦びを引きだされ、ヴァネッサは体を痙攣させた。絶頂の余韻に体の震えがとまらない。

ヴァネッサがぐったりともたれかかると、ダミアンは彼女の肩をつかんですぐそばの壁へ連れていった。そして壁に手を突かせて前かがみにさせ、自分のズボンの前を開いた。

ヴァネッサはかたいものが肌に触れたのを感じ、びくりとした。だがダミアンの意図を理解したとたん、自分でも驚いたことに興奮がわき起こってきた。そういうふうに奪われてみたい。

彼女は体をこわばらせた。耳もとでダミアンのかすれたささやき声が聞こえる。「リラックスして」

ヴァネッサはどうしていいかわからず、壁に突いた手で体を支えた。

ダミアンは優しく彼女の脚を開かせ、熱く潤った部分をゆっくりと貫き始めた。

「力を抜くんだ」

張りつめたものがヴァネッサの体の奥まで入ってきた。彼が動きだしたのを感じ、ヴァネッサはあえぎ声をもらした。

ダミアンはヴァネッサが体を引かないよう腰を押さえていたが、彼女に逃げる気はなかった。ゆっくりとしたリズミカルな動きが、だんだん甘い責め苦に変わっていく。

鼓動が速まり、もっと体の奥深い部分で彼を感じたいという思いがこみあげ、ヴァネッサはダミアンに合わせてみずからも動き始めた。どんどん呼吸が荒くなっていく。ダミアンが力強く突き入れるたびに、ヴァネッサの胸は波打った。

彼女はわれを忘れるほど燃えあがった。突然、衝撃が走り、激しい快感の波に襲われ、体が痙攣した。同時にダミアンもクライマックスに達した。ヴァネッサの悲鳴にも似た声にダミアンのうめき声が重なる。満たされた悦びに彼の体が震えているのがヴァネッサにはわかった。

やがて怒濤《どとう》のごとき絶頂感は過ぎ去っていった。頭がくらくらして体が重い。ダミアンが彼女から身を離した。彼のぬくもりが感じられなくなったことを寂しく思いながら、ヴァネッサはぐったりと壁に手を突いていた。

「すばらしい健闘ぶりだな」ダミアンがズボンの前を閉じながら、冷めた声で言った。「練習を積めば、かなりの上達が見こめるだろう」

その冷淡な言葉に、つらい現実がよみがえってきた。

胸がずきんと痛み、ヴァネッサは絶望的な気分に陥った。ダミアンは頼まれたとおり、男性の欲望を満たすすべを教えているにすぎないらしい。そこに親密な感情はないとはっきり態度で示している。彼はレッスンのために、そして早く義務を終わらせるために、男女の営みに応じているだけなのだ。

ヴァネッサは寒さを感じた。

体はこれまでにないほど満たされている。

だが、心は凍りついていた。

13

レッスンは精神的につらいものとなったが、みずから決めたことだとヴァネッサは自分を納得させた。ダミアンはふたりの関係にいっさいの感情を持ちこまなかった。ただ、ヴァネッサが裕福なパトロンを見つけられるよう指導しているだけだ。ヴァネッサはひたすら耐えた。ささいなことにもかきたてられてしまう彼への思いをなだめるには、それしか方法がなかった。

ダミアンはすばらしい指導者だった。ローズウッドに来て以来、ヴァネッサはめくるめく夜を何度も過ごしてきたが、今やそれを昼にも、ときには午前中にも経験することになった。オリヴィアがマッサージや湯治に専念しているあいだにもレッスンが行われたからだ。

ダミアンは理想的な愛人としてのあり方をヴァネッサに教育した。ブランデーのあたため方や差しだし方に始まり、秘所に香水を使うときの効果的なつけ方や、いかに鏡の前で優雅にしどけなく化粧をするかといったことまで手ほどきした。

そしてもちろん、恋人との戯れ方や誘い方、相手の五感を刺激する方法や、欲望を満足させる技まで、男女の営みのこまごまとした技術も教えこんだ。

「男女の営みは芸術作品のようなものだ。きみは芸術家なんだよ」ダミアンはレッスンにとりかかりながらまじめな顔で言った。

「以前はたしかゲームだと言っていなかった？」

ダミアンが笑った。「いいから黙って聞いてくれ。大切なことは……」

彼はどのようにして男性の欲望を高めるか、そしてよりすばらしい絶頂感へ導くかについて説明した。

「男女の営みでは体がさまざまなメッセージを発する。きみのしぐさや愛撫への反応しだいで、男は国王になった気分を味わうときもあれば、自分が最低の人間に感じられるときもあるんだ。恋人の体に触れる際は、きみもそれを楽しんでいるという印象を与えるといい。うっとりした表情をつくったり、甘い言葉をささやいてみたり……そしてきみが触れられるときは、そうしてもらうことを心から求めているように見せることだ」

ダミアンが女性の体を知り尽くしていることに、ヴァネッサはいつも驚かされた。じらすような手慣れた愛撫には声をもらさずにいられない。彼は女性の欲望に火をつける魔術師だ。

ヴァネッサは甘い夢と厳しい現実の狭間《はざま》を行ったり来たりしていた。ダミアンから熱い視線を向けられたり、ベッドで情熱的な一面を見せられたりすると、自分が本当に求められているのかもしれないと思ってしまう。だが、そんな夢に期待を寄せるのは愚かだと承知していた。

レッスンの大きな目標のひとつは、ヴァネッサが男性の体に慣れることだった。そのためダミアンはヴァネッサに、ゆっくりと官能的に彼の服を脱がせるよう要求した。それから寝椅子にくつろぎ、自分の体に触れさせた。

　ヴァネッサは最初、ダミアンの筋肉のかたさに驚いたが、その一方で魅了されもした。一糸まとわぬ姿で寝椅子の背にもたれかかっている様子は、異教徒の神のようにも見える。その堂々たる体と欲望の証に、ヴァネッサは思わず息をのんだ。

　ダミアンはけだるげながらも熱を帯びた目に笑みを浮かべ、長いまつげの下からヴァネッサを見た。そして視線を絡めたまま、手を自分の下腹部へと滑らせた。そのしぐさは大胆にして官能的だった。

「ぼくの体はきみの称賛に値するかい？」

「ええ」ヴァネッサは口のなかがからからに乾いていた。「では、そう思っているところを見せてくれ」

　ヴァネッサはぞくぞくしながらダミアンのそばに座った。

　ダミアンはなにもせず、ただじっと待っている。

　しなやかで気品に満ちた、彫刻のように完璧な肉体に惚れ惚れしながら、ヴァネッサはたくましい胸に指をはわせた。そのまま手を腿へと滑りおろし、最後に彼自身に触れた。

　その感触に、これまで何度もダミアンが与えてくれた悦びを思いだし、体の内側から熱い思いがこみあげる。ヴァネッサはみなぎる生命力を指先に感じながら、その形をなぞった。

　ダミアンの目に恍惚の表情が浮かび、息が荒くなった。「きみの愛撫にぼくの体はこんなにうずいている」

体がうずいているのはヴァネッサも同じだ。彼が欲しくてたまらない。

「もう待てないわ」彼女は媚と威厳の両方をこめた口調で言った。

「だったら、待つことはないさ」ダミアンが悩ましいほほえみを浮かべた。

まだ服を着たままのヴァネッサは、ドレスの裾を持ちあげてダミアンの上にのった。張りつめたものを体の奥深くに沈め、悦びの声をもらす。

ダミアンがじらすように少しだけ腰を浮かせた。

ヴァネッサは熱い吐息をこぼした。

「どれくらい欲しい?」また少し腰を高くし、ダミアンが挑発するように尋ねた。

「もっと……深く……」

彼はそれにこたえてくれた。一瞬にして焼けつくような耐えがたいまでの快感が体じゅうに広がり、ヴァネッサは無我夢中で動いた。

ヴァネッサがクライマックスを求める懇願の言葉を口にすると、ダミアンはようやく彼女の腰を手で支え、相手の激しいリズムに合わせて動き始めた。ヴァネッサは体を震わせながら、全身でその動きに応じた。

すぐさま絶頂が訪れた。ヴァネッサは低いうめき声をあげながらダミアンの上に倒れこみ、あたたかい肩に顔をうずめて叫び声を押し殺した。

めまいを感じつつもふと気づくと、ヴァネッサはダミアンの上にぐったりと覆いかぶさっていた。そして彼がまだのぼりつめていないことを悟った。

ダミアンの愉快そうな声が耳もとで聞こえた。「きみがそれほどぼくを求めてくれるのはうれしいが、次は自制するすべを教える必要がありそうだな」


レッスンを重ねるたび、ダミアンから自分を守るのは難しいとヴァネッサは感じるようになった。それどころか、われながら愕然とするほど、ますます彼の魔力にとりつかれている。ダミアンは人を中毒にさせる強い薬のようだ。初めて知った体の悦びと彼の愛撫に、彼女は逆らうことができなかった。

それよりも怖いのは、ダミアンによって引き起こされるさまざまな強い感情だ。とりわけ、この愛情にも似た思いが恐ろしい。体の欲求を満足させ、静かに体を寄せあっているときなど、これが割りきった関係であることをつい忘れてしまう。だが、あとになって傷つきたくなければ、彼に対してはどんな感情も抱いてはいけないのだ。

ダミアンがヴァネッサに仕込んだのは、なにもベッドでの技術ばかりではなかった。将来、遊び人をパトロンに持つなら、知っておくべきことはほかにもたくさんある。たとえばサロンでの集まりや舞踏会など、華やかな場での振る舞い方だ。どの程度の宝石やドレス、馬車や家をねだればいいのかといった知識もいる。とりわけ男性と話をするときは、相手に強い興味を覚えているふりをすることが重要だ。くだらない会話にもほほえみを絶やさず、相手が尊大な気どり屋であってもときにはしなだれかかり、勝ち気で知的な女性にとっては退屈としか思えない言葉にも耳を傾けなくてはいけない。つまりは生まれながらにして持っているさまざまな才能を生かすことだと、ダミアンはヴァネッサに教えた。

「美しさは強みになるが、それだけでは男はきみを欲しいとは思わない」

「容姿だけではだめだというなら、ほかになにがあるの？」

「気のきいたことが言える、洗練されている、愛想がいい、生き生きしている、さりげない色気がある……そういった魅力が組みあわさったとき、男は女性に惹かれるんだ。ときには外見よりも、態度や物腰に惚れることもある。平凡な顔立ちの女性であろうが、そういった魅力を持っていれば男を虜にできるのさ」

ヴァネッサは興味深い思いでダミアンの顔をのぞきこんだ。「あなたは誰かの虜になったことがあるの？」

ダミアンが皮肉めいた笑みを浮かべた。「二、三人は。短いあいだだったけれどね。誰とも長くは続けないようにしているんだ」

ヴァネッサは黙りこんだ。ダミアンが寝室へ来なくなったわけを思いだしたからだ。〝ぼくたちの関係が少し熱くなりすぎて……手に負えなくなっている気がしてね〟

それが口説くのをやめた理由だとヴァネッサは理解していた。ダミアンは親しくなりすぎたことを警戒し、感情を閉ざしてしまったのだろう。そして今も彼女と距離を置き、けっして感情を介入させまいとしている。

ダミアンを失ったことを思うと、ヴァネッサは寂しさに胸がしめつけられた。だが今は、悲しみに浸っている場合ではない。

こうして騙されやすい男性を陥れるための手練手管を習っていると、こんなことがはたして自分にできるのだろうかと不安になってくる。

本音を言えば、ほかの男性に身を任せたくはない。パトロンとして思い描けるのはダミアンだけだ。

だが、高級娼婦になるのは合理的な選択でもある。〝女泣かせのシン〟の愛人だったとわかれば、よいパトロンを見つけるのは難しくないだろうし、そうなれば妹たちを経済的困窮から守ってやることもできる。

努めて考えないようにはしているが、自分の決めた道に対して絶望感を抱くこともないわけではない。高級とはいっても娼婦には違いないからだ。高額を稼げる優雅な女ではあるものの体を売るという点では同じで、そこに嫌悪感と感傷を覚えた。

ベッドで生活費を稼ぐのは、なにもわたしが初めてではない。世の中にはみずからの機転と美貌だけを頼みに生き抜いている女性がいくらでもいる。それに、愛人になるほうが誰かの妻になるよりはずっとましだ。結婚すれば、女性は男性に支配されることになる。財産も子供も、それどころか自分の体ですら自由にする権利を奪われるのだから。

また、高級娼婦のほうが世間のしきたりからはるかに解放されている。社交界から狭量な指図を受けたり、偽善的な判断を下されたりすることがないからだ。

だから、わたしはダミアンの指導を受けるのよ。

レッスンのもうひとつの目標は、ヴァネッサが自分の体に慣れることだった。

「きみは物覚えのよい生徒だが、学ぶべきことはいくらでもある。きみはまだ自分の情熱の深さを理解していない」

それを知るため、ヴァネッサは香油を使ったマッサージを試してみることになった。ダミアンは寝椅子を汚さないために何枚ものシーツをかけ、ヴァネッサにドレスを脱ぐよう指示した。自分は奉仕する側になるべきではないかとヴァネッサが言うと、ダミアンは首を振った。

「いや、きみが試してみるべきだ。手で刺激される快感がどんなものかを経験しておけば、恋人を上手に悦ばせることができる」

ダミアンはヴァネッサの背中にオイルを塗り始めた。首筋、背中、ヒップ、腿……ゆっくりとした一定のリズムでマッサージを続ける。手のぬくもりと緩慢な動きがひどく官能的だ。

それが終わると、今度はヴァネッサをあおむけにさせて胸にオイルを塗った。

マッサージが脚に移る前から、すでにヴァネッサは震えていた。ダミアンは広げたてのひらで足のほうからマッサージを始め、やがて腿へと移っていき、脚の合わせめまで来たところで手をとめた。

彼は焼けつくような視線でヴァネッサを見おろした。「もし不幸なことに、恋人が感じさせてくれないままきみのなかに押し入ろうとしたときは、この方法を使うといい」

ダミアンはオイルを塗った指をすでに潤っている秘所へ伸ばし、親指で敏感な部分を愛撫した。ヴァネッサは悦びに身を震わせ、体を弓なりにそらすと至福の世界へいざなわれていった。

レッスンではオイルだけでなく薔薇も使った。

それは前回のレッスンから数日たった午後のことだった。ダミアンはヴァネッサにドレスを脱ぐよう指示し、コルセットと靴下どめとストッキングだけの姿にした。鏡を見たヴァネッサは、あまりにみだらな自分の姿に赤面した。乳首のとがった裸の胸がコルセットで強調され、下半身の秘めた部分がさらけだされている。

ダミアンはヴァネッサの姿を見ながら、なにやら考えこんでいた。「ロンドンへ行ったら、適切な衣装をそろえよう。そのコルセットではきみの美しい体が引きたたないし、目的を考えるとあまりに簡素すぎる」

ヴァネッサはいぶかしく思ってダミアンを見た。「わたしも行くの？」

ダミアンがふと、けだるそうな表情になった。「パトロンを見つけるのにロンドンほど適した街はない。もちろんオリヴィアのことがあるあいだは、公にしてほしくないけれどね。それにロンドンへ行くのは、高級娼婦としてやっていくのに必要なことを学ぶいい機会だ。裏社会の周辺で生きていくなら、どんな危険があるのかを知っておく必要がある」

「そして、それを知り尽くしているあなた以上によい指南役はいないというわけね」

「そのとおりだ。さあ、おいで」

ダミアンはふたつある安楽椅子のうちのひとつに座り、深紅の薔薇を一輪、手にしていた。

ヴァネッサはまだ頬を赤らめたまま、ダミアンの前に立った。

彼は熱い視線をヴァネッサの全身に注いだ。白いむきだしの胸……秘所を隠す茂み……ダミアンは魅力的な笑みを浮かべ、薔薇の花で彼女の胸の先を愛撫し始めた。ヴァネッサがとろけそうになっているのを見てとると、今度は薔薇の花を下腹部へ持っていった。

その繊細な感覚に、ヴァネッサは息をのんだ。

ダミアンは深紅の花びらをむしり、それをヴァネッサに手渡した。

「きみの番だ」

「わたしの番？」

「自分自身に触れてごらん」

ヴァネッサはさらに顔を赤らめたが、ダミアンはそれを無視した。

「もしかしたら恋人は、きみの体のことには気を遣ってくれないかもしれない。そのときのために、自分で自分を満足させる方法を覚えておくといい」

ヴァネッサはしぶしぶ彼の言葉に従い、やわらかな花びらを敏感になっているところへあてがった。あっという間に荒々しいまでの感覚が全身を駆けめぐる。

「こんなことをするのは……ふしだらだわ」彼女はダミアンを見おろした。

「いや、まだまだだ。これからもっとそう感じるようになるさ。いいから今はそのまま続けてくれ。ぼくに愛撫されているつもりになるんだ」

ダミアンと視線を絡めたまま、ヴァネッサは言われるままに禁断の世界へ足を踏み入れた。

潤った部分を花びらで愛撫するうちに、体の内側がどんどん熱くなっていく。

彼は謎めいた視線でその姿を見ていた。「どうだい?」

「いいわ……でも、あなたがしてくれるのとは少し違う……」

ダミアンがほほえんだ。「うれしいことを言ってくれるね。そろそろ次のレッスンに入ってもいいころかもしれない」

ヴァネッサの手をどけさせたダミアンは、露にぬれたところに唇を押しあてた。ヴァネッサは体を震わせた。

「薔薇の香りが好きだと、きみに言ったことがあったかな?」彼がかすれた声でささやく。

ダミアンは水銀のような輝きをたたえた目をヴァネッサに向け、彼女が身につけているものをすべて脱がせた。そしてベッドへ連れていってシーツの上に寝かせると、シルクのような豊かな髪を胸にかかるように広げ、腰の下に枕を入れて脚を開かせた。

ヴァネッサの目を見据えたまま、ダミアンも服を脱いだ。「ふしだらになるとどんな悦びが待っているのか教えてあげよう」

彼女は苦しいほどの期待感にめまいを感じながら、ダミアンを待った。

ダミアンはヴァネッサの脚のあいだに膝を突いた。熱い視線を注がれ、ヴァネッサの体は彼を受け入れようと熱くなった。だが、ダミアンは感じやすくなっている胸のほうへ体をかがめた。

かたくなっている先端を舌で愛撫され、ヴァネッサはすすり泣くような声をもらした。

「口を上手に使えば、相手を激しく燃えあがらせることができる」

ダミアンは左右の乳首を交互に口に含んだあと、それぞれの乳輪に舌をはわせた。そのたびにヴァネッサの体は反応した。唇と歯の刺激が加わると、下腹部にも快感が走った。彼女の唇から低いうめき声がもれた。胸の蕾は痛いほど敏感になっている。ダミアンは唇を下方へと滑らせ、曲線を描く体の線に沿って丹念に舌をはわせていく。ヴァネッサは苦痛にも近い快感に身をよじらせた。

その合間にもダミアンは、舌の愛撫に負けないほどの甘い言葉を低い声でささやいた。

「きみの美しい体の至るところにキスをしたい。ほてっている肌の隅々まで味わい、ぼくのものにしたいんだ。きみの悦ぶ声でぼくを燃えあがらせてくれ……」

みだらな想像がわき起こり、ヴァネッサは体の芯が強くうずくのを感じた。

「きみがわれを忘れる姿を見たい……そして、ぼくの名前を口にする声を聞きたい……」

あたたかい息を彼女の肌にかけながら、ダミアンの唇はやわらかい腹部をさまよっている。ゆっくりとじらすような愛撫を受け、ヴァネッサは狂おしいほどの欲望に身を震わせた。

それを察したのか、ダミアンが彼女の下腹部へ手を伸ばした。やわらかい秘めた部分へ指が分け入るのを感じてヴァネッサは熱い息をこぼし、腿の内側へキスをされると声をはずませた。わたしはこうされることを望んでいたのだ。こんなふうに彼のものになりたい。

唇はさらに下へ移動していった。「唇できみを愛したい……」

ダミアンはあたたかく潤った部分へ顔を近づけると、優しく口づけた。

ヴァネッサははっと息をのみ、逃げようと身をよじった。ダミアンが手を伸ばし、ヴェルヴェットの手枷《てかせ》をかけるごとくヴァネッサの両手首をつかむ。そして目に情熱をたたえ、またヴァネッサの下腹部にかがみこんだ。

敏感な部分に舌が触れたのを感じ、ヴァネッサはあえぎ声をもらした。唇を押しあてられ、さらに舌や歯の刺激を受け、生々しい快感の海へとほうりこまれる。

それは初めて知る、めくるめく恍惚感だった。めまいがするほど全身の血が熱くたぎっている。どこか遠くのほうから、きみが欲しい、と言っているダミアンの甘くかすれた声が聞こえてきた。優しく歯を立てられ、そしてじらされ、こらえきれなくなったヴァネッサはみずから懇願した。

「ダミアン……お願い……」ヴァネッサの体は波打っていた。

それでもまだダミアンは舌を使い、さらなる禁断の深い悦びへと彼女をいざなった。切ない苦しみに、ヴァネッサは我慢ができなくなった。下腹部は彼を求めて熱く潤い、体は痙攣している。ダミアンがその悦びをとぎらせることなく、すばやくヴァネッサに覆いかぶさって深く身を沈めた。

とたんにヴァネッサはまた新たな火花が散るのを感じ、背中をそらして彼を求めた。ダミアンが激しく動きながらうめき声をあげる。

火花の輝きがいっきに増し、ヴァネッサは振り絞るような声をあげた。彼のものになった至福感が炎となって燃えあがり、体が砕け散っていく……ダミアンも猛々しい欲求をもはや抑えられなくなったようだ。白い炎が波となって押し寄せ、ヴァネッサは高みにのぼりつめた。ダミアンもまた苦しげな声を発しながら、激しいクライマックスを迎えた。

ダミアンがくずおれ、ヴァネッサの震えがとまり、しばらくときが過ぎていった。ダミアンは、夢見るような表情でぐったりとしているヴァネッサを腕に抱きながら、途方もない満足感に包まれていた。汗で冷えていく彼女の肌を優しくなでていると、相性のよさに対する驚嘆がぼんやりとわき起こってくる。

だが、その満足感は長続きしなかった。体を動かすと、ヴァネッサが背中に爪を立てていたらしく、ちくりと痛みが走った。ヴァネッサが果てる寸前にあげた叫び声を思いだし、ダミアンは苦笑いをした。ヴァネッサを悦ばせて満足させ、天国へ連れていった。そして彼もまた、天国でわれを忘れてしまった。

ぼくは大きな過ちを犯した。ヴァネッサを何度も抱けば満足し、彼女を求める気持ちは消えていくだろうと思っていた。だが、それは間違っていた。それどころかヴァネッサへの渇望はどんどんふくらみ、これまでの人生で経験したことがないほど耐えがたいものとなってしまった。ヴァネッサを手放したくない、堂々と自分の女性にしたい、彼女の心を奪いたいという思いは、今や抑えがたいまでに強まっている。

ダミアンは心のなかで毒づいた。こうなったらすぐにでもヴァネッサをロンドンへ連れていこう。彼女にパトロンを見つけさえすれば、ぼくは楽になれるはずだ。

人生で鍛えあげてきた意志の力で、ダミアンは突きあげてくる動揺をねじ伏せた。今までに何人もの愛人とつきあい、後腐れなく関係を終わらせてきた。ヴァネッサに対して、それができないわけがない。

彼女がやがてほかの男のものとなったとき、自分がどう感じるかという問題はあえて考えないようにしよう。ぼくは祝福して送りだすまでだ。そうすれば別の男がヴァネッサの知性や精神に感服することになり、ぼくは魂の安寧をとり戻せる。

14

予定が決まった。ふたりは翌週の月曜日、ロンドンへ向けて出発することになった。ダミアンは自分が行くしかない用事ができたと説明し、一緒に来てドレスでも買わないかとヴァネッサを誘った。その話を聞いていたオリヴィアは、ヴァネッサは衣装が少なすぎる、新しいドレスを買うべきだと言って大賛成した。

ヴァネッサは、オリヴィアをひとりローズウッドに残していくことにためらいを感じた。だがオリヴィアは自分にはまだ長旅に耐えられるだけの体力がないし、安心できるわが家を離れる心の準備もできていないと言い張った。そしてヴァネッサにはこっそり、ひとりもたまには楽しいだろうし、兄がいなくても大丈夫だということを証明するチャンスだからと言った。

ヴァネッサは気が進まないながらも荷造りをした。どうせ夏が終わればオリヴィアとは別れなくてはいけないのだ。そう遠くに行くわけではないし、どのみち数日で帰ってくる。これはオリヴィアがひとりでちゃんとやれるかどうか試すいい機会かもしれない。

自分が留守のあいだは庭園に来ないよう、オーブリーには釘を刺しておくつもりだった。

だが、もう一週間以上も弟は来ていない。ダミアンに見つかることを警戒しているのかもしれないし、良心の呵責を感じるのに飽きてしまったのかもしれない。

出発の前日、ヴァネッサが庭園の木陰でひとり本を読んでいたとき、オーブリーがやってくるのが見えた。園丁に見られていないかと周囲を見まわしたが、幸いにもほかに人はいなかった。

「この一週間、どうしていたの？」ヴァネッサは隣に座った弟に訊いた。「とうとうあきらめて家に帰ったのかと思い始めていたところよ」

オーブリーがちゃめっけたっぷりの顔になった。「まさか。彼女のことばかり考えているのに、帰りたいなんて思うわけがない。じつは仕事が見つかったんだ」

ヴァネッサは目を丸くした。「冗談でしょう？」

オーブリーが顔をしかめてからにっこり笑った。「じつの姉に信用してもらえないなんて悲しいな。でも本当の話で、しかもまともな仕事だよ。ブラントリー邸を買ったジョナ・グッドワインという金持ちの男がいるんだけれど、今度、準男爵の称号を授かって上流階級の仲間入りをすることになった。そこでぼくが上流階級のなんたるかを彼に教えるのさ」

ヴァネッサはかぶりを振った。オーブリーが月へ行った証拠があると言ったとしても、これほどは驚かなかっただろう。

「肩書は個人秘書だが、ありがたいことに実際は相談役みたいなものなんだ。ぼくは実務向きじゃないからね。だけど、グッドワインは子爵を雇えて万々歳だと思っている。どうだい、姉さん?」オーブリーがからかうような口調でつけ加えた。「言葉も出ないくらい驚いたかい?」

ヴァネッサはしばらく口がきけなかった。「驚いたわ。どうしてまた、そんな気になったの?」

オーブリーがまじめな表情になった。「収入のある仕事に就けば、少しはまともな人間になれるんじゃないかと思ってね。姉さんはいつも言ってただろう? なにかやりがいのあることを見つけて、トラブルに巻きこまれないようにしろって。これはいいチャンスかもしれない。いつでも姉さんが助けてくれると思うのはやめて、ちゃんと責任を果たせる大人になろうと決めたんだ。それに報酬がいいんだよ。結構な給料をもらえるようになるから、そのうち借金も全額返済できるはずだ」彼は自分の手に目を落とし、低い声で続けた。「家族を守るためにシンクレア卿の愛人にまでさせてしまって、姉さんには本当に申し訳ないと思っているんだ。姉さんから受けた恩はとても返しきれるものじゃないけど、せめてその気持ちに報いられるようできる限りのことはするつもりだ」

ヴァネッサは胸が熱くなった。ろくでもない弟だが、今は本気で人生をやりなおそうと思っているらしい。ここまでの努力は立派なものだと思う。あとはその気持ちを持ち続けてくれればと願うばかりだ。

彼女は明るい声でこたえた。「オリヴィアに気持ちが通じるといいわね」

オーブリーが真剣な表情でうなずいた。「ぼくのことを少しでも見なおしてもらえたらと思ってる。あんなことをしたぼくを好きになってもらうのは難しいかもしれない。だけど、ずっと彼女のそばにいたいんだ。ブラントリー邸ならここから二〇キロほどだから、ときどき……こっそりオリヴィアを訪ねることができる。シンクレア卿に見つかればおしまいだし、オリヴィアがいやがればどうしようもないけど」

その言葉を聞き、ヴァネッサは驚きのあまり忘れていた用件を思いだした。「そういえば、あなたに言っておきたいことがあったのよ。じつはわたし、シンクレア卿とロンドンへ行くことになったの」

オーブリーが眉をひそめた。「それは少し……無謀すぎるんじゃないか？　オリヴィアの話し相手《コンパニオン》として領地の館《やかた》に住むのはまだいいとしても、ロンドンでシンクレア卿と一緒に暮らすなんて……」

「彼の家に泊まるわけじゃないわ。わが家へ戻るつもりよ。それにほんの数日のことだし。わたしたちが留守にするあいだ、あなたにはここへ来てもらいたくないの」

「どうして？」

ヴァネッサはまっすぐ見つめてくる弟の視線を受けとめた。「あなたがここに来るのを許したのは、それがオリヴィアにとっていいことかもしれないと思ったからよ。でも、けっしてふたりきりでは会わせなかったでしょう？　あなたがひとりで来るのはよくないわ。これ以上オリヴィアを傷つけないでほしいの」

オーブリーの目がつらそうに曇った。「まだぼくのことを信用していないんだね。姉さん、ぼくはオリヴィアを愛しているんだ。彼女を傷つけるくらいなら、この心臓を差しだしてもいい」

ヴァネッサは言葉に詰まった。これまでは疑わしいものだと思っていたが、本当に弟はオリヴィアに恋をしているのかもしれない。そうだとしたら、オリヴィアが幸せになれるかもしれないのに、ふたりの関係を邪魔する権利がわたしにあるだろうか？　わたしがいないほうが、ふたりのあいだはうまくいくかもしれない……。

「オリヴィアはなんて言ってるんだい？」

「さあ。このごろあなたの話はしていないからわからないわ」

「じゃあ、訊いてみてほしい。オリヴィアが来るなと言えば、ぼくは従うから」オーブリーは立ちあがった。「さんざん尻ぬぐいをさせてきた姉さんに信じてもらうのは難しいと思うけれど、ぼくは変わったんだ」

オーブリーが立ち去ったあとも、ヴァネッサは同じベンチに座ったまま、弟の言葉について考え続けていた。

愛は本当に人を変えるのかもしれない。少なくとも、弟にはあてはまるようだ。オリヴィアへの思いに突き動かされ、オーブリーは自分の人生を振りかえり、深く反省して立ちなおろうとしている。

あのどうしようもなかった弟にさえそれができるのなら、ダミアンだって変われるのではないかしら？

たしかにダミアンは放蕩者かもしれないけれど、当初思っていたほど無慈悲で堕落した男性ではなかった。あれほど深く妹を愛せる人が、救いがたいほどの悪人であるわけがない。

彼ならもっといい人間になれるだろうし、もう少しましな行為に携わることもできるだろう。財産も地位もあるのだから、すばらしい仕事をなし遂げることも可能なはずだ。だが、そうするにはきっかけがいる。誰にも心を許さなかったダミアンが、わたしに恋をするようになるとは思えない。相手が誰であってもそれは同じだろう。ダミアンはけっして恋に落ちたりしない。だけど、もし彼が……。

ダミアンが誰かに恋をすることを思っただけで、ふいに切なさがこみあげてきた。ヴァネッサは不安になり、その思いを何度も打ち消した。今は甘い夢に浸っていられるときではない。

いちばんいいのは、ふたりの関係をすみやかに解消することだ。明日にはわたしはロンドンへ行き、裕福なパトロン探しを開始するのだから。

パトロンさえ見つかれば、またわたしの人生は先へ進み始めるだろう。そしてダミアンのことも忘れられるはずだ。

ロンドンまでの旅路は、ダミアンがどんどん無口になっていったことさえ除けば、それなりに快適だった。だが、目的地に着いたあとは休憩する暇もなかった。ダミアンはヴァネッサを直接ラザフォード邸へ送り届けてくれた。ヴァネッサは数少ない使用人に手伝ってもらい、風呂に入ってドレスを替えた。

一時間後、ふたりはドルリーレーン劇場で芝居を鑑賞した。幕がおりると、ダミアンはヴァネッサを楽屋へ連れていった。女優が、言い寄ってくる男性たちと密会の約束を交わす様子を見せるためだ。それが終わるとダミアンはほとんど口をきくことなく、ヴァネッサをラザフォード邸に送ってくれた。

翌晩は賭博場をめぐった。そこでは大金を賭けた賭博が行われていた。

「賭事のルールはひととおり覚えておいたほうがいい。もしパトロンがカード好きなら、こういうところへ来る機会も増えるだろう」

ヴァネッサは胸がつぶれそうになった。ダミアンが口にした将来を悲観したというよりは、彼の明らかに無関心な態度に傷ついたからだ。ダミアンの視線は冷淡で、優しさはみじんも感じられない。ヴァネッサはつらい思いが顔に出そうになるのをこらえ、外出を楽しんでいるふりを装った。

その翌日は仮面舞踏会に出席した。そこでは上品とは言いかねるレディたちが、鴨《かも》にすると決めた男性たちに言い寄っていた。貴族に生まれながらも寄る辺のない身となった女性たちが、少しでもいいパトロンを見つけようとあでやかな衣装を翻している。

ダミアンがこのような場所へヴァネッサを連れてきたのは、高級娼婦が生きる世界を見せるためだった。それは愛欲と快楽に満ちた優雅な裏社会だ。ダミアンは社交界の華やかな表舞台を歩くのと変わらない軽やかさで、堕落した者たちが集まる裏舞台をすいすいと進んでいった。裏社会は表社会の鏡像でもある。こちらでは妻がないがしろにされ、愛人が大事にされていた。

娼婦という職業につきものの危険を知るため、コヴェント・ガーデンへも行った。底辺層の売春が行われていることで知られる街だ。そこには修道女にしか見えない仲介人と、波瀾《はらん》万丈《ばんじょう》の短い人生を送る娼婦たちがいた。

高値で自分を売れる道を選べたのは幸せなほうなのだとヴァネッサは思った。少なくとも自分で相手を選ぶことはできるし、富も自由も手に入れられる。

それにダミアンという指南役を得られたのも幸運だった。彼女が高級娼婦になることをどう思っているのかは知らないが、ダミアンはそれを顔に出さない。彼はときおりわびしさや怒りを思わせる暗い感情を目に浮かべているように見えるが、ヴァネッサは気のせいだろうと思うことにしていた。

昼間も毎日多忙だった。ダミアンはヴァネッサにもあでやかな衣装が必要だと言い、高級娼婦御用達の目立たない店構えの婦人服店に彼女を連れていった。そこで、特別に寝室用としてあつらえた服と、これまで身につけたことがないほど露出の多いイヴニングドレスを買った。ヴァネッサが躊躇するようなものも、ダミアンは注文した。美しい薔薇の刺繡が施された白い羊革の靴下どめだ。

ダミアンに多額の出費をさせることをヴァネッサがいやがると、彼は優雅に肩をすくめた。

「オリヴィアによくしてくれている返礼だと思ってくれ」

これ以上ダミアンに借りを作ることをよしとしなかったヴァネッサは、いつか返済できるようにと値段を覚えこんだ。だが、とても返せないほど高価な贈り物を渡されることもあった。

それはヴォクソールにある有名な公園へ行く夜のことだった。新しく買ったドレスに似合うエメラルドの首飾りとブレスレットを贈られたのだ。高価なものだったためヴァネッサは断ろうとしたが、ダミアンは耳を貸さなかった。

彼女は自分で首飾りをつけようとしたものの、うまく留め具をかけられず、見かねたダミアンが手伝ってくれた。彼の冷たい指が首筋に触れ、ヴァネッサは体を震わせた。ロンドンに来て以来、わずかでも親密な行為を受けたのはこれが初めてだ。毎晩ダミアンはヴァネッサの体に触れることも、ましてやベッドに誘うこともなく、彼女をラザフォード邸の玄関に置き去りにして帰っていく。

ダミアンが体の関係を終わらせてくれたのは喜ぶべきことだ、とヴァネッサはやりきれなさを抱えながらも自分に言い聞かせた。距離を置くのはお互いのためにいいことだ。そうは思っても、やはりダミアンのぬくもりが恋しかった。かつてはベッドであれほど優しく接してくれたのにと考えると、胸がきりきり痛むほど切なくなる。

「こんな浪費をしてはいけないわ」ヴァネッサはよけいな考えを振り払おうとして言ったが、寂しさはぬぐい去れなかった。

「ほかの愛人にもしてきたことだ」ダミアンがそっけなく応じた。

ヴァネッサは言葉を失い、振りかえってダミアンを見あげた。なんて端整な顔立ちなのだろう。青い上着にクリーム色のブロケード地のベストを着た姿は、このうえなく優雅だ。だが、その態度は銅像のように冷たい。

ダミアンにとってわたしは数多くいた愛人のひとりにすぎず、どうでもいい存在なのだ。宝石の贈り物などいらないから友人でいてほしいし、優しくされたいし、それに……愛されたい。そう思ったとき、ヴァネッサははっとした。

むきだしの肩にエメラルド色をしたサテンのイヴニングコートをかけられたときも、ヴァネッサはまだ凍りついたままその場に立ち尽くしていた。差しだされたダミアンの腕に手をかけ、待たせておいた馬車までエスコートされながらも、頭のなかは混乱状態だった。ヴァネッサはクッションにもたれかかり、押し黙ったまま、その恐ろしい事実について考え始めた。

なんということだろう。傷つきたくはないからそれだけはするまいと分別や良識を働かせてきたつもりだったのに、わたしはダミアンを愛してしまっている。

この何週間か自分自身を偽ってきたが、本当は彼に強く惹かれていたのだ。ダミアンは魅力にあふれ、機転がきき、妹を心から愛していて、怯えているわたしに優しく接してくれた。どれについて考えても、彼のことをいとおしく思う自分がいる。女性としての情熱を教え、男性に対する恐怖心から解放してくれたダミアンに、わたしはすっかり心を奪われてしまった。

ヴァネッサは愕然とし、ぼんやりと窓の外を眺めた。

いつものことながら、ダミアンはヴァネッサの気分の変化に敏感だった。「今夜は静かだな。どうしたんだ？」馬車の薄暗い明かりのなかでヴァネッサをじっと見つめる。「具合でも悪いのか？」

ヴァネッサは無理にほほえんだ。「大丈夫よ。少し頭が痛いだけ」

世界が音をたてて崩れてしまったような気がして体が震えたが、なんとか表情をとり繕った。

ダミアンのせいで心が粉々に砕け散ったことを、けっして彼には知られたくない。同情されるのも耐えられないが、それより怖いのは軽蔑されることだ。やがて別れの日が来たときに、以前のダミアンの愛人がしてみせたような愚かな振る舞いだけは絶対にしたくない。お互いにさようならと言い、それで終わりにしてみせる。

ヴォクソール・ガーデンズは初めてではないが、夫が他界してからは一度も来ていない。その広大な公園は、深紅と金のランタンが連なる砂利敷きの並木道で知られ、とりわけ夏の催し物が有名だ。今夜は大規模なオーケストラが演奏を行い、途中で二幕物のオペラの上演が予定されていた。会場には見事な人工滝が造られ、のちほど花火も打ちあげられるらしい。

これほど苦悩にさいなまれていなければ、心から音楽を楽しめただろう。だが今の状況では、喧噪《けんそう》がありがたかった。こうしてダミアンと並んで歩いていても、会話をせずにすむ。オペラの幕間《まくあい》になると、ふたりは食事のできるボックス席へ行った。それぞれのボックスにはフランシス・ヘイマンの絵が飾られている。メニューは薄くスライスされたハム、雀ほどの大きさのチキン、鳩肉のパイ、そして苺《いちご》とサクランボを添えたシャーベットだった。

絶望的な気分を隠そうと、ヴァネッサは強いヴォクソール・パンチを少し飲みすぎてしまった。ほろ酔い気分になったころ、五人の男性たちがふたりのそばを通りがかった。女性をふたり連れているが、ドレスの露出度の高さからするとどうやら貴族の令嬢ではないらしい。ヴォクソール・パンチを大いに楽しんだのか、彼らは足もとがふらつき、内輪の者だけがわかる冗談に騒々しく大笑いしている。ところがダミアンを見つけると、全員が足をとめた。

「シンクレア！　どうだ、一緒に来ないか？」そう言った男はろれつがまわっていなかった。

「これから〝暗い小径《こみち》〟を楽しみに行くところなんだ」

ヴォクソール・ガーデンズにはすばらしい散歩道が何本もあるが、この〝暗い小径〟だけはあまり評判がよくなかった。恋人たちのために人目を避けられるような場所が用意されているのだが、そこがよく不埒な目的に使用されているからだ。ここで傷物にされた良家の令嬢はひとりやふたりではない。

「そちらのレディもご一緒願えばいい」別の男が忍び笑いをもらした。

その言葉を聞いて彼らが下品な笑い声をあげたところを見ると、ヴァネッサのことを自分たちの連れの女性と同類だと勘違いしているようだ。だがダミアンのような遊び人と一緒にいれば、そう見られるのは当然かもしれない。

じろじろ見られるのを不愉快に思っていたヴァネッサは、ダミアンが彼女を紹介しなかったことにほっとした。ダミアンは招待を断り、手を振って彼らを追い払った。

だが、会いたくない客は続くものだ。その直後、ひと組の男女がボックス席のそばを通りすがった。ヴァネッサは男性のほうを知っていた。亡き夫の友人だったホートン卿だ。女性の顔には見覚えがなかった。銀髪をした絶世の美女で、豊かな胸を白いサテンのドレスに包んでいる。顔には上品な薄化粧を施し、超一流の高級娼婦らしい雰囲気を醸しだしていた。

ホートン卿は軽く会釈をして通り過ぎようとしたが、同伴の女性が歌うような節まわしでそれをとめた。「あら、チャールズ、わたしのことをお友達に紹介してくださらないの?」

ホートン卿はかすかに赤面し、また会釈をした。「レディ・ウィンダム、シンクレア卿、こちらはミセス・スワン。すばらしい女優でいらっしゃいます」

その名前を聞いて、ヴァネッサは顔から血の気が引いた。頭が真っ白になり、女優の声が耳に入らない。

「シンクレア卿とはお会いしたことがありますわ」スワンが猫なで声で言った。「今はヘイマーケット劇場の舞台に立っていますの。ぜひ一度お越しくださいな」

ダミアンがうなずき、言葉は丁寧だが気さくな口調でこたえた。「時間があれば寄りたいが、あいにくロンドンには数日しか滞在しない予定なんだ」

スワンがヴァネッサのほうへ顔を向け、細い眉を片方つりあげた。「ご主人を存じあげておりましたのよ」

「そうでしょうね」ヴァネッサの声はかすれていた。亡き夫はこの美しい女優をめぐる決闘で不名誉な死を遂げたのだ。

〝シルバー・スワン〟はみずからの悪い評判を恥じてはいないらしい。底意地の悪そうな笑みを浮かべ、自分のエメラルドの首飾りを指さした。それはヴァネッサが身につけているものとそっくりだった。「シンクレア卿はアクセサリーを選ぶ審美眼に長けていると思いませんこと？」

その言葉の意味するところに気づき、ヴァネッサはいきなり現実に引き戻された。スワンはそれがダミアンから贈られたものだと言っているのだ。「そのようですわね」ヴァネッサは深く傷つき、怒りを覚えた。

同伴者が無作法にもアクセサリーをひけらかしたのを見て、ホートン卿は恥ずかしそうな顔になり、手短に別れの挨拶を述べると女優を促してそそくさと立ち去った。

またダミアンとふたりきりになったヴァネッサは、ヴォクソール・パンチをいっきにあおった。ダミアンがじっとこちらを見ていることに気づき、冷ややかで刺々しい視線を返した。ダミアンはけだるそうな表情をしている。飲み物のせいでヴァネッサの舌は滑らかになった。

「今の方ともおつきあいをしていたのね」

「短いあいださ」ダミアンは落ち着いていた。「過去に女性がいたことを隠したつもりはないが？」

そしてこれからも多くの女性を愛人にするのだろう、とヴァネッサは苦々しく思った。たしかに彼は女性関係についてわたしに嘘をついたことはない。だからといって、夫を愚かな死に追いやった女優とダミアンが関係を持っていた事実を受け入れるのは容易ではなかった。どれほど抑えようとしても、胸をえぐられるような嫉妬がわき起こってくる。相手があの女優でなくても、ダミアンがほかの女性と一緒にいる場面を想像するだけで、絶望感に襲われ、切ない気持ちになるのをとめられない。

ダミアンが変われるかもしれないと思ったわたしがばかだった。

あまりの惨めさに捨て鉢な気分になり、ヴァネッサは視線をそらすと、またグラスを口へ持っていった。

オペラの第二幕が終わるころには、絶望感も麻痺してしまうほどに酔っていた。頭がくらくらし、気分はすっかり落ちこんでいたが、なんとかしてダミアンの腕にしがみつかないよう気をつけながら、花火を見るために川岸へ向かった。花火はすばらしかった。だが見事な打ちあげ花火にも負けない勢いで、ヴァネッサの酔いもまわっていた。

ぞろぞろとボックス席へ戻る人の群れにまじって歩いていると、先ほどの男性たちに出くわした。ふたりの女性の姿はもうない。彼らは五人とも泥酔状態だった。

「シンクレア、来いよ」ひとりが叫んだ。「これから娼館めぐりをするんだ。まずはタヴィストック・コートからさ」

「残念ながら無理だな」ダミアンは怒っているようだった。「レディをエスコートしているのが見えないのか?」

「ちぇっ、一緒に連れてくればいいじゃないか。数が多いほうが楽しいってもんさ」そう言った男は片眼鏡を持ちあげて目を細め、ヴァネッサの胸をぶしつけに見た。

ヴァネッサは侮辱に耐えようと歯を食いしばった。それでもダミアンが友人たちを彼女から引き離してくれたときには、毅然とした態度で威厳を保った。

すっかり自暴自棄な気分になっていたヴァネッサは、ほほえみを顔に貼りつけてダミアンを見あげた。「ぜひ娼館に案内してもらいたいものだわ。ほら……勉強になるかもしれないでしょう？」

「そうは思わない」ダミアンが表情をこわばらせる。

「なぜ？」ヴァネッサは冷ややかに尋ねた。「裏社会を見せてくれると言っていたじゃない。娼館はまさにそういう場所でしょう？」

「たしかにそうだが、娼館は社会的階級の低い女性たちが出入りするところだ。高級娼婦はそんなところに姿を見せてはいけない」

ヴァネッサはふいに立ちどまった。ダミアンも足をとめた。「変装してそういう場所に行く女性もいると聞いたことがあるわ。顔の半分を仮面で隠して、誰だかわからないようにするそうね」

「きみが興味を引かれるような場所じゃない。あきらめろ」

「それは自分で判断させてもらうわ。それにわたしがどう思おうが、あなたには関係ないでしょう？」

ダミアンが灰色の目に激しい怒りをたたえ、ヴァネッサをにらみつけた。

彼が返事をしないため、ヴァネッサは冷淡な笑みを浮かべてつけ加えた。「あなたの気が進まないなら、あのすてきなご友人たちにお願いしてみようかしら」

15

ロンドンでもっとも上品な会員制の娼館の玄関へ向かいながら、ダミアンは怒りをたぎらせていた。ヴァネッサをここへ連れてきたくはなかった。ぼくにとっては慣れ親しんだ場所だが、その退廃的な雰囲気にヴァネッサをさらしたくはない。

今夜はいやなことが重なり、どんどん殺伐とした険悪な気分になった。以前の愛人が首飾りのことでヴァネッサを挑発したのも気に食わなかったが、酔った知人がいやらしい目で彼女のことをじろじろ見たときはもっと不愉快な気分になった。

エメラルドを選んだのは、ヴァネッサの陰のある美しさと髪の色によく似合うと思ったからだ。何ヶ月も前、エリス・スワンに贈った安物のアクセサリーがどんなものだったかなど覚えてもいない。だいたいあれは秘書に選ばせたもので、もし似ていたとしてもまったくの偶然の一致にすぎだ。だが、たとえ野暮だったとしても、そのことをヴァネッサには正直に話したほうがよかったのかもしれない。少なくとも、謝罪の言葉くらいは口にすべきだった。

首飾りのことも知人のことも、思いだすと苦々しいものがこみあげてくる。それは羞恥心《しゅうちしん》に似ている。そんな感情はいまだかつて、ほとんど抱いたことがないというのに。

今夜のことがあるまでは、ロンドン旅行はそれなりにうまくいっていると思っていた。ここ数日、少なくとも体の関係という意味ではヴァネッサから遠ざかっている。よそよそしい礼儀正しさを保ち、やむを得ないときしか体には触れず、親しさを増すような機会は最小限に抑えている。けれども熱をあげている頭を冷やすことができず、欲望は抑えがたく、わき起こる愛情を殺すことは難しかった。

しかし、この愛情だけはなにがあっても断ちきるつもりでいる。もう真夜中に会って会話を楽しむ気はない。たしかにそのことで喪失感を覚えているし、彼女との友情を恋しく思ってもいる。だがそんな孤独や空虚さも、ひとりの女性におぼれることを避けるための代償だと思えばしかたがない。

ヴァネッサの教育は順調に進んでいる。このままいけば遠からず、良心の呵責を感じることなく彼女と縁が切れるだろう。ぜひそうあってほしいものだ……。

「あの酔っ払ったお友達ともここでお会いできるのかしら？」ヴァネッサが冷ややかな声で尋ね、ダミアンの思考をさえぎった。

彼は皮肉な笑みを浮かべた。「まずないな。彼らが行ったタヴィストック・コートは鞭専門なんだ。きみが鞭で打たれたり、イラクサで縛られたりすることを望んでいるとは思えなかった」

「まさか」ヴァネッサはぶるっと身を震わせた。

「マダム・フーシェの娼館はそういう倒錯的なものではなく、もっと様式化した遊びを提供している」

「どちらも同じもののように聞こえるけれど？」ヴァネッサがちゃかしたが、ダミアンは返事さえしなかった。

ヴァネッサの頑固さを呪いながら、彼はドアを鋭くノックした。ヴァネッサは、ぼくが拒否するならほかに連れていってくれる人を探すとまで言ってここへ来たがった。だが彼女がぼくと楽しんだような官能的なゲームと、マダム・フーシェの娼館で見られる下品な遊びのあいだには大きな開きがある。ヴァネッサがそれを知ってショックを受ければ、二度とこんな悪の巣窟《そうくつ》へ来たいとは思わなくなるかもしれない。そうなってくれれば、一抹の不安はあるものの、ここへ連れてきたことにも意味はあるのかもしれない。

ふたりは控えの間へ通され、マダム・フーシェからじきじきの挨拶を受けた。そのフランス人女性は、ダミアンの来訪を心から喜んでいるそぶりを見せ、ヴァネッサの存在には興味を持ったのかもしれないが、それを顔に出すことはなかった。

「今夜はどのようなお楽しみをご希望でしょうか？」

ダミアンは魅力的なほほえみを浮かべ、内心の不機嫌を押し隠した。「こちらのレディはこのような場所は初めてでね。とりあえずはしばらく見学させてもらいたい」

「もちろん結構でございますよ」マダム・フーシェは、貴族の若者を対象にしたこの娼館ではそんな要求はいつものことだとばかりにあっさり承知した。「個室をおとりしましょうか？　よろしければ人もご用意いたしますが？」彼女はちらりとヴァネッサを見た。「こちらの方には若い男性をひとりかふたり、おつけすることもできますよ」

ダミアンは苦虫をかみつぶしたような顔になった。「どうするかはあとで決めるとしよう。まずは勝手にやらせてもらうよ。こちらのレディに仮面はあるかい？」

「もちろんでございます」

マダム・フーシェは顔を半分覆う仮面を即座にとりだした。このような娼館では、顔を隠したいという要望が多い。彼女がなかを案内すると申しでたが、ダミアンは自分でできると言って断った。

「おおせのままに。もしなにかご希望がございましたら、いつでもお声をかけてください」

マダム・フーシェはふたりを置いて、控えの間を出ていった。

ダミアンは部屋の奥にあるアルコーブへ、黙ってヴァネッサを連れていった。壁にかかったヴェルヴェットのカーテンを開くとのぞき窓があり、その向こうには金のラインが入った家具が置かれた豪華なサロンがあった。透けるドレスを着た五、六人の美女が、それぞれ魅力的なポーズで椅子に座っている。

「客はここで女性を選び、どのような形式で遊ぶか決めるんだ」ダミアンは淡々と説明した。

「この時刻だから、ここにいるのは選ばれずに残っている女性たちだ」

「いつもあんなドレスしか着ないの？」ヴァネッサが弱々しい声で尋ねた。

ダミアンは作り笑いを浮かべた。「いや、衣装に着替える。ここは客の妄想を満足させることを専門としていて、衣装はそのための道具だ。たとえば、処女が好みの客には女学生や乳搾りの娘が用意される。そういった女性たちは、一夜が過ぎればまた奇跡的に処女に戻るというわけさ。禁断の果実を求める客には家庭教師や修道女だ。高貴な女性が好きなら公爵夫人や女王でもいいし、エキゾティックな女性がよければ奴隷やハーレムという手もある。ただしハーレムは料金が高いけれどね」彼は言葉を切り、ヴァネッサの反応をうかがった。「女性の数が少ないところを見ると、今夜はハーレムを所望する客がいたのだろう。ほかの遊びも見てみるかい？」

ヴァネッサはおずおずとうなずいた。ここに来ることを決めたときに感じていた自暴自棄な気分はまだ残っている。けれども、とりあえず酔いが覚めていてよかった。

ふたりは控えの間から長い廊下に出た。「この一階にはグループ用の大きな部屋がいくつかあり、二階にはたくさんの個室がある」

ダミアンが別のアルコーブの前で立ちどまった。そこにあるのぞき窓は、先ほどのものよりはるかに小さい。ダミアンは一瞬ためらったあと、しぶしぶ場所を譲った。ヴァネッサはのぞき窓に顔を近づけた。ふと香のにおいがした。

それは東洋の宮殿を模したエキゾティックな部屋だった。何枚もの薄いカーテンが垂れさがり、香が焚《た》かれている。ターバンしか身につけていない裸の男性が何人か、パシャのようなポーズでシルクのクッションにもたれかかっていた。ひとりの男性は女性の踊りを見て興奮している証拠が見てとれた。女性は手首にブレスレットだけをはめ、あとは一糸まとわぬ姿のまま、オイルを塗った体をくねらせて踊っている。ほかの客たちは全身にオイルを塗られながら、ブドウや菓子を食べさせてもらっていた。

ヴァネッサはショックと恥ずかしさで顔を真っ赤にしてのぞき窓から離れた。どうして娼館くらい平気だなんて思ってしまったのだろう？　けれどもダミアンに無理やり連れてきてもらった手前、ここで帰るとは言えない。

ダミアンは片方の眉をつりあげたが、とくに感想は述べなかった。そして次のアルコーブへヴァネッサを連れていき、ちらりとのぞき窓を見たあと、また場所を譲った。

「この難破船は人気があるんだ。客は海賊の衣装を身につけ、船に乗っていた女性たちをとらえるという趣向だ」

そこは船をモチーフとした部屋だった。たいまつが焚かれ、数人の女性がマストに縛りつけられている。そのひとりを相手に、客が顔を真っ赤にしながら体を動かしていた。

部屋の隅では三人の男性がひとりの縛られた女性の体を触りながら、男性の下腹部の形をした象牙《ぞうげ》のおもちゃを使っていた。女性は感じている様子だった。

「強姦《ごうかん》ものが好きな客は多くてね」ダミアンが不快そうな顔になった。「ここでなら罪に問われることなく、その妄想を満足させられる。なかには金を払ってとらわれ役を志願する女性もいるんだ」

ヴァネッサは嫌悪と興奮の両方を覚えて目を閉じた。

「緊縛の技術は覚えておいたほうがいいかもしれないな。そういうのを喜ぶ男もいるから」

ヴァネッサはわが身に降りかかる運命を思い、暗い顔になった。次のアルコーブへ連れていかれたときは、今度はどんな場面を見せられることになるのだろうと体をかたくした。

「ここはただの舞踏室だ。仮面舞踏会が行われているが、そのうち客たちは食べたり踊ったりするだけでは飽き足らなくなるわけさ」

そこはこれまでの部屋に比べると明るく、シャンデリアからこぼれる光が何枚もある壁鏡に反射していた。床にはドレスや男性の服が無造作に散らばり、本来なら演奏が行われているはずの演壇では多くの裸体がうごめいている。客たちは次々に相手を変えているようだ。ヴァネッサは真っ青になり、慌ててのぞき窓から離れた。

そんなヴァネッサの様子を見ながら、ダミアンはほっと胸をなでおろした。それなりに冷静に見ているということは、彼女は打ちのめされるほどのショックは受けていないのだろう。だが、動揺を押し隠そうとしているのは明らかだ。

「もう充分かい？」ダミアンはやや喧嘩腰の口調で訊いた。

ヴァネッサがうなずく。「世の中にこんな退廃的な遊びがあるとは知らなかったわ」

ダミアンは皮肉な笑みを浮かべた。「こんなのはまだ序の口だ。ロンドンには同じような娼館が山ほどある。この通り、ひとつをとってもいろいろな店があるぞ。サディズムやマゾヒズム、男色、獣姦に――」

「あなたはそういうことを知り尽くしているのね」

ダミアンはまたもや怒りがこみあげるのを感じた。「ぼくの好みはもっと単純だ。ぼくをその気にさせてくれる女性と合意のうえで関係が持てればそれ以上のものはいらない。知っているだろう？　さて」彼はヴァネッサの腕をとった。「もう充分に満足しただろうから、そろそろ家まで送っていこう」

「でも、まだほかの部屋があるんでしょう？」腕を振りほどきながら、ヴァネッサが挑んだ。「二階にも個室があると言っていなかった？　せっかくの勉強の機会を無駄にしたくはないわ。それとも急に臆病になったの？」

ダミアンは氷のようなほほえみを浮かべた。「そこまで言うなら……いいだろう。待っていてくれ。マダム・フーシェに話をしてくる」

ヴァネッサはアルコーブにひとり残されたが、のぞき窓を見る気にはなれなかった。帰りたいのはやまやまだが、ダミアンに命令されるのはごめんだ。二階になにがあろうが、この階で見てきた恥知らずな場面に比べればたいしたことはないはずだ。それに将来こういう場所に来るはめになったときのために、どの程度のものか見ておくに越したことはないだろう。

しばらくするとダミアンが鍵を手に戻ってきた。「ひと部屋とってきたよ」

廊下の突きあたりにある階段をあがると、二階にもまた廊下があり、ドアがいくつか並んでいた。ダミアンはそのうちの一室にヴァネッサを入れると、そっとドアを閉めた。

ヴァネッサは薄暗い明かりのともされた室内を興味深く見まわした。寝室は豪華で趣味がよく、壁紙は深紅と黒に紫があしらわれている。中央には黒いサテンのシーツがかけられた大きなベッドがあり、四本の支柱にはそれぞれ二本のサッシュが結びつけられていた。サイドテーブルにはいろいろな小物が置かれている。滑らかな象牙や、べっこうでできた男根像、ガラス玉、乗馬用の鞭、オイル瓶。ほかにもヴァネッサには使用方法がはっきりとはわからない奇妙な道具がいくつかあった。

ダミアンはドアにもたれかかっていた。「マダム・フーシェに頼んで、屈強な若者をひとりふたりよこしてもらおうか？　従僕の格好をして、喜んで相手を務めに来るだろう」

侮辱的な言葉だった。酔いが戻ってきたヴァネッサは、ダミアンと同じような口調で早まったせりふを口にしてしまった。「お願いと言ったら？」

ダミアンが口もとをこわばらせる。「見ず知らずの他人と遊ぶのは興味深い経験になるだろうな」

「そうね」ヴァネッサは残酷な言葉に傷ついたが、それを顔に出すまいとした。

ダミアンは無表情だったが、目には激しい怒りが表れていた。狼をからかうのは危険だと警告しているようだ。

それを察したヴァネッサは態度を和らげ、ダミアンの背後にある壁に目をやった。「この部屋にも、廊下からこっそりのぞける場所があるのかしら？」

「あるはずだ。だが、今夜はそういうことがないよう話をつけてきた」

「従僕なんて呼ばなくていいわ」

「それはよかった」ダミアンがドアから離れた。「まだきみをほかの男に渡したくはない」

彼はヴァネッサに近寄ると、両手を彼女の肩に置いて唇を重ねた。けれどもそれは優しさに欠けた欲望だけのキスだった。

ヴァネッサはそれに応じ、激しいキスを返した。ふたりのあいだに流れる緊張感を怖いと思うどころか、かえって刺激を受けていた。今夜はダミアンが望む女性を演じてみせる。それで心が打ち砕かれたところでどうなるものでもない。いっそのこと、そうなれば過去を振りかえることなく無情で自堕落な世界に堕ちていける。

ふたりの舌はときに戦うように、ときに睦《むつ》みあうように絡まった。ヴァネッサは燃えあがった。まるでわたしを支配しようとするようなキスだ。だけど、意地の張りあいなら負けはしない。

ダミアンがむさぼるようにキスをしながら、彼女のドレスの留め具をはずした。襟ぐりの広いドレスの肩がずり落ち、胸があらわになる。ダミアンはかがみこむと、かたくなった乳首を口に含み、やがて低い声をもらした。ダミアンが唇を離したときには、ヴァネッサの心臓は早鐘を打っていた。

彼女の目をじっと見つめたまま、ダミアンは仮面から始まってストッキングに至るまですべて脱がせた。そして生まれたままの姿になったヴァネッサをベッドへ連れていき、ひんやりしたサテンのシーツに寝かせた。

あおむけの姿勢になったヴァネッサは、天井に金縁を施した鏡があることに気づいて驚いた。全裸の肢体が映っている。白い肌が黒いシーツに映え、ひどく官能的だ。

「悦ぶ自分の姿を見ることができるというわけさ」ダミアンが低い声で言った。

みずからの意思でベッドに横たわっていたヴァネッサだが、ダミアンがシルクのサッシュで彼女の手首を縛りだしたときには警戒心がわき起こり、彼の顔を見あげた。

「急に恥ずかしがり屋になったわけでもないだろう?」ダミアンがけしかけるように言う。「娼館はいい勉強になるかもしれないと言ったのはきみだ。これはチャンスだぞ」

その挑発にヴァネッサは顎をあげた。今夜のダミアンは無慈悲で少し怖く、まるで知らない男性のようだ。だけど彼が本当にわたしを傷つけるとは思えないし、それを言うなら今夜はわたしも別人になってしまっている。

「せいぜい楽しく勉強させてもらいたいわ」ヴァネッサは挑発しかえした。

ダミアンが鬱屈した表情で冷ややかにほほえんだ。「任せてくれ」

足は残して両手首だけを縛ると、ダミアンはサイドテーブルへ象牙をとりに行き、ヴァネッサのそばに腰かけた。

彼女の肌をなでながら、焼けつくような視線で全身を眺める。「ヴァネッサ、ぼくの妄想はきみを思いのままにすることだ」

「これまでもそうしてきたでしょう?」ヴァネッサはそっけなく言いかえした。

返事はなかった。象牙がひんやりと肌に触れ、腿の内側へと滑っていった。

不安が欲望をあおり、ヴァネッサはびくりとした。こういう妄想を抱く女性の気持ちが初めてわかった。官能的でたくましい男性によってとらわれの身となり、相手は服を着ているのに自分は全裸でなすすべもなく、ただ彼の意のままになるしかない。腿の合わせめが甘い予感に震えている。

ダミアンはヴァネッサの欲望を満足させようとはせず、ただゆっくりと象牙を肌に滑らせた。

ヴァネッサは黒いサテンの上で身もだえした。愛撫を受けたくて、おのずと脚が開く。だが、ダミアンはじらして苦しめることだけを考えているのか、象牙の先端をやわらかな茂みに分け入らせたものの、敏感なところは避け続けた。

「ダミアン」ヴァネッサは懇願した。

「待つんだ。きみの体の用意ができてからだよ」

それならもう充分できている。鏡を見れば、茂みがぬれているのがわかるのに。

やがてダミアンは象牙をあたたかく潤ったところへあて、露を象牙につけ始めた。そしてもう一方の手で彼女の胸の先を愛撫した。

ヴァネッサがこらえきれずに震えだしたのを見てとり、ダミアンの態度が優しくなった。

「気に入るといいが……」彼は象牙の先端をゆっくりと沈めていった。

ヴァネッサは満足の吐息をもらした。やがてダミアンが象牙をけだるげなリズムで動かしだすと、吐息は甘い声に変わった。象牙は体から抜けかけたかと思うと、また深く押し入ってくる。

「無理やり悦ばせられるのも、なかなかいいものだろう?」

それは本当だ。荒々しい欲求が全身を駆けめぐっている。象牙を深く埋めこまれ、ヴァネッサは身をよじらせて体の奥に力をこめた。サッシュが手首に食いこむ。ダミアンが両手の動きを速めた。高みへのぼることだけを願い、ヴァネッサの体は熱く燃えていた。

だが、ダミアンが手をとめた。

ヴァネッサが当惑してまぶたを開けると、ダミアンと目が合った。意地の悪い笑みを浮かべている。

「きみを待たせるのは楽しくてね」

ダミアンは象牙をもう一度沈め、ベッドから立ちあがった。ヴァネッサは呪いの言葉を吐きたくなった。満たされたい思いに体を震わせているわたしを直前でほうりだすなんて。屈辱的だが、どうすることもできない。鏡を見あげると、肌がほてり、胸の先はかたくなり、茂みをぬらしたなまめかしい女性の姿が映っていた。

ヴァネッサは先を求めて声が出そうになるのをこらえた。ダミアンはよくわかったうえで、わたしをこんなぎりぎりの状態で待たせているのだ。

彼女の目を見おろしながら、ダミアンが服を脱いだ。金色のランプの明かりが、贅肉のないたくましい体と欲望の証を照らしだしている。ヴァネッサは心の底から彼を求めた。

ダミアンが近づいてきてベッドにのり、象牙を抜いた。

「欲しいかい?」ヴァネッサに覆いかぶさり、かすれた声で訊く。「どうだ?」

「お願い」ヴァネッサはじらされるのがもどかしかった。わたしの体の状態を見れば一目瞭然《いちもくりようぜん》だ。下腹部に彼のものが触れるのを感じ、ヴァネッサは早く受け入れたくて低い声をもらした。

ヴァネッサを見据えたまま、ダミアンがゆっくりと腰をさげていく。目には勝ち誇った征服者の力強い笑みが浮かんでいた。ダミアンがさらに深く身を沈めた瞬間、ヴァネッサは自分を見失い、体を震わせて何度も波打たせながらこみあげてくる絶頂感に身を任せた。

ダミアンの我慢も限界に来ていた。先ほどヴァネッサに話したことは真実だ。ヴァネッサが相手だと、駆け引きも道具もいらなくなる。これまでもずっとそうだった。ただ輝かしい栄光を求めるように、彼女を渇望してしまう。ぼくにとってヴァネッサは熱い血潮であり、魂の叫びなのだ。

ぼくは彼女から自由になりたいと思っている、呪縛《じゅばく》から逃れることを願っていると自分に言い聞かせてきた。だが、それはまやかしだ。本当はヴァネッサにぼくのものだという刻印をつけたくてしかたがない。今この瞬間も、彼女をみずからに縛りつけたいと全存在を懸けて欲しているではないか。

ダミアンは全身全霊を傾けてヴァネッサとひとつになろうとした。自分自身を、疾走するような悦びを、獰猛《どうもう》なまでの恍惚感を彼女の体に刻みつけたい。誰に抱かれても、ダミアン・シンクレアという存在を思いださずにはいられないようにしてみせる。

ヴァネッサが彼の体に脚を絡ませ、強く引きつけた。ダミアンは息を荒らげ、短くあえぎながら激しく動いた。ヴァネッサが背中をそらし、ダミアンに合わせて動くうちに、また新たなクライマックスを得て悲鳴をあげた。ヴァネッサの悦びを全身に感じたダミアンは、歯を食いしばると忘我の境地へとみずからを解放した。体が痙攣し、無上の幸福感が頭のなかではじける。最後にもう一度彼女の奥深くまで押し入り、ダミアンは体を震わせながらくずおれた。

ふたりは疲労困憊《こんぱい》し、汗が光る肌を重ねたまま、長いあいだ動かなかった。

ようやく心拍が普通に戻ってきたころ、ふとすすり泣きにも似たくぐもった声に気づき、ダミアンは驚いて顔をあげた。ヴァネッサは目を閉じていたが、紅潮した頬には涙が光っている。

ダミアンはどきりとした。「大丈夫かい？」

返事はない。ダミアンは体を浮かせながら、心配というよりは困惑を覚えた。たしかに激しかったことは認めるが、これまでにも同じようなことはあったはずだ。

「ヴァネッサ？」

彼女があふれる涙をとめようとして、ごくりと唾をのみこんだのが見てとれた。だが手首を縛られているせいで、涙をふくことはできなかった。

「痛むのか？」ダミアンは強い調子で尋ね、サッシュをほどいた。

ヴァネッサが目を開け、なにかを決意したように顎をあげる。

「いいえ、平気よ」感情のない声とは裏腹に、涙の光る目にはつらそうな表情が浮かんでいた。

16

ロンドンから北へ向かう道のりを旅行用の馬車に揺られながら、ヴァネッサはぼんやりと窓に映る景色を眺めていた。外は薄暗く、雨が降っている。まるで今のわたしの気持ちそのままだ。

昨夜は嘘をついた。本当は痛んでいたのだ。もちろん体がではない。体のほうは、これまでにないほどの悦びを味わった。

痛かったのは心だ。わざとではないものの、ダミアンはわたしの心を深く傷つけた。昨晩、マダム・フーシェの娼館で彼は、冷淡な態度を保ちながらなんでもないことのように男女の営みに初めての遊びをとり入れた。あのときに思い知ったのだ。わたしは愚かにもけっして手に入らないものを夢見ていたのだと。わたしが求めていたのは彼の愛だ。だけど、ダミアンが求めていたのはわたしの体だけだった。

けれどもどういうわけか、ダミアンも昨夜は楽しくなかったらしい。家まで送り届けてくれたときには、恐ろしいほど不機嫌だった。わたしと自分自身のどちらに対して怒っていたのかはわからない。あの唐突な言葉には驚いた。

「明日、ローズウッドへ帰る」

「明日ですって？　そんなに急に？」

「予定よりは早いが、もう充分に勉強しただろう。これ以上、ぼくが教えることはない」

たしかにわたしは充分すぎるほどロンドンの堕落した裏社会を目のあたりにした。ロンドンを離れられると思うと、残念などころかほっとしていたほどだ。ダミアンが生きてきた、放埒の限りを尽くした退廃的な世界は、わたしには少しも魅力的に見えない。それにダミアンは、もはやわたしが愛してやまない男性とは別人だ。ローズウッドでは彼のことを優しい人だと感じ、友人だと思ったこともあったけれど、ロンドンではそのような一面はかいま見ることさえできなかった。ダミアンは〝女泣かせのシン〟という異名どおりの遊び人でしかなかったのだ。

そう思うと、胸がつぶれるほどの悲しみを覚える。ダミアンが本当は優しくてあたたかい人なのだと、わたしが勝手に思いこんでいただけだろうか？

ヴァネッサの隣では、ダミアンもまた物思いにふけり、良心に鞭打たれていた。彼女の輝く黒い瞳にはショックと失望の色が浮かんでいた。ぼくに幻滅したのだろう。

ダミアンは苦々しい思いをのみこんだ。ヴァネッサをマダム・フーシェの娼館へ連れていったのは間違いだった。ぼくが今までどんな人生を歩んできたのか、ヴァネッサはわかっていると思っていた。それを隠したことはなかったからだ。だが彼女にしてみれば、実際目にした下品な遊びが想像以上にひどいものだったため、とても受け入れられなかったのだろう。これまでもぼくのことを堕落した放蕩者だと思っていたのだろうが、今ではたしかな証拠をつかんだわけだ。

ヴァネッサの涙を見たときには胸が痛んだ。それに泣いている理由を話してくれなかったこともつらかった。ばかげているのかもしれないが、彼女とは正直な関係でいたいと思っていたからだ。

ヴァネッサはぼくに死んだ夫を重ねて見ていたのだろうか？　ゆうべのベッドでの戯れが、サー・ロジャーから受けた屈辱や痛みを思いださせてしまったのかもしれない。いや、ヴォクソールで女優のスワンと会ったときから、ヴァネッサの様子はどこかおかしかった。そういえば記憶に間違いがなければ、たしかサー・ロジャーの最後のスキャンダルは女優をめぐる決闘だったはずだ。相手は……くそっ、エリス・スワンか。

スワンを見たときのヴァネッサの傷ついた表情を思いだし、ダミアンは心のなかで自分をののしった。どうしてその理由を見逃してしまったんだ？

あのときは、ヴァネッサはただ嫉妬しているだけだと思っていた。夫の浮気でつらい思いをしてきたから、また同じような状況を見せつけられてむっとしたのだろうと考えていたのだ。だが、彼女の苦悩はそれ以上のものだった。現在の相手がかつて夫を死なせた女性を愛人にし、エメラルドの首飾りまで贈っていたことを知らされたのだから。そんな屈辱的な事実を目の前に突きつけられ、ヴァネッサは打ちのめされていたのだ。なぜもっと早く気づかなかったのだろう。

そのうえ、ぼくはヴァネッサをさらに惨めな気分にさせた。娼館などへ連れていき、遊び慣れた娼婦のような扱いをしたのだ。たとえそれが彼女の目指すものであったとしても、そのためにぼくが教育してきたのだとしても、あのときはそんなことをすべきではなかった。だめだ、もうこんな下手な芝居は続けられない。裏社会をよく知る人間として、ヴァネッサがそこに足を踏み入れようとしているのを黙って見過ごすことは不可能だ。ヴァネッサはオリヴィアと同じく、裏社会に属する女性ではない。経済的自立を強く望んでいることは知っているが、それならほかにもっとましな手段があるはずだ。こんな胸をえぐられるような計画は早く終わらせなければ、ぼくの良心は休まるときがない。

ダミアンは窓のほうを向き、陰鬱な霧に包まれた景色に目をやった。ぼくはなんて最低な人間なのだろう。

ヴァネッサには、高級娼婦になれば必ず出会うであろう悪い男たちから身を守るすべを教えてきた。悪い男たちとは、すなわちぼくのような人間のことだ。ぼくにほんの少しでも自尊心があるなら、今すべきことはヴァネッサをこのぼくから守ることだろう。

ローズウッドへ到着したときには霧雨はやんでいた。ふたりが屋敷に入ると、執事がかたい表情で出迎えた。

ダミアンがオリヴィアはどこかと尋ねると、執事は困った顔になった。「ミス・オリヴィアは庭園で男性のお客様と話をしていらっしゃいます」

ヴァネッサは外套を手渡しながら、それを聞いて凍りついた。きっとオーブリーだ。胸の鼓動を抑えようと努めつつ、彼女はダミアンについて客間のフレンチドアから庭園に出た。オリヴィアはすぐには見つからなかったが、やがて遠くにあるリンデンの木の下に車椅子が見えた。向かいあったベンチに男性が座り、オリヴィアの両手を握っている。

それがオーブリーだとわかり、ヴァネッサは真っ青になった。

「ダミアン、待って……」ダミアンがなにをする気かと思うと恐ろしく、ヴァネッサは息を切らしてあとを追った。ダミアンが怒りに満ちた足どりでどんどん妹に近づいていく。足音に気づいたのか、ふたりが顔をあげ、後ろめたそうな表情になった。どちらも身じろぎひとつしなかった。

ダミアンが急に足をとめた。相手の男性が何者かに気づいたのだろう。体をこわばらせ、全身から怒りを発している。

けれどもオーブリーは怯えて逃げだすどころか、ゆっくりと立ちあがった。「シンクレア卿」

ヴァネッサは弟の勇気をひそかに称賛したが、ダミアンの隣まで行くと彼の怒りがひしひしと伝わってきた。

稲妻のあとのように濃密な静寂のときが流れた。

オリヴィアが口を開いた。「お兄様……こんなに早く帰ってくるなんて――」

「こんなところでなにをしている？」ダミアンがオーブリーを問いつめた。「二度と妹には近づくなと警告したはずだ」

「わたしが呼んだの」オリヴィアが慌てて口を挟む。

ダミアンが気はたしかかというような顔で妹をにらんだ。

「ミス・シンクレアにお願いがあって来たのです」オーブリーが静かな声で答えた。

ダミアンが鋭い目でオーブリーをにらみつけ、拳《こぶし》を握りしめた。「追いだされる前にとっとと出ていけ」

ヴァネッサは不安になり、ダミアンの腕に手をかけた。舞踏会で彼女にキスをしようとした男に対し、ダミアンが暴力をふるったことを思いだしたからだ。オーブリーに対する怒りは、あのときの比ではないはずだった。だが大地主の息子とは違い、オーブリーは引きさがろうとしなかった。

「ぼくはミス・シンクレアを愛しています。彼女に結婚してほしいと申しこみました」オーブリーが先ほどと同じく静かな声で言った。「ミス・シンクレアもぼくを愛していると言ってくれました」

オリヴィアが懇願するように片手を差しだした。「お兄様、本当よ。わたしも彼を愛しているの。お願いだから怒らないで」

「おまえは黙っていろ！」ダミアンがオーブリーをにらみつけたまま妹に怒鳴った。「従僕を呼ぶから、自分の部屋に戻るんだ」

オリヴィアが体をかたくした。その瞬間、怯えた少女は影をひそめ、芯の強い女性が姿を現した。「部屋に戻れだなんて、子供扱いしないでちょうだい」

オーブリーが穏やかに口を差し挟む。「ぼくは自分のしたことを誰よりも後悔しています――」

「お兄様、わたしはラザフォード卿を許したの」

「オリヴィア、いいかげんにしろ！」

その口調の激しさに、ヴァネッサは思わず身をすくめた。だが、オリヴィアは負けじと顎をあげた。「お兄様こそいいかげんにして！　わたしの将来をそんな簡単につぶさないで」

ヴァネッサは心配になり、ダミアンの袖をつかんだ。「お願いだから、もっと落ち着いて話しあいましょう」

ダミアンはヴァネッサの懇願を無視し、妹をにらみつけた。「そうだ、おまえの将来だ。おまえが人生を棒に振るのを、兄として黙って見ているわけにはいかない」

「今さらなによ。わたしのことなんて、ずっとどうでもよかったくせに」

オリヴィアが泣きそうな顔で唇をかんだのを見て、ダミアンははた目にもわかるほど苦労して怒りを抑えこんだ。「オリヴィア、こいつはおまえの人生を台なしにしたんだ。おまえもそう言っていたじゃないか」

「そう思っていたときもあったわ。でも、違ったの。先週、脚に痛みを感じたのよ。気のせいかもしれないと思うと、お兄様には言えなかった。だけど、昨日もまた同じ痛みを感じたの。それがなにを意味するかわかる？　もしお医者様の言ったことが正しければ、もしわたしの脚が本当に感覚をとり戻しつつあるのなら、いつかはまた歩けるようになるかもしれないのよ」

ダミアンは長いあいだじっと妹を見つめていた。ヴァネッサと同じく、オリヴィアの脚が治るかもしれない可能性が出てきたことに驚きと喜びを感じているのだろう。

だがオーブリーがオリヴィアの手をとったのを見て、ダミアンはまた体をこわばらせた。

「ヴァネッサ、オリヴィアを連れていくんだ」

ヴァネッサはその言葉には従えなかった。「ダミアン、お願い。ふたりの話を聞いてあげて」

ダミアンから焼けつくような視線を向けられ、ヴァネッサは思わずあとずさりしそうになった。彼は銀板の破片のような目をしている。「きみはこいつらの味方なのか？　なるほど、そうだろうな。なんといってもきみの弟だ」

「違うのよ、そういうわけじゃ――」

「ふたりが会っているのを知っていたんだな？」

「ヴァネッサは悪くないわ」オリヴィアが慌てて割って入る。「わたしが無理を言ってつき添ってもらったの」

ヴァネッサは覚悟を決め、ダミアンの射るような視線を受けとめた。「オリヴィアはもう大人よ。自分の気持ちくらいきちんとわかっているわ。ふたりはお互いに強く惹かれている。だったら関係を修復する機会をあげるべきではないかと思ったの。弟は心からオリヴィアを愛しているわ。この場で求婚を退けるようなことはしないで」

「ばかなことを言うな。こんな金にも女にもだらしない男をオリヴィアと――」

「おっしゃるとおりです」オーブリーが真剣な声で言った。「たしかにぼくはだらしない男でしたし、けっして褒められた人生を送ってきたわけではありません。ですが、自分を変えてみせると誓ったのです」

ダミアンが威嚇するような視線を向けたが、オーブリーは怒りを静める努力をしていた。

「彼女に出会うまでは、ろくでもない生き方を反省したことなどありませんでした。きっかけがなかったのです。あなたが結婚を認めてくださらないのも当然だと――」

「たいした言いぐさだな」ダミアンが皮肉に満ちた声でオーブリーの言葉をさえぎった。「おまえの考えくらいわかっている。保身のために、オリヴィアが相続する財産を狙っているんだろう？　そうでなければ、おまえのようなやつが脚の動かない女性と結婚したりするものか」

オリヴィアが殴られそうにでもなったかのように体をびくりとさせ、怒りで顔を真っ赤にした。

ダミアンがはっとした。あまりにも言いすぎたと気づいたのだろう。けれども怒りが先立ち、謝る気にはなれないようだ。ヴァネッサは胸が痛んだ。この人は自分を愛してくれている人々をことごとく傷つけていくんだわ。

「それは違います」オーブリーは怒りを抑えきれなくなったらしく、険しい表情で答えた。

「ミス・シンクレアがたとえ一生歩けないとしても、ぼくは彼女を愛しています」

「嘘をつけ。おまえは財産が欲しいだけだ。だが言っておくと、財産などいっさい渡さずにオリヴィアを勘当することもできるんだぞ」

「わかっています。それでもぼくの気持ちに変わりはありません。全力でミス・シンクレアを支えてみせます。贅沢をさせてあげることはできないかもしれないけれど、彼女もきっと我慢してくれると信じています」

「おまえの全力などたかが知れている」

「おっしゃるとおりです」オーブリーは謙虚にその言葉を受けとめ、オリヴィアをちらりと見た。「彼女にふさわしい男になれるとは思っていませんが、努力はするつもりです」

ダミアンは、ヴァネッサがこれまでに見たこともないほど冷酷な表情を浮かべた。「まさか忘れたわけではないだろうな? 借金のかたに、ぼくはおまえの全財産を没収することもできるんだ」

「忘れてなどいません」オーブリーが落ち着いた口調で言った。

「だったらこれも覚えておけ」ダミアンが歯を食いしばる。「たとえ地獄でおまえと会うことになろうとも、妹との結婚だけは絶対に許さない」

オリヴィアが目に涙をためて車椅子の肘掛けを叩いた。「お兄様、彼を愛しているの。本当よ」

ダミアンが大きく首を振った。「オリヴィア、こいつはもう一度おまえをのぼせあがらせて、また騙そうとしているんだ」

「いいえ……ラザフォード卿はそんなことはしていない。それにわたしものぼせあがっているわけではないわ、お兄様。自分の気持ちくらいわかる。何ヶ月間もなにもしていなかったから、考える時間だけはたっぷりあったもの。以前は仕返しをしたいと考えたこともあったけれど、今は彼を許せるようになったの。ラザフォード卿にチャンスをあげて。そうしたらお兄様もきっとわたしと同じ気持ちになるはずよ」

「チャンスなどくれてやる気はない」ダミアンは口もとをこわばらせ、オーブリーをちらりと見た。「撃たれる前にさっさと出ていけ」

ヴァネッサは驚き、ダミアンの腕をさらに強くつかんだ。「お願い、それだけは……」ダミアンがその手を振り払った。

「シンクレア卿、ぼくは彼女の財産など欲しいとは思っていません」オーブリーが繰りかえす。「それに、まずはミス・シンクレアを愛する資格のある男にならなくてはと思っています。きっとそうなってみせますから」

「それまではオリヴィアの後ろに隠れているつもりか？　今も姉さんの後ろに隠れて、借金の後始末をさせているくせに」

オーブリーが怒りもあらわに拳を握りしめて一歩進みでた。だが怯えたオリヴィアが悲鳴をあげると、ふと足をとめ、彼女を見おろした。ふたりは愛情とも決心ともとれる視線を交わした。

「きみのためだと思って、とりあえず帰るよ」

弟はあきらめないだろうとヴァネッサは思った。今日のところは引きさがったとしても、ダミアンと闘うためにまた出なおしてくるはずだ。そのときはどうなるのだろうと思うとぞっとする。

オーブリーはベンチから帽子をとり、三人にお辞儀をした。そして名残惜しそうにオリヴィアを見たあと、背中を向けた。

彼の姿が見えなくなると、オリヴィアは怒りをこらえきれずに泣き始め、ダミアンを責めた。「お兄様にあの人を追いかえす権利なんてないわ」

ダミアンは妹の涙を無視して、近くに控えていた従僕を呼んだ。「部屋まで連れていってくれ」

オリヴィアが兄をにらみつける。「オーブリーを追い払ったりしたら、一生お兄様を憎んでやるわ」

ダミアンは表情をこわばらせたものの、言いかえさなかった。オリヴィアがいなくなると、あとにはダミアンとヴァネッサが残された。

緊張に包まれた沈黙のときが流れた。ヴァネッサは、ダミアンの無情さに対する怒りと、彼の信頼を裏切っていた罪の意識と、彼に理性的になってほしいという願いのあいだで心が引き裂かれていた。弟が初めてローズウッドに姿を見せた日からずっと、いずれは今日のような日が来るのではないかと恐れていたのだ。

「話す気はあるんだろうな？」ダミアンが張りつめた低い声で訊く。「なぜ、あいつがまたオリヴィアを食い物にするのを黙って見ていた？」

ヴァネッサは深いため息をついた。とりあえず説明する機会だけは与えてもらえたらしい。

「わたしたちがロンドンへ行くまでは、ふたりきりで会わせたりはしなかったわ。本当よ」

「だが、ぼくに隠れてあのふたりと結託し、密会をすすめていたんだろう？」

「別に結託していたわけじゃないわ。ただふたりがお互いのことをどの程度真剣に思っているのか、確かめるチャンスをあげたかっただけよ」

「くそっ、オリヴィアのためになることをするのがきみの務めだろう」激しい怒りを抑えた口調から、ダミアンが感情を爆発させる寸前だということがヴァネッサにはわかった。

「自分の務めはよく心得ているわ」彼女は淡々と応じた。「だからオリヴィアにとっていちばんいいと思ったことをしたの」

「オリヴィアにとってだと？　弟とぐるになって財産を狙っていたのではないと、ぼくに信じろというのか？」

ヴァネッサは、怒りに燃えるダミアンの目をのぞきこんだ。「ぐるになったりしていないわ。それにオーブリーの気持ちに配慮したわけでもない。ただオリヴィアの幸せだけを考えていたの。オーブリーに会えないことで、彼女がとてもつらそうにしていたから。あなたがふたりの結婚を許さなかったら、オリヴィアはもっと惨めな思いをすることになるのよ」ダミアンは無言だった。ヴァネッサは穏やかながらも力強い口調で続けた。「オリヴィアには結婚相手を決めるだけの判断力が充分にあるわ、ダミアン。そうする権利もあるはずよ。わたしの妹たちと同じように、自分で選んだ相手と結婚するべきなの」

ダミアンが苦虫をかみつぶしたような顔でリンデンの木の下へ歩いていった。今にも木の幹を殴りかねない表情で拳を握りしめている。「あいつは財産目当てのごくつぶしでしかないし、オリヴィアの人生を台なしにした。そんな男に妹を託せるものか」

「たしかに以前はそうだったかもしれないけれど、弟はいい方向に大きく変わったの。オリヴィアを脚の動かない体にしてしまったことも、評判に傷をつけてしまったことも、深く後悔して恥じているわ。だから心を入れ替えて……そして償いをしようと決心しているの。それに正直なところ、オーブリーと結婚すればオリヴィアの世間体は守られることになるわ。その点を考慮に入れないのは大きな間違いよ」

なおもダミアンがこたえないため、ヴァネッサはさらに説得を続けた。

「どちらにとってもいい結婚じゃないかしら？　あの事件さえなければ、オーブリーは結婚相手として充分にふさわしい男性だったはずよ。身分はあなたより上だし、きちんと教育を受けていて知性もある。財産はあなたに奪われてしまったかもしれないけれど、自分で収入を得る手段がないわけじゃないわ。実際、この地で秘書の仕事を見つけてきたの。それを聞いたとき、わたしは弟を信じる気になった。今ほどひたむきな弟は見たことがないわ。本当にオリヴィアのことを愛している証拠よ」彼女は言葉を切った。「それになにより大切なのは、オリヴィアがオーブリーを愛しているという事実じゃないかしら」

ダミアンはばかばかしいと言わんばかりに低い声をもらした。「あんな若い娘に愛のなんたるかがわかるものか」

「間違いなく、あなたよりはわかっているわね」

ダミアンがはじかれたように振り向き、暗い目でヴァネッサをにらみつけた。

「オリヴィアは自分の気持ちがちゃんとわかっていると言っているのよ、ダミアン。その彼女がオーブリーを選んだのであれば、あなたに邪魔する権利があるの？」

彼の目に銀色の炎のような怒りが燃えあがった。「兄には権利だけでなく、あんな恥知らずな悪党から妹を守る義務もある」

「この結婚を許せば、それが彼女を守ることになるのよ。考えてもみて。オーブリーと結婚すれば、オリヴィアは子爵夫人になれるわ。結婚しなければ、スキャンダルがいつか忘れ去られる日までずっと傷物扱いされることになる」

「だから、オリヴィアを裏切った張本人と結婚させろというのか？」

「結婚させなかったらどうなると思うの？　弟より身分の高い男性から求婚されることもあるかもしれないけれど、オリヴィアがその人を好きになるとは限らない。愛のない結婚生活に縛られるほど不幸なことはないのよ。このわたしが言うんだから間違いないわ。一生結婚せずに独身を通す手もあるけれど、夫や子供のいない生活は女性にとって寂しいものよ。わたしに言わせれば、オリヴィアはもう充分寂しい思いをしてきたというのに」ヴァネッサは冷ややかな目でダミアンを見た。「もちろん、結婚しなくても一緒にいる相手を見つけることはできるわ。だけどわたしが選んだのと同じ道をオリヴィアに歩ませてもいいと思っているの？　富豪の愛人になれと？」

　ダミアンが射るような目でヴァネッサをにらみつけた。痛いところを突かれたようだ。

「きみとオリヴィアでは状況がまったく違う」怒りを押し殺した声で言う。

「たしかにそうね。財産相続権があるもの。わたしと違って、オリヴィアは相手を選べるわ。でも、あなたが邪魔すればそれもできなくなるのよ」

「この件ではどうしてもぼくを悪者にしたいようだな」

「違うわ。心を開いてほしいだけよ」

　ダミアンが皮肉な笑みを浮かべた。「二ヶ月前のラザフォードは、賭博好きの自堕落な人間だった。その奇跡的な改心とやらが今後ずっと続くとどうしてわかる？」

「わからないわ。ただわたしは、弟が根は優しい人間だということを知っている。二度とオリヴィアを傷つけないようにできる限りのことをするはずだわ」

　ダミアンが険しい顔になった。「そんなリスクを冒すつもりはない」

　ヴァネッサはいらだちと絶望感に地団駄を踏み、怒りを含んだ声で言った。「あなたは弟を非難するけれど、自分がしてきたことと少しばかり矛盾しているんじゃないかしら？　あなたに他人を批判する資格がある？　自分もさんざん忌まわしいことをして悪名を馳《は》せているのに」

　ダミアンはなにも言わなかった。ヴァネッサはこわばった笑みを浮かべた。

「教えてくれない？〝女泣かせのシン〟と呼ばれるあなたとオーブリーとでは、どちらのほうが自堕落かしら？　あなたは誰かと愛しあいたいとは思っていないし、そんなチャンスにも値しない人かもしれないけれど、世の中には本当にやりなおしたいと思っている人もいるのよ」

ヴァネッサは待った。だが、ダミアンは口を閉ざしたままだった。もうこれ以上、なにを言っても無駄だ。

「オリヴィアを慰めに行きたいから、失礼させていただくわ。彼女には優しく抱きしめてくれる人間が必要だもの」

ヴァネッサはそれだけ言うと、ダミアンに背を向けて立ち去った。

ダミアンは木の幹にもたれかかりながら、怒りもあらわな目でヴァネッサの背中を見つめた。まだなにかを殴りつけたい気分だ。だが、彼女の真剣な言葉には考えさせられるところもある。

ヴァネッサが一生懸命に弟をかばったことは驚きでもなんでもない。そうなるだろうと容易に想像はついた。だが奇妙なことに、弟とぐるになってオリヴィアを騙したのではないという彼女の説明は真実だと思える。

立ち去り際にヴァネッサがぼくを評した言葉は、かなり深く胸に刺さった。〝あなたに他人を批判する資格がある？　自分もさんざん忌まわしいことをして悪名を馳せているのに〟

ダミアンは薔薇の香りを感じることすらなく、広大な庭園を見渡した。ヴァネッサの言ったことはことごとくそのとおりだと思う。

彼女の目には、ぼくはどのような男に映っているのだろう？　きっと退屈を持て余し、浮ついた快楽ばかりを追い求める堕落した貴族に見えているに違いない。たしかにぼくは賭事や女性にうつつを抜かし、〝女泣かせのシン〟という異名に負けず劣らず、愚かなことばかりしてきた。ヴァネッサにしてみれば、そんな男より弟のほうがずっと純真無垢に思えるのだろう。

たとえそうだとしても、今回の件にぼくの素行はまったく関係がない。問題はラザフォードの性格がオリヴィアの結婚相手としてふさわしいか否かだ。

そして、答えはノーだ。

ダミアンは厳しい表情で決意を新たにした。ヴァネッサが弟をどれほど擁護しようが、大切な妹をあんな男に渡してはならない。この際、オリヴィアは熱をあげはしてもおぼれないことを学ぶべきだろう。

できるはずだ。ぼくもヴァネッサに対してそうしたのだから。どれほど深い絆《きずな》であっても、ひたすら我慢すれば切ることはできる。

17

ローズウッドはさながら武装基地だった。屋敷じゅうがぴりぴりしている。ダミアンとオリヴィアのいさかいは先代とその妻を彷彿《ほうふつ》とさせる、と家政婦のミセス・ネズビットはヴァネッサに言った。

ヴァネッサはなんとかして緊張を和らげたいと思った。だがオリヴィアは自室に鍵をかけてこもっているし、ダミアンは乗馬にばかり出かけているため、ふたりの関係を修復する機会はなくヴァネッサは途方に暮れた。

しかしオリヴィアにオーブリーのことをどう思っているのか本心を尋ねるチャンスだけは見つけることができた。その問いに、オリヴィアは感情的になった。

「あなたの気持ちに間違いがないかどうか確かめたかっただけよ」ヴァネッサはオリヴィアをなだめた。

「今は彼を脚の悪い女に縛りつけて復讐しようなんて思っていないわ。どうせそれが心配なんでしょう？」オリヴィアが言いかえした。「以前は傷ついていたし、怒ってもいたからそんなことを考えたの。でも今は、脚が治るかもしれないという希望が出てきたもの」彼女はためらった。「オーブリーと結婚するのはよくないと思っているの？」

「いいえ、ちっとも。ただ、早まった結婚をするくらいなら独身のほうがましだと思っているだけよ」ヴァネッサは悲しい気分でほほえんだ。「結婚に失敗したわたしが心の問題で忠告しても説得力はないわね。たいしたことを言えるわけではないけれど、もしあなたが本当にオーブリーを愛していたとしても――」

「愛しているわ！　ずっと好きだったの。彼もわたしを愛してくれている」

「それでも現実的に考えなくてはいけないと思うの。わたしの家族は仲はいいけれど、けっして裕福ではないわ。オーブリーはずっと借金の問題を抱えてきたの。オリヴィア、あなたは経済的に困窮するというのがどういうことだか知らない。もしお兄様が言うことを聞かないあなたに腹を立てて、財産相続権をとりあげたらどうなると思う？　あなたは厳しい現実を突きつけられるのよ。これだけの暮らしをすべてあきらめるのは容易ではないもの」ヴァネッサは寝室全体を指し示すように両腕を広げた。

「かまわないわ」オリヴィアがきっぱりと言い放つ。「こんな暮らしはもうまっぴら。幸せや愛やあたたかい家庭はお金では買えないことを思い知らされてきたもの。オーブリーからシャーロットやファニーの話を聞いたわ。わたしは彼女たちやあなたのような姉妹が欲しい。あなたたちの家族の仲間に入れてもらいたいの。オーブリーの妻になりたいのよ、ヴァネッサ」

「大丈夫」ヴァネッサは誠意をこめてこたえた。「なれるわよ」

いう不安だ。

　オリヴィアが本気だと知って安堵したヴァネッサは、もうひとつの懸念は頭から追い払うことにした。すなわち、結婚を阻止するためにダミアンがオーブリーを殺すのではないかという不安だ。

　たとえ暴力に訴えるのは控えたとしても、経済的な圧力をかけることはできる。ダミアンがオーブリーの全財産を奪う権利を持っていることや、借金を帳消しにするという約束でヴァネッサを愛人にしたことは、オリヴィアには教えていない。ラザフォードの屋敷は今のところは没収されずにすんでいる。だがダミアンが復讐を優先したいと思えば、ヴァネッサとの約束を破り、屋敷を含む全財産をとりあげることができるのだ。そうなれば、オリヴィアはどちらの家でも暮らせなくなる。

　ヴァネッサは唇を引き結び、そんなことになるわけがないと自分に言い聞かせた。ダミアンはたしかに放蕩者だけれど、卑劣な男性ではない。わたしが愛人としての務めをきちんと果たしている限り、約束を破ることはないはずだわ。

　それからしばらくして、ヴァネッサは明日の夜、ダミアンの友人たちが屋敷を訪れる予定であることを知り、安堵にも似た気持ちを覚えた。料理人は豪勢なディナーを用意するよう指示されたという。客人があれば、家のなかも多少は明るくなるかもしれない。それに客をもてなしていれば、ダミアンがオーブリーに危害を加える暇も減るというものだ。

　翌朝早くに目覚めたヴァネッサは、朝食の間で乗馬に出かける前のダミアンと一緒になった。客人というのは誰かと尋ねると、ダミアンは明らかに不快そうな顔で答えた。

「ヘルファイア・リーグの友人たちだ。あいにく断りきれなくてね。この近くの狩猟館に来る途中で一泊していくそうだ。オリヴィアが部屋にこもっていてちょうどよかった」

つまり、悪い友人たちを純真な妹には近づけたくないらしい。

「わたしはディナーに同席するほうがいいのかしら?」

「好きにしてくれてかまわない」

「やめたほうがいいと思うような理由があるの?」

ダミアンが片方の眉をあげ、皮肉な表情を浮かべた。「きみがぼくの遊び仲間を気に入るとは思えないが?」

ヴァネッサはダミアンと同じ冷ややかな口調で言いかえした。「そうでしょうね。でも、あなたに教えてもらったことを試すいい機会かもしれないわ。それに、そういう人たちと知りあいになっておけば、今後の役に立つかもしれないし。あなたのお友達なら、まさにパトロンになってもらうのにぴったりな男性ばかりでしょう?」

ダミアンは黙ってヴァネッサを凝視していたが、やがてかぶりを振った。「好きにすればいいさ。ディナーのあとはカードをする。ぼくたちの賭金は高額だ。きみの言うようにいい経験になるかもしれないな」

ヴァネッサには無関心を装ったものの、もくろみがあるに違いない友人たちの訪問など断ればよかったとダミアンは後悔していた。いつもならヘルファイア・リーグの仲間と遊びに興じるのを楽しみにしているところだ。この数年は、さまざまな余興を満喫してきた。だが最近は趣味が変わったのか、かつてはあれほどおもしろいと思った余興が、今では底の浅い退屈なものに感じられる。

気持ちが変化した理由のひとつはオリヴィアだ。あの事故以来、妹に対する責任を重く感じるようになった。当然ながら、クルーンのような放蕩者ばかりがそろったヘルファイアのメンバーの前にオリヴィアをさらしたくはない。けれども、妹以上に守らなくてはいけないと感じているのはヴァネッサだった。クルーンは、ヴァネッサを友人にも貸す気はないのかと言っていた。ヘルファイアの集まりにヴァネッサを出せば、格好の標的にされるのは目に見えている。

ダミアンは口もとをこわばらせた。金持ちのパトロンをつかまえる方法を教えるとヴァネッサに約束はしたが、これ以上こんなことは続けられない。

その日の午後、ダミアンは到着した友人たちを暗い気分のまま迎えた。クルーンはやけに機嫌がよく、ラムトン卿を冗談の種にして笑っていた。そのラムトン卿の狩猟館が彼らの今回の目的地だ。

「ラムトンは警察にしょっぴかれるかもしれないぞ」クルーンがダミアンに言った。「ゆうべはどんちゃん騒ぎに興じていて、朝になって目が覚めたらなんと裸でハイドパークにいたそうだ。どうやら夜中にベッドごと運ばれたらしい。シーツ一枚で家まで歩いて帰ったものだから、残念ながら風邪を引いてしまってね。それでおれが代わりに主人役を務めることになった」

クルーンのほかに一一人の仲間が同行していたが、ひとりだけダミアンの知らない新メンバーがまじっていた。ウィクリフ伯爵の又従兄弟《またいとこ》で、アメリカ人のニコラス・サビーンだ。サビーンはヴァージニア州で手広く船舶業を営んでいるらしく、今回は仕事でイングランドを訪問していた。ヘルファイア・リーグの集まりに招待されたのは、伯爵という身分の高い人間とつながりがあったからだ。

「ご親切にも見ず知らずのわたしをご招待くださって光栄です、シンクレア卿」紹介を受けたあと、サビーンが挨拶した。

「こちらこそ」ダミアンは愛想よくこたえた。「それにジェレミーが高く評価しているなら、もう見ず知らずというわけではない」

「ああ、大いに気に入っているぞ。アメリカ人で貿易なんかしているが、なかなかいいやつだ。最近運んだジャマイカ産のラム酒は最高級品らしいしな」クルーンが言う。

一同がどっと笑ったが、そのアメリカ人は不愉快そうな顔をすることもなく、自然に打ち解けていた。サビーンは金髪で背が高く、鍛えられた体をしている。船乗りらしく肌は日に焼け、冒険家の風貌をたたえた知的な瞳の持ち主だった。

ディナーの前に客間でくつろいでいるあいだ、サビーンはゆったりと構えていた。けれどもイングランドによるアメリカ人水夫の強制徴募に話が及ぶと、辛辣なコメントを発した。

その件については苦々しく思っているらしい。

ダミアンが無難な話題に変えようとしたそのとき、ヴァネッサが客間に入ってきた。会話はぴたりととまり、客人たちは思わず立ちあがった。

ヴァネッサは光沢のあるシルクでできた淡い青のドレスを着ていた。ロンドンでダミアンが買い与えたものだ。体の線が強調され、陰のある美しさが引きたっている。ダミアンはヴァネッサを紹介しながら、客人たちが称賛と好奇の目で彼女を見ているのを感じていた。

とりわけクルーンがじろじろ眺めているのにはむっとしたが、顔に出すわけにもいかず、体の脇で拳を握りしめるくらいしかできなかった。

ディナーが始まり、ヴァネッサが客人たちを魅了する様子をテーブルの端から見ていると、ダミアンのいらだちはさらに増した。彼女が結婚していたころからの顔見知りも何人かいるらしく、楽しそうに会話を交わしている。

とりわけサビーンとは話が弾んでいるようだ。彼がアメリカ人だから興味を持ったのか、サビーン本人に魅力を感じているのかはわからない。嫉妬を覚えたダミアンは、なんとか自分の気持ちを押し殺そうとした。

だが、努力は報われなかった。テーブルの向こう端から歌うような笑い声が聞こえてくるたびにダミアンは歯を食いしばり、ヴァネッサが客人の誰かに優しくなまめかしいほほえみを投げかけるのを見るつど心のなかでののしった。

いまいましいことに、その妖艶なほほえみはダミアン自身がヴァネッサに教えこんだものだ。彼女は忠実に教えを守っているらしい。

物欲しそうな目をした友人たちからヴァネッサを引き離したい衝動を、彼は必死にこらえた。だが、皮肉な状況は延々と続いた。ヴァネッサを完璧な愛人に仕立てあげる教育は予想以上に成功していたらしい。そしてその成功にダミアンは苦悩していた。

ディナーが終わり、ワインを飲む男性たちを残してヴァネッサがさがると、客人たちは彼女についてあれこれ尋ねてきた。だがダミアンはそのひとつひとつに答えることはせず、妹の話し相手《コンパニオン》ということで押し通した。客人たちはワインを楽しむのもそこそこに、そそくさとヴァネッサの待つ客間へ引きあげていった。クルーンがカードでもどうだと誘いかけると、客人たちはピケットとホイストのふたつのテーブルに分かれた。

ヴァネッサはどちらのゲームに加わるのも辞退した。「賭事は得意ではありませんの。でも、喜んで見せていただきますわ」断るときもほほえみを絶やさなかった。

彼女はしばらくゲームを眺めていたが、夜が更けると自室にさがった。ヴァネッサの姿が見えなくなるとダミアンはほっとした。彼女がいるとそちらが気になって、持ち札に集中するのが難しい。

それからも客人たちは思い思いに上等なワインやブランデーを楽しんでいたが、そのうちに賭の運が尽きてくると、ひとりまたひとりとカードを伏せて寝室へ去っていった。最後に残ったのはダミアンとクルーンのふたりだけだった。

暖炉の上にある金めっきの置き時計に目をやると、午前三時に近かった。しばらくとりとめもない会話を交わしていたが、やがてダミアンはクルーンがヴァネッサの話をするために最後まで残ったことに気づいた。

「おまえが彼女のことを話したがらないものだから、みんなは興味津々だぞ。おれたちをうらやましがらせるのが狙いか？」

「それは誤解だ」ダミアンはクルーンのグラスにブランデーを注いだ。

「おまえが虜になる気持ちはよくわかる。あれだけの器量で、しかも話術が巧みというのは珍しい。いやあ、いい女だ。だが、ひとり占めはずるいぞ。それなりの見かえりは出すから、ひとつおれと賭をしないか？」

「なにを賭ける気だ？」

「レディ・ウィンダムを口説き落とせなかったら、葦毛のつがい二頭をくれてやる」

ダミアンは口もとをこわばらせた。「彼女はぼくのものじゃない」

「そうかもしれないが、おまえが先に見つけたのはたしかだ。許しも得ずに、おまえの愛人を横どりするようなまねはできない」

ダミアンはむっとした。「ぼくに雇われてはいるが、彼女はれっきとした貴族のレディだぞ、ジェレミー」

「失礼。じゃあ、おまえのレディと言い換えよう。そっちが値をつりあげる気なら、おれにも応じる用意はある。なにが欲しいのか言ってみろ」

「誤解だと言っているだろう」ダミアンは努めて和やかに応じた。「レディ・ウィンダムは売り物じゃないんだ」

「女はみんな売り物さ」クルーンが皮肉な口調で言った。「値段は違うがな」ダミアンがこたえなかったため、クルーンはさらに言葉を続けた。「それだけ独占したがるところを見ると、あっちのほうはなかなかのものなんだろう。もうどれくらいになる？　二ヶ月は過ぎたか？　今までで最長記録だな。だが、おまえみたいな好みのうるさいやつは、たとえ相手があの女でもそのうち飽きてくるさ」

ダミアンは自分のグラスに残ったブランデーをにらみつけながら、ヴァネッサの美しい目を思いだした。彼女に飽きることなどあるのだろうか？

いつまでたってもダミアンが返事をしないせいか、クルーンがいらだちを見せ始めた。

「じゃあ、おまえたちが別れるのを待つから、そのあとなら口説いてもいいか？」

「だめだ」

「なんだって？」クルーンが片方の眉をつりあげる。「女に執着するなんておまえらしくもないぞ、シン。女はいっときの気晴らし、つかの間の楽しみなんだろう？　なにがあっても愛人に入れこんだりしないんじゃなかったのか？」

ダミアンは自嘲ぎみに唇をゆがめた。「そうだ」

クルーンはダミアンをじろじろと眺め、低く口笛を吹いた。「おまえ、惚れたな？」

ブランデーをあおったダミアンは、喉が焼けつくのを感じた。「なにも話す気はない。とにかくレディ・ウィンダムはだめだ。理由は妹の話し相手《コンパニオン》だからだ」

クルーンが薄い唇に愉快そうな笑みを浮かべた。「いろいろと奥がありそうだな。本当は気があるが、自分では認めたくないといったところか？」

ダミアンは無表情のまま友人の視線を受けとめた。けれどもクルーンは、なんとしてもダミアンの真意を見透かそうとするように見つめてきた。

だがやがて、驚いたとばかりにくっくっと笑った。「こんなおもしろい洒落はないぞ。絶対に落ちなかった男が初めて負けを認めるか」

「おまえの早合点だ」

「そうかな？」クルーンはにやにやし、かぶりを振って立ちあがった。「気をつけろ。おまえほどの独身主義者でも、気がつくと首に縄がついていた、なんてはめになるぞ」

ひとり部屋に残されたダミアンは、降ってわいたような考えに気が動転していた。首に縄？　結婚だと？

この瞬間まで、ヴァネッサと結婚するという選択肢が頭に浮かんだことは一度もなかった。だが、結婚は彼女に対するジレンマから解放される現実的な解決方法だ……。

ほかにもいい点はある。なによりヴァネッサが妹のためにローズウッドに残れる。結婚は形式的なものでかまわない。そうすればふたりとも、それぞれ自分の人生を歩むことができる。

つかの間ダミアンは目を閉じ、それが意味するところを深く考えた。結婚か……このままの状態でいるより、そうするほうがいいのかもしれない。

クルーンのような男にヴァネッサを渡すつもりは毛頭ない。それを言うなら、相手が誰でも同じことだ。ヴァネッサがほかの男を悦ばせているところなど、想像するだけでも耐えがたかった。彼女が自分の体で生活費を稼ぐのかと思うと我慢できない。

ダミアンはぞっとした。どうして今まで平気なふりができたのだろう？　それどころか、ヴァネッサにそうするようすすめてさえいたではないか。

庭園で彼女が口にした言葉を思いだした。〝わたしと違って、オリヴィアは相手を選べるわ〟ぼくはヴァネッサを愛人にし、これまで以上に相手を選べなくさせてしまった。そのうえ今度は自分が楽になるために、裕福なパトロンを見つける技まで教えこんだのだ。

ダミアンはグラスを凝視した。自分がどれほど彼女をおとしめたのかがようやくわかった。これまで羞恥心など抱いたことはなかったが、今はみずからを深く恥じ、後悔にさいなまれている。ぼくはひどいことをした。そうでなくても傷ついていたヴァネッサの評判をさらにぼろぼろにし、自分と同じ水準にまで引きずりおろしてしまったのだから……。

だが、結婚すればヴァネッサの名誉は回復される。そしてクルーンのような放蕩者から彼女を守ることもできる。

ダミアンは険しい顔になった。それに自分自身への罰にもなる。これで二度とヴァネッサを忘れることができなくなるのだから。

翌朝、客人たちが出発するのを待ち、ダミアンはヴァネッサを捜した。彼女は図書室で本を読んでいた。窓際の椅子に膝を抱えて座っている。そういえば、真夜中のおしゃべりのときもよくこの姿勢で座っていたものだ。

ふいに悲しさと寂しさに襲われた。あのころのヴァネッサはにっこり笑って見あげてくれたのに。あの笑顔がどれほど恋しいか。それなのに今、ふたりのあいだには苦々しい怒りしか存在しない。

いちばん後悔しているのは、彼女を怒らせてしまったことだ。そして友情を失ってしまったことも。ヴァネッサはもはや優しい目でぼくを見てはくれない。そうなるように仕向けたのはこのぼくだ。

ダミアンは今一度、ヴァネッサの美しい横顔を眺めた。頰のふくらみが愛らしい。所有欲と愛情がわき起こり、ダミアンは激しい緊張を覚えた。

彼は苦い顔になった。〝女泣かせのシン〟と呼ばれた男が膝を震わせていると知ったら、ヘルファイア・リーグの連中は腹を抱えて大笑いするだろう。だが、このような状況は経験がない。これまで愛人にならないかと女性に持ちかけたことは数えきれないほどあるが、これほど真剣な申しこみをするのは初めてだ。

ダミアンがいることに気づき、ヴァネッサが本から顔をあげた。「なにか用かしら?」

きみが欲しいんだ、とダミアンは心のなかで告げた。もうほかの女性はいらない。

彼は部屋に足を踏み入れてヴァネッサの近くまで行き、ひとつ咳払いをした。「きみに提案があるんだ」

「なんなの?」

急にクラヴァットがきつく感じられた。ダミアンは暖炉のそばまで歩いていって、火の入っていない炉床に目を落とした。「提案というか……求婚だ。きみに正式に結婚を申しこみたい」

物音ひとつ聞こえなかった。ダミアンが肩越しに振りかえると、ヴァネッサが青白い顔をしていた。

「なぜ?」ようやくつぶやくような声が返ってきた。

まさか、こんな反応を見せるとは思わなかった。ヴァネッサは驚いているばかりか……警戒しているようだ。

「なぜとは?」ダミアンは思わず訊きかえした。

「あなたの計画どおりに復讐が進んでいるのに、どうして今ごろになって求婚するの?」

なぜなら、復讐は計画どおりになど進んではいないからだ。「きみの経済的問題を解決する理にかなった方法だと思ったからだ。きみは裕福なパトロンを探そうとしている。そして、ぼくは充分な財産を持っている」

ヴァネッサが月明かりしかない大海原のような暗い目をし、困惑した表情を浮かべた。

「わたしは一度、財産目当てに結婚して痛い思いをしたわ」

「それとこれとは話が違うと思うが」

「そうかもしれないけれど」ヴァネッサはぼんやりした表情で本を膝に置いた。「たしかにあなたと結婚すれば、わたしは経済的に楽になる。でもそれだけでは、あなたが結婚を望む理由にはならないわ」

「良心が痛むからだと思ってくれ」

「どういう意味？」

「きみを愛人にしたのは間違っていた。だから償いをしたい」

「わたしたちの取り引きを白紙に戻すということ？　弟から財産を没収するために？」

「違う、そんなつもりじゃない」ダミアンはいらだちを覚えた。ぼくはそれほど陰険な男だと思われていたのか？　そこまで信用を失っていたのか？「きみはもう充分に務めを果たしてくれた」

「だったらなぜ償いをしたいなんて思うの？」

「きみをどんなひどい状況に追いこんでしまったのか、今ごろになってやっとわかったからだ。正直に言うが、高級娼婦になる決意をさせたきっかけが自分だと思うとやりきれない気分になる。だからその償いに結婚という形できみを守りたいんだ」

ヴァネッサは長いあいだダミアンの顔をのぞきこんでいた。「罪悪感から結婚しようと思ったと？　そんなことであなたをわたしに縛りつけるわけにはいかないわ、ダミアン」

ダミアンはおどけた笑みを浮かべてみせた。「罪悪感ほどまっとうな結婚の動機はないだろう？」

ヴァネッサは暗い表情を変えなかった。「わたしはそうは思わない」彼女は深いため息をついた。「あなたがそういう気持ちで求婚してくれたのなら、ここはお礼を言うのが礼儀にかなっているわね。それがわたしの返事よ。寛大な申し出を光栄に感じるし、うれしく思うけれど、求婚を受けることはできないわ」

ダミアンは内心で激しく動揺した。自分が感情を隠せる人間でよかったと思った。「理由を聞かせてもらえないか？」

「結婚してもうまくいかないとわかっているからよ」

「これでも一生懸命考えているつもりだが、どうしてうまくいかないのかわからないよ」

「あなたはわたしを愛していないわ」ヴァネッサがあっさりと言い放った。

ダミアンは眉をひそめ、皮肉めいた表情になった。「それが結婚とどうつながるんだ？」

「わたしは愛のない結婚は二度とするまいと誓ったの」

彼は表情を緩めた。「ぼくは亡くなったご主人のように、きみをぞんざいに扱ったりしない」

「わざとぞんざいに扱いはしないでしょうね。だけど、自然とそうなってしまうときはあるかもしれない。結婚の誓いを口にするときだって、幸せいっぱいというわけにはいかないはずよ。それではわたしが惨めだわ」

ダミアンはヴァネッサを見つめた。「浮気をするなと言っているのかい？」

「そういうことよ」

黙りこんだダミアンを、ヴァネッサは悲しい思いで見つめた。この人は愛など必要としていない生まれながらの遊び人なのだ。今はわたしの体に惹かれているけれど、それに飽きればきっとまたもとの素行に戻る。そしてわたしはふたたび、ロジャーと結婚していたときと同じつらさを味わうことになるのだ。これほど愛している男性の裏切りにはとても耐えられない。

「あなたとわたしでは合わないわ」ヴァネッサは静かに続けた。「あなたの人生は……わたしが望んでいるようなものではないもの。スキャンダルや浮気はもうたくさん」

「高級娼婦になれば、どのみちその両方に巻きこまれることになる」

「たぶんそうでしょうね。それでも自分の思うままに生きることはできるわ。でも結婚してしまえば、女性にはほとんどなんの権利もなくなる。法的にはあなたの所有物のようなものだから。そんな不幸な結婚をするくらいなら、高級娼婦になったほうがましよ」

「ぼくたちの結婚生活が不幸になると思っているのかい？」

「わたしにとってはそうなるでしょうね」

ダミアンは顎を震わせた。ヴァネッサが、ほらというように両腕を広げてみせる。

「わたしたちには分かちあえるものがないでしょう？」

「いや、たくさんある」ダミアンはヴァネッサのそばへ行った。「たとえばベッドでの情熱だ」

ヴァネッサの両手をとって立ちあがらせ、腕のなかへ引き寄せる。そしてみずからの主張を証明するかのようなキスをした。ヴァネッサは心をかき乱され、彼を求める気持ちで息もつけなくなった。

「違うとは言わせない」ダミアンが低い声で言いきった。「ベッドでの相性はいいはずだ。体がそう言っているだろう?」

ヴァネッサは唇をかんだ。わたしの体がほてっていたことも、呼吸が速くなったことも、胸の先が反応したことも、ダミアンにはすべてわかっているのだろう。

「それは否定しないけれど、結婚は体が満足すればいいというものではないはずよ。もっと愛情とか、思いやりとか、尊敬の念とかいったものが必要だわ。それに家庭も。だけどあなたは、妻だけでもたくさんなのに家族なんかいるものかと思っている。わたしは子供が欲しいのよ、ダミアン。でも、あなたは違う」

ダミアンが体をこわばらせる。「ぼくはいい父親になれるとは思えないんだ。オリヴィアに対してもひどい兄だったからな。だが爵位を継承させる義務はあるから、そのうち子供をもうけることに異論はない」

「わたしの子供をあなたみたいな人とはかかわらせたくないわ」ヴァネッサは低い声でそっけなくこたえた。

ダミアンが初めて怒りらしきものを顔に出した。「もっとロマンティックに求婚するべきだったようだな。月明かりの下で薔薇の花束でも渡せば、きみも少しはその気になっていただろう」

「月明かりの下だろうが、薔薇の花束を贈られようが、わたしの返事はひとつよ」ダミアンが表情をかたくしたのを見て、ヴァネッサはかぶりを振った。「あなただって内心は結婚なんかしたくないと思っているはずよ。あなたにとってわたしはどうでもいい女だもの」

灰色の目にどこかしら危険で暗い表情が浮かんだ。「そんなことはない」ダミアンはヴァネッサの手をとり、自分の下腹部に触れさせた。「もしそうだとしたら、こんなふうになると思うか？」

ヴァネッサはひるむまいと顔をあげた。「こんなのは性欲が旺盛《おうせい》だという証拠にしかならないわ。喜んでお相手をしてくれる女性は大勢いるはずよ」

「喜んできみの相手をしたがっている男も大勢いるらしい」腕のなかから身を引いたヴァネッサにダミアンが言った。「クルーンが賭を挑んできた。きみがやつの誘いにのるかどうかでだ。気づいていたか？」

「賭を受けたの？」

「いや」

「まあ、驚いた。あなたのような賭博師は、賭と聞けばいつでも飛びつくのかと思っていたわ」

ダミアンが溶けた銀のような熱い怒りを目にたぎらせ、ヴァネッサをにらみつけた。「クルーンのようなやつにきみを自由にさせるつもりはない」

ヴァネッサはダミアンをにらみかえした。そのとき、ふとあることが頭に浮かんだ。「あなたは友人に嫉妬するようなまねだけはしたくないと思っている。だからわたしに求婚したのね？　所有欲を刺激されたんでしょう？」

ダミアンの顔から表情が消えたのを見て、ヴァネッサは初めて彼の弱い一面を見た気がした。

「安心してちょうだい。クルーン卿をパトロンにしたいなんて思っていないから。あなたのお友達は遠慮させてもらうわ。それに良心の痛みも感じてもらわなくて結構よ。わたしがなにをしようが、そしてその結果不幸になろうが、あなたにはなんの責任もないことだわ。罪悪感を持つ必要なんてこれっぽっちもないから」

「そんな単純な話じゃない」ダミアンが歯を食いしばったままこたえる。

「そうかしら？」ヴァネッサは穏やかな声で言った。「わたしが求婚を断ったことに腹を立てているのは、これまでのようにあなたの思いどおりにことが運ばなかったからよ。でもいつか、わたしなんかにつかまらなくてよかったと思うはずだわ」

庭園のときと同じように、ヴァネッサはダミアンに背を向けて立ち去った。ダミアンは静かな図書室にひとりとり残された。

呪いの言葉を吐き、どさりと椅子に座りこむ。たしかにぼくは嫉妬を覚えている。だが、ヴァネッサへの気持ちはそれだけではない。

くそっ、どうして相手がヴァネッサだと、これほど求めてしまう気持ちを抑えられないのだろう。

ダミアンはまた毒づいた。最初はただの誘惑のつもりで、それ以上の関係に発展させる気はなかった。それがいまいましいことに、ミイラとりがミイラになったわけだ。ヴァネッサをめちゃくちゃにしてやろうとするこちらの隙に乗じ、彼女はぼくの懐に飛びこんできた。

そして今、ぼくは胸がえぐられるほどヴァネッサを欲しいと思っている。

だが、それだけではだめらしい。彼女にとっても……そして自分にとっても。

18

ヴァネッサは寝室の窓辺に立ち、ぼんやりと薔薇庭園を見おろしていた。ダミアンからの結婚の申しこみを断ったのは、とんでもない間違いだったのかしら？

衝撃的なプロポーズから三日がたっていたが、そのあいだにヴァネッサは何百回も自問自答を繰りかえした。そして彼の言葉の微妙なニュアンスや、表情や口調に隠されたわずかな感情を何度も思いだしていた。

だが、そこに彼女が望んでいるものを見いだすことはできなかった。わたしは愛されてはいない。そして愛がなければ、いずれ結婚生活が破綻することは目に見えている。

ダミアンはひとりの女性で満足することも、放蕩をやめることもないだろう。愛には人を変える力があるかもしれないが、彼がわたしを愛していないのではどうしようもない。つらいことだが、それが厳然たる事実だ。

ヴァネッサは重いため息をついた。もうすぐ夏が終わる。愛人としての務めにも終止符が打たれるというわけだ。わたしは晴れて自由の身となり、心に深い傷を抱えながらここを出ていくことになる。そして人生を立てなおすのだ。ダミアンを忘れる努力をしながら……。

鋭いノックの音に、ヴァネッサは物思いをさえぎられた。彼女がどうぞと言うと、従僕が銀のトレイを手に入ってきた。

「お邪魔して申し訳ございません。クルーン卿の御者が手紙を持ってきたものですから」

ダミアンに関することだろうかとヴァネッサは思った。それ以外にクルーン卿から手紙が来る理由など思いつかない。ダミアンは鳩狩りをするとかで、今朝から友人の狩猟館へ行っている。

どんな用件だろうと思いながら、ヴァネッサは封を切った。

レディ・ウィンダムへ――どうか驚かないでいただきたいのですが、シンクレアがちょっとした事故に遭いました。すでに医者を呼びに行かせてはおりますが、シンクレアはあなたに会いたいと言っています。どうかこの手紙を持たせた馬車をお使いください。急いでおいでになることを願っております。

ダミアンが血を流しながらベッドに横たわっている姿が脳裏に浮かび、ヴァネッサは激しく動揺して喉もとに手をやった。今にも口から心臓が飛びだしそうだ。ダミアンが死んでしまったらどうすればいいのだろう。そんなことには耐えられない。

「会いに行かないと」彼女の呼吸は荒かった。

外套を手にするくらいの平静さは保ちながら、ダミアンのところへ行くと従僕に伝えた。

そして階段を駆けおり、クルーン卿の馬車に飛び乗った。

馬車は途中で馬を交換するために休憩することもなく、ひたすら走り続けた。それでも手遅れにならないかと、ヴァネッサは焦りを覚えた。忌まわしい想像が頭に浮かび、どうしても恐怖心をぬぐい去ることができない。決闘で死んだ夫の遺体が運ばれてきたときのことがまざまざと思いだされる。あのときは銃弾を受けた胸の傷からまだ血が流れていた……。クルーン卿の手紙にはちょっとした事故だと書かれていたが、ダミアンが死にかけているのではないと自分の目で確かめるまではとても安心できない。

一時間ほどしたころ、馬車は田舎道をそれて左右に大木の並ぶ広い私道へ入り、ようやく大きな邸宅の前に到着した。ヴァネッサは人里離れた景色を見まわすことも、誰かに手を差し伸べられるのを待つこともせず、自分で馬車を降りた。

玄関前の階段を小走りに駆けあがると、ドアが開いた。クルーン卿がみずから出迎えてくれたことにヴァネッサは感謝した。

「シンクレア卿の容態は？」彼女は息を殺して尋ねた。

クルーンが心強いほほえみを浮かべ、ヴァネッサを屋敷へ招き入れた。「大丈夫ですよ。今は二階でやすんでいます」

「会えますでしょうか？」

「もちろん」

クルーンに案内されながら格調高い玄関広間を通り抜け、広い階段をあがって長い廊下へ出た。いくつもの部屋の前を通り過ぎたが、ヴァネッサは目もくれなかった。廊下の突きあたりまで来ると、クルーンはドアを開けて脇へどいた。

心配しながら三歩ほど部屋に入ったヴァネッサは、そこで足をとめた。部屋の大半を占める大きなベッドには誰も寝ていなかった。ダミアンの姿はどこにもない。

「彼はどこに？」ヴァネッサは困惑した。

「今ごろはまだ狩りの最中でしょうね」

ヴァネッサが振りかえってクルーンを見ると、彼は申し訳なさそうにほほえみを浮かべた。

「お許しいただきたい、レディ・ウィンダム。ほんのしばらくのあいだ、ぼくの客人になっていただきたいのですよ」

「どういう……ことでしょうか？」

「よき友人のダミアンに、ちょっといたずらをしかけようかと思いましてね。それにはあなたの存在が欠かせない」

「いたずら？　では……怪我をしているわけではないのですね？」

「やつは元気ですよ。あれはあなたにおいでいただくための口実です」

ヴァネッサの胸に安堵がこみあげてくると同時に、怒りと警戒心がわいてきた。「なぜわたしの存在が欠かせないのか、お教えいただけるのでしょうね」

クルーンが屈託のない笑みを浮かべる。「心配することはありません。あなたをどうこうしようとは思っていない。善意のいたずらですから」

だがヴァネッサが部屋を出ようとすると、クルーンはドアの前に立ちはだかった。

「わたしを閉じこめておくつもりですか？」

クルーンが肩をすくめた。「ほんの少しのあいだですよ。ダミアンはもうすぐ帰ってくるでしょうから」

「こんなことをされたと知ったら、シンクレア卿は気分を害するでしょうね」

「同感ですね。しかしせっかくの機会だと思うと、見逃すのはあまりにも惜しい。あいつもたまには人前で恥をかくべきでしょう」クルーンがヴァネッサの顔をのぞきこむ。「協力するのはいやだといった顔ですね」

「当然です」ヴァネッサはクルーンの無神経さに腹を立てた。

「怒っているようだ」クルーンがいかにも寂しそうな声で言った。

「あたり前でしょう。最初はシンクレア卿が命にかかわる傷を負ったかもしれないとわたしに思いこませて怯えさせておいて、次はこの部屋に監禁するというのですから」

「たしかにそうですね。まあ、ただの冗談ですよ」

「わたしには、ちっともおもしろく思えません」ヴァネッサは息を吸いこんだ。「このままわたしを家に帰してくだされば、今日のことは誰にも話しません。もちろんシンクレア卿にもです」

「ああ、それではぼくの計画が台なしになる」

「だいたいその計画とはなんです？」

「ダミアンに手のうちをさらけださせるんです。もっとはっきり言うなら、あなたのことをどう思っているのか確かめてみるということですね」

「わたしのこと?」

「あいつは昔から女性におぼれたりはしないと公言してきた。つい先日も同じようなことを言ったんですよ。だがダミアンはあなたに惚れているとぼくは見ている。だからそれを証明してみたい。仲間の前で認めさせたいんですよ」

「あなたは大ばか者か、そうでなければどうかしているんだわ!」

クルーンがまた明るくほほえんだ。「たぶん両方でしょうね。だが、結果にいちばん興味があるのはあなたでしょう? やつの心を射とめることができたのかどうか知りたくはありませんか?」

「知りたくなんかないわ。ましてやこんなやり方でなんて」

「ほかにいい方法を思いつかなかったものですから。だいたいこれはあいつのためですよ。自分で認めることができないなら、誰かが気づかせてやったほうがいい。やつが本心を明かす簡単な筋書きを考えてあるのです」

ヴァネッサは用心しながらクルーンを見た。「わたしはあなたが用意した罠《わな》に置く餌《えさ》というわけね」

「そのとおり。このような集まりで娯楽といえば女性が絡むものでしてね。今夜の余興はあなただとほのめかし、あいつの反応を見るつもりです。きっと嫉妬を隠せないでしょう」

「嫉妬するどころか、はめられたことに激怒するでしょうね」

クルーンが寛容なほほえみを見せた。「ダミアンとは昔からの友人だ。最悪でもストレートを一発食らう程度でしょう。そのくらいならかまわない」

弟からたまに拳闘の話を聞かされていたため、ストレートの意味はわかる。けれども、ダミアンがそれで許すとは思えなかった。

「もちろんあなたを男たちの前に引きずりだすつもりはありません。そう思わせるだけで充分だ。だが、逃げてもらっては困るから、申し訳ないが部屋に鍵をかけさせてもらいます」

ヴァネッサはクルーンをにらみつけた。

「どうぞくつろいでください。メイドにお茶でも運ばせましょう。それともワインのほうがよろしいかな？」

「ご親切に」ヴァネッサは皮肉を返した。

クルーンはそれにはこたえず、静かにドアを閉めた。鍵のかかる音が聞こえ、ヴァネッサはびくりとした。

あまりにめまぐるしく状況が変わったことにめまいを感じながら、ヴァネッサは窓を確かめに行った。だが、そこにも鍵がかけられていた。たとえガラスを割ったとしても、砂利道まではかなりの距離がある。この高さから飛びおりれば足首を骨折するか、もっとひどい怪我をすることになるだろう。

ヴァネッサは気持ちを落ち着けようと深呼吸をした。本当に監禁されているわけではなさそうだし、ローズウッドの従僕には行き先を伝えてある。

だが、みんなを驚かせてはいけないと思い、ダミアンの事故の件は伏せてきた。だから今夜、ヴァネッサが屋敷に戻らなかったとしても、ダミアンと一緒なのだろうと使用人たちは考え、とくに心配もしないに違いない……。

ヴァネッサは部屋のなかを行ったり来たりした。パニックに陥ることだけは避けなくてはならない。ダミアンは怪我をしたわけではなかった。なによりそれが大事なことだ。どうしようもないのであれば、クルーン卿の侮辱的な冗談くらい耐えてみせる。どのみち言われたとおりにするしか選択肢はなさそうだ。

またもや怒りがこみあげ、ヴァネッサは顔をしかめた。わたしが選んだ道にはつねにこういう惨めさがつきまとう。正直に言うと、そのことにひどく嫌悪感を覚えているけれど、たとえそうであっても……。

クルーン卿のもくろみが本当に冗談なのか、あるいは復讐なのかはわからないが、黙って従ったほうがいい。わたしが怒っているところを見せたとしても、ダミアンを激高させるだけだ。この茶番が表沙汰にならなければ、あと少しくらいなら世間体をとり繕えるかもしれない。

狩猟に出かけた一行は上機嫌で戻ってくると、銃器室でビールのグラスを片手にひと休みし、壁に飾られた牡鹿《おじか》の剝製《はくせい》たちに見守られながら、かつてしとめた獲物の自慢話などをした。

ダミアンは黙っていた。心は何キロも遠く離れたところへ飛んでいる。楽しんでいるふりをすることさえ難しかった。延々と快楽だけを追求するのはもううんざりだ――。

どっと笑い声がわき起こった。ダミアンがわれに返ると、クルーンが腹に一物ありそうな顔でじろじろとこちらを見ていた。

「なにか企んでいるな？」ダミアンは訊いた。

「わかるか？　じつはおまえが驚くものを用意したんだ」ダミアンはたいして興味を覚えなかったが、クルーンはにやりとしてアメリカから来た客人のほうへ顔を向けた。「サビーン、きみはまだ知らないだろうが、ヘルファイア・リーグには楽しい入会の儀式というものがある。最高のもてなしが待っているぞ」

何人かがビールを口に運びながら歓声をあげた。

「ほう？」サビーンが言った。「どのようなものだい？」

「きみは王家のレディたちを満足させる務めを担うんだ」ソーンヒルが答えた。

「王家の？」

「美しい娘たちと女王がひとりだ」

「ちょっとしたお楽しみだと思えばいい」誰かが控えめな表現で言った。

「それは違う」ペンダーガストが反論する。「ありゃあ我慢の限界への挑戦だ」

クルーンが説明した。「きみは明け方まで全員の相手を務めるだけの精力があることを証明しなければならない。女性たちがきみの腕前を評価し、点数をつけてくれる」

「全員が通過している儀式だ」ソーンヒルが言った。「点数に差はあるがね」

チータムが笑った。「ペニーのときなんて哀れなもんだった。女王様にさんざん搾りとられていたな」

「あのときはきつかった。あんなに必死に頑張ったのは、あとにも先にもあれきりだ」

最高得点を保持しているダミアンに対する下品な称賛の言葉がいくつか飛び交った。ダミアンはグラスを軽く掲げて称賛にこたえた。

「精力があることを証明できれば、きみは晴れて正式にヘルファイア・リーグのメンバーになれるわけだ」ペニーがつけ加える。

サビーンは苦笑いをした。

もうひとつかふたつ卑猥《ひわい》な冗談が交わされたあと、クルーンがまた話の主導権を握った。

「ラムトンが来られなくなったので、おれが代わりに主人役を務めることになった。入会の儀式の準備を始めたところ、喜ばしいことにさっそくすばらしい女王候補が見つかってね。ただ、決定する前にシンの意見を聞いておきたい」ダミアンに目を向ける。「一緒に二階まで行って、ちょっと見てくれないか？」

「連れてきているのか？」誰かが尋ねた。

クルーンがうなずいた。「ああ。これ以上はないくらいの美人だ。目が肥えているシンに保証してもらえれば完璧だと思うんだが？」

「ぜひそうしてくれ」チータムが言う。

ほかの男性たちも口々に賛成の意を表した。

ダミアンはクルーンの口調に引っかかるものを感じたが、しぶしぶ従うことにした。椅子から立ちあがると、クルーンについて階段をあがり、二階の廊下を進んだ。クルーンは突きあたりのドアを軽くノックし、鍵を開けた。そしてダミアンを見ながらクリームをなめた猫のような笑みを浮かべ、大きくドアを開いた。

窓辺に女性が立っていた。こちらに背を向けていたが、ダミアンはその立ち姿に見覚えがあった。女性が振り向いたのを見て、ダミアンは身をかたくした。

ヴァネッサが輝く黒い瞳に落ち着いた表情を浮かべ、ダミアンの視線を淡々と受けとめた。

ダミアンは、フクロウのような無邪気な目をしているクルーンをにらみつけた。「これはどういうことだ？　なぜレディ・ウィンダムがここにいる？」

「女王にもってこいだと思わないか？」クルーンが猫なで声で言った。

ヴァネッサが性的な儀式の対象になることを想像し、ダミアンは拳を握りしめた。「彼女に儀式を仕切らせるつもりか？」目を細め、ヴァネッサを問いつめる。「きみは同意したのか？」

クルーンが代わりに返事をした。「説得はしてみたが、まだ承諾はもらっていない」彼はダミアンに探るような視線を向けた。「本当のことを言うと、シン、おまえの反応が見たくて連れてきただけだ」

「ぼくの反応だと？」クルーンをにらみつけながら、ダミアンは部屋に鍵がかかっていたこと、先ほどのクルーンの探るような視線を思いだした。つまりヴァネッサはみずからの意思でこの場にいるわけではないということだ。静かな怒りがふつふつとわいてくる。

「このげす野郎……」ダミアンはクルーンに飛びかかり、クラヴァットをつかむと彼を廊下の反対側の壁に乱暴に押しつけた。「これで満足か？」

暴力をふるわれているにもかかわらず、クルーンが勝ち誇った笑い声をあげた。「ああ、満足だ。きっとおまえは彼女に指一本触れさせないだろうと思っていたよ」

「くたばれ」ダミアンは歯を食いしばったまま言った。

クルーンがあざけりの笑みを浮かべる。「レディ・ウィンダムのことはどうでもいいんじゃなかったのか、シン？　惚れているのでなければ、なぜそんなに彼女を女王にするのをいやがる？」

ダミアンは怒りに唇を引き結び、クラヴァットを握る手に力をこめた。「今はぼくが庇護している女性だからだ、くそっ！」

喉を絞められながらもクルーンがとぎれとぎれに言った。「いいかげん……惚れていると……認めろ」

ダミアンはさらにクラヴァットを絞めあげた。クルーンが窒息しかけているような声をもらしたのを聞きつけ、ヴァネッサがとめに入った。「ダミアン、やめて……苦しんでいるわ！」

騒ぎを聞きつけたのか、ヘルファイア・リーグのメンバーたちが廊下の反対側に姿を見せた。

「どうした?」ソーンヒルが大声で訊く。

「ダミアン、やめて……お願い」ヴァネッサが懇願しても、ダミアンは聞く耳を持たなかった。

クルーンの顔が引きつり、酸素不足で真っ赤になっているのを見て、何人かの男性がやめろと口々に叫んだ。ひとりが前に進みでた。

サビーンが制するようにダミアンの腕に手をかけた。「殺したくはないだろう?」

「さあな」ダミアンは憎々しげに言ったが、それでもなんとか怒りを抑えるとクルーンをにらみつけたまま後ろにさがった。「このままではすまさないぞ。武器を選べ」

決闘の申しこみだと察したヴァネッサがはっと息をのんだ。「ダミアン、やめて……」

「介添人を頼んでおくことだな」押し殺した声が真剣であることを物語っている。「こちら側はソーンヒルとマシューズが務めてくれるだろう」

あっけにとられている仲間を残し、ダミアンはヴァネッサの腕をとってその場を立ち去った。

19

二頭立ての幌《ほろ》馬車に乗ってローズウッドへ戻るふたりのあいだには、ぴりぴりした空気が流れていた。ダミアンは怒りをたぎらせ、その隣でヴァネッサは不安から来る恐怖に体を震わせていた。

「決闘だなんて本気じゃないんでしょう？」二頭の栗毛を操るダミアンに、ようやくヴァネッサは声をかけた。「とり消してちょうだい」

ダミアンが冷ややかにほほえんだ。「とり消したりしない」

「ダミアン、あれはただの冗談なのよ。なんの害もない――」

「害がないだと？」ダミアンが厳しい顔になる。「クルーンはきみを狼の集団に引きずりこもうとしたんだぞ。とても害がないなどと言えるものか」

「あなたが騒ぎを起こさなければ、お仲間たちにはわたしだとわからなかったのよ。どうして暴力なんてふるったの？　あなたが冷静に振る舞ってさえいれば、わたしが来ていたことは知られずに終わったのに」

「冷静にしていたのではクルーンは引きさがらなかったさ。あいつは巧みにぼくの怒りを引きだした。だが、きみを監禁したのはやりすぎだったな」

ヴァネッサは怒りを抑えようと深い吐息をついた。「たしかに彼のしたことは無作法で卑劣だと思うわ。でも、もう終わったことよ。決闘なんかしたら、わたしが屈辱的な目に遭ったことや名誉を汚されたことを世間に向けて宣伝するようなものだわ。お願いだから、今日のことはもう忘れてちょうだい」

ダミアンが横目でヴァネッサをにらみつけた。「こんな重大なことを忘れられるものか。そんなことをしたら、ぼくが庇護している女性を侮辱したクルーンがなんの罰も受けなかったと思い続けることになる。だから彼の卑劣な行為をぼくが裁くんだ」

「ぼくが裁くですって？」ヴァネッサもダミアンをにらみつけた。「いったい何様のつもり？　神様に代わって人の人生をもてあそぶ権利があなたにあるとでも思っているの？　最初はオーブリー、次はクルーン卿――」

「もういい！　話は終わりだ」

ヴァネッサは唇を引き結び、言葉をのみこんだ。激しい怒りもあるが、それよりも怖さのほうがずっと強かった。

彼女は道中ずっとダミアンの怒りを含んだ沈黙に耐え、屋敷に到着するや急いで馬車を降りた。

ひと言もしゃべらずに自室へ向かうと、旅行用のドレスに着替えた。そしてふたりのメイドに手伝わせて旅行鞄に荷物を詰め、ダミアンの馬車へ運ぶよう指示した。もう午後も遅い時間だったが、アルセスターの馬車宿まで行き、駅馬車に乗るつもりだった。今夜じゅうにロンドンにたどりつけば、明日にはケントのわが家へ戻れる。

最後にもう一度、寝室を見まわした。この部屋でわたしは体の悦びと心の痛みを知ったのだ。ヴァネッサは静かにドアを閉めると、別れの挨拶をしにオリヴィアの部屋へ立ち寄ることもなく、そのまま一階へおりた。これほど感情的になっているときに、とてもオリヴィアと話なんてできない。せめて家に戻ったらすぐに手紙を書くことにしよう。

ダミアンは書斎にいた。机に向かい、決闘用のピストルを点検している。ケースの刻印を見ると、その美しい作品はマントンという名の鉄砲鍛冶《かじ》の手によるものらしい。ヴァネッサは青ざめた。

彼女はダミアンの端整な顔立ちを目に焼きつけた。ダミアンを思う気持ちと、彼を失うかもしれない恐れに胸がしめつけられる。「本気なのね？」ようやくヴァネッサは口を開いた。

「そうだ」ダミアンが顔をあげることなく答える。

「死ぬことになるかもしれないのよ。わかっているの？」

「自分が死ぬとは思っていない。射撃の腕前は人並み以上だ」

「だったらそれでいいの？　クルーン卿を殺してしまうかもしれないのよ？　人ひとりの命を奪うことに、なにか感じるものはないの？」

ダミアンが顔をあげ、ヴァネッサの目を見据えた。「名誉を守るためならしかたがない」

「名誉ですって？　ばかばかしい！　甘やかされて育った子供がふたり、ご褒美をめぐって喧嘩をしているだけじゃないの」ヴァネッサは喉もとにこみあげる熱い怒りをのみこんだ。「わたしは決闘を見届けるつもりはないから。あなたが誰かを殺したり、怪我をしたり、殺されたりするところなんてとても見ていられない。ここを出ていくわ」

ダミアンはヴァネッサの旅行用の外套に視線を移した。「どこへ行く気だ？」

「家族のもとへ帰るわ。駅馬車に乗るつもりよ」

「ぼくとの取り引きはどうする？」

ヴァネッサは嵐のような灰色の瞳をのぞきこんだ。「約束の期間はどうせもうすぐ終わるわ。それでも許せないなら、どうぞ好きにして」

ダミアンは無表情だった。

ヴァネッサはいらだちを隠そうと唇をかんだ。「どうしてわたしが求婚を断ったか知りたがっていたわね。これがその理由よ」怒りをこめて決闘用のピストルを指さす。「結婚なんかしたら、あなたが生きて帰ってくるのかどうか、わたしは毎日心配し続けることになるわ。いまだにロジャーが死ぬ悪夢を見るのよ。ロジャーの人生やあの人が引き起こしたスキャンダルの夢を。あなたの身を案じながら暮らすのはまっぴらごめんだわ」

まるでヴァネッサが石像に向かって話しているのかと思うほど、ダミアンは感情を顔に表さなかった。

ヴァネッサの声は怒りに震えた。「なにが理解に苦しむのかわかる？　あなたがなぜ自分の人生を無駄にして意味のない毎日を送っているのかがわからないのよ。ヘルファイア・リーグとやらで欲望を満足させることで本当の喜びを味わったことがあると言えるの?」

ダミアンがヴァネッサを見据えたまま、ゆっくりと皮肉な笑みを口もとに浮かべた。「もしぼくがそういうことをいっさいやめたら、きみのお眼鏡にかなうのかい? きみの夫になる資格があると認めてくれるのか?」

ダミアンはすさまじい気迫を発していた。

「きみが求めているのは聖人君子だ」返事をしないヴァネッサに、彼は顔をゆがめて言い捨てた。

ヴァネッサはダミアンの目をのぞきこんだが、そこに自分への愛情を読みとることはできなかった。ダミアンは心を閉ざしてしまっている。

「いいえ、聖人君子なんかいらないわ。わたしを愛してくれる人が欲しいだけよ。わたしだけをね。結婚の誓いを神聖なものと考え、わたしを裏切ってほかの女性と遊んだりしない。次々とスキャンダルに巻きこまれたりもしない。そして、くだらない決闘なんかで死んだりしない人よ!」

初めてダミアンが反応を見せた。頬がぴくりと動く。「ぼくはきみの亡くなったご主人とは違う」

「そうかしら? たいした違いはないように見えるけど」

ふたりは挑みあうように視線を絡ませた。静まりかえった書斎に自分の呼吸する音だけが響いているのをヴァネッサは感じていた。

だが、やがて虚無感に襲われて泣きだしそうになった。「ダミアン……」あとは懇願するしか方法がない。「あなたほどの能力と財力があれば、もっといろいろなことができるわ。オリヴィアをあんなに大切にできる人だもの。それに、わたしに友情を示してくれたこともあった。あなたならつまらない楽しみなんか追いかけていないで、もっと意味のあるすばらしい人生を送ることができるはずよ」

ダミアンがぞくりとするような冷たく甘いほほえみを浮かべた。「それ以上幻想を壊される前に、さっさと出ていったほうがいい」

「そうね」ヴァネッサはわびしさに包まれた。

「ぼくの旅行用の馬車を使ってくれ。駅馬車より安全だ」

ヴァネッサはうなずいた。涙がこみあげそうだ。ダミアンに背を向けて戸口まで来たとき、彼女はふと足をとめた。

「どうしてこんな幻想を抱いてしまったのかしら」ヴァネッサの心は寒かった。「あなたを愛していると思っていたなんて愚かだったわ。わたしの思い違いだったみたいね。あなたのような人を愛することはわたしにはできない」

ダミアンがショックに体をこわばらせたのが気配で察せられた。

「ヴァネッサ……」

彼が立ちあがる音が聞こえ、足音が背後に近づいてきた。たくましい腕で後ろから抱きしめられてヴァネッサは身をかたくした。

ダミアンがかすれた声で言った。「ヴァネッサ、行くな」

そんな切ない声で懇願されたら決意が鈍ってしまいそうだ。

ヴァネッサは震えながら息を吸いこんだ。「だめよ、できないわ。もうこれ以上耐えられないの」

彼女はそっとダミアンの腕から離れると、そのまま立ち去った。


ダミアンは暗い秘密の廊下に立ち、ヴァネッサが使っていた寝室の壁板を開いた。部屋は空っぽだ。心にも、痛みとともにぽっかりと穴があいている。彼女はもういない。

夢遊病患者のようにふらふらと窓際へ行き、庭園を見おろす。残り香が漂っていた。彼女の最後の言葉が脳裏に焼きついて離れない。〝あなたを愛していると思っていたなんて愚かだったわ〟

愛の告白にも衝撃を受けたが、ヴァネッサの聡明な瞳のなかに絶望や不安や幻滅を見たときには、頭を殴られたようなショックを受けた。幻滅はこのぼくに対するものだ。

ダミアンは言い知れないほどの喪失感に襲われた。ヴァネッサがいなくなった今になって、ようやく自分がどれほど大きな過ちを犯したのかがわかった。

〝あなたのような人を愛することはわたしにはできない〟

当然だろう。ぼくは復讐のために、純真な女性の人生を破滅に追いこむような男だ。誰の気持ちを思いやることもできず、ただ欲望を満たすためにくだらない享楽にふける利己的な人間なのだ。

ヴァネッサの言うとおり、いくら欲求を満足させても真の喜びなど感じたことはない。次から次へと愛人を変えたのは、渇きやむなしさを癒してくれる女性にめぐりあえなかったからだ。だが、ヴァネッサは違った。彼女はぼくのうつろな心を愛で満たしてくれた。

ヴァネッサを愛している。

そう思うだけでめまいを起こしそうになる。愛がこういうものだとは知らなかった。あまりに長く放埒な人生を送ってきたため、複雑な感情を理解することができなくなっていたからだ。ぼくはこの感情を欲望だと考え、それと闘ってきた。だがいつしかそれは、欲望よりもはるかに深いものに変わっていた。

彼女を愛している。

なんという甘く切ない言葉だろう。こんな切なさがこの世に存在するとは思いもしなかった。だが、それで魂の孤独が慰められるわけではない。

ヴァネッサを遠ざけてしまったのは、誰でもないこの自分だ。そして、もうとりかえしがつかない。

先ほど決闘の時刻が決まった。明朝の夜明けだ。

暁の光が東の地平線を揺らめく薔薇色に染め、霧の立ちこめた空き地に立つ者たちをほのかに照らしだした。集まったのはピストルを手にした男ふたりと介添人、そして厳しい表情をした医師だ。

厳粛な空気のなか、ソーンヒル卿が、すでに合意のなされている決闘のルールを復唱した。互いに背中を向けて二〇歩進み、そこで振りかえって撃つこと。

「それでかまわないかな？」ソーンヒルが静かに尋ねた。

クルーンはダミアンを見据えたままにやりとした。「こっちはいいぞ。こんな不愉快なことはさっさとすませてしまおう」

ダミアンは冷たい表情のまま、その場違いでふまじめな言動を無視した。

ふたりは空き地の中央へ進み、背を向けあって立った。ほかの男たちは離れた場所までさがった。あたりは静寂と緊張に包まれている。

しんと静まりかえったなか、クルーンの低いささやき声が聞こえ、ダミアンは驚いた。

「今さらこんなことを言っても遅いが、おまえの女を侮辱するようなまねをしてすまなかった。これでまたスキャンダルに巻きこむことになるかと思うと、彼女に申し訳ない」

ダミアンは渋い顔をした。「そう思っているのはぼくも同じだ。おまえだけの責任ではないさ」

「ふたりとも、始めよう」ソーンヒルが呼びかける。「一……」

ダミアンは呼吸を落ち着けて歩きだした。

ゆっくりとふたりは離れていった。一〇歩……一五歩……一九歩……。ダミアンはピストルの滑らかなグリップに手をかけた。

「二〇……」

ふたりは振りかえり、互いを狙った。

クルーンが指に力をこめたのが目に入ったが、ダミアンは心のなかで別のものを見ていた。誰も殺さないでと懇願しているヴァネッサの美しい顔だ。

ヴァネッサ……。

引き金を引く瞬間、ダミアンは銃口を上に向けた。その直後、クルーンの銃声が聞こえ、体に激痛が走った……。

ダミアンは銃弾に倒れた。あまりの痛みに、身動きどころか息さえできない。意識を失いかけた耳に男たちの叫び声が聞こえる。ふと気づくと、クルーンが覆いかぶさるようにしてダミアンをのぞきこんでいた。

「なんてやつだ。おまえ、自殺する気だったのか？　なぜわざと弾をはずした？」

ダミアンは顔をしかめた。やり方はひねくれているが、たしかにぼくには自殺願望があったのかもしれない。最後の瞬間、ぼくは空へ向けて発砲し、クルーンの弾にみずからをさらした。だがヴァネッサのことを思うと、どうしてもクルーンを撃つことができなかった。ヴァネッサの目に映るぼくはすでにさんざん罪を犯しているのに、そこに新たに殺人という重罪を加えるわけにはいかない。そんなことにはぼく自身が耐えられなかった。

「動くな、ダミアン。おまえは怪我をしている」

上着が引き裂かれた。クルーンに左肩を探られ、ダミアンは苦痛に顔をゆがめた。

「わたしが診ましょう」

誰かがそばに膝を突いた。おそらく医者だろう……。

「弾は体内に残っているようです。摘出する必要がありますな」

「傷の具合は？」

「重傷ですが、命にかかわるほどではないでしょう」

ダミアンは目を閉じ、痛みに身を任せた。死なずにすんだのは幸いかもしれないが、いっそ致命傷だったほうが数々の罪を犯してきたぼくには似つかわしい罰だったかもしれない。

容態はなかなかよくならず、ダミアンは痛みに苦しんだ。ラムトン卿の狩猟館からローズウッドへ戻ってもよいという医師の許可が出るまでに決闘から四日もかかった。オリヴィアは死ぬような傷ではないとわかって安堵したあとは、いっさい口をきいてくれない。決闘で命の危険に身をさらしたことだけでなく、ヴァネッサをローズウッドから出ていかせたことにも激怒していたからだ。

その件では、ダミアンも自分を許すことができなかった。

毎日ベッドに寝ているしかなかったため、みずからの卑劣な行為について熟考する時間だけはたっぷりあった。ぼくは愛する女性を破滅に追いやろうとした。ヴァネッサの純粋さを汚し、自分と同じ水準まで引きずりおろそうとしたのだ。クルーンのしたことなど、まだかわいいものだ。ぼくはヴァネッサを娼婦にしようとしていたのだから。それが醜い真実だ。

いったい何年したら、苦々しい思いを抱くことなくこの記憶と向きあえるようになるだろう。求婚したときでさえ、ぼくはヴァネッサにきちんと敬意を払うこともなく、思いやりのかけらすら示さなかった。それどころか名誉なことだと言わんばかりの態度をとり、彼女をどれほど特別な女性だと感じているかについてはひと言も口にしなかった。

ヴァネッサが断るのも不思議はない。

〝あなたのような人を愛することは、わたしにはできない〟

さわやかな朝の光をうとましく感じ、ダミアンは目をつぶった。自分の人生にも、自分自身にも、まったく誇りなど感じられない。

あの親にしてこの子ありだ。ぼくは悪癖や放蕩を好む性質を受け継ぎ、みずからを省みることなく生きてきた。好き放題に遊びにふけり、スリルを追い求め、近ごろはそういった享楽を楽しめないと感じていたにもかかわらず態度を改めようともしなかった。

ダミアンは低い声でののしりの言葉を吐いた。これでは憎んでいたはずの父と同様の、どうしようもなく堕落した人間になりさがっただけだ。彼はひどい自己嫌悪に襲われた。だが、今からでも変われるかもしれない。ヴァネッサに認めてもらえるような人間になれるかもしれない。

決闘から七日め、クルーンが見舞いにやってきたとき、ダミアンはまともな人間になるための第一歩を踏みだした。

クルーンは深く悔いていた。「もう一度ちゃんと謝りたいし……おれの人生を終わらせないでくれたことにも礼を言いたくてな。レディ・ウィンダムの名誉を汚して本当にすまなかった。心から申し訳なく思っている」

ダミアンは顔をゆがめて笑った。「こっちこそ、もう少し左を狙わずにいてくれたことに感謝しているよ」

「それでも思っていたより心臓に近かった」

「おまえは昔から射撃が下手だからな」

クルーンはあたたかく迎え入れられたことに安心したのか、ベッド脇の椅子に腰をおろした。

ダミアンは奇妙な寂しさを覚えながら彼を眺めた。クルーンは大学のころから一緒にばかげた遊びにふけってきた友人だ。だが、これからふたりの進む道は分かれようとしている。放蕩三昧のくだらない生き方に未練はないが、友人を失いたくはなかった。

「狩りは中止かい？」ダミアンは尋ねた。

「ああ。おまえがこんなことになったからな。ほとんどのやつはロンドンに帰った。おれは、おまえとふたりきりで話がしたかったんだ。だがみんな、また見舞いに来るつもりでいる」

「それはよかった。きちんと最後の挨拶ができる」

クルーンが問いかけるように片方の眉をつりあげた。

「ヘルファイア・リーグを退会しようと思っているんだ」

「シン……おまえは過剰に反応しすぎだ。なにも今回のことで友達と縁を切る必要はないんじゃないか?」

「縁を切るつもりはないさ。でも、もうむちゃはしない」

クルーンが眉をひそめる。「レディ・ウィンダムか。彼女のせいだな? ほら見ろ、やっぱり惚れているんじゃないか」

「そうだ、おまえの言ったとおりだよ」

クルーンがかぶりを振った。「昨今じゃ大抵のことには驚かなくなったが、まいったな。おまえは恋におぼれたりはしないとあれほど言っていたのに、いったいなにがあった?」

「ヴァネッサに出会った」ダミアンはそれだけ答えた。

「幸せになれるとは限らない。いや、そうなることのほうがまれだ」

「わかっている」

「つらい思いをすることになるぞ」

「そうかもしれないな」

「まあ、おまえならうまくやるかもしれないが」クルーンはまだショックを受けている様子だった。「恋は男を愚か者にするな」

「しかも、たちの悪い愚か者だ」ダミアンは愉快な気分だった。「そうでなければ、夜明けにおまえをピストルで撃とうなどとは思わない」

クルーンがおもしろそうな、それでいて哀れむような顔でまじまじとダミアンを見た。

「おまえが自分を卑下するようなことを言うとはな、シン」

「そうだな」恋に落ちたと認めるのを恥じる気持ちはダミアンにはなかった。理性もプライドもどうでもいいと思えるほど、ヴァネッサを愛していた。「その〝シン〟と呼ぶのをやめてくれるとありがたいんだが。もう〝女泣かせ〟は返上したんだ」

「おまえがそう言うなら」クルーンが疑わしそうな口調で言う。「で、おれはいつ祝辞を述べればいいんだ？」

ダミアンは顔をしかめた。「さあな。求婚はしたが、彼女に断られたんだ」

「嘘だろう？」

「こんな男はごめんだと言われたよ」

「だからヘルファイア・リーグを抜ける気になったのか。気をつけろ。おまえ、そのうちに骨抜きにされるぞ」

ダミアンは遠くを見るような目をした。「それで許してもらえるなら、喜んで骨抜きにされるさ」

オリヴィアは兄の改心的な行為に半信半疑だった。ダミアンはそこそこ体力を回復したところで妹を寝室へ呼んだ。オリヴィアは従僕に車椅子を押され、ふてくされた顔でやってきた。

「お兄様と話すことなんかなにもないわ」まだ従僕が部屋にいるというのに、オリヴィアは開口一番そう言った。

ダミアンは痛みに顔をしかめながら、ベッドの上で体を起こした。怪我をした肩をかばうために左腕が固定されていたが、それでも傷はずきずきと痛んだ。

彼はふたりだけになるのを待ち、妹の出鼻をくじいた。「ラザフォードと結婚してもいいぞ」

オリヴィアはじろりと兄をにらんだ。「なにを企んでいるの？」

「別に。あいつが本当に誠実かどうかはまだ疑問の残るところだが、それを証明する機会をやろうと思ったのさ。おまえには幸せになってほしいんだ、オリヴィア。ラザフォードでなくてはだめだというなら、もう邪魔はしないさ」

オリヴィアが希望に顔を輝かせる。「本当にそう思っているの？」

「本心だよ」

彼女は満面に笑みを浮かべ、目をきらきらさせた。「まあ、お兄様……今、わたしがどれほど幸せか、きっとお兄様にはわからないでしょうね」

「多少は想像がつくよ」ダミアンは穏やかに言った。

「ああ、オーブリーに話さなきゃ」オリヴィアは言葉を切り、疑わしそうな目でダミアンを見た。「彼に話してもかまわないのね？　ローズウッドを訪ねてきたとたん撃ち殺したりしないわよね？」

ダミアンは苦笑した。「しないよ」そう言って、仲がよかったころによく見せた、からかうような表情を浮かべた。「お行儀よくしていると約束する。なにしろ決闘をひとつ終えたばかりだ」

オリヴィアが真剣な目になる。「仕返しをあきらめてくれてうれしいわ。ヴァネッサが言っていたの。復讐したからといって心が慰められるわけじゃないって。そのとおりだったわ。わたしも最初はオーブリーに思い知らせてやりたかった。罪を償わせたいと思っていたの。でも、本当は愛されたかったのよ」

ダミアンは寂しい顔でほほえみ、妹の顔をまじまじと見た。「大人になったものだな」彼は廊下に控えていた従僕を大声で呼び、肩に走った痛みに顔をゆがめた。「婚約者と勝利を祝っておいで」

従僕が車椅子を押し始めた。部屋を出る前に、オリヴィアが肩越しに振りかえった。「ヴァネッサから手紙が来たの。無事に家に着いたみたいよ」

「そうか」ダミアンは努めてさりげない返事をした。

「なぜ急にここを出ていくことになったのか教えてくれたわ」

「彼女はなんと言っていた？」

「お兄様と決定的な意見の食い違いがあったんですってね。だけど、わたしとはお友達だからと書かれていたわ」

ダミアンは胸が痛んだ。「うらやましいよ」

オリヴィアが探るような目で兄の顔をのぞきこみ、遠慮がちに訊いた。「わたし……どうしてもヴァネッサに会いたいの。彼女にここへ戻ってくるようにお願いしたら、お兄様は気に入らないかしら?」

ダミアンは静かに妹を見つめかえした。オリヴィアは昔から本心を隠すのが下手だ。表情を見れば、兄のために言ってくれているのがよくわかる。

「戻ってはこないだろうな。だが、おまえの気持ちはありがたく受けとっておくよ」

妹の悲しそうなほほえみを見て、ダミアンは胸がしめつけられた。

オリヴィアが部屋を出ていったあと、ダミアンはまたベッドに横たわり、仕返しについて妹が口にした言葉をわびしい気持ちで思いだした。復讐しても心が慰められるわけでないことはいやというほど思い知らされた。

考えてみれば皮肉な話だ。報復をしかけたのはぼくなのに、ヴァネッサは自分の身を捧《ささ》げるという形でそれに返報した。そしてぼくは、太古の昔からある踊りを踊らされている。

愛か……それが愛だと気づくことさえないまま、それを求めて眠れない夜を過ごしてきた。体のうちにこもる欲望は、いつしか抗しがたい愛に変わっていた。

詩人は正しい。たとえ放蕩者であっても、愛はその堕落しきった骨の髄まで揺さぶり動かす。

こうなると、けっして引かない熱に浮かされているようなものだ。一日じゅう、ヴァネッサのことが頭から離れない。夜は眠りに就くまで彼女のことを考え、朝は目覚めるなり思いだし、さらには夢にまで見る始末だ。心はヴァネッサで占められている。あれほど手ごたえのある女性はいなかった。彼女と一緒にいると、退屈から来るやりきれなさやむなしさが癒された……。

ほかの女性ではだめだ。ぼくは一生、ヴァネッサから自由になることはないだろう。また、そうなりたいとも思っていない。

ダミアンはかたく目をつぶった。もう手遅れだろうか？　あんな仕打ちをしてしまったあとでは、もはや彼女に愛されることは無理なのか？

とにかく自分を変え、もっとましな人間になろう。問題はどうすればいいかだ。冷淡で利己的だった両親は、とても手本にはならない。ぼくはほうっておかれ、両親の身勝手さやスキャンダルを目のあたりにしながら育った。そして人生になんの目的も意味も見いだせない大人になった。

だが、変わる努力はできるはずだ。放蕩者がみな同じではないことをヴァネッサに示したい。こんなどうしようもない男でも、愛を知ればまっとうな人間になれることをわかってほしい。

すがるような思いでわずかな希望を見つけたとき、ダミアンは胸の痛みを覚えた。彼女に愛されたい。今ならまだ間に合うかもしれない。

ぼくはヴァネッサの身を破滅に追いこもうとした男だ。だが今、彼女に許されることを願っている。

20

ヴァネッサは居間で母や妹たちとともに過ごしていたが、気分は死人のようだった。刺繡をする妹たちのとりとめもない会話はほとんど耳に入ってこなかった。

一週間ほど前、ラザフォード邸へ帰ってきた直後にオーブリーから手紙が届いた。文面はそらで言える。

親愛なる姉さんへ

決闘の結果を他人から聞かされるのはいやだろうから、ぼくがペンをとりました。姉さんをあまり心配させたくはないけれど、シンクレア卿は肩に重傷を負い、銃弾を摘出する手術を受けたそうです。相手方のクルーン卿は無傷です。どうやらシンクレア卿は空に向けて撃ったらしく、彼の友人たちの多くがそのことにショックを受けています。

治る傷だとは聞いていますが、あの屋敷とは連絡をとることを許されていないため、これらの情報は噂から推測したものばかりです。ぼくの状況は残念ながら変わっていません。

誠意をこめて

怪我をしたダミアンがベッドに臥せっている姿を思い浮かべて不安になり、ヴァネッサはその想像を頭から追い払おうと目を閉じた。そのあとオーブリーから二通めの手紙が届き、ダミアンは予想以上に早く回復しているようだと知らせてきたが、それでもいく晩も悪夢にうなされた。

秘めた心の傷は、そう簡単には癒《い》えそうになかった。ダミアンへの切ない思いは長く引きずることになるだろう。彼のもとを去ったのは人生でいちばんつらい選択だった。

これからは薔薇の花を見るたびにダミアンのことを考え、いつまでも喪失感にさいなまれるに違いない……。

「郵便が来たみたい」妹のシャーロットの声に、ヴァネッサは惨めな物思いをさえぎられた。しばらくするとメイドが居間に入ってきて、ヴァネッサにお辞儀をした。「お手紙でございます」

「ありがとう」

シンクレアという署名を見てどきりとしたが、すぐにオリヴィアの文字だとわかった。ヴァネッサは震える手で封を開けた。大急ぎで書かれたものらしく、ところどころにインクのしみがあり、感嘆符や横線が乱れている。

大好きな大好きなヴァネッサへ

信じられないことです！　兄が態度を和らげました！　わたしたちの結婚を許してくれたのです!!　兄はわたしに幸せになってほしいのだと言いました。ああ、今のわたしはとても幸せです!!!　これであなたのことをお姉様と呼ぶことができます。わたしがどれほど興奮しているか、きっとあなたならわかってくれることでしょう。手が震えてペンがうまく持てないほどです。大好きなヴァネッサ、兄の気を変えてくれたのは間違いなくあなたです。兄はあなたの言うことなら耳を傾けますもの。

結婚式の日取りや場所、住まいなど、細かいことはまだなにも決まっていません。わたしとしては冬が来る前に式を挙げたいと思っています。わたしをラザフォード邸に迎え入れてもらえたら幸いです。あなたのお母様はわたしの義理の母君になられることを喜んでくださるでしょうか？　ああ、その日が待ちきれないわ!!　オーブリーの妻になれると思うとどれほどうれしいことか!!　大好きなヴァネッサ、すべてはあなたのおかげです……。

「お姉様、どうしたの？」シャーロットが訊いた。母やファニーと違い、この妹はいつも勘がいい。「悪い知らせじゃないでしょうね？」

ヴァネッサはまだ呆然としたまま顔をあげた。まさかダミアンが折れるとは思ってもみなかった。しかもこんなに早く……。「いいえ……それどころか、とてもいい知らせよ。オーブリーがオリヴィア・シンクレアと結婚することになったの」

「まあ、すてき！」ファニーが感嘆の声をあげた。ソファの背にもたれかかっていた母親のグレイスが、背筋を伸ばして座りなおした。

「結婚ですって？　オーブリーがそのお嬢様を存じあげていることすら知らなかったわ。どうしてわたしにはなにも話してくれなかったのかしら？」

「きっと心配させたくなかったからよ、お母様」シャーロットがなだめた。「もしかすると、いらない期待を抱かせたくなかったのかもしれないわ。だけど、すばらしいお相手だと思わない？　ほら、あのミス・シンクレアよ。お姉様がいつもお手紙に書いていた方」

シャーロットが会話の主導権を握り、母の気持ちを楽にしようと努めてくれたことにヴァネッサは感謝した。とても今の自分にはできそうにない。

ようやく家族から離れて寝室でひとりきりになったときも、ヴァネッサはまだ動揺していた。オリヴィアの喜びをひしひしと感じながらも、なぜダミアンが急に態度を変えたのかと考えずにはいられない。本当にわたしがそれに関与しているのかしら？　わたしの言葉はひとつでも彼の耳に届いたの？

いいえ、やはり深読みするのは間違っている、と思い、ヴァネッサはわきあがってくる希望を抑えこんだ。ダミアンがふたりの結婚を許したからといって、わたしと彼の関係が変わったことにはならない。わたしは愛されているわけではないのだから。つらいけれども、それが現実だ。

やはり、ダミアンのもとを去るしか選択肢はなかった。愛のない結婚に苦悩するくらいなら、彼のいない人生のほうがまだました。

またしても絶望感に気持ちが沈み、涙がこみあげた。


それからの数週間というもの、ヴァネッサはなんとか日々を過ごしてはいたものの、とても元気よく振る舞うことはできなかった。娘が病気になりかけているのではないかと、母親でさえ心配したほどだ。

オリヴィアからはときおり、進捗《しんちょく》状況について知らせる手紙が届いた。教会で一度めの婚姻の公示が行われ、式は一一月初旬にアルセスターでとり行われることに決まったらしい。また結婚衣装を選ぶため、九月中にダミアンと一緒にロンドンへ行くことになったとかで、オリヴィアは有頂天になっていた。

オーブリーから次に届いた手紙は、オリヴィアからの一通めに負けず劣らず衝撃的だった。


姉さん、シンクレア卿が信じられない恩情を示してくれました。もちろん、賭に負けたときの借用証を返してくれたことは驚きでもなんでもありません。姉さんがオリヴィアの大きな力になったことを考えれば、彼が家屋敷をとりあげるのをやめたことはうなずけます。それに当然のことながら、シンクレア卿とて妹に貧しい生活はさせたくないでしょうから。

しかし彼は、義理の兄としての務めを超えたことまでしてくれたのです。ぼくに借金の総額を尋ね、そのすべてを支払ってくれました。それは今後、ぼくが秘書として得た収入から返済していこうと思っているのですが、さらにとても返しきれないほどのこともしてもらいました。なんと、シャーロットとファニーに持参金を用意してくれたのです！　それもけっして少ない額ではありません。

これで妹たちに充分な持参金を持たせてやれると思い、どれほどぼくが安堵したか。きっと姉さんもほっとされたことでしょう。想像してみてください。それぞれに一万ポンドもあれば、妹たちは誰でも好きな相手と結婚できるではありませんか。

これまでぼくが言ってきたシンクレア卿に対する批判はすべてとり消します。彼はぼくに人生をやりなおす機会を与えてくれました。その期待にこたえられるよう、全力を尽くすつもりでいます。

とにかく、シンクレア卿の態度は言葉では言い尽くせないほど立派です。今回は、もしオリヴィアを幸せにできなければなどという脅し文句はひと言もありませんでした（でもぼくが彼女の髪の毛一本でも傷つければ、容赦なく銃弾をぶちこまれることは間違いなさそうですが）。彼から恩恵を受けるのはプライドが許さない気もしたのですが、妹たちのためと思えば断ることはできませんでした。それにオリヴィアのためでもありますし。ぼくは彼女を心から愛しているのです、姉さん……。

ヴァネッサは驚きと戸惑いに呆然としながら、ただ手紙を見つめるばかりだった。妹たちに一万ポンドずつですって？　ダミアンはなにを思ってそんなことをしたのだろう？　それに弟の賭事の借金を清算し、家族の経済状況を保証してくれた。つまりは父が他界して以来、ずっと肩にのしかかっていた重荷をとり去ってくれたということだ。
またヴァネッサの心に希望がふつふつとわき起こり始めた。今度はそれを抑えこむのは難しかった。
数日のうちに、さらにうれしい知らせがローズウッドから届いた。オリヴィアの両脚の感覚が戻ってきたというのだ。回復への大きな前進だった。まだ歩くことはできないが、マッサージや湯治を続ければ結婚式のころには立てるようになるかもしれないと医師は言っているらしい。

日々、体力がついてきているような気がします。このままいけば、あなたが思っているより早くご招待をお受けできるかもしれません。来週のロンドン旅行で健康面の問題が生じなければ、来月にはラザフォード邸へ連れていくとオーブリーが約束してくれました。そうすれば、結婚式の前にお義母《かあ》様や妹さんたちにお会いできます。その日がどれほど待ち遠しいことか。

ロンドン旅行はすこぶる順調に進んでいるらしく、オリヴィアからは楽しくて舞いあがっているらしい手紙が何通も来た。ちょうど秋の社交シーズンが始まったところでもあり、オーブリーは舞踏会や晩餐会へオリヴィアをエスコートしていったらしい。思っていたよりもずっとあたたかく社交界に受け入れられたが、それは世界一すてきな男性に恋をしているからに違いない、と手紙にはつづられていた。

ダミアンについても触れてあり、それを読むたびにヴァネッサは胸がしめつけられた。想像もつかないことだが、彼女の知っているダミアンとはずいぶん変わったらしい。もはや人生に目的を見いだせず、享楽ばかりを追い求めている男性ではなくなったようだ。とりわけ、ロンドンから最後に来たオリヴィアの手紙には驚かされた。

ここ数日、午前中は兄が忙しくしているため、オーブリーがオックスフォード通りやエクセター・チェンジの市場へ連れていってくれました。兄がどこへ行っているのか知ったら、きっとあなたはびっくりするでしょうね。なんと、ホワイトホールなのです！　兄は政府の財務に関して大蔵大臣に助言をする役職に就きました。財をなすのが上手な人だから、きっと大蔵省にとって貴重な人材となるでしょう。

さらに兄は、来年一月に開かれる国会から貴族院に入る気でいます。夜になると、どんな演説がいいかハスケルと議論しています。わたしは政治の話はよくわからないのですが（それに正直言って、とても退屈です）、兄は興味のあるテーマをいくつか見つけたようです。明日、わたしとオーブリーはウォリックシャーへ帰る予定ですけれど、兄はロンドンに残ることになりました。兄はホイッグ党を支持しているんですって。扇動的な改革派だとオーブリーから聞きました。オーブリーはトーリー党だから、彼の妻となるわたしはもちろんトーリー党を支持します。
彼の妻――ああ、なんてすてきな響きの言葉でしょう！　ヴァネッサ、どうか結婚式には新婦付添人として出席すると約束してくださいませ……。

ヴァネッサは動揺を覚えながら、オリヴィアの頼みが書かれた一行を見つめた。ローズウッドを訪ねるのかと思うと複雑な心境になる。たったひとりの弟の結婚式に出席しないなど考えられないが、ダミアンに再会し、手の届かない人だとわかっていながら彼のそばにいることに耐えられる自信がない。
その二日後に届いた手紙には、驚きよりも困惑を覚えた。それはダミアンの秘書であるジョージ・ハスケルからだった。

親愛なるマダムへ
シンクレア男爵の代理としてお手紙を差しあげております。半月後、男爵の顧問弁護士であるミスター・ネイスミスとご面会いただけませんでしょうか。彼は一〇月の一週めにケントへ向かい、マダムのご都合のよい日にご自宅へおうかがいします。この願いを聞き入れてくださるのであれば、日にちと時間をご指定いただければ幸いに存じます。
誠意をこめて

ダミアンが弁護士をよこす理由など想像もつかないが、ヴァネッサは丁寧な返書を送り、一〇月三日の午前一〇時を指定した。

当日、ヴァネッサは妹たちを乗馬へ送りだし、母親を部屋で休ませた。そして書斎で読書をしながらミスター・ネイスミスが来るのを待った。

弁護士は約束の時間ぴったりに到着すると、丁重すぎるほどの態度で挨拶し、席に着くや訪問の目的を話しだした。

「レディ・ウィンダムに代わってわたしがある手続きを進めさせていただきましたので、そのことをお伝えにまいりました。シンクレア卿は相当な額の財産と、ロンドンにほど近いケントの邸宅をあなたにお譲りになりました。なかなか地の利のよい場所にありまして、使用人もそろっていますし、敷地の景観もすばらしいものです」

ヴァネッサはネイスミスを凝視した。これは恒久的な愛人になれという意味を含んでいるのだろうか？　「ご用件の趣旨が……よくつかめないのですが？」彼女はこみあげてくる怒りを抑えながら、努めて冷静な口調で尋ねた。

「弟君が結婚されましたら、新しい令夫人がこのお屋敷の女主人になられます。そうすると、あなたが新たな家を持ちたいと思われるのではないかとシンクレア卿はお考えになりました。そうはいってもご家族のそばがよろしいかと存じまして、ケントをお選びになったというわけです。先ほども申しあげましたように、ロンドンからもけっして遠くありません。ただ、厩舎はまだ空っぽです。乗馬用や馬車用の馬はご自分でお選びになりたいのではないかと、シンクレア卿はお考えになりましたので——」

「ミスター・ネイスミス」ヴァネッサはもどかしくなって口を挟んだ。「ミス・シンクレアがこの館の女主人となられたあと、自分がどこに住むかはまだ決めておりませんが、それはシンクレア卿にはなんの関係もないことです。寛大なご厚意の理由にはなりませんわ」

弁護士が厳かにうなずいた。「微妙なお話になりますが、あなたには経済的に自立できるようになっていただきたいとシンクレア卿は願っておいでです。行く末をみずからお決めになれるように。とりわけ……ご結婚されるか否かについてです」

ヴァネッサはショックを受け、しばらく口がきけなかった。

彼女がなにも言わないためか、ネイスミスは説明を続けた。「法的には通常とは少し違った措置がとられています。といっても同様の例がないわけではありませんが。詳細は省きますが、金銭は信託財産になっていますので、あなたがご結婚されても夫がそれを管理することは法によって認められていません。約二〇万ポンドある信託財産の大半は、そのまま相続人……たとえばお子様などに受け継がれます。一方、あなたには四半期ごとにかなりの額の利子が支払われることになります。要するに、あなたはとても裕福な女性になられたわけですよ」

ネイスミスが鞄から一束の書類をとりだし、呆然としているヴァネッサに手渡した。

「急なお話なのでよく考えてみたいでしょうし、書類にも目を通されたいかと思いまして、わたしは少なくとも明日の午前中まではこの近くに滞在することにしました。もしお望みなら、喜んでご説明に戻ってまいります」

「いえ……」ヴァネッサはうわの空でこたえた。自尊心のある女性がこんな途方もない金額の贈り物をされれば、普通なら侮辱されたと感じるところだ。だが、ダミアンにそんなつもりがないことはわかっている。彼の意図はその正反対だろう。「ありがとうございます。ですが、その必要はございません。今のご説明で充分です」

ヴァネッサはひとりになりたかったため、弁護士が辞去したときにはほっとした。今は、この信じられない状況の変化についてじっくり考える時間が欲しい。

もしわたしの理解が間違っていなければ、わたしは自立できるだけの経済力を持ち、将来を自由に決められるようになったということだ。愛人になるようダミアンに強要されたときや、父親の借金を返済するために軽薄なろくでなしと結婚したときとは違い、運命を手中におさめたことになる。

ダミアンは自立という贈り物をしてくれたのだ。

彼はなにを思ってこれほどのことをしてくれたのかしら？　本当に見かえりは求めていないの？　この贈り物がわたしにとってどれほど大きな意味を持つか、はたしてわかっているのかしら？　いいえ、もちろん承知のうえに決まっているわ。わたしがどれほど切実にそれを望んできたか、ダミアンはよく知っているもの。

わけもわからず涙がこみあげてくる。彼に会いに行かなくては。なぜそこまでしてくれたのか真意を確かめよう。罪の意識から？　あるいはもっと真心に近い深い理由があるの？

そのとき妹たちが書斎に入ってきた。ヴァネッサはふたりが家に帰ってきたことすら気づいていなかった。

ファニーがヴァネッサの姿を見て、おしゃべりを途中で打ちきった。「どうしたの、お姉様？　さっきの人がなにか悪い知らせでも持ってきたの？」

「いいえ……」

「じゃあ、なぜ泣いているの？」

ヴァネッサは急いで涙をふいた。「自分でもよくわからないの。たぶんうれし涙よ」書類を握りしめて立ちあがる。「すぐにロンドンへ行かないと」

「今から？　お昼に冷えたカスタードプディングが出るのに」

ヴァネッサは無理やりほほえんでみせた。「わたしの分はあなたにあげるわ、ファニー。とても食べられそうにないから」


男性の家をひとりで訪ねるのは適切でないとわかっていながら、ヴァネッサはまたこうして〝女泣かせのシン〟と呼ばれる人のロンドンにある邸宅の前に来ていた。だが、これだけさまざまなことがあったあとでは、多少スキャンダルを巻き起こしたとしてもたいしたことはないと思える。

ダミアンは家にいるだろうか？　まだ午後六時前だから、夜の外出には早い時間だ。もし出かけているなら、帰りを待つ覚悟はできている。

以前と同じくいかめしそうな執事が玄関口に現れ、ダミアンは在宅していると答えた。胸の高鳴りをこらえながらヴァネッサが屋敷に入ると、ふいに薔薇の香りに包まれた。前回訪れたときはなかったはずの白と深紅の薔薇の植木鉢がいくつも並んでいる。ローズウッドの温室からとり寄せたものだろうか？　ローズウッドを思いだすようなものは置きたくないのかと思っていたのに。

ヴァネッサはほろ苦い思い出に包まれながら、客間へ案内された。秋の宵は暮れるのが早く、すでにランプがともされている。天井に金をあしらった美しい部屋の暖炉には火が入っていた。ヴァネッサはありがたく思い、さっそく冷たい手を火にかざした。体が震えているが、それも当然だろう。待たされているあいだに、震えがどんどん増していった。

呼びかけられる前に気配を感じた。

「ヴァネッサ……」その低い声に、ヴァネッサの心臓が大きく鳴った。

彼女は息を殺してゆっくりと振りかえった。ダミアンがドアから一歩入ったところで立ちすくんでいた。彼もやはり息を詰めている。

ヴァネッサはダミアンの美しい顔をじっと見つめた。心臓が早鐘を打っている。決闘が決まった日以来、会うのは初めてだ。見た限りでは怪我をしている様子はうかがえないが、以前より少し痩《や》せて顔色もやや悪く、左腕をかばっているように見える。ダミアンは不安そうな表情でじっと彼女を見ていた。

「なぜ?」ヴァネッサはただひと言、そう尋ねた。

ダミアンが優雅に肩をすくめる。「きみの人生には今まで選択肢がなかった。だからそれを与えてあげたかったんだ」

ヴァネッサは眉をひそめた。「結婚も含めて、行く末はわたしが自分で決められると弁護士は言っていたわ。わたしはほかの男性と結婚するかもしれないのよ。それでもいいの?」

「ああ」ダミアンがかすれた声で答える。「きみがそうしたいならしかたがない」彼は苦笑いを浮かべた。「もちろん相手がぼくだったらどんなにいいだろうとは思うけれどね」

「見かえりに……あなたはわたしになにを望んでいるの?」

ダミアンが困った顔になった。灰色の瞳に大海原のごとき深い憂いをたたえている。「許してほしいだけだ」そしてつかの間、苦渋に満ちたほほえみを浮かべた。「とてもそんなことを言えた義理ではないが」彼は部屋のなかに入り、ヴァネッサの数歩手前で立ちどまった。「ぼくの人生は後悔だらけさ、ヴァネッサ。そのなかでもいちばん悔やんでいるのは、きみにひどい仕打ちをしてしまったことだ。だがぼくは過去の過ちから、あることを学んだ。人間は変われるということだ。きみの弟を見ていてそう思った。これまでぼくにはきっかけがなかったが、今はきみがいる」

ヴァネッサは嗚咽《おえつ》がこみあげそうになった。「オーブリーもオリヴィアのことを同じように言っていたわ」

「あまり認めたくはないが、彼とは共通点が多そうだな」

胸をしめつけられるような沈黙が続いた。

「やってみようと決めたんだ、ヴァネッサ。ぼくはきみに愛してもらえるような人間ではなかった。だが今は、きみにふさわしい男になりたいと思っている」

「あなたはずっとすばらしい人だったわ」

ダミアンが表情を曇らせ、まさかという顔になった。「いや、ぼくはくだらない遊びにうつつを抜かすばかりで、無意味な人生を送ってきた……そんな生き方はもうやめようと決心したんだ」

「でも、いったいなぜ？」ヴァネッサは低い声で訊いた。

「きみを愛しているからだ」

言葉を失っているヴァネッサにダミアンは一歩近づき、その顔を見おろした。ヴァネッサはあとずさりをしたりしなかった。

彼は息を吸いこみ、ヴァネッサに腕をまわした。治りかけの傷口が引きつる痛みに思わず顔をしかめたが、なんとかこらえた。そしてヴァネッサが動揺してなにかつぶやくのもかまわず、彼女をしっかりと抱きしめた。今はただヴァネッサを抱いていたい。心のむなしさが癒されるまで、この腕のなかに彼女の存在を感じていたい。

ヴァネッサが小刻みに震えながら体を寄せてきた。

「夜になると、よくきみの夢を見た」

怪我をしていないほうの肩のあたりから、くぐもった声が聞こえた。「だからといって、わたしを愛しているとは限らないわ。どうして自分の気持ちが錯覚ではないと言いきれるの？」

「きみと一緒にいられることがうれしいからだ。きみの声を聞くと喜びを感じるからだ。きみと過ごす一瞬一瞬がとても貴重に思えるからだよ。それでも錯覚だというのかい？」返事がないため、ダミアンはさらに続けた。「きみに出会うまで、そんな喜びは経験したことがなかった。本当の喜びというものを知らなかったんだ」ヴァネッサが希望と不安に震えているのがわかる。「きみを愛している……心が痛いほどに」

ヴァネッサは押し黙ったまま、ダミアンの腕に抱かれていた。彼の言葉を信じたい。けれどもその言葉にすがろうとしている自分が怖かった。そのとき耳もとで懇願するような低い声が聞こえた。

「ぼくはずっと真実から逃げ、きみへの気持ちを必死に押し殺そうとしてきた。きみにおぼれてしまいそうで怖かったからだ。今のぼくはきみに夢中だよ。そして世界には大切なものがあることに気づいた……」

ダミアンは少し体を離し、ヴァネッサの顔をあげさせた。彼女は泣いていた。ダミアンは胸が痛み、ヴァネッサのぬれた頬を手で包むと鹿のような優しく美しい目を見つめた。

「きみを愛している。きみはぼくが女性に求めてきたものをすべて持っている人だ」

ダミアンの視線にとらわれたまま、ヴァネッサは深く息を吸いこんだ。赤裸々な感情があふれだしている彼の目を見ると心が痛む。ヴァネッサはそっとダミアンの唇に指をあてた。

「ダミアン、結婚にこだわらなくてもいいのよ。あなたが望むなら、わたしはずっと愛人のままでもかまわないわ」

「それではだめなんだ。ぼくのもとに来てくれるなら妻になってほしい。結婚してくれないか、ヴァネッサ。生涯を懸けて、この気持ちをきみに伝え続けたい。お願いだ」

ヴァネッサはダミアンの彫りの深い端整な顔をのぞきこんだ。そこに傷つくことを覚悟したありのままの感情が表れているのを見てとり、頭を殴られたかのような衝撃を覚えた。

「ヴァネッサ、生殺しにはしないでくれ。もしぼくを嫌っているなら……愛せないというのなら、そう言ってほしい」

「あなたが好きよ」ヴァネッサはささやいた。「愛しているわ、ダミアン。今のままのあなたがいいの。これからもずっとそうよ」

ダミアンはヴァネッサの目をのぞきこんだ。まるで鏡を見ているように、そこには彼が感じているのと同じ激しい感情が映しだされていた。驚きと恐れと愛だ。ダミアンは心臓がとまった気がした。

「では……もう一度求婚したら、この前とは違う返事が聞けると思っていいのかい？」

ヴァネッサが目を潤ませながらほほえむ。「ええ」

その愛らしい笑顔を見ていると、息をすることさえ忘れてしまいそうだ。希望が胸にわき起こり、ダミアンは深呼吸をした。「オリヴィアの詩集を読んでいたら、すてきな言葉を見つけてね。もう一度きみに求婚する機会に恵まれたら使おうと思って覚えておいたんだ」ヴァネッサを見つめたまま低い声で訊く。「ぼくはきみを破滅させようとした男だ。ぼくの鎧《よろい》は罪と堕落で汚れている。それでもきみはぼくのそばにいてくれるだろうか?」

ヴァネッサは震えながらも思わず笑みをこぼした。ほかの返事など考えられない。言うまでもなくわたしはダミアンのものだ。

身も心もこの人に捧げたい。

「ええ、喜んでそばにいるわ」

ダミアンは至福の喜びに包まれ、ヴァネッサの頬をそっと包みこんだ。

「ぼくの妻になってくれるかい?」

「ええ」

「ヴァネッサ……」ダミアンはかすれた声で言い、ヴァネッサのほうへ顔を寄せた。

魂の奥底からあふれでる初めての優しさを覚えながら唇を重ね、全身全霊でヴァネッサを求めつつ彼女の髪に手を滑らせる。

ヴァネッサはぼくにはもったいないほどの女性だ。ぼくが息をするのも、この心臓が動くのも、すべては彼女のためだ。

一生を懸けて、この人を心の底から大切にしていこう。

エピローグ

ローズウッド、一八一〇年一一月

ダミアンは寝室の前で立ちどまり、一一時間前に妻となった女性の顔を見つめた。「やっとふたりきりになれた」かすれた声で言うと、ヴァネッサの手をとっててのひらにキスをした。「こんなときはもう来ないのかと思っていたよ」

ヴァネッサがうっとりとしたほほえみを浮かべた。「盛大な結婚式を望んだのはあなたでしょう」

「この幸せを世間に自慢したかったんだ」

ふたりは婚姻の公示を必要としない結婚特別許可証をとり、オーブリーとオリヴィアの組と一緒に式を挙げた。〝女泣かせのシン〟とささやかれたダミアンが運命の女性と夫婦になるところをひと目見ようと、イングランドの貴族の半数にも及ぶ来賓があったため、教会は人でごったがえした。

ローズウッドでの豪華な祝宴が終わると、オリヴィアとオーブリーはヴァネッサの母親や姉妹たちとともにケントへ向けて旅立った。最後まで残っていた客人たちもほんの少し前に帰り、ようやく男爵と新たな男爵夫人は新婚の夜を迎えられた。

「なんといっても式のときに、オリヴィアが自分の足で立つことができたのがうれしかったわ」ダミアンがヴァネッサのためにドアを開けてくれた。「きれいな花嫁だったと思わない？」

彼は太陽をも恥じ入らせるほどのまばゆい笑みを浮かべた。「さあ、気がつかなかったな。自分の花嫁に見とれていたからね」

ヴァネッサは幸せに包まれながら、支度の整った寝室へ入った。いくつかのランプが歓迎するような明かりを投げかけ、暖炉には秋の肌寒さを追い払うための火が入っている。サイドテーブルの花瓶に生けられた深紅の薔薇がよい香りを放ち、四柱式ベッドの上掛けはふたりを招くように折りかえされている。

ヴァネッサは期待に胸を震わせた。驚いたことに、ダミアンは結婚の誓いを交わすまで体の関係は持たないと決めていた。そのためこの数週間というものは、ふたりは互いを求めているのがわかっていながらも体に触れる程度しかできず、心から満たされることのない日々が続いていた。だが晴れて夫婦となった今、ようやく心と心の結びつきを形にすることができる。

ダミアンが静かにドアを閉め、ふたりきりになった新婚初夜の寝室で新妻をじっと見つめた。その灰色の目が熱を帯びているのを見て、ヴァネッサの胸はときめいた。

ダミアンは部屋のなかをまわりながら、ひとつのみを残してランプを消していった。ヴァネッサは窓辺へ寄った。屋敷の主人の好みに合わせ、カーテンは開け放たれたままだ。庭には月明かりが落ちていた。まだこの幸運が信じられない。わたしはダミアンに愛されていて、日々それを実感している。

背中にぬくもりを感じ、ヴァネッサは後ろから抱きしめられた。

「幸せかい？」

「頭がぼうっとしそうなほどよ。こんな幸せがあるなんて知らなかったわ」

ダミアンが彼女の耳もとでささやく。「これからは一年の大半をロンドンで暮らすことになるが、本当にそれでいいのかい？　大蔵省の役職はおりることもできるんだ」

「いいえ、大丈夫よ。あなたと一緒なら、どこで暮らしても満足だもの」

「ずっと一緒だ。一生そばにいるというのはどうだ？」

彼の優しさにめまいを感じながら、ヴァネッサはほほえんだ。ダミアンは改心した放蕩者は最高の夫になるという言葉を身をもって証明しようとしている。そして今のところはとてもうまくいっているようだ。「一生というのは、最高にすばらしいわ」

ダミアンがヴァネッサのこめかみにそっとキスをしながら、片手を彼女の腹部へ滑らせた。

「ぼくが国政という浮き世の些事《さじ》に時間をとられているあいだ、きみの寂しさを埋めることをなにか考えなくてはいけないな」

「浮き世の些事どころか」ヴァネッサは楽しそうにこたえた。「きっとやりがいのあるお仕事だと思うわ。なんといっても、お国のために泥から黄金を生みだす方法を考えなくてはいけないんだもの」

「たしかにそうだな。きみもなにかやりがいのあることを見つけるといい。とりあえず、このどうしようもない放蕩者を手なずけるのに成功したのだから、次は子供のひとりやふたり育ててみるというのはどうだい？」

その考えを聞いて喜びがわき起こり、ヴァネッサは振りかえってダミアンを見あげた。窓から差しこむ月明かりが、彼の彫刻のような顔を照らしだしている。「今よりも幸せになれることがあるとしたら、それはあなたの子供を産むことよ」

「じゃあ、さっそくその努力をしなくては」

ヴァネッサはダミアンの心のうちを探ろうと彼の顔をじっと眺めた。「ダミアン、家族は重荷ではないの？」

「まさか。孤独と寂しさはもう充分味わったよ。そろそろ腰を落ち着けるべきときだ」

ヴァネッサは挑発するようにゆっくりと笑みを浮かべた。「それなら、もう避妊する必要はないのね？」

ダミアンがヴァネッサの目をのぞきこみ、顎に指を滑らせた。「そうだ、もう必要ない」

彼はヴァネッサの背後に手を伸ばし、カーテンを閉めた。もはやふたりのあいだを邪魔するものはなにもない。ダミアンがヴァネッサの口もとにゆっくりと顔を近づけ、そっと唇を合わせた。愛情のこもった優しいキスに、ヴァネッサは全身に炎が広がるのを感じた。甘い吐息をもらし、夫の名前をささやきながらいっそう体を寄せる。

「急がなくてもいいよ、奥様」ダミアンがかすれた声でじらすように言った。「ぼくたちには永遠という時間がある。その一瞬一瞬を楽しませてくれ」

ふたりは時間をかけて互いの服を脱がせながら、ときおり体に触れあった。肩の銃創が目に入り、ヴァネッサは顔を曇らせたが、ダミアンのキスが暗い過去を忘れさせてくれた。ふたりのあいだには輝かしい未来があるだけだ。今、このときから始まる未来が。

それからもふたりは急ぐことなく互いをじらし、耐えがたいまでの欲望にさいなまれながら相手の体を慈しんだ。そして互いに触れたい、また触れられたいという思いから何度も唇を重ねあった。ふたりともが一糸まとわぬ姿になったとき、ヴァネッサは夫の優雅でたくましい体を改めてうっとりと眺めた。ダミアンもまた、妻の美しい体の線を愛でていた。

ダミアンがヴァネッサの髪から結婚祝いに贈ったダイヤモンドでできた薔薇をはずし、何本ものピンを抜くと、畏敬の念をこめながらつややかで豊かな髪をむきだしの肩に広げた。そして新妻を抱きあげ、ベッドへ連れていった。

彼はシルクのシーツにヴァネッサを寝かせ、むさぼるようにキスをした。ヴァネッサもまた熱い息をこぼしながらそれにこたえた。ふたりの鼓動は期待に早鐘を打った。ダミアンは新妻の隣にそっと横たわった。

抑えがたいまでの欲求が体の奥から突きあげてくるが、急ぎたくはなかった。ヴァネッサを妻とするこの瞬間を心ゆくまで味わいたい。

ダミアンは肩と肘を突いて上半身を起こし、愛する女性の顔をのぞきこんだ。そこには彼が欲してやまない愛情と欲望が宿っていた。暗い淵《ふち》からわきでる水のような輝きが表れている。

いとおしさがこみあげてきたことに、ダミアンは新たな驚きを覚えた。「きみは甘い毒だな」

彼はヴァネッサの滑らかな肌を慈しみながら、顔のラインを指でなぞった。その手を彼女の首筋へ滑らせ、顔を近づける。喉もとにキスをすると、ヴァネッサの体が震えたのがわかった。

感じやすくなっている肌に舌をはわせ、ときおり敏感な部分を刺激しながらそっと素肌をなでていく。

「きみのすべてがすばらしい……」ダミアンはヴァネッサの体を愛撫しながらささやいた。「この胸が好きだ……官能的な背中のラインも……それにきみのなかに入ったときのシルクのような感触も……」

ヴァネッサの体は愛撫にこたえてどんどん熱くなっていった。

「きみの気品と勇気を愛している……」

ダミアンが下腹部に手をはわせると、彼女は悩ましい吐息をもらした。

「きみの甘い声も……」

ヴァネッサが懇願する。「ダミアン……お願い」

「急ぐことはない」

そう言うダミアンの声も、内側からわき起こる欲求に耐えかねてかすれていた。それでも体のうずきをこらえ、はやる気持ちを抑えてそっとヴァネッサに覆いかぶさった。彼が腿を差し入れて脚を開かせると、ヴァネッサは待ちかねていたようにため息をついた。ダミアンはゆっくりと身を沈めていった。彼女の体に震えが走る。

ヴァネッサがせがむように夫の体に脚を絡め、より深くいざなおうとした。けれどもダミアンは急がなかった。少しずつ押し入って熱い体を貫いたあと、新妻が身もだえするのもかまわず、ゆっくりとじらすように腰を浮かせた。

「ダミアン……」ヴァネッサがふたたび懇願した。それでもダミアンは、まだ新妻の願いを聞き届けようとはしなかった。

熱に浮かされたヴァネッサのあえぎ声を無視し、自分の欲望も押し殺してひたすら緩やかに動きながら彼女をさいなむ。そのあいだも甘い言葉をささやき続けた。どれほどヴァネッサを欲しているか、その体のなかで果てるのがどんなにすばらしいか……そして彼女を心から愛していると。

愛している。そう思うだけで、けっして尽きることのない貪欲な喜びが体じゅうに満ちてくる。それは激しく燃えあがる炎のような感情だった。わきあがってくるいとおしさに、もはやみずからを制御するのが難しくなってきた。

ダミアンはヴァネッサを求めて激しく動き、狂おしいまでの強い欲求に身を任せた。ヴァネッサもまた体を弓なりにそらして彼にこたえる。

ふたりは同時に爆発的なクライマックスを迎えた。ヴァネッサが絶頂感に体を痙攣させ、すすり泣くような声をもらす。ダミアンもまためくるめく快感に包まれながら、新妻のなかでみずからを解放した。

ダミアンは妻に魂を捧げ、ヴァネッサはそれを歓喜とともに受けとった。

熱い余韻に包まれながら、ふたりは震える体をぴったりと合わせていた。激しい鼓動が少しおさまりかけたときも、まだ汗にぬれた体を絡ませていた。

ダミアンはヴァネッサの髪にぐったりと顔をうずめた。こんなふうに全身の感覚を揺さぶられる至福があるとは知らなかった。猛々しいまでの感情がよりいっそう強くこみあげてくる。

これが愛を交わすということなのだ。初めて経験した。

今まで愛を知らずによく生きてこられたものだ。もうヴァネッサのいない人生など考えられない。彼女はぼくの命そのものだ。愛する女性に心を満たされて初めて、彼は今まで空虚な人生を歩んできたのだと気づいた。ヴァネッサとひとつになって、ようやく恍惚のなんたるかがわかったのだ。

この妻がいてくれてこそ、ぼくは満たされた完全な存在になれる。それは今まで想像もできなかったような幸せだ。ヴァネッサはぼくの家に笑いとあたたかさをもたらし、わびしかった人生に喜びを与えてくれた。ぼくは愛の営み方を指導したが、彼女は愛そのものを教えてくれた。今まではベッドでは熱い情熱を分かちあってきたけれども、こうして結婚という形で結ばれることによってその激しさはさらに増した。

だが男女の駆け引きに長け、魅力の見せ方を心得ているはずのぼくが、この深い感情をどう表現していいのかわからない。

「初めてわかったよ」妻の顔が見えるように自分の枕に戻り、ダミアンは低い声でつぶやいた。「愛する女性とひとつになると、体の悦びもまたひとしおなんだな」

ヴァネッサが夢見心地の表情でけだるそうにまぶたを開いた。「わたしも知らなかったわ。これで死んでしまったりしないのかしら」

「そうならないことを願うよ」ダミアンは口もとをほころばせたが、表情は真剣だった。「ぼくがどれほどきみのことを大切に思っているか、少しはわかってくれたかい?」口調はやわらかいものの、大まじめな気持ちで言う。

「わかりかけてきたところよ」

ダミアンは力強く打つ自分の心臓にヴァネッサの手をあてさせた。「これは一生、きみのものだ」

ヴァネッサが愛情のこもった優しいまなざしを向け、ダミアンの唇を指でなぞった。「わたしのはあなたのものよ」

「もっとはっきり聞かせてくれないか」何度聞いても飽きない言葉だ。

「愛しているわ、ダミアン」

ダミアンはあたたかいまなざしを返した。「きみを幸せにすると誓うよ」

ヴァネッサは心がとろけそうになりながら、ダミアンに唇を近づけた。「もう充分に幸せよ」

訳者あとがき

ヒストリカル・ロマンスのベストセラー作家、ニコール・ジョーダンの描く愛憎にまみれた恋物語の世界をご紹介しましょう。

物語の舞台となっているのは一八一〇年のイングランドです。スキャンダルに満ちた結婚生活に疲れ、あげくの果てにほかの女性をめぐる決闘で夫を亡くしたヒロイン、ヴァネッサ・ウィンダムは、経済的に困窮している実家の家計を切り盛りしながらひっそりと生きています。しかし、ヴァネッサはふたたび運命に翻弄されることになりました。弟のオーブリーが、箱入り娘として育てられた一八歳のオリヴィアを口説き落とせるかどうか友人と賭をしたのです。もてあそばれたと知ったオリヴィアは階段から落ち、両脚が麻痺してしまいます。

オリヴィアの兄は、本書のヒーローであるダミアン・シンクレア男爵。ダミアンは端整な顔立ちの魅力的な男性ではありますが、賭事に興じ、プレイボーイとして数々の女性を泣かせてきた、デカダンスを具現化したようなつわものです。復讐を誓ったダミアンは、妹の人生を破滅させたオーブリーを賭事に引きずりこみ、家屋敷をとりあげる借用証を手に入れます。

ヴァネッサは家族を路頭に迷わせないため、ダミアンの恩情にすがろうと意を決して彼に会いに行きます。けれども借金を帳消しにするためにダミアンが出した条件とは、ヴァネッサが彼の愛人になることでした。弟の行為を申し訳なく思っていたヴァネッサは、オリヴィアの話し相手《コンパニオン》という体裁を整え、ローズウッドのダミアンの邸宅で暮らすことになりますが……。

当時の結婚は、現代とはかなり様相が違っていました。妻となった女性は、いわば夫の所有物のようなもの。父親の借金返済のために望まない相手と結婚して苦労をしたヴァネッサは、二度と結婚などしないと心に誓い、経済的自立を目指します。しかし、当時の貴族の女性が体面を保てる職業といえば家庭教師ぐらいしかありませんでした。それでは家族を養えないと悟ったヴァネッサは、やがて高級娼婦になろうと決心します。それをめぐって本書では当時の裏社会の様子も描かれていますが、その内容は訳者にとっては驚きでした。読者の皆様はどのような感想をお持ちになったでしょうか？

裕福で自信に満ちていながらも、じつは心に傷を持つダミアンと、社会の弱者ながらたくましく生きていこうとするヴァネッサの切ない恋物語を、ぜひ心ゆくまでお楽しみください。

本書は米国で二〇〇〇年に一冊めが出版された五部作〝Notorious Series〟の第一作めです。このあと、二作めの〝Passion〟と三作めの〝Desire〟もライムブックスより刊行の予定ですので、そちらも楽しみにしていただければ幸いです。

二〇一〇年二月

ライムブックス

誘惑《ゆうわく》のエチュード

著　者　ニコール・ジョーダン
訳　者　水野凛《みずのりん》

2010年2月20日　初版第一刷発行

発行人　成瀬雅人
発行所　株式会社原書房
〒160-0022東京都新宿区新宿1-25-13
電話・代表03-3354-0685　http://www.harashobo.co.jp
振替・00150-6-151594
ブックデザイン　川島進（スタジオ・ギブ）
印刷所　中央精版印刷株式会社

落丁・乱丁本はお取り替えいたします。
定価は、カバーに表示してあります。
 ISBN978-4-562-04378-1 Printed in Japan